# NINA MARIE MARTÍNEZ
# ¡CARAMBA!

Nina Maria Martínez nació en San José, California, y es hija de un padre méxicoamericano de primera generación y una madre estadounidense de ascendencia alemana. A pesar de no haber terminado la escuela secundaria, es licenciada en literatura de la Universidad de California en Santa Cruz. Además de escribir novelas, ella es entusiasta de la ropa de épocas anteriores, reliquias que busca y luego pone a la venta. También es una gran aficionada al béisbol. Actualmente vive en el norte de California, en donde se dedica a escribir su segunda novela.

D0911047

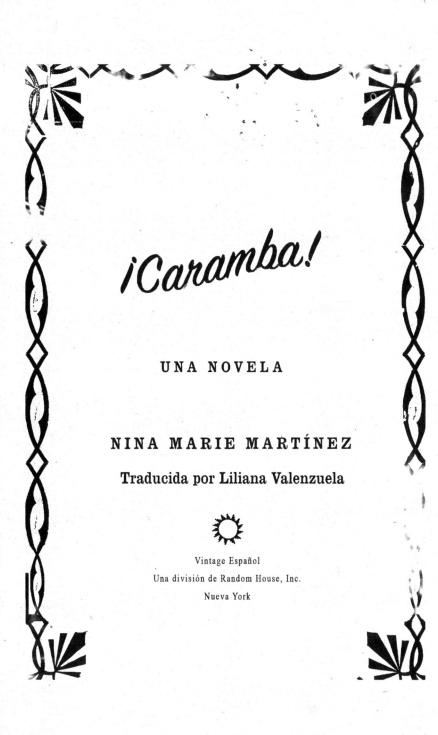

# ¡Caramba!

### UNA NOVELA

## NINA MARIE MARTÍNEZ

### Traducida por Liliana Valenzuela

Vintage Español
Una división de Random House, Inc.
Nueva York

A MI PADRE, QUIEN SIEMPRE ME DEJÓ
HACER MI VOLUNTAD Y CAVAR MI
PROPIA FOSA, PERO SIEMPRE FUE
EL PRIMERO EN ACUDIR EN
MI RESCATE.

*S*abe más el diablo por viejo, que por diablo
—dicho mexicano

# ESTE LIBRO CONTIENE

## LA LOTERÍA:

Un juego de azar, parecido al bingo, sólo que las cartas contienen imágenes así como números y dichos para volver más sabio al sabio. En México, la Lotería es uno de los juegos tradicionales más populares. Una persona "canta" la Lotería mientras los demás cubren sus tablas con puñados de frijoles. El que llena primero su tabla, o llena la línea designada, gana, gritando, ¡¡¡Lotería!!!

## ¡CARAMBA!

(Lo que uno dice cuando no sabe qué decir): una historia narrada al azar de las cartas que contiene un volcán, una reina de belleza fea, una profecía, un puñado de mariachis cristianos conversos, un equipo de curanderos, un par de reclusos, un santo y un montón de personas de ideas afines.

## LOS ARTEFACTOS:

Acompañan a la novela propiamente dicha y contienen, entre otras cosas, cartas para el archivista, mapas para el viajero de sillón, y muñecas de papel para las niñas, niños y los travestis que todos llevamos dentro.

*Tabla 1*

# UNA PRESENTACIÓN DE LOS JUGADORES

| | |
|---|---|
| Personas de ideas afines | 3 |
| El dilema de Consuelo | 8 |
| Tener mejores cosas que hacer | 12 |
| El Gran Cinco-Cuatro | 15 |
| Diagrama: Guía a la Rocola de El Gran Cinco-Cuatro | 18 |
| El mariachi | 21 |
| Las serenatas | 28 |
| El dilema de Lucha | 34 |
| El ocio de Lulabel | 40 |
| La época de la elegancia | 47 |
| Donde la lava aterrizó | 51 |
| Diagrama: Cronología del volcán | 54 |
| Lucha sale de la cárcel | 57 |
| Artefacto: Orden de libertad condicional de Lucha | 61 |
| La Gran Fábrica de Quesos | 63 |
| Artefacto: Muñeca de papel con un traje regional de Lulabel | 69 |
| Diagrama: El ajolote | 70 |

*Tabla 2*

# SE BARAJAN LAS CARTAS

| | |
|---|---|
| Neotenia versus metamorfosis | 73 |
| El sueño de Consuelo: Un relato en tiempo presente | 79 |
| El mejor postor | 82 |
| Artefacto: Un anuncio clasificado | 87 |

El sueño de Nataly 88

La pura neta 93

Las serenatas II 100

La fiesta del Tupper 104

El vivo deseo de Lulabel 110

Mapa: Guía de México de Lulabel 114

El mero mero quesero 117

El mago de Michoacán 122

Haciendo "bisnes" 124

Un buen susto 131

Una yarda o artículos de mayor interés que Naty y Chelo tuvieron que vender para financiar el viaje de Nataly al sur para que ésta intentara por todos los medios de extraer del purgatorio el alma descarriada de don Pancho 137

### Tabla 3

## SE CORTA LA BARAJA

Plática entre mujeres 141

Mapa: La trayectoria de Nataly 144

La Catrina 146

El día en que Lulabel remató su alma 151

Don Pancho se escapa del purgatorio 157

El otro lado del hechizo 163

El primer milagro de don Pancho 167

El plan 175

Artefacto: La lista del mandado de Lulabel 180

El dilema de Nataly 182

La larga distancia 187

### Tabla 4

## LOS JUGADORES HACEN SUS APUESTAS

La pura neta 197

Artefacto: La carta de True-Dee a Querida Claudia 198

La feria 204

Mañana 212

Plática entre mujeres II 217

Cena anual para peones de rancho y jornaleros ofrecida
por Lulabel 224

No lo puedo *believe* 234

Artefactos: La carta en La Guía para True-Dee,
La contestación personal de Querida Claudia para
True-Dee, y copia de la columna de Querida Claudia
en cuanto a su contestación a True-Dee 237

Cierta tristeza 241

A medio camino 246

Un tipo medio raro 252

**Tabla 5**

# SE REPARTEN LAS CARTAS

Aquella plática 261

El Gran Cinco-Cuatro 264

Artefacto: Más muñecas de papel con los trajes regionales
de Lulabel 268

Los dieciséis anillos de oro de Lulabel 270

Artefacto: La lista de los pros y los contras acerca
de la Lulabel 274

El desayuno de los campeones 276

Querida Claudia 280

Por obra del Señor 285

Los botes 295

El reencuentro 299

Problemas en el paraíso, y cómo éstos
ayudaron a que Lulabel se convirtiera en una
mujer decente 306

Personalidad 310

El baile grande: Un relato en tiempo presente 315

Artefacto: Otra muñeca de papel con un traje
    regional de Lulabel          323
El asiento del conductor          324

*Tabla 6*

# LOS JUGADORES SE SIENTAN EN UN CÍRCULO FRENTE A FRENTE MIENTRAS EL UNIVERSO SUSURRA: "VAS A TENER QUE PAGAR PARA VER MIS CARTAS"

La última pieza          335

La recta final: El sueño de Javier          340

Tan pronto como sea posible          342

Artefacto: La nota de Javier a Lucha          348

El mero mero quesero II          349

Artefacto: El obituario de Cal McDaniel          354

Artefacto: Última voluntad y testamento de Cal Leroy
    McDaniel          355

Ajustando cuentas, o qué diferencia hace un solo día,
    o cómo Javier pasó su último día en Lavalandia antes
    de dirigirse a la Sierra Madre no sólo en busca de oro,
    sino de sí mismo: Un relato en tiempo presente          361

Donde la lava aterrizó II          369

Artefacto: Artículo del periódico: "¡Qué tembleque!"          382

# *Tabla 1*

## UNA PRESENTACIÓN *de los* JUGADORES

# El paraguas

PARA EL SOL Y PARA EL AGUA

# PERSONAS DE IDEAS AFINES

*Nataly y Consuelo habían sido amigas íntimas desde el segundo de pri*maria cuando ésta le pegó una bola de chicle ABC en el pelo a aquélla, a la vez que se agarraban a golpes por culpa de un niño cuyo nombre ninguna de las dos podía recordar. Cuando Nataly tuvo que cortarse el pelo, que en ese entonces le llegaba a la cintura, y dejarse una melenita a la altura de la barbilla, Consuelo hizo lo mismo. A sus tiernos ocho años, ambas niñas se dieron cuenta de que un hombre es lo último que debe interponerse entre las amigas.

Un sábado por la noche Consuelo llamó a Nataly, no por las razones habituales, sino para informarle que acababa de matar a un hombre. Esto asustó a Nataly aún más que aquella vez en que ella había sido secuestrada a punta de un zapato por un enfermo mental prófugo que se había escapado con su par favorito de sandalias de plataforma negras de meter. Consuelo se abstuvo de dar detalles, pero imploró a Nataly: "Ven rápido".

Nataly corrió a su clóset y sacó su vestido favorito, uno largo y negro de tirantes finos y su suéter favorito: un cárdigan de mohair rosado con botones aperlados. Se puso un collar de perlas de fantasía que había comprado después de ver *Desayuno en Tiffany*'s por la televisión, una noche ya tarde. Si se tratara de otra ocasión no se hubiera molestado, pero como era sábado por la noche y, si realmente era cierto que Consuelo había cometido el crimen que le había mencionado por teléfono, entonces con más razón las muchachas debían divertirse mientras todavía estuvieran en condiciones de hacerlo.

De camino a la casa de Consuelo, Nataly se sintió afortunada de tener ocho cilindros a su disposición. Había trabajado todos los veranos entre el segundo y el noveno grado, ya sea pizcando o cortando chabacanos, y a veces ambas cosas, para ganar dinero suficiente y comprarse el carro de sus sueños: un convertible Cadillac El Dorado de 1963. Cuando llegó a Roscoe's a cargar el tanque, se sintió embargada por una sensación de orgullo y sentimentalismo. En esa época, como en cualquier otra, una muchacha necesitaba de todas las ventajas posibles y Nataly se alegraba de tener un carro que fuera por un lado hermoso y elegante y, por el otro, sensible y poderoso, características que ella misma se esforzaba en cultivar. Con ese sentimiento presente, disminuyó la velocidad y entró a la isleta de servicio y le dijo al encargado: "Me pone súper sin plomo y me rellena bien el tanque, por favor". El sentido común y las películas le decían que cuando dos muchachas se dan a la fuga, un tanque lleno de gasolina es punto de partida esencial.

Nataly iba levantando polvo por los caminos traseros mientras Eydie Gorme y Los Panchos murmuraban "Mala noche" por el radio AM. Cuando Nataly llegó, se sorprendió de ver a Consuelo sentada en los escalones de madera que conducían a su porche de enfrente, casualmente fumando un cigarro. Consuelo no aparentaba el más mínimo desconcierto, su calma no tenía nada que ver con la de una asesina o aún la de una homicida que ha matado sin premeditación. Llevaba el pelo negro y largo en dos colitas bien hechas con la raya en medio, y traía puesta una camiseta blanca sin mangas y un chort rojo de felpa.

Cuando Nataly se aproximó a Consuelo, la miró a los ojos e intentó hallar esos demonios bailarines que la madre de Consuelo insistía moraban allí dentro, pero todo lo que pudo ver fueron dos charcos cubiertos de musgo. Consuelo decía que su mamá estaba loca y Nataly no la iba a contradecir, pero lo cierto es que la mayoría de los mexicanos no salen de ojos verdes, de modo que cuando uno de ellos los tiene, es la gran cosa.

Nataly recordó algo que Consuelo le había dicho. Cuando Consuelo tenía cuatro años, conoció a su tía Concha por primera y única vez. Tomando a la niña del mentón, Concha miró a Consuelo a los ojos y le dijo: "Sólo se vive una vez, chica. Hay que vivir en grande". Con esas palabras, aseguraba Consuelo, era como si Concha hubiera sembrado una semilla en su interior, luego, abriéndola momentáneamente, la hubiera regado de luz del sol y agua de lluvia, haciéndola crecer y crecer, enredándose por sus entrañas, buscando una salida.

Consuelo consideraba éste como su momento más formativo. Siempre recordaría a su tía con una extraña mezcla de miedo y reverencia, como si Concha perteneciera a un clero que inspira respeto a la vez que incita miedo, y estuviera tan cercana a algo tan poderoso e irresistible, que resultaba invencible. Quizá fuera pura casualidad, pero Concha había sido responsable de la expulsión de siete curas en su pueblo natal de Culiacán, Sinaloa. Una pecadora devota, aunque católica, Concha creía en la confesión de sus pecados, así como en los demás sacramentos. Quizá sea pertinente mencionar que Concha también tenía ojos verdes.

—Consuelo —dijo Nataly respirando hondo—. Tengo el tanque de gasolina lleno si tienes ganas de pelarte de aquí.

Consuelo le dio una larga calada a su cigarro. Nataly recogió la cajetilla blanda de Marlboro®s, sacó uno y lo dejó colgar de la comisura de sus labios. Ella no fumaba pero era muy inquieta, así que le consolaba tener algo que mordisquear.

—Pue' que te haya asustado más de lo que la situación exige —dijo Consuelo—. No que no haya sido algo bien horrible, porque sí lo fue. Sólo que quizás no fue tan gacho como te imaginas.

—Dime la verdad y comienza desde el principio —dijo Nataly, sacudiéndose el cabello naturalmente rizado y naturalmente castaño.

—¿Prometes no reírte? —comenzó Consuelo.

Nataly hizo changuitos y asintió, luego se sentó en los escalones junto a Chelo.

—Hace varios días decidí comenzar a hacer ejercicio. Por si no te has dado cuenta, estoy echando panza y no puedo concebir renunciar a las mejores cosas de la vida, como el menudo o la carne asada —Consuelo se pellizcó una lonja y la sostuvo—. De modo que decidí empezar poco a poco. Quizá nomás darle la vuelta a la cuadra o algo así. Es difícil para una chica como yo saber por dónde empezar cuando se trata de estar en buena condición física. Pa' empezar, ni tenis tengo, así que me puse mis zapatos más cómodos. ¿Te acuerdas de esas plataformas de gamuza que me compré de oferta la primavera pasada en Leroy's?

—Creo que sí —dijo Naty.

—Bueno, pos tampoco tengo pantalones apropiados, así que me puse un chort del estilo "*cut-off*" que hice de unos Levis viejos y una camiseta cualquiera. Y mira que salí sin pintarme. Se podría decir que estaba tratando de pasar desapercibida. Estoy a punto de salir por la puerta cuando empiezo a oír voces —Consuelo estudió la cara de Nataly para observar su reacción, pero al no ver ninguna, continuó—. ¿Tú a veces escuchas voces, Naty?

—Por lo general no. Lo cual no quiere decir que no me haya pasado, porque sí. Sólo que casi nunca oigo voces a menos que alguien me esté hablando, y aun así es dudoso.

Consuelo se acercó a Nataly y bajó la voz.

—A veces oigo voces y casi siempre es mi mamá quien me habla. Mi tía Lila dice que es un don, el oír voces quiero decir, pero a mí no me consta. Estoy a punto de salir por la puerta cuando oigo a mí mamá como si estuviera parada detrasito de mí diciendo, "Una muchacha vestida como tú no puede tener ningunas buenas intenciones, sinvergüenza ésta". Me asusta, pero sólo por un segundo, porque no es la primera vez que oigo a mi mamá decir eso, y tampoco tiene nada que ver que ya esté en el otro mundo.

—Caray, Chelo, suena bien increíble y un poco espeluznante, si no te molesta que te lo diga —dijo Nataly.

—Pa' nada. Las mejores cosas de la vida son un poco espeluznantes —dijo Consuelo—. Luego que salgo por la puerta y doy vuelta a la esquina. Bien pronto me doy cuenta de que un tipo le está bajando la velocidad a su carro pa' poderme echar ojo, pero no le hago caso, porque estoy pensando en todas las calorías que debo andar quemando. Encima traigo mis lentes a la Jackie O, que siempre me hacen sentir como protegida. Con eso de que dicen que los ojos son las ventanas del alma, yo prefiero bajar las persianas. Ahí andaba, sin hacerle daño a nadie.

—Y el mundo sería un lugar mejor si todos hicieran lo mismo —contribuyó Nataly.

—De la nada, oigo un rechinar de frenos y pa' cuando me doy cuenta, hay un muerto en la calle —dijo Chelo. Se mordió el labio inferior, luego elaboró—: Ahí tienes que un viejito estaba tratando de cruzar la calle y que lo atropellan, todo porque un pervertido andaba checándome las nalgas. Él hasta había usado el cruce de peatones —Consuelo dejó caer el cigarro al piso, estiró una de sus largas piernas y luego extinguió el Marlboro® con el tacón en forma de cuña de sus sandalias.

—¿Eso fue todo, Chelo? —dijo Naty.

—Me temo que sí —contestó Consuelo—. ¿Esperabas algo con más acción?

—Ay, no —dijo Nataly dando un manotazo al aire frente a ella—. Bueno, sólo espero que no te sientas mal al respecto, porque no fue tu culpa para nada. Es sólo el precio de ser bonita.

Las muchachas se quedaron calladas por un momento, mirando fijamente los campos no tan distantes donde una leve brisa hizo vibrar las matas de chile.

—Sabes, es curioso —dijo Naty—. La gente da la vuelta en sentido contrario todo el tiempo, pero eso no siempre significa un desastre.

—Es la neta —dijo Chelo. Sabía exactamente a lo que se refería Naty: que el mundo era un lugar donde cualquier cosa podía pasar y de hecho pasaba, y hasta los actos más sencillos y mejor intencionados podían provocar un desastre.

—El muerto a la sepultura, el vivo a la travesura. Que Dios santo lo tenga en su gloria, pero es sábado por la noche y estaba pensando, ¿cuál es el plan, chica? —dijo Naty.

—Me figuré que quizá podríamos ir al hipódromo a ver las carreras de caballos y apostar —dijo Consuelo.

—¿De pronto te sientes suertuda?

—No, qué va, pero eso nunca ha sido un obstáculo. Espérame mientras voy y me cambio —dijo Consuelo, poniéndose de pie.

—Antes de que te vayas, nomás quiero que sepas que por un instante de veras me asustaste —dijo Nataly poniéndose sentimental de repente—. Supuse que te iban a meter a la cárcel y con suerte te vería una o dos veces al año. Y con eso de que le tienes miedo al transporte público y a los paseos largos en carro, podrías haber enloquecido cuando te llevaran en el autobús. No es muy seguido que una se encuentra con una persona de ideas afines, al menos no con una persona tan afín como yo te considero a ti.

—No te preocupes para nada —dijo Consuelo—. No me voy a ningún lado, sólo a cambiarme y nos arrancamos. Ánimo, chica —gritó Consuelo al subir corriendo los escalones y entrar en casa.

# EL DILEMA DE CONSUELO

*El nombre de pila de Consuelo era Consuelo Constancia González* Contreras, hasta que al cumplir dieciocho años, se cambió de nombre legalmente a Consuelo Sin Vergüenza. Tantas veces le habían dicho que no tenía vergüenza que no sólo se lo creyó, sino que llegó a considerar la supuesta sinvergüencería como su atributo más admirable.

Su problema más práctico en la vida era el siguiente: le tenía miedo al transporte público y a los paseos largos en carro. Con Nataly al volante, Consuelo era capaz de subirse al Cadillac y dar la vuelta a la esquina a la tienda de abarrotes o al tianguis al otro lado del pueblo. Podía ir a jugar a la lotería o al baile o a cualquier otro lado, siempre y cuando estuvieran dentro de un radio de treinta millas de viaje. Vaya, si hasta se habían dado casos en que pedía aventón. Pero subirse en un autobús, jamás. Mucho menos en un tren.

El padre de Consuelo, el Sr. Don Pancho Macías Contreras (Q.E.P.D./ R.I.P.), fue atropellado por el tren de carga de media noche procedente de Guanajuato. Conducía una troca Chevrolet blanca apodada el "Caballo Blanco", a la cual a veces le cantaba la canción legendaria del mismo nombre. Como cualquier personaje complejo, en don Pancho abundaban las contradicciones. Amaba a su esposa, pero no tanto como amaba los encantos colectivos de sus muchas queridas. Trabajaba duramente por largas horas en varios trabajos, siete días a la semana, sólo para apostar y perder todo su dinero. Le preocupaba estar en buena condición física, corría varios kilómetros a la semana y, sin embargo, socavaba su salud al tomar todas las noches.

Para no andarse con rodeos, don Pancho era bien parrandero: le gustaba vivir en grande tomando, bailando, apostando, andando de mujeriego y peleándose en las cantinas.

Una noche, cuando regresaba a su casa de la cantina, don Pancho olvidó persignarse al pasar por la iglesia del pueblo. Estaba seguro de que esto le traería mala suerte, así que se paró en seco. (Se dio cuenta de este descuido justo cuando estaba por atravesar las vías del tren.) Don Pancho puso el Chevy en reversa, pero éste no quiso echarse para atrás. Lo puso en primera, pero éste no quiso avanzar tampoco. Nomás no quiso moverse de plano.

DP no intentó salirse, abrir el cofre y tratar de averiguar qué era lo que pasaba. Tampoco se puso a empujar: esa troca pesaba demasiado para un sólo hombre. Pensó en ir a pedir auxilio, pero había escuchado suficientes corridos como para saber que un verdadero hombre jamás abandona su caballo y, mientras que el único caballo que había tenido lo había perdido en un juego de póquer, todavía consideraba su fiel Chevy blanco como lo que más se le parecía. Así que en lugar de bajarse de la silla, se quitó el sombrero, lo puso en el asiento de al lado, apagó el motor y luego comenzó a cantar "El corrido del caballo blanco" una y otra vez. Borracho como estaba, no pasó mucho tiempo antes de que se quedara dormido. Tampoco pasó mucho tiempo antes de que el tren se lo llevara.

En su casa, doña Luisa, la esposa de don Pancho, se encontraba profundamente dormida en su cama. Don Pancho la visitó en sueños. —Perdóname, vieja —dijo, sombrero en mano—. Siempre te quise más que a cualquiera de las demás. Déjame donde quedé. No merezco más.

Doña Luisa supo que la cosa iba en serio, ya que don Pancho le hablaba en inglés y ella le entendía todo. También supo que su esposo se había ido para siempre, a diferencia de sólo estar pasando la noche con otra. Así que cuando los hombres se presentaron a su puerta con el cuerpo inerte de don Pancho colgado del lomo de un burro, doña Luisa les dijo que se lo llevaran adonde lo habían encontrado, que él así lo había deseado, y luego se volvió a dormir. Don Pancho pudo haber sido el padre de sus seis hijos y uno en camino, pero es difícil que una mujer sufra un quebranto por un hombre que pasó la mayor parte de su tiempo y todo su dinero detrás de otras faldas. Y sobre todo, doña Luisa necesitaba su descanso. Le faltaba poco menos de un mes para dar a luz.

Se cumplió la voluntad de don Pancho. Lo enterraron con poca ceremonia en aproximadamente el mismo lugar donde había exhalado su último suspiro, pero en realidad él no sabía en la que se había metido. En su estado natal de Sonora, un hombre que es enterrado en un lugar no consagrado sin el beneficio de un cura diciendo palabras rimbombantes sobre su cadáver se conoce como un tiradito y algunos tiraditos pueden hacer milagros.

Cualquier otro hubiera aprovechado una oportunidad así, pero don Pancho no se había portado exactamente como un buen cristiano durante su existencia terrenal. Después de que fueron sobrepesados los vicios y vir- tudes de DP, éste fue prontamente relegado al purgatorio, donde los santos y ángeles subalternos que mandan en ese lugar lo obligaron a aprender inglés.

No obstante, debido a su condición de tiradito, a don Pancho le fue otorgado un don especial: la habilidad de aparecerse en sueños. Por las noches visitaba a las mujeres que habían sido sus amantes, les susurraba palabras cariñosas al oído, tal como lo había hecho en vida. Apretando sus manos color de miel, se postraba en una rodilla y les decía: "Por *please*, reza por mí, chatita. Es la única manera en que podré alcanzar mi destino". Las mujeres sonreían, se estiraban y suspiraban, y luego se daban la media vuelta en sueños. Tan cautivadas quedaban con los muchos encantos de don Pan- cho, que rezar era lo último que tenían en mente.

Veinticinco años después, el mercurio en el Rezómetro® casi no se había movido; DP estaba justo donde había empezado. Ver a esas mujeres envejecer y engordar era casi tan deprimente como estar en el purgatorio. Un día don Pancho se sintió amargado, dejó de tratarlas como un caballero y comenzó a decirles sus verdades. Al principio su voz era un susurro seduc- tor, luego se intensificaba hasta gritarles: "Ya no eres la mamacita buenota que eras antes, ¡gordita! ¡Sácame de aquí o ya verás!"

Ahora, en lugar de rezar por él, las mujeres lo maldecían, agotando rápidamente la poca reserva que él había acumulado en su tanque de rezos.

Pasarían veintisiete años y doce días antes de que don Pancho final- mente tuviera el valor suficiente como para aparecérsele en sueños a Con- suelo. Cada luna llena después de que ella cumpliera veintisiete (una conexión que Consuelo jamás haría), veía a su padre sentado en el portal de la vieja casa de adobe donde ella había nacido, con su sombrero de paja puesto, rasgueando su guitarra, bien parecido, tal como debe ser un hombre. Los sueños eran en blanco y negro, excepto por su guayabera y sus ojos, los cuales tenían un resplandor azul. Don Pancho rasgueaba su guitarra y le can- taba a Consuelo las más bellas canciones.

Lo que sucedía con Consuelo Sin Vergüenza era esto: Medía cinco pies once pulgadas y tres cuartos descalza, era de piel clara, tenía el pelo negro y los ojos verdes. Dado que provenía de Sonora, no se parecía en casi nada al resto de sus paisanos, ya que Sonora es tierra de los yaqui, uno de los pocos pueblos jamás conquistados por los españoles. De no haber sido por las visitas nocturnas y tortuosas, aunque infrecuentes, de don Pancho, Con- suelo pudo haberse olvidado por completo de su patria, especialmente ya que fue trasplantada de allí a la delicada edad de tres.

Pero la parte más difícil del dilema de Chelo era ésta: Necesitaba darle a su papi una especie de despedida. Ella era la séptima hija aún en el vientre materno la noche en que la vida de don Pancho se viera interrumpida por el tren de carga de media noche procedente de Guanajuato. Y no sólo se aparecía DP en sus sueños a rasguear su guitarra y a cantarle canciones, sino a implorarle que regresara a México, donde ella primero debía llevar a la gente a las vías del tren y luego hacerlos interceder por él mediante sus oraciones para sacarlo así del purgatorio. Pensar en su padre atorado en cualquier lugar, mucho menos en el purgatorio, le preocupaba a Chelo sobremanera, ya que, debido a su hasta entonces insuperable miedo al transporte público y a los paseos largos en carro, no había mucho que ella pudiera hacer para ayudarlo. Y eso concluye la introducción al dilema de Consuelo.

# TENER MEJORES COSAS QUE HACER

**Después de engalanarse con su mejor ropa de sábado por la noche,**
Nataly y Consuelo se dirigieron al hipódromo como lo habían planeado.
Llegaron allí poco después de que se registraran las apuestas para la séptima
carrera, un poco tarde para los estándares de la mayoría de la gente, pero
con tiempo de sobra para entrarle a la última apuesta doble del día.

—Parece que esta noche el diablo está de nuestra parte —dijo Nataly al
descubrir un espacio vacío para estacionarse justo enfrente.

—Yo le apuesto al diablo cualquier día —dijo Consuelo mientras
Nataly maniobraba el Cadillac entre las rayas blancas.

Había sido un día de apuestas arriesgadas en la pista de carreras. Había
boletos perdedores regados por el piso de concreto y la tribuna estaba casi
vacía porque más gente pierde su dinero más rápido cuando entran los tiros
largos. Nataly y Consuelo volteaban la cabeza y se tapaban los ojos al desfilar los caballos. Tenían la creencia de que era de mala suerte mirar a los caballos a menos que éstos estuvieran corriendo. En varias ocasiones, cuando
ella había acompañado a un principiante al hipódromo, Nataly había expli-
cado el por qué:

—Digamos que te late el número cuatro y te late todavía más el
número tres. Así que vas a la taquilla y haces una apuesta exacta 4-3. Luego
llega el desfile. Ves al número uno y parece que está dispuesto a volar. Luego
el número dos se orina, así que calculas que está más ligero. Luego te deci-
des por el 1-2, hasta que el número siete se orina y se caga, así que calculas
que está aún más ligero, entonces estás indeciso entre el uno, el dos y el siete.
Muy pronto estás en la taquilla haciendo una apuesta trifecta 1-2-7. Y, ¿qué
pasa? El cuatro y el tres logran lo suyo y tú te quedas con un boleto perde-
dor en mano. Te das cuenta, sólo hacen desfilar los ponis frente al público

para confundirlo, y nunca falla. Siempre, siempre confía en tu intuición en las carreras de caballos así como en cualquier otra cosa.

Al entrar, las chicas encontraron un programa abandonado en el piso. Se sentaron en la tribuna y miraron el orden de los participantes. El número siete era una yegua de tres años de edad llamada Calzón Bendito. A las chicas les latió tanto ese caballo que hicieron un fondo común, que sumó catorce dólares, y lo apostaron al número siete. Calzón Bendito iba montado por Altamira Suárez, un jinete que había ganado un lugar en la historia de las carreras como el jinete que más veces había perdido.

—Por lo menos es constante —comentó Nataly.

—Y persistente —dijo Consuelo. Al darse cuenta de eso, las chicas se sintieron más seguras de su elección. A su modo de ver, si alguien perseveraba lo suficiente, el mundo finalmente daría de sí.

Nataly recogió un ejemplar descartado de la Revista Hípica®, la abrió, luego volteó la página a un artículo sobre Altamira Suárez. Con tres minutos restantes para apostar, Calzón Bendito iba 53 a 1 en el tablero. Las chicas se acomodaron y se pusieron a leer sobre Altamira. Cuando tenía dos años de edad, su papá había huido y nunca más lo habían vuelto a ver ni a tener noticias suyas. Su madre, una maniaco depresiva, murió al arrojarse enfrente de la montaña rusa Giant Dipper en el Malecón de Santa Cruz mientras Altamira la observaba, dejándolo huérfano a la edad de cuatro años. Como insulto final, a Altamira nunca se le permitiría subirse al Giant Dipper, ya que nunca llegaría a la altura reglamentaria de cincuenta pulgadas.

Nataly hizo a un lado la revista y negó con la cabeza.

—Cuando todo el mundo se pone en tu contra de esa manera, la única consolación es saber que no juega limpio.

—Pequeña constelación que es —dijo Consuelo. Consuelo hablaba inglés y español, pero ninguno de ellos a la perfección. De ahí que con frecuencia machucara sus palabras.

Las muchachas miraron la pista de carreras. Los espectadores restantes se habían congregado junto a la cerca. Los caballos estaban en sus cajones de salida. Era hora de apostar. Calzón Bendito fue el último caballo en salir. A la altura del cuarto de milla, la yegua iba en último lugar con muy pocas esperanzas a la vista. A sabiendas de que la carrera se gana en la meta, Naty y Chelo no mostraron preocupación alguna. Un caballo llamado Don Juan Galán iba a la cabeza con tres cuerpos de ventaja sobre su contrincante más cercano. Cerca de la vuelta final y dirigiéndose hacia la recta final, Altamira Suárez hizo que Calzón Bendito pasara por afuera e hiciera su movida. Echando una carrera desenfrenada, rebasó la manada y la tribuna se convulsionó. Altamira fustigó a Calzón Bendito hasta la meta, ganando la carrera por un cuerpo. Nataly y Consuelo relucían orgullosas. No sólo estaban orgullosas de su buen juicio e intuición, se alegraban por Altamira, quien iba en camino al círculo de los ganadores.

Canjearon su boleto, $782, luego apartaron $20 para el fondo común. Eso les dejó $381 para cada una. Al meter el dinero en su bolsa, Nataly dijo:

—Este dinero me servirá para liquidar esa video casetera que tengo apartada en el Kmart.

—¿A poco no te encanta el *layaway*? —dijo Consuelo. Las chicas se encaminaron al estacionamiento.

—La salvación de los pobres. Todo el mundo debe tener ilusión de algo, sin importar qué tan poco dinero tenga o qué tan malo sea su crédito. De hecho —dijo Nataly—, hasta yo diría que el mundo es un lugar más civilizado debido a ello. Le da a la gente algo por qué luchar.

—No se me había ocurrido verlo de esa manera —dijo Consuelo sacando un paquete de Juicy Fruit®, ofreciéndoselo a Nataly, luego tomando dos chicles para sí misma—. Les traigo ojo a un par de botas en Leroy's —continuó Consuelo—, de tres tonos: rojo, blanco y negro. Éstas ya están a punto de mudar —dijo ella, mirándose sus botas de piel de víbora—. Pero no me hago a la idea de deshacerme de ellas.

—Yo soy igual, Chelo. Me encariño mucho con las cosas, más bien es la gente de quien puedo prescindir.

—La noche es joven —dijo Consuelo. Y en realidad eran apenas las 9:00 p.m. pasaditas. Una luna fina brillaba sobre el estacionamiento del hipódromo.

—¿Se te antoja pasar por un tequila con nieve de limón? —dijo Nataly.

—Ya que andamos por ahí, al fin que queda de camino —dijo Consuelo.

# EL GRAN CINCO-CUATRO

*Nataly y Consuelo llegaron a El Gran Cinco-Cuatro y se sentaron en su* butaca favorita. Su amigo Javier Solís estaba allí con su Mariachi de Dos Nacimientos, su mariachi de cristianos conversos y vueltos a nacer. El Mariachi de Dos Nacimientos pasó de un bolero a un huapango, y Nataly dejó escapar un suspiro:

—Es increíble lo que el supuesto amor del Señor ha hecho por este muchacho. Ya no se parece en nada al niño que me metió la mano en los calzones cuando íbamos en el autobús escolar de vuelta a casa. ¿Te acuerdas de eso, Chelo?

—Clarín que sí.

En ese entonces, Javier era presidente de su salón de tercer grado. Cuando la Sra. García, la maestra, se enteró del mal comportamiento de Javier, fue denunciado de inmediato y lo obligaron a limpiar el patio de recreo por el resto del año escolar. Eso representó un fin abrupto a su carrera política.

—Pero lo cierto es que es muy guapo. Sobre todo en esas garras —dijo Consuelo dándole un traguito a su tequila con nieve de limón.

—A Lulabel debe haberle llevado los domingos de todo un año para armar un traje como ese —dijo Nataly refiriéndose a la mamá de Javier, a quien le había dado por trabajar sólo en el día del Señor por puro rencor contra su ex Señor Jesucristo. Hay todo tipo de razones por las cuales una mujer puede llegar a darle la espalda al Señor, y las de Lulabel son demasiado numerosas y complicadas para mencionarlas en este momento, pero ha de saberse que ella únicamente había aceptado trabajar como costurera para el quinteto musical de Javier porque, a su modo de ver, el Mariachi de Dos

Nacimientos consumía muchas más almas de las que salvaba, y nada la hacía más feliz que pensar en que Jesús estaba acumulando tinta roja en su debe.

—Bueno, al menos él tiene a Jesús —dijo Consuelo haciendo una pausa para pensarlo, luego continuó—, que es más de lo que yo puedo decir en un momento dado.

—Supón que tienes razón. Tendré que pensarlo y en este instante tengo que hacer pipí urgentemente como para contemplar algo con seriedad —Nataly se deslizó por la butaca tapizada de rojo, luego se dirigió al tocador de damas y atravesó por la puerta de vaivén.

Nataly jaló la cadena del excusado con el pie, una costumbre que había adquirido después de leer el Manual de las Vaqueras que estipulaba como regla número cuatro: "Jala siempre la cadena del baño con el pie". Ella podía escuchar el sonido amortiguado de la rocola, que había relevado al Mariachi de Dos Nacimientos. Se lavó las manos, luego hizo un paso doble al estilo *country* de camino a la puerta, al son de la F37, "Hey Baby, ¿qué pasó?", una canción Tex-Mex a la cual le tenía un afecto especial. (A continuación, la "Guía a la Rocola de El Gran Cinco-Cuatro".)

Consuelo se deslizaba por la pista de baile con Cal McDaniel. Cal era el dueño de El Gran Cinco-Cuatro así como de La Gran Fábrica de Quesos donde Naty y Chelo trabajaban medio tiempo. Él medía cinco pies y cuatro pulgadas de altura, pero según él era "un cinco-cuatro, pero bien grande", lo cual hacía que formara una pareja dispareja con Consuelo, quien medía cinco pies once pulgadas y tres cuartos descalza. Cal era de la opinión que la ingenuidad de un hombre puede convertir en ventaja cualquier desventaja, y en ese instante él estaba en el proceso de aprovechar la ventaja de su desventaja mientras él y Chelo hacían un paso doble tipo *country* por toda la pista de baile; ella contoneándose y dándole gusto al gusto, él casi bizco de tratar de mantener los atributos de ella constantemente a la vista. La canción terminó, pero Consuelo siguió bailando, haciendo un cha-cha-chá con los hombros, sus pechos haciendo una demostración de la Primera Ley del Movimiento de Newton. Según Sir Isaac, un cuerpo en descanso o en movimiento sobre una línea recta permanece en ese estado a menos que una fuerza externa neta actúe sobre éste, y fue la nariz descomunal y cacariza de Cal la que actuó como esa fuerza al sepultarla en los pechos de Consuelo, llevando su lección de ciencias a un abrupto final.

Nataly caminó hacia la barra y pidió otra bebida. Mariachi de Dos Nacimientos compartía una jarra de refresco de raíz *root beer*. Ella acercó un taburete con patas de cromo junto a Raymundo, quien era, según Javier, el miembro más joven del grupo musical. Raymundo tenía sesenta y siete, pero había vuelto a nacer apenas dos meses antes, lo cual lo convertía en el bebé del grupo, cuyos demás miembros habían vuelto a nacer hacía años, si no es que décadas, antes.

—Todo lo bueno viene en grupos de tres —dijo Javier, sosteniendo el mismo número de dedos—. Es por eso que el Señor tiene tres personificaciones. En honor a la Santísima Trinidad, tocaremos tres canciones por cada petición.

—No quisiera interrumpir —dijo Nataly, haciendo justo eso—. Pero pensé que ustedes sólo se sabían dos canciones.

—La verdad —dijo Javier—, es que acabamos de sacar nuestra propia versión de la canción clásica de José Alfredo Jiménez "Si nos dejan", sólo que le pusimos "Si Dios deja". Como verán, se trata de una canción sobre la voluntad de Dios y las aflicciones de nosotros los pecadores. Los otros cuatro mariachis asintieron su acuerdo, y en el proceso, a cada uno casi se le cae el sombrero.

—Como estaba diciendo antes de que fuera tan groseramente interrumpido —dijo Javier, haciéndole mal de ojo a Nataly—. Jesús dijo que si un hombre pide caminar contigo por una milla, debes caminar con él por dos. Pero yo digo que tres es un mejor número y es por eso que el Señor viene de tres formas.

—Con suerte uno se viene de una forma —dijo Cal mientras él y Consuelo se acercaban a la barra. Le dio a Consuelo un pellizco firme pero indoloro en una nalga.

—¡Lo dirás por ti, *baby*! —dijo Consuelo, reacomodándose su largo pelo negro al girar la cabeza. Cal se frotó las manos como un Boy Scout frente a una fogata: Consuelo le había gustado desde que la conoció, hacía unos diez años. La rocola hizo un corte a la G47, "Wasted Days and Wasted Nights" de Freddy Fender.

—¿Qué dices si damos otra vuelta? —dijo Cal ofreciéndole una mano.

—¿Qué es lo que quieres? —dijo Consuelo vacilando.

—Me gustaría bailar otra pieza contigo, cosita linda. ¿Qué te parece?

—Me parece bien, si me prometes que te va a gustar bien harto —Consuelo deslizó su lengua por sus cuatro incisivos superiores antes de regresar a la pista de baile.

Javier se inclinó sobre Nataly, movió un dedo frente a su cara y le dijo:

—No por nada le apodan "Sin" a esa muchacha —o sea, pecado en inglés, algo que Nataly siempre supo, pero nunca antes había escuchado que se expresara ese sentimiento de forma tan sucinta.

# Guide to the *Rockola* *

| | | |
|---|---|---|
| **A17**<br>GÜERITA<br>BANDA MACHOS | **L88**<br>ABRAZADO DE UN POSTE<br>LORENZO DE MONTECLARO | **G47**<br>WASTED DAYS/WASTED NIGHTS<br>FREDDIE FENDER |
| **A27**<br>LAS NACHAS<br>BANDA MACHOS | **L98**<br>Y POR ESA CALLE VIVE<br>LORENZO DE MONTECLARO | **G57**<br>BEFORE THE NEXT TEARDROP<br>FREDDIE FENDER |
| **M17**<br>CU-CU-RU-CU-CU<br>LOLA BELTRÁN | **H86**<br>LOS DOS PLEBES<br>LOS TIGRES DEL NORTE | **D19**<br>EL REY DE LOS CAMINOS<br>GERARDO REYES |
| **M27**<br>PALOMA NEGRA<br>LOLA BELTRÁN | **H96**<br>LA MESA DEL RINCÓN<br>LOS TIGRES DEL NORTE | **D29**<br>QUE NOS ENTIERREN JUNTOS<br>GERARDO REYES |
| **B16**<br>WHO'S SORRY NOW<br>CONNIE FRANCIS | **Z12**<br>REINA Y CENICIENTA<br>CARMEN JARA | **S19**<br>QUERIDA<br>JUAN GABRIEL |
| **B26**<br>FALLIN'<br>CONNIE FRANCIS | **Z22**<br>EL MOLOLONGO<br>CARMEN JARA | **S29**<br>EL NOA NOA<br>JUAN GABRIEL |
| **F37**<br>HEY BABY ¿QUÉ PASÓ?<br>TEXAS TORNADOES | **N44**<br>UN RATO MÁS<br>LOS BUKIS | **C37**<br>CHIQUILLA BONITA<br>PEPE AGUILAR |
| **F47**<br>AMOR DE MI VIDA<br>TEXAS TORNADOES | **N54**<br>TU CARCEL<br>LOS BUKIS | **C47**<br>EL LENGUA SUELTA<br>PEPE AGUILAR |
| **X14**<br>CHAPARRA DE MI AMOR<br>RAMÓN AYALA | **N27**<br>AMARGA NAVIDAD<br>JOSÉ ALFREDO JIMÉNEZ | **K12**<br>MAMBO LUPITA<br>BANDA EL MEXICANO |
| **X24**<br>UN PUÑO DE TIERRA<br>RAMÓN AYALA | **N37**<br>QUE SE ME ACABE LA VIDA<br>JOSÉ ALFREDO JIMÉNEZ | **K22**<br>NO BAILES DE CABALLITO<br>BANDA EL MEXICANO |
| **A55**<br>CUATRO CAMINOS<br>JOSÉ ALFREDO JIMÉNEZ | **Y17**<br>NIEVES DE ENERO<br>CHALINO SÁNCHEZ | **W35**<br>TU CAMINO Y EL MIO<br>VICENTE FERNÁNDEZ |
| **A65**<br>EL JINETE<br>JOSÉ ALFREDO JIMÉNEZ | **Y27**<br>LOS CHISMES<br>CHALINO SÁNCHEZ | **W45**<br>NI EN DEFENSA PROPIA<br>VICENTE FERNÁNDEZ |

# at the Big Five-Four

| | | |
|---|---|---|
| **B13**<br>LA LÁMPARA<br>CHELO | **V41**<br>AMIGO BRONCO<br>BRONCO | **U68**<br>MI CASA NUEVA<br>LOS INVASORES DE NUEVO LEÓN |
| **B23**<br>DOS GOTAS DE AGUA<br>CHELO | **V51**<br>QUE NO QUEDE HUELLA<br>BRONCO | **U78**<br>ROSALINDA<br>LOS INVASORES DE NUEVO LEÓN |
| **R24**<br>VOLVER, VOLVER<br>VICENTE FERNÁNDEZ | **T24**<br>CHICA DE MIS SUEÑOS<br>JORGE LUIS CABRERA | **L42**<br>LA HIJA DE NADIE<br>YOLANDA DEL RIO |
| **R34**<br>SI ACASO VUELVES<br>VICENTE FERNÁNDEZ | **T24**<br>TOMA MI CORAZÓN<br>JORGE LUIS CABRERA | **L52**<br>TUS MALETAS EN LA PUERTA<br>YOLANDA DEL RIO |
| **B33**<br>LUCES DE NUEVA YORK<br>SONORA SANTANERA | **M26**<br>MALDITA MISERIA<br>MERCEDES CASTRO | **I19**<br>COMO TE EXTRAÑO<br>LEO DAN |
| **B43**<br>LOS ARETES DE LA LUNA<br>SONORA SANTANERA | **M36**<br>UN CACAHUATE<br>MERCEDES CASTRO | **I29**<br>ESA PARED<br>LEO DAN |
| **Q19**<br>COMO QUISIERA DECIRTE<br>LOS ANGELES NEGROS | **E51**<br>BESOS Y COPAS<br>CHAYITO VÁLDEZ | **J84**<br>YO<br>JOSÉ ALFREDO JIMÉNEZ |
| **Q29**<br>MURIÓ LA FLOR<br>LOS ANGELES NEGROS | **E61**<br>LA NOCHE DE MI MAL<br>CHAYITO VÁLDEZ | **J94**<br>QUE SUERTE LA MIA<br>JOSÉ ALFREDO JIMÉNEZ |
| **F62**<br>BEHIND CLOSED DOORS<br>CHARLIE RICH | **C19**<br>AMOR PROHIBIDO<br>LOS RIELEROS DEL NORTE | **L36**<br>I FALL TO PIECES<br>PATSY CLINE |
| **F72**<br>THE MOST BEAUTIFUL GIRL<br>CHARLIE RICH | **C29**<br>NO VOLVERÉ<br>LOS RIELEROS DEL NORTE | **L46**<br>WALKIN AFTER MIDNIGHT<br>PATSY CLINE |
| **T47**<br>UNA AVENTURA<br>BANDA LA COSTEÑA | **J43**<br>VAMÓNOS A FIESTA<br>BANDA EL RECODO | **O24**<br>SERENATA HUASTECA |
| **T57**<br>PALOMA QUERIDA<br>BANDA LA COSTEÑA | **J53**<br>SEIS PIES ABAJO<br>BANDA EL RECODO | **O34**<br>PA' TODO EL AÑO<br>JOSÉ ALFREDO JIMÉNEZ |

# El músico

EL MÚSICO TROMPA DE HULE, YA NO ME QUIERE TOCAR

# EL MARIACHI

***A Javier siempre le había conmovido el mariachi. Su madre, Lulabel,*** recordaría que la primera sonrisa genuina de su hijo había sido provocada por Jorge Negrete cantando "¡Ay! Jalisco, no te rajes" por el radio AM. La madre aprendió rápidamente cómo calmar al niño: desempolvaba sus discos clásicos y se los tocaba a Javier. De ver al bebé susurrando todas las noches en su cuna, ella comentaba con partes iguales de miedo y reverencia: "¡Ay!, ¡qué muchacho tan raro!"

Un chico solitario por gusto, la única compañía que Javier buscaba era la de su tocadiscos y su Biblia. Lulabel podría haber predicho la otra mitad del asunto. Javier nació el 19 de abril, una fecha insignificante si no fuera porque en ese día Javier Solís, uno de los mariachis más memorables de todos los tiempos y el cantante predilecto de Lulabel, había dejado este mundo de la manera más discreta.

A Javier Solís se le recordaba mejor como "El rey del bolero ranchero". Era bien parecido, ¡un guapetón pues!, pero era guapo de una manera que iba más allá de la sexualidad y llegaba a algo más profundo. De verlo en su traje de charro, el amor que él prometía parecía divino. Si alguna duda quedara al respecto, ésta se disolvía rápidamente cuando él abría la boca para cantar.

Un hombre devoto y sincero, Javier Solís era apasionado en todos los aspectos de su vida, incluso en cuanto a su comida favorita. A Javier le encantaban los tacos. Le gustaban como a algunos hombres les gustan sus mujeres: con una envoltura agradable, firme, dura. Mientras que muchos hombres se han dado a la perdición por una mujer, es difícil imaginar que un taco pudiera ser la perdición de un hombre, como le ocurrió a Javier. Después de una sencilla operación para quitarle un quiste en la vesícula biliar, uno de los cuates de Javier metió a escondidas un par de tacos dorados. Él se recostó en la cama, el verde de su pijama de hospital hacía juego con la lechuga de su taco, dio una amplia sonrisa y atacó. Después de una buena comida, dio gracias al Señor por sus muchas bendiciones, entre ellas tener tan buenos amigos, luego se acostó para no despertar jamás. La cubierta dura del taco le había descosido las puntadas a medida que bajaba por su organismo. Javier Solís murió desangrado.

Para el caso daba casi igual. Javier era del tipo de hombres que desearías que pudiera morir en sueños después de una buena comida. Si tan sólo se hubiera esperado por lo menos otros cincuenta años. No tenía ni treinta y cinco. Después de enterarse de la horrible noticia de su súbito fallecimiento, Lulabel entró en trabajo de parto, siete semanas antes de lo previsto. Su hijo nació con buena salud, sin complicaciones. De ver algo comenzar mal, pero terminar con éxito, Lulabel nombró a su hijo en honor al cantante que ella tanto adoraba. Y ya que en eso andaba, hasta se adueñó de su apellido. En realidad no importaba. El padre de Javier se había largado durante el primer trimestre del embarazo de ella. Se había ido de esa forma que no permite un regreso. Lulabel supo que esto era cierto porque el Señor se lo había dicho. Pero eso era cuando ella y Él todavía se dirigían la palabra. Ahora, o el Señor le había dejado de hablar a ella o ella había dejado de escucharlo. Para el caso, el efecto era el mismo: ella no lo escuchaba susurrar a su oído, lo cual le daba igual, ya que ella tampoco tenía mucho que decirle a Él de todos modos.

El Señor había tenido la razón desde un principio. El padre de Javier jamás regresó. La única orientación masculina que el joven Javier recibió vino a través de su tocadiscos y su Biblia. De Jorge Negrete, Javier aprendió a sentirse orgulloso de sus orígenes. José Alfredo Jiménez le enseñó a Javier que el arte va más allá de la interpretación, y fue don José Alfredo quien inspiró a Javier a escribir su primera canción a la edad de nueve años. Más que nada, Javier aprendió de su tocayo. Mientras que seguir los pasos de los ídolos dignos nunca es una actividad deshonrosa, Javier supo que él tenía que crear su propia cosa buena, y el Mariachi de Dos Nacimientos le pareció justamente eso.

Al formar su mariachi de cristianos conversos, Javier combinó las dos grandes fuerzas que lo guiaban. Se trataba de una evolución natural, ya que fue a través de las leyendas del mariachi y la palabra de Dios que Javier se había convertido en lo que se conoce comúnmente como un hombre.

Era un domingo por la tarde y Javier se preparaba para salir y dar una serenata redentora en la Correccional de Mujeres del Condado de Lava, una instalación de mínima seguridad que albergaba principalmente a aquellas que habían cometido su primera infracción. Hasta Johnny Cash, aquel cantante de *country & western* famoso por cantarle a los prisioneros, calculó Javier, debió haber empezado poco a poco. No pudo haber dado su primer concierto de caridad en San Quintín. Javier se abrochó su cinturón bíblico, una tira sencilla de cuero negro grabado con sus citas favoritas de las Sagradas Escrituras. Se miró al espejo y se enderezó el sombrero. Vestido en su traje de charro, ya no era el mismo. Era un mariachi y todo lo que éste representaba. En un mundo lleno de maldad, Javier había considerado durante mucho tiempo que el mariachi era el último emisario honorable del bien.

Se quitó el sombrero, luego se arrodilló al lado de su cama individual para una breve charla con el Señor. Cuando cerró los ojos, imaginó allá, arriba en las nubes, a todos los grandes hombres y mujeres mariachis que habían pasado a mejor vida, vestidos con sus trajes de charro blancos, acunando contra el pecho instrumentos tallados de madreperla, sonriendo sutilmente, rodeados de santos y ángeles. Javier no tenía la menor duda de que el mismísimo San Pedro había sido un mariachi, probablemente del estado sureño de Veracruz donde el arpa es un instrumento básico. Su visión incluía a Jesús sentado a la derecha de Dios, cuyo inmenso sombrero proyectaba una enorme sombra sobre todo su séquito.

Javier oró:

*Estimado Señor,*
*De parte mía y de mi honorable Mariachi de Dos Nacimientos, así como de las detenidas en la Correccional de Mujeres del Condado de Lava, te pido que me bendigas con el Espíritu Santo y que me ayudes en la misión de llevar esas almas descarriadas a tu lado. Siendo testigo de tu gloria y aprendiendo cada día más de ella, no me sentiría a gusto si me la quedara para mí solito. Debe ser compartida.*

Javier terminó su oración con el versículo 6 del salmo 86. "Prestad oh Señor tu oído a mi rezo y atiende la voz de mis súplicas", luego dijo su amén. Se puso de pie, se volvió a poner el sombrero, agarró su guitarrón y se dirigió a la puerta. Puso el instrumento en la cajuela de su Chevrolet Monte Carlo 1976 color marrón metálico junto a una caja de panfletos bíblicos. Los Mariachis iban a reunirse en casa de Raymundo. Javier miró su reloj. Estaba a tiempo.

En honor a la Sagrada Trinidad, Javier pisó tres veces el pedal del acelerador antes de arrancar. Se metió a la Autopista 33. Su gran sombrero negro de domingo se encontraba a su lado sobre el asiento de hule.

Era el mes de julio y el sol azotaba con fuerza, como acostumbra hacerlo en Lavalandia en esa época del año. Por el carril que va hacia el norte había un huerto de nogales sombreado y atrayente. Por el carril que va hacia el sur, pura maleza color marrón. El huerto de nogales se desvanecía hacia un sembradío de pimientos flanqueado por campos, regados de unas cuantas chozas y tráileres donde vivían los trabajadores agrícolas.

Más adelante, del lado opuesto del camino, un grupo de hombres y mujeres que vestía chalecos anaranjados recogía basura. Javier lamentó su falta de respeto por el día de guardar, antes de darse cuenta de que se trataba de personas convictas por el delito de manejar en estado de embriaguez que estaban pagando su deuda con la sociedad. Hace poco Javier había jugado un papel decisivo en la rehabilitación de una persona que había perpetrado el mismo crimen ruin. Sus chalecos anaranjados destellaban en el espejo retrovisor como señales de advertencia.

Sin darse cuenta, Javier aceleró el Monte Carlo a 90 millas por hora y lo dejó correr. Allá iba por la autopista a toda velocidad, las ruedas de la salvación girando en su cabeza. Pegó un brinco cuando escuchó de pronto una sirena. Al revisar sus espejos, se dio cuenta de que la luz roja de una patrulla de Lavalandia le hacía señales de que se hiciera a un lado del camino.

Javier se quedó quieto mientras el agente de policía caminaba hacia el Monte Carlo. Sabía que no debía pedirle ayuda al Señor para una cuestión así, aun cuando las repercusiones financieras de una multa de tránsito menguarían los fondos de su ministerio. Javier era un hombre que se las arreglaba con lo que tenía. En Lavalandia, las principales fuentes de empleo eran los campos, la Fábrica de Enlatados, la Fábrica de Salchichas y la Gran Fábrica de Quesos. Javier se sintió afortunado de contar con un empleo como basurero. A pesar de su misión divina, Javier se consideraba a sí mismo como una persona del pueblo. Quería estar tan cerca de sus discípulos como le fuera posible y él consideraba su intimidad con su basura como un paso hacia dicho fin.

Javier se bajó del Monte Carlo, se arregló el traje de charro, se enderezó y le ofreció su mano al agente que se aproximaba.

—Buenas tardes, hermano —dijo Javier.

El policía simplemente asintió y luego dijo:

—Lo paré por exceso de velocidad.

—Así es —admitió Javier—. Sin embargo, en el Código Vehicular del Estado de California se estipula que un conductor puede exceder el límite de velocidad en bien de la seguridad vial —Javier dijo, sonriendo. Se enorgullecía de su excelente memoria y su corrección en el hablar, y consideraba a ambas glorias divinas.

El agente, cuya placa tenía el número 5784, sacó un palillo de dientes del bolsillo de su camisa y se lo metió en la comisura de los labios.

—Así que, ¿me está diciendo que iba a exceso de velocidad en bien de la seguridad vial?

—Exactamente —dijo Javier, reciclando su sonrisa anterior.

—Eso me lo va a tener que explicar.

Javier comenzó a caminar de arriba abajo con la energía nerviosa del devoto.

—Verá, agente. Soy mariachi, pero no cualquier mariachi. Mis mariachis y yo somos embajadores del Señor. Nuestra música entona las alabanzas a nuestro Señor Jesucristo que está en el Cielo. Mientras manejaba y pensaba en mis hermanos y hermanas descarriados, el Señor me hizo una revelación sobre la dirección en que debo guiar a mi mariachi. Tenía prisa por darles las buenas nuevas a los muchachos. Verá, cualquier autopista es más segura si los conductores van por el camino del Señor.

El 5784 arrojó su palillo al suelo. Era un hombre capaz de reconocer una amenaza a primera vista, y Javier no representaba peligro alguno. Decidió dejar ir a Javier con una advertencia.

Javier despidió al Policía 5784 con un agradecimiento, un apretón de manos y una invitación al próximo servicio dominical en La Iglesia de Dios y su Hijo Jesucristo, después respetó el límite de velocidad el resto del camino hasta la casa de Raymundo. Una vez que hubo llegado, le dio gracias al Señor, luego subió corriendo las escaleras y atravesó el pasillo de concreto, antes de entrar al apartamento sin tocar a la puerta.

—Discúlpenme, hermanos, por irrumpir de esa forma, pero el Señor habló conmigo mientras venía de camino mostrándome la dirección en la que Él quiere que procedamos —dijo Javier. Los mariachis se apresuraron a ocupar sus lugares. Querían escuchar lo que el Señor había dicho. Se congregaron en los sillones disparejos. El apartamento de una recámara era el hogar de cuatro hombres: todos los mariachis menos Javier. Aparte de un crucifijo de latón que colgaba sobre la puerta de enfrente, las paredes blancas estaban desnudas. Un televisor de trece pulgadas estaba colocado sobre un huacal de leche a la distancia. Frente a los sillones, había una mesa de centro regada de platos de papel sobrantes del desayuno y panfletos bíblicos, y al centro de todo, un pizarrón con patas.

Javier agarró un pedazo de gis y escribió las palabras "eliminación" y "rehabilitación" en el pizarrón. Durante la concepción del Mariachi de Dos Nacimientos, Javier había imaginado un ataque sobre dos flancos en contra del pecado. El mariachi intentaría primero eliminar tantos pecados como le fuera posible. Cuando el mariachi no pudiera eliminar el pecado que se había propuesto suprimir, llegaría como un agente rehabilitador del Señor, en un intento por salvar almas descarriadas, en una misión no muy distinta a la que estaban a punto de emprender en la Correccional de Mujeres del Condado de Lava.

—El Señor me ha mostrado que nuestro ataque sobre dos flancos no es suficiente, especialmente porque la horquilla del diablo consta de tres dientes —dijo Javier. Los otros mariachis se quedaron sentados escuchándolo y mirándolo boquiabiertos.

—Nunca podremos eliminar el pecado —continuó Javier—. Podemos intentarlo, pero somos sólo hombres, hermanos, y para el caso sólo somos cinco. Pero lo podemos prevenir. —Escribió la palabra "prevención" en letras mayúsculas, depositó el gis y luego se sacudió las manos—. ¡Debemos ir a la defensa de nuestros hermanos y hermanas que están al borde del pecado y suplicarles que no caigan en las garras del diablo!

—¡Amén! —dijeron los mariachis.

Todos sonrieron de oreja a oreja por un buen rato, sus sonrisas compitiendo en amplitud solamente con el borde de sus sombreros.

Javier se cruzó de brazos con el agotamiento de quien ha hecho un esfuerzo supremo. En un momento de silencio, los mariachis dieron un suspiro colectivo cuando cayeron en cuenta de la gravedad de la labor que les esperaba.

Dado que a veces puedes saber algo sin comprender el alcance de sus repercusiones, todos los mariachis aprendieron una lección importante. El mundo estaba infestado de pecado. Siempre lo había estado y siempre lo estaría. Aun así, los hombres podían intentar prevenir el pecado, la comprensión de lo cual los hizo sentir a todos súbitamente poderosos e iluminados.

Para que el idealismo sea del todo efectivo, debe ir moderado por una dosis de realismo. Los mariachis llevaron sus instrumentos al Monte Carlo y se acomodaron en sus asientos con justamente ese tipo de realismo, aunado a la tristeza que siempre debe acompañarlo, y se dirigieron hacia la Correccional de Mujeres del Condado de Lava.

# La sirena

**CON LOS CANTOS DE LA SIRENA NO TE VAYAS A MAREAR**

# LAS SERENATAS

*En las películas mexicanas viejas, hay una muchacha bonita y un* hombre guapo. Ambos cantan admirablemente bien y usan ese talento durante toda la película para expresar sus sentimientos más íntimos. El hombre guapo ama a la muchacha bonita, así que reúne a hombres, quienes reúnen instrumentos y se colocan bajo su ventana. Ésta es la serenata.

La muchacha es muy, pero muy bonita. Por esa razón, su padre ha puesto barrotes en su ventana. Además, él todavía no se ha dado cuenta de que ella ya es mujer. La muchacha bonita pone las manos sobre estos barrotes cuando el hombre y sus mariachis le llevan serenata. Ella se agarra de los barrotes para no desmayarse, ya sea por los halagos o por el amor, los cuales, en ciertas manifestaciones, son de todas formas la misma cosa. Recarga la frente en los barrotes de su ventana y sonríe. Quiere estar tan cerca del hombre que ama como le sea posible.

De manera similar, las detenidas en la Correccional de Mujeres del Condado de Lava se abrazaban a sus barrotes, aunque por razones muy distintas, mientras Javier y sus mariachis trovadores les llevaban una serenata ambulante. Las mujeres querían ver qué cosa más rara había entrado por la puerta de enfrente.

El Mariachi de Dos Nacimientos estaba presente en las instalaciones y traía consigo su limitado aunque diverso repertorio. El mariachi sólo se sabía tres canciones, pero las cantaba en tres idiomas distintos: español, inglés y spanglish, y en una variedad de ritmos, que incluían pero no se limitaban, al huapango, el son, el bolero y el estilo jarocho. Las prisioneras miraban sobrecogidas cuando el mariachi entró en el pabellón de la prisión. Los hombres tenían ese modo de andar lento y pausado tan curioso que ocasiona el atuendo incómodo y las mujeres tuvieron que preguntarse qué buen comportamiento las había hecho acreedoras de tal recompensa.

Los hombres iban vestidos con el traje de charro tradicional: pantalones ajustados, chaqueta corta, un par de botines, una corbata de moño grande y un sombrero. Pero mientras que un mariachi común hubiera llevado botonaduras de plata brillante a los costados del pantalón, el Mariachi de Dos Nacimientos llevaba una serie de cruces doradas y plateadas.

Los hombres comenzaron con un huapango y algunas de las señoras se pusieron a bailar un zapateado. El impacto de la trompeta con el constante vaivén gutural del guitarrón, y la dulzura del violín aunada a la nitidez de la vihuela, se conjugaron para que las mujeres se empezaran a mover, pero las cosas llegaron a un abrupto final cuando Javier comenzó a cantar su versión Tex-Mex de "Jesús me ama".

Durante el curso de la canción, los hombres y su música fueron menos una fuente de diversión y más una fuente de asombro. Javier guió a los demás músicos en una transición suave a "Más cerca, ¡oh Dios!, de ti" cantada a ritmo de bolero.

Las prisioneras dejaron de bailar y se pegaron a los barrotes.

—Me encantaría estar un poco más cerca de ti —gritó una presa. Los mariachis ni se inmutaron frente a esta insinuación. Javier les había aconsejado a sus músicos que siempre mantuvieran el rostro serio y solemne al cantar las alabanzas al Señor.

—Así como Jesús fue perseguido, así también aquellos que cantan sus alabanzas —Javier le había recordado a su quinteto antes de su llegada al reclusorio de mujeres. Tuvieron eso presente mientras las señoras daban gritos y aullidos, y les lanzaban blasfemias.

Los gritos siempre han sido bien recibidos por el mariachi. Son la mejor indicación de que ha llegado a su público. Incluso éste recurre a ellos cuando sus emociones reprimidas no pueden más. La emoción, la felicidad, la borrachera, el patriotismo y la tristeza, todas ellas pueden ser expresadas con distintas variaciones de una misma sílaba: ay. Pero los gritos que ocurrían en la Correccional de Mujeres del Condado de Lava tenían como propósito burlarse de los misioneros musicales.

Era poco después de la hora del almuerzo. Las mujeres, dos o tres por celda, aporreaban sus barrotes con cucharas; no estaba permitido tener tenedores y cuchillos adentro. Al ver que Javier y los muchachos sólo estaban interesados en la salvación de sus almas, a las mujeres les dio por bailar entre sí. Se contoneaban y bailaban de cachetito. La música tuvo un efecto afrodisíaco y se podía ver a las prisioneras besándose por todo el edificio. En celdas donde había tres presas, los ánimos se enardecían. Como nadie quería quedarse por fuera, se suscitaron varias escaramuzas.

Se escuchó un grito herido de una celda distante. Los mariachis se miraron entre sí, luego llevaron su música por el pasillo de concreto hasta la celda B47.

—Buenas tardes, hermana —dijo Javier olfateando el aire. La celda frente a él estaba aseada y ordenada, y acababa de ser trapeada.

—¿Pueden complacerme con una canción? —dijo la presa.

La presa G3742, alias la Lucha, quiso escuchar "Bonito Tecalitlán", una melodía que canta las alabanzas al pueblo que ha dado origen al mejor mariachi del mundo, el Mariachi Vargas de Tecalitlán.

Los mariachis miraron a Javier y esperaron a que él los guiara. Se enfrentaban a un dilema aún mayor que el de las prisioneras que se besaban; les estaban pidiendo que tocaran una pieza agnóstica. Javier dio un suspiro. No era tan malo como podría haber sido. Era una canción inocente que no mencionaba nada de beber, pelear o apostar, y muy poco del amor romántico.

Los mariachis se apiñaron para considerar el aprieto en que se habían metido. Vestido en su traje de charro, Javier se consideraba a sí mismo 51 por ciento misionero y 49 por ciento mariachi. Aunque el Señor contaba con participación mayoritaria, el mariachi siempre daba su opinión.

—Hermanos, no me consta que tenga nada de malo que le toquemos esta canción a nuestra hermana —concluyó Javier.

—Yo creí que sólo tocábamos canciones acerca de Dios —dijo Pablo. Los demás mariachis asintieron.

—Sí. Pero Jesús dijo, "Dad a quienes os piden". Esto representa un reto para nosotros, pero creo que si el Señor Jesucristo todavía estuviera sobre esta tierra, Él le otorgaría a la hermana su deseo. Estamos aquí no sólo para llevar la palabra de Dios a aquellos que más la necesitan, sino también para servirles de consuelo.

Las palabras de Javier fueron tomadas en consideración y el voto para interpretar la petición de la presa fue unánime. Los mariachis hicieron una pausa para orar y luego se depositaron de nuevo frente a la celda de Lucha.

La trompeta de Pablo marcó las primeras notas de "Bonito Tecalitlán" y Lucha echó un grito. La música le recordaba su pueblo natal, un lugar que no había visto desde que tenía nueve años, quince años atrás. Ella comenzó a cantar la segunda estrofa de la canción, dándole a Javier la oportunidad de descansar la voz y la mente. Él rasgueó su guitarrón y se quedó mirándola. Puede que haya sido un misionero y un mariachi, pero más que nada era un hombre y no pudo evitar darse cuenta de lo hermosa que era esta mujer. Llevaba el pelo oscuro en una sola trenza. Su ropa azul carcelario hacía resaltar el ámbar de sus ojos, los cuales hacían un marcado contraste con su piel morena. En cuanto a su voz, a Javier le pareció tan linda como cualquiera de las antiguas cantantes mexicanas que siempre tocaban en el programa del domingo por la mañana.

Al final de la canción, los mariachis irrumpieron de pronto con su versión Tex-Mex de "*He's Got* Todo el Mundo en *His* Manos". Lucha se asía de los barrotes haciéndole ojitos a Javier. Mientras ella pestañeaba y se relamía, a Javier le enchinó el cuero por debajo de su traje de charro. Sobrecogido por el miedo y la emoción crecientes, Javier echó un grito.

—¡¡Sí, Señor!! —exclamaron los mariachis. Las damas también pegaron de gritos, pero dar un grito no es un arte que se aprenda fácilmente; los esfuerzos de las mujeres eran meramente de aficionadas.

Todo el pabellón estaba bajo la influencia del mariachi.

Al ver la oportunidad de salvar almas, Javier llevó a los mariachis por el pasillo de cemento a una posición estratégica, se quitó el sombrero y le indicó a los demás músicos que hicieran lo mismo.

Presentó a sus compañeros músicos: Raúl en el violín; Pablo en la trompeta; Raymundo en la guitarra; y Kiko en la vihuela.

—Me llamo Javier y estoy a sus órdenes.

Las presas señalaron, susurraron y se rieron tontamente. Las edades del Mariachi de Dos Nacimientos oscilaban entre los diecinueve y los sesenta y siete. A las mujeres se les hizo fácil encontrar un mariachi cercano a su edad en el cual fijarse.

—Jesús está en camino —dijo Javier.

—Hace mucho que viene —se mofó una presa.

—Tal vez agarró el camión —especuló otra.

Javier se volvió a poner el sombrero y se ajustó la correa del cuello como si estuviera a punto de montar su caballo y marchar hacia el crepúsculo. Los demás mariachis siguieron su ejemplo. Siendo el sombrero fuente de gran orgullo y tradición, los hombres se sentían más capaces con el suyo puesto.

Lucha parecía ser la única con el alma dispuesta en ese lugar; Javier se sintió gravitar hacia ella. Le atraía en todos los sentidos. Como misionero, se interesaba por su alma, la cual él intentaba salvar entonces más que nunca, y el mariachi en su interior la consideraba su igual.

Mientras él y su mariachi se colocaban directamente frente a su celda, Lucha se anudó las puntas de la blusa, dejando su ombligo al descubierto. Al sentirse envuelto por el deseo, Javier miró hacia arriba por los conductos de ventilación en busca del cielo, pero al ver sólo ranuras de éste, bajó la cabeza. Los demás mariachis siguieron su ejemplo, comenzando cada quien sus propias oraciones.

Javier sabía que se encontraba bajo la tentación, algo que nunca le había sucedido en tan gran escala. Claro que se había sentido cautivado, pero por los manjares de la niñez: dulces y quiescentes postres congelados. Pero ahora Javier se encontraba a sí mismo bajo la tentación de los pecados de la carne, y nada menos que por una delincuente.

Javier le pidió al Señor toda la fuerza que Él era capaz de otorgar, luego dijo su Amén. Los sombreros resaltaron uno a uno.

Lucha le hizo señas a Javier de que se acercara. Él fue directamente hacia los barrotes de su celda y se apoyó tan cerca como pudo mientras los demás mariachis se miraron entre sí con una mezcla de miedo y confusión.

—Gracias —dijo ella, alargando la mano hacia Javier entre los barrotes de su celda para acariciarle la mejilla—. Me acabas de recordar a mi hogar.

De modo que ella era de Tecalitlán. La nuez de Adán de Javier se movió de arriba abajo mientras tragaba saliva. Los ojos de él proyectaban admiración.

—Salgo en dos semanas —dijo Lucha sosteniendo el número apropiado de dedos. Su tono había cambiado de repente de dulce y sentimental, a animado y práctico—. ¿Firmas por mí?

El semblante de Javier revelaba confusión. No estaba muy versado en los procedimientos carcelarios, pero Lucha se apresuró a explicarle que necesitaba que un residente de los Estados Unidos mayor de dieciocho años respondiera por ella para que pudiera ser puesta bajo la custodia de una entidad que no fuera el estado. Lucha tenía programado salir libre a las 9:00 a.m. Eso les daría a ella y a Javier tiempo de sobra para llegar a la Iglesia de Dios y su Hijo Jesucristo para el servicio de las diez. Mientras los mariachis salían al estacionamiento, Javier agradeció al Señor este don, así como muchos otros.

# La lonchera

**LO QUE TODOS VAN A VER, CUANDO TIENEN QUE COMER**

# EL DILEMA DE LUCHA

**Cuando Lucha era niña, siempre le daban un manotazo por meter la** mano a escondidas en el frasco de los caramelos. Cuando entró en la adolescencia, Lucha comenzó a sentirse como el mismo frasco de los caramelos: adondequiera que iba, los hombres alargaban la mano para agarrarla como si estuviera llena de rebanadas de naranja y cacahuates con malvavisco del circo, los favoritos de Lucha. Fue durante esa dura etapa que Lucha resolvió ambos problemas con la implementación de una sola ocurrencia repentina. Lucha aprendió cómo conseguir lo que estaba dentro del frasco de los caramelos, posando como tal.

Con este experimento, Lucha comenzó por cosas pequeñas. Primero utilizó sus encantos con el repartidor de periódicos para que le entregara el periódico gratis todas las mañanas, aún cuando los residentes de su casa sólo leían *¡Alarma!*® y *Telenovelas*®. Luego, hizo que el paletero subiera su carrito por los escalones del porche, donde él le daba a escoger la paleta que ella quisiera. En la gasolinera los hombres corrían a llenarle el tanque con súper sin plomo y le revisaban el aceite, y además le rellenaban el resto de los fluidos vehiculares vitales.

Todo indicaba que el experimento había sido un éxito. Pero cuando la mamá de Lucha, Violeta, vio el efecto que su hija tenía sobre estos hombres, le dio un manotazo más fuerte que nunca. Pero eso fue antes de que Lucha se metiera con los muchachos de la carnicería. Cuando doña Violeta vio todas las viandas de puerco, res, aves y pescado que Lucha traía a casa, dejó de darle de manotazos y fue a comprar un congelador extra. Agradecía esta pequeña ayuda.

Violeta había luchado económicamente para criar a Lucha ella sola, después de que su esposo, Lucio, había muerto en la Fábrica de Salchichas donde trabajaba como capataz de control de calidad en el departamento de chorizo. Un día durante el curso y desempeño de su empleo, la máquina que coloca la pequeña pero resistente grapa al final del chorizo se alocó y llenó a Lucio de grapas metálicas, dejando a Lucha huérfana de padre a la edad de nueve años.

De todos sus benefactores, el favorito de Lucha era Ezequiel, dueño y operador de la mejor lonchera de toda Lavalandia. Cuando Lucha iba a bailar a El Aguantador todos los sábados por la noche, Ezequiel siempre esperaba afuera con la comida favorita de Lucha: tacos de lengua con chilito y limón, y jugo de guayaba bien helado para acompañarlos.

La lonchera estaba revestida de cromo y era tan sexy como su dueño/ operador. Después de bailar toda la noche, Lucha se paraba en el estacionamiento del centro nocturno mirando su reflexión distorsionada en los paneles de cromo. Se arreglaba el pelo y se retocaba los labios, luego miraba deseosa a Ezequiel mientras él extendía los brazos y usaba sus bíceps bien formados para activar el toldo decorado con el dibujo de un zarape. Abría el compartimiento lateral donde había una gran variedad de pan dulce, jugos de frutas y refrescos azucarados, mangos en un palito y vasos con pepinos rebanados bien untados de chile y limón. En el mostrador ponía tres jarrones de agua fresca de los sabores más comunes: tamarindo, jamaica y horchata. Al lado había un recipiente de gruesos pepinillos en vinagre y otro de cueritos de puerco encurtidos. Vendía durritos, esas ruedas de carreta anaranjadas refritas a la fritanguera perfección, churros, paletas de la marca La Michoacana®, bolsas de cacahuates, pistaches y semillas de calabaza, papas fritas caseras y todo tipo de dulzor en la forma de golosinas en barra y pastelitos empaquetados. Pero la verdadera magia ocurría en la misma lonchera donde los burritos, los tacos y las tortas eran preparados bajo recetas de varias generaciones procedentes de todas partes de la república.

Por la mañana temprano, cerca de las 2:05 a.m., la lonchera de Ezequiel se convertía, para muchos, en la última esperanza de una noche exitosa. Era ahí, en el estacionamiento del club nocturno, donde los hombres hacían sus últimos intentos por conquistar a las mujeres, las mujeres sus últimos intentos por evadirlos, y en el curso de esta interacción, una pelea a puñetazos era siempre inevitable. Había un agarrar de traseros femeninos, un cacheteo de rostros masculinos. Hombres en varias etapas de frustración y/o embriaguez pedían de distintas formas que se les diera una lección, y Cheque, como era conocido Ezequiel por más de una razón, con frecuencia se convertía en su instructor.

Una noche, hace algunos años, en la época en que los mariachis se disputaban el territorio, estalló una pelea en el estacionamiento del club nocturno. El Mariachi Macho había venido del otro lado del valle donde otros mariachis maleantes los habían dejado sin chamba. Habían oído que un grupo de puras mujeres tocaba en El Aguantador y tenían a las damas por blanco fácil. Lo que el Mariachi Macho no sabía era esto: el mariachi de puras mujeres que era conocido como el Mariachi Maricón estaba compuesto de un grupo de travestis, damas hermosas y elegantes cuya verdadera identidad sexual era imperceptible en su apariencia así como en su voz.

De modo que cuando Los Machos trataron de pelearse con Los Maricones, recibieron más que su merecido. Los Maricones muy pronto los mandaron a la goma, pero en ese preciso instante Lucha recibió un trancazo en la cabeza propinado con un guitarrón. Le empezó a sangrar la nariz sobre su nuevo vestido rosa y blanco. Miró a Cheque, quien notó que a Lucha se le habían llenado los ojos de lágrimas de dolor.

De ver a su Luchita en tal estado, Cheque no perdió tiempo. Dejó sus tenazas, se desabrochó el delantal, salió de la lonchera y fue tras el Macho que le había hecho eso a su amada. Mientras que Cheque y el Macho ofensor se agarraban a chingazos, el Mariachi Maricón cantó un corrido apropiado. Y luego, acabado el asunto, tomó a Lucha en sus brazos y la besó, con todo y nariz ensangrentada, mientras el Mariachi Maricón pasó vertiginosamente a la canción clásica de José Alfredo Jiménez "Qué bonito amor".

Fue allí, bajo la luna llena y el toldo de la lonchera, que Lucha quedó prendada del taquero, y esta vez iba en serio. El suyo fue un noviazgo encantador. Esa misma noche Cheque empacó la lonchera y llevó a Lucha a su casa, la llevó hasta la puerta, la besó suavemente en los labios, dijo que la llamaría y así fue.

Los dos comenzaron a verse muy seguido. Los viernes y sábados por la noche, Lucha y Cheque se arreglaban, se subían a la lonchera, y se dirigían al baile donde bailaban toda la noche.

Cerca de la 1:30 a.m., Cheque salía de la pista de baile para empezar a guisar las cosas en la lonchera. Lucha se dirigía al baño y se recogía el pelo en un chonguito cubierto por una red para acatar los reglamentos del Departamento de Salud. Abordaba la lonchera, se ponía el delantal de flores, luego ayudaba a Cheque a servir menudo con un cucharón, a envolver burritos de chile verde y a doblar tacos de lengua. Todo ese tiempo, la energía suscitada en la pista de baile entre ellos seguía creciendo, a un paso más lento pero constante, de modo que cuando se iba la multitud y cerraban el toldo, y apagaban las ollas hirvientes y el comal, y guardaban todas las carnes con sus distintos nombres descriptivos en un solo lugar refrigerado, estaban más que listos para caer en brazos uno del otro.

Ahora bien, a Ezequiel se le conocía como Cheque por un par de razones. En primeras, Cheque es un diminutivo común de Ezequiel. En segundas, Cheque también operaba un negocio para cambiar cheques desde su lonchera, de modo que su apodo le iba bien en más de una manera.

Fue este aspecto del cambio de cheques del negocio de Cheque que incitó la curiosidad de los agentes federales. ¿Cómo, se preguntaban, tenía un taquero tanto dinero en efectivo para cambiar varios miles de dólares en cheques cada semana?

Bajo observación, descubrieron que además de su amplio repertorio de tacos y burritos, Cheque también vendía un montón de tamales. Sus tamales venían en dos variedades: rojo y verde. Eso no ayudó a explicarles nada a los agentes. Se enteraron de un poco más cuando consideraron que Cheque vendía la inmensa mayoría de sus tamales a un solo individuo.

Durante lo que aparentaba ser una parada de tránsito rutinaria de dicho individuo, los agentes federales descubrieron que los tamales no estaban rellenos de chile colorado ni de chile verde, sino que estaban rellenos de polvo blanco y mala hierba o, si prefieres, perico y gallo, o cocaína y marihuana. Como quieras.

De acuerdo a la gran tradición de los narcotraficantes, Cheque se peló en su lonchera cuando la chota vino por él, pero con Lucha al volante. En el curso de su noviazgo, Lucha había aprendido a maniobrar la lonchera bastante bien. A medida que hacía rechinar las llantas en cada esquina y se pasaba los semáforos rojos a toda velocidad, las cosas empezaron a cobrar sentido. Lucha recordó una conversación que ella y Cheque habían tenido una vez, que iba algo así:

—¿Sabes qué es un cuerno de chivo? —le preguntó Cheque.

Lucha, quien no estaba muy versada en el lenguaje secreto de los narcotraficantes, le dijo:

—Pues el cuerno de un chivo, ¿qué no?

Cheque le pellizcó la mejilla como diciendo que esta chiquilla era de las suyas, y le dijo:

—No, mamacita. Es una AK-47 —luego procedió a sacar el arma semiautomática antes mencionada de por debajo de la alacena donde guardaban las tortillas adicionales, acarició el mango y le dijo—: Recuérdame un día de estos que te enseñe cómo usarla.

Eso hizo que el corazón de Lucha latiera más deprisa. Estaba asustada. No que pensara que el taquero pudiera hacerle mal. Al contrario. Él era su mero mero pistolero, su pan de Michoacán, y tampoco importaba que fuera del estado de Guanajuato. Al lado de Cheque, Lucha se sentía más segura que nunca, daba igual que en esos instantes ella estuviera tratando de dejar atrás a los agentes federales en su fiel lonchera. Lo que Lucha más temía era esa parte en su más recóndito ser que se excitaba ante el arma que acechaba en la alacena de las tortillas. Sabía que esa era la parte de sí misma que un día la metería en el tipo de problemas de los cuales ya no hay salida. Mientras que Cheque iba colgado de un lado de la lonchera disparando cartucho tras cartucho de su cuerno de chivo, el pavimento quedó rociado de horchata, luego jamaica, luego tamarindo, a medida que jarrón tras jarrón de agua fresca caía de la lonchera, y a Lucha le quedó cada vez más claro que era muy probable que se encontrara ya metida justamente en ese tipo de problemas. Pero resultó obvio que éste era el caso cuando la lonchera aterrizó sobre un costado, y Lucha y Cheque se encontraron rodeados no sólo de tortillas dispersas de maíz y harina de trigo, patas de puerco encurtidas, chiles y piezas de pan dulce de colores brillantes, sino también de los agentes de la DEA.

Lucha siempre había tenido la sospecha de que el taquero andaba metido en lo que muchos considerarían como nada bueno, pero no estaba totalmente consciente de hasta qué punto Cheque andaba fuera de la ley.

Al final, Cheque fue enviado a Folsom donde fue sentenciado de veinticinco años a cadena perpetua y aprendió a cantar canciones de Johnny Cash con mal acento. Esperaba salir en la mitad del tiempo debido a buen comportamiento ya que nunca molestaba a nadie, y cuando alguien se metía con él —algo inevitable en la vida de la prisión—, Cheque se ponía a cantar "A Boy Named Sue" o "I Walk the Line", y algo sobre el narcotaquero guanajuatense cantando los grandes éxitos de Johnny Cash hacía que el preso siempre se diera la media vuelta.

Lucha estuvo desconsolada por un rato. Era como si su corazón hubiera comenzado a latir al son de otro ritmo completamente, uno al que nunca se pudiera acostumbrar, de modo que se sentía nerviosa todo el tiempo y olvidó por completo lo que era sentir calma y tranquilidad. Cheque había salido de su vida, pero le había dejado unos negocios pendientes, a manera de una maleta llena de cocaína de alta calidad y dos pistolas plateadas brillantes, negocios que habían sido interrumpidos por el hecho de que el Pueblo del Estado de California había considerado la lonchera como el vehículo de la huida y, debido a que Lucha había sido su conductora, la designaron como cómplice. Y fue de esa forma como Lucha, a la edad de veinticuatro años, había ido a parar a la Correccional de Mujeres del Condado de Lava en primer lugar.

# El diablito

PÓRTATE BIEN CUATITO, SI NO TE LLEVA EL COLORADITO

# EL OCIO DE LULABEL

**En Lavalandia, era un hecho de todos conocido que la madre de Javier,** Lulabel, era una bruja capaz y experta. Durante la mayor parte de su vida, ella había dejado latentes sus inmensos poderes a favor de la práctica devota de las enseñanzas de su otrora Señor y Salvador Jesucristo. Pero después de una serie de infortunios y una desgracia genuina, Lulabel a la larga renunció al Señor, a su camino y sus enseñanzas, y ejerció aquello para lo cual había nacido: una maña natural para la brujería.

Ese miércoles por la mañana, estacionó su Cadillac Seville 1977, negro y brillante, en el estacionamiento de la Maderería de Lavalandia. Un Cadillac significa distintas cosas para distintas personas, y mientras para Nataly y Consuelo éste representaba la elegancia y la potencia, para Lulabel su carro era un recuerdo de aquellos días en que podía depender del ingreso de su marido. Él era un mecánico que trabajaba por cuenta propia y, aunque se había largado con otra mujer hacía casi veinticinco años, Lulabel todavía apreciaba lo mucho que él había trabajado y sufrido para poderle comprar ese carro, así que hacía todo lo posible por mantenerlo limpio y en óptimas condiciones de funcionamiento.

Era poco después de las 6:00 a.m., pero Lulabel traía puesto un vestido ceñido, sin mangas, que le rozaba la rodilla, de una mezcla de rayón con spandex, medias con costura a lo largo y zapatos de tacón alto. Traía su largo cabello negro trenzado y tejido en dos chonguitos apretados, uno a cada lado de su cabeza. Un chal negro tejido a gancho descansaba sobre sus hombros resguardándolos del frío matutino.

Para maximizar su intento por conseguir chamba para el día, los jornaleros comenzaban a llegar un poco después de las 5:30 a.m. Los hombres se alineaban en las banquetas adjuntas a la Maderería y se esparcían por el estacionamiento. Se apiñaban en grupos de tres o cuatro, platicando y tomando su café matutino.

Lulabel viró el Cadillac y se estacionó en un lugar que le permitiera ver a su alrededor. Se retocó los labios en el espejo retrovisor, luego desembarcó, sus labios rojos como una manzana acaramelada resplandeciendo triunfales bajo la luz de la madrugada. Se acercó al hombre más guapo que la oferta de mano de obra tenía en su haber.

A Gilbert Espinoza no le gustaba trabajar. Era relativamente un recién llegado en el pueblo y entraba al estacionamiento todas las mañanas, se fumaba media cajetilla de Marlboro® Light 100S porque estaba tratando de fumar menos, pero a su manera, y luego regresaba a casa.

Puede que Gilbert haya sido un flojo, pero era un hombre guapo con un bigote generoso y un cabello que merecía estar peinado en un copete. Su cuerpo y su altura indicaban que nunca sería gordo. Cuando vio a Lulabel por primera vez, Gilbert esbozó una amplia sonrisa.

Lulabel se abrió paso hacia el área del estacionamiento donde estaba Gilbert. —¿Buscas chamba para hoy? —le preguntó. Gilbert encendió un cigarro con otro, antes de levantar la vista a su futura patrona. Se encogió de hombros y siguió a Lulabel al Seville. No buscaba trabajo para hoy, pero ya que éste lo había encontrado a él, no tuvo más opción que dejarse llevar.

Gilbert no dijo mucho de camino a casa de Lulabel, pero a ella no le importó. El trabajo que le tenía preparado no requería de ningún intercambio verbal. Llegaron a su casa en unos cuantos minutos.

La casa en sí no era grande, pero era imponente de todas formas, y tenía algo de nuevo y lujoso que era incomparable. El jardín de enfrente lucía una combinación de brotes nuevos así como de plantas ya maduras, una mezcla de motivos de jardinería llevados a fin así como otros frustrados, y una colección de estatuas.

En el jardín bien cuidado figuraba un estanque alimentado por una fuente, sobre el cual cruzaba un puente de madera. Los arriates estaban alineados por enebros japoneses (*Juniperus procumbens*), sus ramas trepadoras, ampliamente esparcidas, contenidas por un borde de concreto ondulado de jardinería.

El sendero consistía de adoquines recién instalados intercalados de pasaderas de mosaico. Debido a su disposición, Gilbert pudo haber jurado que reconocía el trabajo de Ted Rojas, un jardinero local en cuyo equipo él había estado unos días.

El exterior de la casa era de estuco pintado de color rosa pastel, con jardineras de hierro forjado desbordantes de begonias. El porche de celosía estaba cubierto de uvas y de maracuyá azul (*Passiflora caerulea*) en plena floración vúlvica. Llegaron a la puerta de enfrente, un numerito recién torneado de diez pies con una manija de hierro forjado. Dados sus alrededores, Gilbert tuvo la clara impresión de que Lulabel estaba forrada. En realidad, Lulabel se ganaba la vida a duras penas trabajando medio tiempo como mesera en el Café del Boliche de Lavalandia, pero a través de los años había hecho tantas conexiones en el estacionamiento de la Maderería de Lavalandia, que conseguía la mayor parte de su mano de obra y una buena porción de sus materiales gratis.

Cuando entraron por la puerta de enfrente, Gilbert no vio nada que necesitara de su atención. Parecía que todo el lugar había recibido recientemente una mano fresca de pintura. Gilbert olfateó el aire y comprobó que estaba en lo cierto. Algún problema menos obvio en la casa tal como un triturador de basura atascado o una lavadora terca debía requerir de su pericia, concluyó.

Lulabel lo llevó al sofá, que no necesitaba ser retapizado, le enganchó un brazo por el cuello, se lo acercó y lo besó fuertemente en los labios. Sobresaltado ante la abrupta seducción de Lulabel, los labios y demás equipo oral de Gilbert se encontraban en un estado de letargo. Pero la aquiescencia dio lugar a una participación entusiasta, y el dúo muy pronto estaba esparcido por el sofá. La ropa cayó al suelo: por aquí un pantalón Ben Davis® café, desteñido y salpicado de pintura, por allá unos tacones. Cuando Lulabel tomó el considerable y creciente pene de Gilbert en la mano, sonrió con el deleite de aquél que toca el pan y se da cuenta de que todavía está caliente.

Gilbert se colgó de los chonguitos de Lulabel mientras ella se satisfacía encima de él. Su agilidad asombró a Gilbert casi tanto como su audacia. Ella giró y cambió de posición mientras él hacía lo posible por agarrarse de sus chonguitos, que parecían ser su parte más estable. Sin importar hacia qué posición ella oscilaba, éstos se aferraban firmemente a los costados de su cabeza.

En nada, los dos llegaron. Lulabel sonrió y suspiró, luego se dirigió a su recámara. Cuando regresó, traía puesto su huipil favorito, un vestido largo sin forma de algodón con flores bordadas de colores brillantes. Gilbert estaba sentado en el sillón, estupefacto y sin expresión. Lulabel se llevó una mano a la boca para ocultar su risa, luego dijo:

—La regadera está al final del pasillo a la derecha. Hay toallas extra y jabón debajo del lavabo.

—Gracias —dijo Gilbert. Necesitaba un regaderazo, más que nada para relajarse y pensar en lo que acababa de ocurrir. Era la primera vez que le había sido infiel a su esposa y no estaba seguro de cómo se sentía al respecto. No que le tuviera gran dedicación a su mujer. Al contrario. Como fue mencionado anteriormente, a Gilbert no le gustaba trabajar y consideraba que andar de mujeriego era una lata considerable.

En la cocina, Lulabel comenzó a rebanar, cortar en cubitos y picar mientras cantaba acompañada del radio AM. Era una patrona muy atenta, quien siempre daba de comer a sus trabajadores. Si uno de sus empleados resultaba especialmente cualificado, ella querría que él regresara para otro día de trabajo. Para asegurarse de que estuviera disponible para prestar servicios adicionales, Lulabel le ponía a escondidas algunos ingredientes extra a su comida. Ella había aprendido este secreto culinario de un brujo en Manzanillo, Colima.

El estado de Colima siempre había cautivado a Lulabel. Con su clima brumoso, nebuloso, siempre nublado pero de un calor abrasador, Lulabel lo tenía por el lugar de descanso del diablo. Sólo que el diablo nunca descansa. Él había estado a su servicio desde que ella era niña.

Un domingo de verano después de ir a la iglesia, cuando Lulabel tenía apenas ocho años, el diablo brincó dentro de ella. Ella supo que esto era cierto, porque allí, desde su interior, surgía una voz que desviaba cada acción suya con un conocimiento que iba más allá del de los seres humanos. Lulabel comenzó a ver el futuro, aunque no cosas como el gran orden del universo. Se podría decir que sus poderes tenían que ver con los detalles simples de la vida cotidiana: siempre sabía qué hora del día era hasta los minutos exactos sin consultar nunca un reloj, sabía cuando se iba a descomponer la fiel camioneta de trabajo de su padre, y era adepta en escoger qué caballo llegaría primero en la Feria del Condado, una habilidad que conservaría hasta la edad adulta.

Al principio, la madre de Lulabel, doña Eugenia, consideraba los poderes de su hija como "dones de Dios". Pero muy pronto cambió de opinión. Llegó un momento en que Lulabel no podía ni tocar una Biblia sin sentir náuseas, lo cual hacía que la oración y la misa le resultaran totalmente imposibles. Al ver este cambio en Lulabel, doña Eugenia trató de curarla con tés y hierbas especiales. Pero esto sólo agravó las cosas. Si la madre de Lulabel intentaba echar al diablo de su alma, sólo conseguía hacerle cosquillas, ya que Lulabel podía sentir la risa de éste en su interior, y en la noche, en sueños, podía escuchar sus pasos acercándose más y más.

A la larga, las siete hermanas de la madre de Lulabel fueron convocadas, junto con un cura que todavía creía en el antiguo arte del exorcismo. Con una tía sosteniendo cada una de sus extremidades, las otras tres rezando al lado de su cama junto al cura, y su madre llorando en un rincón, todos juntos intentaron exorcizar al demonio del cuerpo débil y deshecho de Lulabel.

Hubo indicaciones tempranas de que el exorcismo había sido un éxito. Lulabel pudo continuar su catecismo, hacer su confirmación y conquistar los demás sacramentos según iban sucediendo. Pero ni siquiera el riguroso estudio religioso que doña Eugenia le había impuesto pudo llenar el espacio en Lulabel que el diablo había ocupado alguna vez. Sin que él la llenara, Lulabel sintió como si se hubiera quedado sin aliento, como la vez que trató de echarse una bomba de las barras paralelas de la escuela y cayó de puro panzazo.

El diablo andaba fuera de combate, no había duda. Pero un volcán puede estar en estado latente por décadas y seguir estando activo. Y al igual que todo aquello que toma un respiro pero no desaparece, el diablo regresó con la determinación y la tenacidad de alguien que intenta recuperar el tiempo perdido. El diablo había tomado residencia en un cuarto dentro del alma de Lulabel, sí señor, y todo parecía indicar que él estaba alquilando con miras a comprar.

En este momento, mientras Lulabel echaba disimuladamente las especias secretas en la olla hirviente de albóndigas, invocó la ayuda de éste.

Gilbert entró en la cocina con una toalla blanca amarrada a la cintura. Su pecho lampiño ejercía una atracción particular sobre Lulabel. Al verlo en tal estado, ella quiso más que nunca que él probara la comida que le había preparado. Mientras Gilbert comía, Lulabel le calentaba sus tortillas y le limpiaba las comisuras de los labios cuando era necesario. Sus habilidades culinarias causaron muy buena impresión en su invitado para el desayuno. Lulabel no se hubiera sentido halagada de saber que a Gilbert su comida le hacía pensar en su madre. Él no aparentaba más de veintidós y Lulabel tenía cuarenta y siete, más del doble de su edad. Siendo así, ella no hubiera reaccionado favorablemente al ser comparada de ninguna manera con su madre. Pero Gilbert hubiera estado mucho menos contento de saber que Lulabel le había echado a su comida una pizca de sus heces y un chorrito de su sangre menstrual. Oh, sí. En Guerrero, el estado natal de Luli, así como en los cinco estados circundantes, éste era un método común para conseguir a un hombre y conservarlo. Si Gilbert hubiera sido de esa parte de México, hubiera sabido que no hay que comer a la mesa de una mujer desconocida. Pero Gilbert era un norteño, procedente de la región que queda como a doce estados en dirección opuesta.

A medida que Gilbert tomaba su última cucharada, Lulabel emprendió otro truco conocido como ojito y piojito. Miró profundamente a los ojos café claro de Gilbert mientras le sobaba y le jalaba su espeso pelo negro a la vez que le pellizcaba el cuero cabelludo. Supuestamente, este procedimiento bastaba para asegurar la dedicación de un hombre, pero por si acaso, Lulabel pensó que sería prudente arrancarle unos cuantos cabellos. Los hechizos que podían conjurarse con un puñado de pelo eran incontables. Gilbert dio brinco cuando Lulabel le arrancó una muestra de la coronilla.

Dejó caer la cuchara en la sopa.

—¿Tiene chamba para mí, señora? —le dijo.

—Ya acabaste —le dijo ella. Con gran alivio, Gilbert se abrió paso a la sala y se vistió.

De regreso a la Maderería, Lulabel le metió a Gilbert un billete nuevecito de cincuenta dólares, una suma que ella consideró razonable, quizá hasta generosa. Por la expresión en su cara, él estaba de acuerdo. Cuando llegaron al estacionamiento de la Maderería, Lulabel le preguntó a Gilbert que cuál era su campo. Él tenía mucha experiencia en poner pisos de madera. A Lulabel siempre le había molestado tener alfombra. Le disgustaba la idea de tener una tela inlavable pegada al piso. Después de acompañar a Gilbert al lugar donde lo había encontrado, caminó hacia la Maderería y pidió ayuda en el departamento de pisos de madera, donde se mordisqueó las uñas tratando de llegar a una decisión entre acabados de roble o arce.

# El salón de belleza

DONDE TODO SALE BONITO

# LA ÉPOCA DE LA ELEGANCIA

**Ese mismo miércoles por la mañana, Nataly se presentó en el Salón de** Belleza True-Dee, quince minutos antes de su cita.

—¿Eres tú, Naty? —True-Dee pegó un grito desde el cuarto trasero.

—Ajá, soy yo.

—Estoy contigo en un minuto. Tan pronto enjuague a Miss Miranda. Hay té helado en el refri, por si gustas.

—No gracias —dijo Nataly.

Tomó asiento debajo de una secadora libre, recogió el último número de la revista *Re-Vamp*® y dio vuelta a las páginas hasta llegar al artículo principal titulado "El regreso de la colmena". El diseño de la revista mostraba fotos a toda página de mujeres de todas las edades y colores de cabello peinadas al estilo colmena.

True-Dee taconeó por el piso a cuadros blancos y negros como de ajedrez y entró al vestíbulo. Miss Miranda se paseaba detrás de ella, deteniéndose a unos cuantos pasos para sacudirse. True-Dee le acababa de dar un proceso triple: decolorado, tinte y tono, convirtiéndola en la única perrita *poodle* rubia platinada de Lavalandia y quizá de todo el condado de Lava.

True-Dee se detuvo detrás de Nataly y miró por encima de su hombro. Se llevó una mano a la boca, respiró hondo, miró a Nataly a los ojos y negó con la cabeza.

—Oh, no, no estarás pensando hacerte eso —dijo, señalando la foto en la revista.

—Nada más pasando el rato.

—Menos mal, porque tengo el estilo justo para ti, chica —True-Dee recogió otro ejemplar de *Re-Vamp*® y lo hojeó. Cuando encontró lo que buscaba, se llevó la revista abierta al pecho, pronunció el nombre de Dios, sonrió y dijo—: ¡Agárrate! —le echó otro vistazo a la página—. ¡Es tan elegante, con tanta clase... tan glamoroso! —Sostuvo la revista para que Nataly la viera. La foto mostraba a una muchacha con el pelo a la altura de la barbilla y en anchoas—. ¿Acaso no es despampanante? —dijo True-Dee—. No hace falta esconderse detrás de todo ese pelo —dijo, agarrando un mechón largo del pelo castaño rojizo de Nataly, que ya era naturalmente ondulado, para dejarlo caer.

Aunque, técnicamente, True-Dee había nacido hombre, en lo concerniente a la apariencia personal, al emocionante mundo de la moda, Nataly confiaba en la opinión de True-Dee sólo después de la opinión de Consuelo. Nataly, al igual que Dolly Parton, pensaba que si hubiera nacido hombre, hubiera sido un travesti. Con esos sentimientos presentes, Nataly le dijo:

—Hazme lo que quieras.

True-Dee llevó a Nataly a la silla. Recogió una bata con dos de sus uñas con manicura francesa y envolvió a Nataly. Miss Miranda estaba acostada en el piso al pie de la silla.

—Te voy a decir cuál es el problema en este mundo —dijo True-Dee, agarrando sus tijeras y señalando a Nataly con ellas—. Ya no hay feminidad. Deja que te diga, chica, la época de la elegancia está bien muerta y exterminada, y no hay quien lo lamente siquiera. Tampoco he sabido de nadie que ande buscando a la próxima Greta Garbo. ¿Tú sí? —True-Dee no le dio oportunidad a Nataly de contestar—. ¿Has visto lo que se ponen ahora las muchachas? Bluyines y zapatos tenis. Yo pongo todo de mi parte por restaurar un poco de orgullo a la especie femenina, una cabeza a la vez. Pero es realmente una lástima lo que está sucediendo. No hay ninguna sensación de orgullo, ningún sentido de la moda. ¿Qué demonios vendrá después? Chica, dichosos los ojos —True-Dee dio un paso atrás y admiró a Naty desde lejos.

—Así me gusta. Hay dos cosas que definen a una dama, una bolsa decente y unos zapatos de calidad —dijo True-Dee admirando ambos.

Nataly acarició su bolsa de mano, luego dijo:

—La ropa va y viene, pero una bolsa te dura para siempre. Y cuando se trata de ser una dama, los buenos modales tampoco estorban.

—Eso sí que no —concordó True-Dee, pero no podía quitarle los ojos de encima a los zapatos de Naty. Silbó y luego dijo—: Artesanía de calidad y moda aunadas. ¿En dónde demonios conseguiste esas plataformas tan chéveres?

—Yo y Consuelo las conseguimos de oferta el verano pasado en Leroy's.

—¿Consuelo? ¿Cómo diablos está esa chica? ¿Se quitó esa orzuela que traía?

—Que yo sepa.

—Eso es peor que las pulgas una vez que se establecen después de la primera infestación. Dile que venga a verme. Ustedes dos son todo un dúo. Nos la ponen difícil al resto de nosotras las chicas, ¿me entiendes?

Nataly bajó la vista. Su pelo estaba regado por el piso. Ella quería ver cómo había quedado, pero True-Dee ocultaba todos los espejos de su salón detrás de cortinas pesadas de terciopelo color rosa mexicano. No había nada que ella anticipara más que la expresión en la cara de una clienta durante el "develamiento". Ese era el momento en que True-Dee sentía la mayor satisfacción en su rama profesional.

—Casi se me olvida decirte. Racine vendió tantos productos de Mary Kay® como para conseguirse uno de esos primorosos Cadillacs rosas nuevos. Chica, ahora vamos a viajar con mucho estilo.

Nataly se alegraba de no haber contribuido al éxito de Racine. Había pocas cosas que le disgustaran más que comprar cosméticos por correo.

—Ya casi acabo contigo —dijo True-Dee, esponjando los rizos de Nataly—. Vamos a ver qué opina Miss Miranda —la perrita *poodle* rubia se incorporó, alzó las orejas y movió la cola—. A Miss Miranda le gusta lo que ve —True-Dee tiró de un cordón con una borla color rosa mexicano y reveló un espejo. Hizo girar a Nataly y le dijo—: Echa una mirada a tu verdadero yo.

—Me siento rara sin todo ese pelo —dijo Nataly, sacudiendo la cabeza. Su cabello colgaba en ricitos alrededor de esa cara en forma de corazón haciendo resaltar sus ojos cafés y llamando la atención a las pecas salpicadas en su nariz. True-Dee se llevó las manos a la boca por un momento, luego alargó una mano para tomar un pañuelo desechable de una caja de Kleenex® que estaba a la mano. Se secó el rabillo de los ojos y anunció—: No te gusta.

—Claro que sí —dijo Nataly acercándose para darle un abrazo a True-Dee.

—Yo y Miss Miranda no hubiéramos podido dormir si creyéramos que no te había gustado. Vaya, nos parece que te ves tan bonita como Ava Gardner.

—Gracias —dijo Nataly. Le pagó a True-Dee y le dio una sustanciosa propina.

—Dile a tus amigas que traigan sus greñas al Salón de Belleza True-Dee —gritó True-Dee mientras Nataly se dirigía a la puerta.

Nataly se volvió para ver a True-Dee de pie en la entrada sosteniendo la puerta de mosquitero. Al abrir la puerta de su carro, Nataly la escuchó decir:

—No te me pierdas, hermana. Nosotras las chicas debemos estar siempre unidas.

# El volcán y su reina

CADA VOLCÁN, SU REINA

# DONDE LA LAVA ATERRIZÓ

*Abril Mayo había sido nombrada Señorita Magma del Condado de* Lava por nueve años consecutivos, pero no por ninguna de las razones usuales. Abril Mayo era fea, pero al estilo del tercer grado, lo que es decir, el tipo de fea que se espera que algún día dejará atrás. Pero a la edad de veintiséis años, Abril Mayo sólo se estaba poniendo más fea. Sus pecas seguían multiplicándose, los dientes se le enchuecaban más con el paso del tiempo, cada vez le salían más granos en la piel y los pies nunca le habían dejado de crecer. Tenía los ojos grandes y de un azul fuerte, pero el iris y el blanco del ojo se encontraban en desproporción extrema entre sí, favoreciendo a este último. Abril Mayo era tan pálida que se le transparentaban las venas, como un brasier negro debajo de una camiseta blanca. Si la fealdad y el tiempo estuvieran en competencia, era claro que la fealdad iba ganando.

Lo que hizo que Abril Mayo fuera la Señorita Magma durante tanto tiempo no era su belleza ni su nombre raro. (La Señorita Magma había sacado la cabeza al mundo a las 11:59 p.m. un treinta de abril, pero no fue hasta las 12:00 a.m. del primero de mayo que había salido completamente del canal de parto.) Era el cabello de Abril Mayo lo que la hacía tan deseable. Tenía el cabello más rojo y vivo de todo el condado de Lava. De modo que, cuando las concursantes que aspiraban a andar en los carros alegóricos, saludar con la mano a las multitudes, ser coronadas con una diadema y aparecer en bikini, salían y pavoneaban sus atributos aumentados, los jueces no quedaban muy impresionados. Ciertamente, esas chicas aparecían más tarde en los pensamientos íntimos del jurado, pero parecía ser que nadie sería capaz de destronar a Abril Mayo como reina del condado de Lava. Había algo único en esa melena roja desbordándose del cráter y por un costado del carro alegórico todos los años durante el Desfile del Día del Trabajo del Condado de Lava que convencía a los jueces cada vez.

Ahora bien, no es que la Señorita Magma careciera de talento. Era una experta patinadora en ruedas que se ganaba la vida en el Palacio de Patinaje de Lavalandia, donde hacía de maestra de ceremonias y anunciaba el Hokey-Pokey, Luz Roja-Luz Verde y otros juegos clásicos de la pista. Regañaba a los que mascaban chicle y a los que andaban demasiado rápido, y enseñaba a los que estaban dispuestos, cómo brincar, dar vueltas y patinar al estilo *rex* de la época disco, sin importar sus habilidades. De modo que después de que salían las rubias en sus bikinis y cantaban sus canciones y revoleaban sus bastones, y las morenas guiñaban el ojo y se contoneaban al son de la música tropical, Abril Mayo salía en su unitardo adornado de llamas rojas, anaranjadas y amarillas trepándole por los lados, el mismo que se ponía todos los años, y patinaba un número de baile al compás del éxito de *rockabilly* de Billy Lee Riley de 1957 "Red Hot", el cual afirmaba acertadamente "Mi chica está bien buena, la tuya ni le llega".

Abril Mayo siempre era la última en exhibir su talento. Llegaba el momento de la verdad. Las aspirantes a reina de belleza cruzaban los dedos y mostraban sus costosas sonrisas, luego una por una hacía una reverencia cuidadosa para no perder sus halos imaginarios. Abril Mayo, por su parte, dejaba asomar sus dientes chuecos, luego se esponjaba su cabello encendido. Se escuchaba el redoblar de tambores, y las rubias y las morenas (las pelirrojas sabían que era inútil enfrentarse a Abril Mayo y su buena cabellera) agachaban la cabeza y se pellizcaban el caballete de la nariz. Y cuando los jueces anunciaban que nuevamente Abril Mayo había sido nombrada Señorita Magma del Condado de Lava, las concursantes perdedoras cerraban los puños y mostraban su desilusión. Algunas se echaban a llorar, haciendo que su rímel Maratón® se les corriera por las mejillas.

El reinado de nueve años de Abril Mayo como Señorita Magma la había inmortalizado. Pero, ¿era realmente suficiente que el nombre y los logros propios aparecieran en los anales del condado? El Condado de Lava no se llamaba así sin justa razón.

El condado estaba situado al pie de un volcán inactivo conocido como El Condenado y se componía de tres municipalidades: Craterville, Caldera y Lavalandia. El volcán había nacido una tarde de 1837 en la época en que Lavalandia se conocía como San Narciso y estaba situado en California, que en ese entonces formaba parte de la república mexicana. La ciudad había sido nombrada por un cura que era famoso por su habilidad de predecir el brote de las enfermedades y los desastres naturales, y que era infame por la confianza excesiva con la que trataba a las mujeres del pueblo.

Cuentan las leyendas que una noche, cuando el padre Narciso yacía en brazos de una de sus queridas, Jesús se le apareció en un sueño, vestido como un campesino, con huaraches y su pelo en dos trenzas. Jesús no dijo nada. Sólo se llenó las mejillas de aire, señaló un hoyo humeante en el suelo, dio una palmada y luego se cayó. Al despertar, el padre Narciso sabía que un volcán estaba en camino.

Para el atardecer de ese mismo día, el volcán medía veinte metros de altura. El volcán creció de manera exponencial, elevándose a más de cuatrocientos metros en una semana.

A la larga, el pueblo tuvo que mudarse para alejarse del peligro. A la gente le dio por llamarlo El Condenado. Habían perdido tantas vacas, puercos, mulas, caballos, burros y pollos debido a sus erupciones.

Y luego un día, quizá dos años más tarde, el volcán se quedó dormido así nomás. Nadie, ni siquiera el padre Narciso, pudo explicar por qué. Los volcanes son así de locos. Pero ya que San Narciso era un pueblo lleno de mujeres hermosas, y los hombres naturalmente pasaban su tiempo libre llevándoles serenata, la gente llegó a creer que eran todas esas serenatas las que a la larga habían adormecido al volcán.


Para cuando Abril Mayo ganó su primer título, El Condenado había estado inactivo por más de 150 años. Pero que un volcán sea inactivo no quiere decir que esté extinto, o sea que el volcán podría despertar un día y arrasar con todo el condado de Lava, llevando a su paso tanto los archivos como la notoriedad de Abril Mayo.

Al igual que su antecesor, Lavalandia era conocido por dos cosas: mujeres bonitas y mariachis. Eso consolaba a Abril Mayo, porque ella, como incontables otros en el pueblo, creía que esa melodiosa música de mariachi era lo que mantenía dormido al volcán. Sobra decir que ella se preocupó bastante cuando la banda fue adquiriendo popularidad, ya que estaba segura de que la tuba y la tambora despertarían al volcán. Abril Mayo sólo deseaba un título más, para llevar su reinado a una década completa. Con esa meta presente, se comportaba lo mejor posible y le rezaba todas las noches a alguien conocido como Dios, quien a veces también se conoce como Jesús, y a todos sus santos y ángeles de más alto rango.

## fig. 1 CRONOLOGÍA DEL VOLCÁN

1857    El Condenado se vuelve inactivo.

1849    La fiebre del oro en California.

1848    Termina la Guerra entre México y Estados Unidos.
California más todo o parte de otros nueve estados
se ceden a los Estados Unidos.

1846    Comienza la Guerra entre México y Estados Unidos.

1841    La ciudad de Las Sergas se convierte
en la municipalidad de San Narciso.

1838    Primera erupción masiva, seguida de un éxodo
en masa a Altamira, a 20 millas de distancia. La gente
del pueblo de inmediato apoda al volcán El Condenado.

1837    14 de junio, surge el volcán,
convirtiéndose en el segundo volcán nuevo
en el continente americano de la historia.

1837    13 de junio, Narciso predice un volcán.

1834    Narciso se hace sacerdote.

1832    Narciso engendra su primer hijo.

1830    Narciso ingresa al Seminario Diocesano.

1821    México logra su independencia de España.

1819    Narciso predice acertadamente un brote de enfermedad en el ganado a la edad de cinco años.

1813    Narciso Gómez nace el 14 de diciembre en Las Sergas.

1887   El padre Narciso hace una serie de predicciones en su lecho de muerte.

1888   Fallecimiento del padre Narciso.

1902   La ciudad de San Narciso adopta el nuevo nombre de Lavalandia.

1917   Primer Desfile del Día del Trabajo en Lavalandia.

1921   El comité del desfile vota para incluir la selección de
una reina de belleza. Coinciden en designar
el título como "Señorita Magma".

1923   Se corona a la primera Señorita Magma, Beatrice Arnold.

1942   Se cancela el Desfile del Día del Trabajo;
los EE.UU. están en guerra.

1953   Se despoja a la Señorita Magma, Ailene Stuart,
de su corona cuando se descubre que
estaba embarazada durante el concurso.

1973   Primera reunión de la "Secta del día del Juicio Final",
los Hijos e Hijas de San Narciso.

1982   Lavalandia adopta a Orizaba, Veracruz, como ciudad hermana.

1984   El equipo de béisbol de las ligas menores de Lavalandia,
los Vulcanólogos, no alcanza a ganar la Serie Mundial de Béisbol
de las Ligas Menores por un juego.

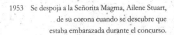

# *La mano*

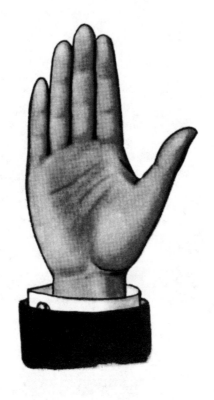

**LA MANO DE UN CRIMINAL**

# LUCHA SALE DE LA CÁRCEL

*Javier esperó afuera del ala administrativa de la Correccional de* Mujeres del Condado de Lava, caminando impaciente de arriba abajo y revisando su reloj con más frecuencia de lo necesario. Las dos semanas anteriores a que Lucha fuera puesta en libertad habían transcurrido con una lentitud inusitada y habían estado llenas de una ilusión sin igual. Javier había aguardado este momento con más ganas incluso que una reunión de la iglesia. Su experiencia limitada con las burocracias le indicaba que el procedimiento tomaría cierto tiempo, y él estaba ansioso por llevarla inmediatamente al servicio en la Iglesia de Dios y su Hijo Jesucristo. Javier reconocía que la salvación era una empresa que requiere de mucho tiempo y tenía la intención de poner manos a la obra cuanto antes para salvar el alma de Lucha.

Javier sostenía una bolsa de ropa para la próxima-a-ser-liberada. Había pasado dos horas indecisas y agonizantes en el departamento de damas del Kmart de Lavalandia, tratando de encontrar algo apropiado para Lucha, y casi otra hora preguntándose si ésa era en realidad su talla. Finalmente se había decidido por un vestido de rayón color durazno a la altura de los tobillos y un suéter blanco de algodón.

Javier miró por los vidrios de la prisión y vio cómo conducían a Lucha en esposas por el pasillo. Apretó la nariz contra la ventana. Cuando alcanzó a ver a Javier, Lucha lo saludó con la mano lo mejor que pudo.

Finalmente dejaron pasar a Javier, lo cachearon y luego lo condujeron a una oficina en un rincón donde Lucha lo esperaba. Allí dentro estaba oscuro, frío y húmedo. Una secretaria robusta de la prisión estaba sentada detrás de una fortaleza de acero que hacía de escritorio. Ya tenía el papeleo adecuado en orden.

Javier firmó sobre la línea punteada y Lucha salió como una mujer libre, aunque fue puesta en libertad condicional. ("Orden de libertad condicional de Lucha" a continuación de este capítulo.)

Javier le entregó a Lucha la bolsa de plástico azul que había tenido agarrada toda la mañana.

—Gracias —dijo Lucha. La bolsa estaba húmeda de sudor alrededor de las asas. Se apresuró al baño a cambiarse.

Esa ropa le quedaba demasiado grande. Parecía como si hubiera subido veinte libras y el suéter le quedaba guango en los puños. No obstante, Javier le echó una mirada y las mejillas se le encendieron al rojo vivo.

—Te ves bonita —dijo.

—Gracias. Ahora llévame a comer. La comida en este antro sabe a mierda.

—Primero vamos a la iglesia. Hoy es día de guardar y debemos honrarlo. Pero después de eso, te llevaré al restaurante que quieras —dijo Javier al abrirle la puerta.

—Está bien —coincidió Lucha. No tenía mucha voz en el asunto.

Una vez que se subieron en el Monte Carlo, Lucha se le arrimó a Javier. Había estado encarcelada noventa y dos días, había cumplido con un poco más de la mitad de su condena de seis meses. El jurado estaba convencido de que Lucha sólo había sido la cómplice de Cheque en la elaboración de tacos, burritos, tortas y cosas parecidas, pero la declararon culpable de evadir a un agente de la policía, en el tercer grado. Además de su condena de seis meses, haría pagos sobre una multa de $1,000 dólares y cumpliría con doscientas horas de servicio comunitario.

Lucha había estado anticipando el placer a corto plazo por lo que parecía ser un largo rato. Acarició el pelo negro, abundante y ondulado de Javier. Éste no tenía la más mínima idea de qué hacer, y no ayudaba que Lucha lo estuviera mirando con esos grandes ojos cafés. A Javier nunca antes se le habían insinuado de esa forma. Preso del nerviosismo, prendió el radio. ¡Pum! estalló una ranchera romántica. Lucha se puso a cantar, sus caricias llevaban el ritmo del lánguido compás. Javier cambió de estación a un programa de comentarios. Lucha dijo que eso la aburría y recargó la cabeza sobre las piernas de él. Entonces llegaron al estacionamiento de la iglesia.

Lucha se quedó inmóvil con la cabeza en el regazo de Javier, aun después de que él apagara el motor.

—Hermana Lucha, necesito preguntarte algo.

—Ándale —ella lo miró fijamente hacia arriba.

Javier la miró hacia abajo y tragó saliva.

—¿Exactamente por qué estabas en la Correccional de Mujeres del Condado de Lava? ¿Cuál fue tu crimen?

—Ah, eso —dijo ella, incorporándose—. Nomás fue por tratar de dejar atrás a la chota. No fue la gran cosa.

—Supongo que pudo haber sido algo peor —concluyó Javier, luego se apresuró al lado de Lucha y le abrió la puerta cómo él imaginó que era propio de un caballero. Pero la verdad del asunto era ésta: Javier no sabía mucho sobre los hombres, mucho menos sobre los caballeros. Y a falta de padre, Javier siempre había tratado de ser el hombre de la casa y por eso no había tenido la oportunidad de ser un niño o un adolescente, y se había saltado tantos pasos en el camino, que Javier tenía que andar a tientas en la oscuridad buscando el interruptor cuando se trataba de esa cosa siempre evasiva llamada ser un hombre. Y ahora había emprendido el delicado ritual del cortejo, aunque Javier sólo podía admitir ante sí mismo que lo que cortejaba era el alma de Lucha.

Entraron a la iglesia del brazo. Los demás miembros del Mariachi de Dos Nacimientos ya estaban allí y les habían guardado un lugar en la primera banca. El coro iba a la mitad de sus himnos iniciales. Lucha los acompañó en sus cantos, sin omitir ni una sola palabra. No debió sorprenderles. Los miembros del Mariachi de Dos Nacimientos no eran los primeros misioneros en visitar la correccional de mujeres.

El pastor notó un rostro nuevo entre los feligreses y se acercó a Lucha resuelto a darle la bienvenida. Javier se le adelantó. Se puso de pie y se dirigió a la congregación.

—Hermanos y hermanas, tengo el orgullo de presentarles a un nuevo miembro de nuestra tan sagrada iglesia. Lucha ha venido aquí para aceptar a Jesucristo como su Salvador y está dispuesta a caminar bajo la luz del Señor.

Hubo un eco de amenes por toda la parroquia.

—Ella ha renunciado a sus antiguas malas costumbres —dijo Javier con la inflexión propia de un misionero.

—Demos gracias a Dios —declaró un fiel no identificado.

—En este día, el mismo día en que ella salió de la Correccional de Mujeres del Condado de Lava, ha acudido al lado del Señor.

Una profusión de aleluyas, amenes, alabado sea el Señor y gracias a Dios brotaron de bocas por doquier.

Lucha se tiró al suelo, luego gateó hacia un crucifijo grande al frente de la iglesia. Le rogó al Señor que la aceptara como una de sus hijos y que le perdonara sus pecados, que eran muchos y variados.

Después, se puso de pie y condujo a toda la iglesia mientras cantaban "Más cerca, ¡oh Dios! de ti". Mientras caminaba de arriba abajo por los pasillos estrechando las manos de los devotos, entre cuyas filas ella ahora se encontraba, Javier tuvo esta gran revelación: Lucha sería la próxima cantante del Mariachi de Dos Nacimientos.

Varias canciones de gospel después, Lucha tomó el podio y pronunció el siguiente discurso, improvisado aunque emotivo:

*Los malos caminos del diablo son tan innumerables como los pecados de la carne*
*El mundo está lleno de tentación y le falta santidad*
*Pero el Señor es mi Salvador ahora y por siempre*
*Con su fuerza saldré adelante y con él me reuniré en el Cielo*
*Pecadora fui una vez*
*Pero ahora reconozco a Jesús*
*Sus mandamientos al borde del camino arrojé*
*Mis pecados eran muchos y mis virtudes pocas*
*Ahora he visto la luz*
*Hacia el Señor corro, del diablo huyo*

Ella también había aprendido a escribir poesía en la cárcel. A varios feligreses se les rodaron las lágrimas. Lucha regresó a su banca y agachó la cabeza en una callada contemplación fingida. El pastor volvió a subir al podio, le agradeció a Lucha sus palabras de inspiración, luego excusó a los reunidos.

Una vez dentro del Monte Carlo y rumbo a casa, Lucha se acurrucó sobre Javier y recargó la cabeza en su hombro. Él le frotó las sienes para aliviar la fatiga que él supuso que ella sufría subsiguiente a su interludio con el Espíritu Santo.

Cuando llegaron al borde de la banqueta enfrente de su casa, Lucha abrazó tiernamente a Javier y le dijo "Gracias por todo lo que has hecho por mí". Se despegó de él lentamente, pero se detuvo para darle un beso suave, de labios cerrados. Esta muestra de afecto moderado requirió de mucha compostura por parte de ella. Ella se sentía intensamente atraída al guapo Javier, cuya apariencia le recordaba al gran actor mexicano Manuel López Ochoa. Ochoa había cautivado su imaginación durante la mayoría de sus aventuras en la cárcel con su compañera de celda, Eusebia, haciéndolas tolerables, si bien no agradables. Eusebia era tan fea como su nombre, pero sabía mover las yemas de sus dedos, lo cual le resultaba físicamente placentero a Lucha.

—Chao —dijo Lucha. Azotó la puerta del Chevy y subió los escalones que conducían a la casa de su familia. Un hombre de menor valía le hubiera pedido su número telefónico. Pero Javier supo lo que tenía que hacer. A medida que se alejaba, tuvo esa única satisfacción, junto con el beso que persistía en sus labios, el estómago estremecido que la acompañaba, y la intensa gravedad que se aproximaba frente a la tarea que tenía por delante.

EN EL TRIBUNAL PENAL DE LAVALANDIA, LAVA, CA.

ESTADO DE

VS                                                          NO: 21085

*Lucha Mendoza Gómez*
DEMANDADO


CONDICIONES DE LIBERTAD CONDICIONAL DE LUCHA

ORDEN

• SE DEBERÁ REPORTAR CON SU AGENTE DE LIBERTAD VIGILADA CADA MES O SEGÚN LAS INSTRUCCIONES DE SU AGENTE.  DEBERÁ DE PRESENTAR UN REPORTE COMPLETO Y VERDADERO A SU AGENTE EN EL FORMULARIO QUE SE LE PROPORCIONÓ PARA ESE PROPÓSITO O COMO SE LO HAYA INDICADO SU AGENTE.

• DEBERÁ PAGAR AL ESTADO O AL CONDADO, CUOTAS DE SUPERVISIÓN EN UNA CANTIDAD ESPECÍFICA SEGÚN SEA DETERMINADO POR EL TRIBUNAL.

• NO DEBERÁ CAMBIAR SU DOMICILIO O EMPLEO O SALIR DEL CONDADO O ESTADO DE SU RESIDENCIA SIN OBTENER PREVIO CONSENTIMIENTO DE SU AGENTE DE LIBERTAD VIGILADA.

• NO CONSUMIRÁ NINGUNA BEBIDA EMBRIAGANTE EN EXCESO O POSEERÁ NINGUNA DROGA  O NARCÓTICOS ILEGALES A MENOS QUE SEA RECETADO POR UN DOCTOR.

• NO DEBERÁ VISITAR LUGARES DONDE SE VENDAN O SE DISTRIBUYAN O SE CONSUMAN ILEGALMENTE BEBIDAS EMBRIAGANTES, DROGAS O CUALQUIER OTRA SUSTANCIA PELIGROSA.

• NO DEBERÁ POSEER, LLEVAR O SER PROPIETARIO DE NINGUNA ARMA DE FUEGO O PROYECTILES.

• NO DEBERÁ ASOCIARSE CON NINGUNA PERSONA QUE SE DEDIQUE A LAS ACTIVIDADES CRIMINALES.

• SE DEBERÁ SOMETER A UNA PRUEBA DE ORINA, PRUEBA DEL ALIENTO, O PRUEBA DE SANGRE SEGÚN LAS INSTRUCCIONES DE SU AGENTE DE LIBERTAD VIGILADA PARA DETERMINAR LA PRESENCIA O CONSUMO DE ALCOHOL, DROGAS O SUSTANCIAS DE USO CONTROLADO.

• DEBERÁ DE LLEVAR SU VIDA SIN VIOLAR LA LEY. NO ES NECESARIO SER CONDENADO EN UNA CORTE PARA ESTAR EN VIOLACIÓN DE SU LIBERTAD CONDICIONAL.

• DEBERÁ MANTENER UN EMPLEO LEGAL Y REMUNERATIVO Y MANTENER A LAS PERSONAS BAJO SU CARGO EN LA MEDIDA DE SU CAPACIDAD.

• DEBERÁ DE CONTESTAR A TODAS LAS PREGUNTAS QUE LE HAGAN EL TRIBUNAL Y SU AGENTE DE LIBERTAD VIGILADA DE UNA MANERA PRONTA Y VERDADERA.

• DEBERÁ PERMITIR VISITAS DE SU AGENTE EN SU CASA, SU LUGAR DE EMPLEO, O CUALQUIER OTRO LUGAR Y USTED DEBERÁ CUMPLIR CON TODAS LAS INSTRUCCIONES DADAS POR SU AGENTE.


POR LO TANTO SE ORDENA, DECIDE Y DECRETA, QUE LA PETICIÓN QUE AQUÍ SE PRESENTA, SEA OTORGADA.

REGISTRADA ESTE DÍA  27  . DE  ENERO  DE 20 00.
              (FIRMADO)

                                                         JUEZ

ARCHIVADO

# El queso grande

**EL QUE MANDA**

# LA GRAN FÁBRICA DE QUESOS

*El siguiente martes era el tercero del mes y, como tal, era el día de la* visita guiada en la Gran Fábrica de Quesos. Esa tarde, Nataly y Consuelo iban a guiar al salón del segundo grado de la Sra. Burnette en un paseo por el lugar. Para su excursión de fin de año, los niños hubieran preferido un viaje al cercano Parque de Diversiones de Lavalandia, pero el distrito escolar había pasado por muchas estrecheces económicas.

En los últimos cinco años había habido muy poca construcción de pequeños comercios en Lavalandia. Eso no era bueno para el distrito escolar, el cual recibía la mayor parte de sus fondos de los permisos de la construcción. Claro, había viviendas que aparecían aquí y allá esporádicamente, pero Craterville y Caldera tenían un nuevo Target y un Wal-Mart, respectivamente. Parecía que las cosas estaban en crecimiento en los alrededores, pero en Lavalandia las únicas cosas que crecían eran las verduras en los campos, y la fruta y las nueces en los árboles.

En el centro, había el trastorno comercial de costumbre. La Tienda de Chucherías había quebrado y en su lugar había una tienda que se especializaba en personajes de historietas. La Tienda de la Lotería quedaba junto al cine, y al lado de eso, la Tienda de Ropa Vaquera, el boliche con su cafetería al lado, la Tienda de Empeño de Benny, la Tienda de Ropa y Calzado Leroy's, el Salón de Belleza True-Dee, el centro nocturno El Aguantador donde podías bailar toda la noche en español, y El Gran Cinco-Cuatro donde podías hacerlo en inglés y en español. En un extremo de Main Street había un *swap meet* techado, el cual contaba con una panadería, una frutería, una tortillería, una florería, y varias discotecas y joyerías, y junto a eso, El Charrito Market. La placita, toda verde y bien cuidada con su kiosco al centro, quedaba al otro lado de la calle. A un lado de la plaza había un pequeño edificio de oficinas que albergaba una compañía de seguros y un pequeño despacho de abogados. Había una farmacia —Whapple's Drugs—, la Tienda Grandota de Todo a Un Dólar, la Taquería la Bamba, la Discoteca El Indito, adjunta a su contraparte en idioma inglés, Big Al's Records, la Panadería Mazatlán, Gunnels, una tienda de segunda mano, Sew Sweet, una tienda de costura y artículos de mercería, y la gasolinería Roscoe's. En una calle paralela se encontraba la Iglesia de Santa María y, enfrente, una tienda de bicicletas.

Más alejados de Main Street estaban los edificios del condado y, enfrente de ellos, la Carretilla de Salchichas. Una vez que salías de la ciudad y te dirigías hacia el volcán, podías encontrar el Kmart, la Family Bargain Center, el K&S Market, la Iglesia de Dios y su Hijo Jesucristo, Garaje y Llantería Calderón, Muebles Eduardo, la Pista de Patinaje de Lavalandia, una serie de puestos de fruta, el tianguis, el Parque de Diversiones de Lavalandia, el Basurero Municipal y, finalmente, la Gran Fábrica de Quesos.

La Gran Fábrica de Quesos estaba inspirada en un granero de Pennsylvania, pintada de rojo y blanco. Todas las estructuras que la acompañaban seguían este modelo, excepto por la tienda de regalos, la cual había sido elaborada de estuco, en imagen y semejanza del volcán. La GFQ no estaba aislada. Sus acompañantes incluían una tienda de regalos, una frutería, una heladería y una dulcería completa con un bastidor para hacer caramelo masticable "*taffy*" al estilo antiguo, una cafetería, hogar de un supuesto volteador de tazas, unos juegos, un pequeño zoológico donde está permitido acariciar los animales, y una serie de baños. Una locomotora improvisada iba por los verdes jardines. Había un pequeño estanque completo con muchos mosquitos, una gran cantidad de ajolotes y uno que otro pato, que separaba a los juegos de la cafetería. Viéndolo bien, la Gran Fábrica de Quesos no era un destino tan insólito para una excursión escolar.

El autobús escolar de la Escuela Primaria de Lavalandia ya se había estacionado en el terreno detrás de la Planta Procesadora, Rebanadora y Empaquetadora, y los niños habían comenzado a desembarcar. Nataly y Consuelo traían puesto su gorrito y esperaban vestidas en sus impermeables sanitarios color rosa claro y sus botas de hule. Las muchachas estrecharon la mano de la Sra. Burnette, mientras los niños señalaban y reían. Nataly y Consuelo estaban acostumbradas a ese tipo de burlas de los chicos de la escuela primaria. Habían guiado paseos durante cinco de los diez años que llevaban trabajando en la GFQ.

Los niños y su séquito de adultos habían salido del autobús.

—¡A los tanques! —anunció Nataly.

Los niños marcharon detrás de Nataly, remedando su modo de andar torpe con las botas de hule puestas, mientras Consuelo hacía avanzar el final de la cola.

La primera parada, la Estación Sanitaria donde Nataly y Consuelo repartieron los impermeables azul y rosa claro, los gorritos y las botas, como si fueran patines antes de una sesión de sábado por la tarde.

Una vez que los niños y sus varios guías habían sido restregados y además desinfectados, la procesión continuó hacia los tanques. Era puro acero inoxidable hasta donde alcanzaba la vista.

Cuando los niños gimieron en sorpresa, Nataly se animó con su presentación.

—Todos los días en la Gran Fábrica de Quesos producimos dos mil libras de queso —Consuelo traducía al azar los comentarios de Nataly al español.

—Para poder hacer dos mil libras de queso, necesitamos veinte mil libras de leche —continuó Nataly.

—Es la misma cantidad que diez mil Slurpee® del tamaño de un Super Big Gulp® —dijo Consuelo. Era cierto. Nataly, Consuelo, Cal McDaniel —el dueño de la Gran Fábrica de Quesos— y una calculadora, habían colaborado en ese cálculo matemático.

Los niños exclamaron extasiados.

La Gran Fábrica de Quesos usaba tanques abiertos, permitiendo a todos ver cómo las cosas se mezclaban y se batían ante sus propios ojos. Los niños se acercaron. Un hombrón gordo, pelón y bigotón bombeaba leche dentro de los tanques. Dejó que sus primeros cinco voluntarios se turnaran para sostener la manguera.

—Se introduce una bacteria en la leche —dijo Nataly. Tuvo que gritar para conquistar el ruido en aquel lugar; imagine el ruido de cien lavadoras Maytag® atoradas en el ciclo de centrifugado.

—Las bacterias te dan cáncer —anunció una niña. Era larguirucha y desgarbada, su cabello castaño había sido cortado de tajo.

—No —dijo Nataly levantando un dedo en el aire—. Algunas bacterias te pueden enfermar, pero no todas las bacterias son malas. Sobre todo no las nuestras. Cal McDaniel, nuestro fabricante de quesos principal se recibió del Centro de Investigación de Productos Lácteos de Wisconsin donde recibió el título de Maestría en la Elaboración de Quesos de Wisconsin®. Él sabe lo que hace.

—Cuando sea grande quiero ser un fabricante de quesos —dijo un niño. Era más chaparrito que el resto de los niños, pelirrojo con pecas del mismo color, y ese aspecto inconfundible que jamás dejaría atrás.

Nataly se agachó a su nivel y le dijo:

—Te consigo una solicitud a la salida—. Él tragó saliva.

La masa avanzó. El piso era de concreto con calcomanías de hule antirresbalantes en forma de margaritas azules y rosas a cada cuantas pulgadas.

—Introducimos una enzima en la leche, lo cual ayuda a que se transforme de líquido a sólido —dijo Nataly.

Los niños se patearon unos a otros con sus botas de hule, se quitaron los gorros y los arrojaron usando las cintas elásticas. La presentación premeditada había llegado a su punto más bajo de costumbre. Salvo por el futuro fabricante de quesos pelirrojo, el grupo había perdido interés.

Los niños tendrían que esperar hasta el Alfomático® para más diversión práctica de manos a la obra. Mientras tanto, Nataly habló un poco más sobre las enzimas y otra sustancia importante en la elaboración de los quesos llamada cuajo, que consiste de una membrana mucosa del estómago de un becerro.

Llegaron a la estación del cuajo donde Nataly metió la mano en una viscosidad que consistía de varios tipos de cuajada y una sustancia menor conocida como el suero de la leche.

—El suero de la leche es un producto derivado de la fabricación del queso que a menudo se encuentra en las golosinas en barra —explicó Consuelo en inglés y español. Tanto los niños como los adultos fruncieron la nariz. El hedor en la estación era insoportable.

Por último, llegaron al Alfomático® donde los niños podían escurrir y salar las cuajadas. Todos pusieron mucho empeño y le sacaron buen provecho a su atuendo sanitario, pero resultaba un poco triste ver a esos niños, quienes merecían haber estado sentados de dos en dos en un asiento, escalando el volcán en la montaña rusa de Lavalandia, metidos hasta los codos en una mezcla de cuajada y suero de leche.

La siguiente parada era la Torre para Formar Bloques. Pero no era en absoluto una torre. Sólo un montón de moldes que aguardaban sobre una cadena de montaje de acero inoxidable. La cadena subía y subía lejos hacia algún lugar fuera de la vista. Quizá la torre quedaba al otro lado. Ni Nataly ni Consuelo lo sabían. Nunca habían ido tan lejos.

—Aquí rellenamos los moldes —dijo Consuelo.

—Es igual que hacer Jell-O® —dijo Nataly tomando una jarra de acero inoxidable, luego vaciando su contenido en un molde en espera—. Es facilísimo.

Todos los niños tuvieron su turno. Era el último tramo del recorrido. De salida, se les retiró a todos sus impermeables sanitarios y se les obsequió una libra del queso que eligieran. Entre el Cheddar, el Monterrey Jack, el Havarti, el Pepper Jack, el Suizo y el Mozzarella, el Pepper Jack era, sin lugar a dudas, el favorito.

. . .

A medida que los invitados se abrían paso hasta las mesas para comer al aire libre, Naty y Chelo se dirigieron a la sala de descanso. Contra la pared occidental había un acuario gigantesco de trecientos galones. Carecía de un castillo de cerámica o una flora sintética que ondulara en sus aguas, y resultaba ser una declaración acuática deplorable. El acuario estaba lleno hasta el borde de *guppys,* los cuales eran el bocadillo favorito de los ajolotes. Naty y Chelo tomaron una jarra cada quien, se turnaron para llenarlas de *guppys,* y después salieron de allí.

El estanque había sido idea de Cal, pero los ajolotes fueron idea de Naty y Chelo. Conocieron su primer especimen gracias al hombre de los reptiles durante una visita de rutina al tianguis. Las muchachas estaban tan cautivadas por el apuesto ajolote con su gran cara alegre, digna de una caracterización como caricatura, sus pequeños ojos, sus agallas plumosas y esas pequeñas patas tan desproporcionadas en relación con su panza robusta y su cola capaz, que de inmediato hicieron que el hombre de los reptiles se los rebajara de doce dólares, el precio que pedía, a diez dólares, el precio en que los vendió. Dinero en mano, el hombre de los reptiles dejó caer un bebé ajolote en un recipiente vacío de salsa de almejas, les dio instrucciones de alimentarlo con comida en hojuelas y luego les deseó buena suerte. Y así comenzó el amorío de Naty y Chelo con los ajolotes. Consuelo se encargó de llamar a la pequeña criatura Chiníquina —lo primero que le vino en mente— que no quería decir absolutamente nada, pero que sonaba bien *pretty.* La vaciaron en una pecera vacía esa misma tarde, le susurraron cariñitos por seis meses antes de que verdaderamente descubrieran su magia.

En la biblioteca habían estudiado algo sobre la especie, y en el proceso descubrieron el cuento "Axolotl" del escritor argentino Julio Cortázar. Era un cuento sujeto a la interpretación sobre un hombre que había formado vínculos afectivos con un axolotl o ajolote, que de alguna manera estaba atado o se había convertido en éste. Cuál de estas opciones no estaban seguras, pero Nataly y Consuelo, sobrecogidas, se lo leían una a la otra acompañadas de tazas de chocolate caliente en pleno verano. En el cuento había algo misterioso, sobre el ajolote mismo, que les ponía la carne de gallina.

Poco después, las muchachas convencieron a Cal de que llenara de ajolotes su estanque adjunto a los quesos. Resultó fácil ya que eran más baratos por especimen que los koi japoneses con los cuales Cal había querido poblar originalmente el estanque.

Nataly y Consuelo se acercaron al estanque. Los ajolotes habían estado allí por más de cinco años y se habían multiplicado varias veces. Y aunque les había sido sumamente difícil, Naty y Chelo habían dejado ir a Chiníquina en ese estanque, en el cual estaban seguras de que todavía merodeaba por sus aguas lodosas. Rodeado de colinas cubiertas de hierba donde hacer un picnic, el borde del estanque estaba elaborado de piedra pulida que sobresalía lo suficiente como para formar una especie de banca. Naty y Chelo tomaron asiento, se inclinaron y vaciaron los *guppys* en el agua. Los ajolotes subsistían casi totalmente de suero: ese oloroso producto derivado de la fabricación del queso, el cual era bombeado dentro de su estanque dos veces al día. Pero los *guppys* eran por mucho su alimento preferido.

Los ajolotes aparecían en la superficie, luego flotaban, esperando a que un *guppy* se acercara lo suficiente para tragárselo. *Ambystoma mexicanum* era su nombre en latín, axolotl en la lengua náhuatl. Las criaturas, originarias del Lago de Xochimilco y de Chalco, cerca de la Ciudad de México, en una época habían sido vendidas en grandes cantidades en el mercado. Todavía se hace una sopa de ellos en los lugares más remotos y profundos de la región. Valorados por la ciencia por sus embriones robustos y sus poderes curativos, son capaces hasta de regenerar una extremidad. Pero de mayor interés para la ciencia es el hecho de que el ajolote exhibe el fenómeno conocido como neotenia, lo cual significa que no es un anfibio cualquiera, ya que no se metamorfosea. Más bien, vive su vida entera en estado larval.

Naty y Chelo estaban tan ocupadas observando el frenético festín, que no repararon en Thomas, el pelirrojo aspirante a fabricante de quesos, quien estaba sentado a su lado.

—¿Qué hacen? —dijo él. Tendría entre ocho y nueve, imaginaron Nataly y Consuelo.

—Estamos observando a nuestros amigos los ajolotes —dijo Naty.

—¿Qué son? —dijo. No podía quitarle los ojos de encima a Nataly.

—Un ajolote es un animal que no se transforma en lo que la naturaleza inicialmente tenía previsto para él. Es como un niño que crece, pero no madura. No atraviesa por la metamorfosis y como tal es neoteno —Nataly estaba mascando chicle e hizo una bomba grande y gorda.

—¿Qué quiere decir metamorfosea? —dijo Thomas.

—Es cuando algo pasa de una forma a otra. Como cuando una oruga se transforma en mariposa —Nataly se frotó la cabeza, reventó la bomba y le sonrió en grande.

Él también le sonrió en grande y arrastró los pies.

—Hablando de metamorfosis, hoy es martes —dijo Consuelo—. Tenemos que ir a casa y descansar para esta noche.

—Es cierto —dijo Nataly. Las muchachas irían más tarde esa noche al centro nocturno El Aguantador, junto con su amiga Lulabel, a echarle porras a True-Dee, quien estaba por hacer su debut como Thalía en el show de travestis.

Naty y Chelo se dirigieron al comedor para checar tarjeta e irse. Cuando se alejaban de ahí, Thomas se veía tan triste ante su partida, que Consuelo se inclinó y le susurró a Naty:

—Te apuesto a que ese niño se vuelve loco por la primera niña que se le cruce en el camino que le recuerde a ti.

Era muy posible que Consuelo tuviera razón. Un niño puede enamorarse a cualquier edad.

Traje de diario
con enredo a rayas

943

El axolotl o ajolote *(Ambystoma mexicanum)* es un anfibio que pertenece a la orden caudato/urodelo de la familia de las salamandras. Carnívoro con anatomía típicamente carnívora excepto por sus dientes pedunculados, agarra con fuerza y posiciona a su presa antes de tragársela entera. Su corazón es tricameral. Como todos los anfibios el ajolote es poiquilotérmico, es decir, que el medio ambiente determina su temperatura corporal.

El ajolote es neoteno, vive toda su vida en estado larval, nunca experimenta la metamorfosis. La teoría de mayor circulación respecto a esta falla metamórfica sostiene que en algún momento de su existencia, el ajolote encontró su ambiente acuático tan estable y relativamente benigno, que la manera más fácil de evitar las duras condiciones del hábitat a su alrededor era renunciar del todo a la metamorfosis.

En vías de extinción en su hábitat autóctono pero reproducido en grandes cantidades en el cautiverio, el ajolote es de un gran valor para la comunidad científica. Sus embriones son grandes y robustos, lo cual hace que sean relativamente fáciles de manipular en condiciones de laboratorio. Y mientras que otros animales dependen del crecimiento del tejido de cicatrización para sanar sus heridas, el ajolote es capaz de regenerar una extremidad o hasta parte de su cerebro.

El ajolote típico es completamente acuático, pero posee un par de pulmones rudimentarios y se sabe que sube de vez en cuando a la superficie para dar un trago de aire. Y aunque es extremadamente raro, algunos ajolotes se metamorfosean en una criatura parecida a la subespecie mexicana de la salamandra tigre, *Abystoma mavortium valasci*. En su forma metamorfoseada, el ajolote ya no es solamente un animal acuático sino que es libre de andar en la tierra y, algunos sostendrían, para que otros animales se alimenten de ellos o, visto de otra manera, para conquistar y establecer nuevos hábitats.

Samantha Borgnine
Conservadora, colonia de ajolotes en Clearwater University

## Tabla 2

## SE BARAJAN *las* CARTAS

# El ajolote

NO TIENE BARBA, PERO MIRA QUÉ BIGOTE

# NEOTENIA VERSUS METAMORFOSIS

***Nataly dio la vuelta hacia Main Street. Iba en compañía de Consuelo*** y Lulabel, la madre de Javier, su compañero de clases de la primaria (y de ahí en adelante). Decir que Naty y Chelo eran amigas de Lulabel era quedarse corto. El trío había jugado a la lotería desde que Naty y Chelo pudieron hacerse pasar por muchachas de dieciocho años, la edad legal para jugar a la lotería en el Condado de Lava, y no hay nada que selle una amistad como la lotería. Lulabel pudo haberles llevado veinte años de ventaja a Naty y Chelo, pero ella era como el pino, el número 49 de La Lotería: fresca, olorosa y en todo tiempo hermosa.

Las mujeres iban de camino a El Aguantador: el salón de baile/bar/ taquería mexicano del pueblo con el toro mecánico, las sonrisas que revelaban dientes con casquetes de oro y plata, carteles con morenas guapas anunciando cerveza, hombres con botas y sombreros de vaquero, cinturones elaborados y joyería de oro, mujeres con vestidos de rayón, cabello largo y rizado, o las chicas vaqueras con sus pantalones Wrangler®, cinturones y botas adornados, tal como los de sus contrapartes masculinos, excepto por las blusas de olanes, una banda, un conjunto norteño, un grupo, mariachis que a veces se aparecían y a veces no, pantallas de video que mostraban peleas de gallos y rodeos, un show de travestis y un show de bikinis. El bar servía cerveza con rebanadas de limón metidas en el borde de las botellas, y margaritas, Nescafé® si bebías demasiado de lo anterior, y Squirt® si no lo bebías. Nada más. En El Aguantador podías ganar la cumbia, la quebradita, el hombre más sexy, o el concurso de las Piernas del Millón, dependiendo del día de la semana o cuáles eran tus talentos.

Las mujeres entraron a El Aguantador, una detrás de la otra, con Lulabel a la cabeza, luego tomaron una mesa cercana a la pista de baile. Llegó la mesera y colocó una servilleta blanca y cuadrada en la mesa frente a cada una de las mujeres, luego dijo el obligatorio: "¿Algo para tomar?" Pidieron tres cervezas Modelo®.

Tan pronto como llegaron sus Modelo® hubo un son de tambores y bajaron la poca luz que había en ese lugar. Un hombre vestido con un traje de poliéster azul claro y con micrófono en mano dio la bienvenida a las damas y a los caballeros a otra noche del espectáculo.

La primera imitadora de la noche salió muy ufana por detrás de una cortina de satín rosa. Llevaba un vestido de lamé dorado con tirantes finos y bastilla terminada en cola de pescado y unos zapatos de tacón alto, y rápidamente se puso a cantar el éxito de Laura León "Acapulco". El público aplaudía al ritmo de la cumbia mientras la Srta. León echaba un vistazo a la multitud, buscando entre la congregación de Stetson® a un señor perdido a quien arrimársele. Escogió a uno de los espectadores de la primera fila, un vato todo envaquerado de bigote generoso, un macho por cierto.

Se le acercó bailando la cumbia, sus pechos haciendo la mayoría del toma y ven, y puso sus chichis postizas justo debajo de la nariz del macho *man*. Él se quedó quieto por un momento, pero la anticipación pudo más que él. La tomó de los hombros y hundió la nariz y la boca en sus *bubis*, luego trató lo mejor que pudo de chuparlas mientras ella las meneaba a más no poder: éstas eran el resultado de un régimen combinado de hormonas y silicona. Laura León le dio una vuelta a su rutina, haciendo un baile de espaldas en el regazo del bigotón, antes de regresar al escenario a mover los labios como si cantara el resto de la canción.

El macho *man* alargó la mano para tomar un trago de tequila, lo bebió y luego echó un grito.

Quién lo entiende. Todos esos hombres mirando a un montón de tipos pavoneándose como si fueran damas, y gozándolo. Nataly y Consuelo habían tratado de descifrar esa contradicción en numerosas ocasiones. Todos los bares principales del área tri-citadina que conformaba el Condado de Lava tenían un show de travestis muy concurrido. ¿Cómo, se preguntaban Naty y Chelo, cómo lo hacían? Digo, los hombres mexicanos son de los más machos, ¿no es cierto? Las muchachas habían concluido que la única manera en que una mujer pudiera ser así de sexy, es decir, tan sexy como los travestis y que no la llamaran puta o algo peor, era o tener su propia telenovela o ser hombre. Y cuando todos los hombres salían a ver el show sexpectacular que era el show de travestis, no sentían la necesidad de meter dólares en los calzoncitos de las bailarinas, y ni siquiera de inventar excusas para sus esposas o novias, a quienes siempre dejaban convenientemente esperando en casa. Iban, después de todo, a ver actuar a un montón de hombres, al menos hablando en sentido cromosómico.

Después de que Laura León hiciera sus caravanas de despedida, hubo otro sonar de tambores, seguido por el anuncio de que damas y caballeros, les tenemos algo muy especial, un número nuevo con la actuación de la mismísima, la hermosísima y tan talentosa actriz de México, Thalía. La multitud rugió. No aguantaban las ganas de ver a una de las estrellas de telenovela más queridas de México convertida en sensación como cantante convertida en estrella de telenovela.

Apareció True-Dee. Llevaba puesto un bikini color salmón, adornado con plumas de avestruz, y una diadema que le hacía juego en la cabeza. Naty, Chelo y Lulabel estaban de pie muy erguidas y aplaudían. El cabello de True-Dee (en realidad era una peluca) era rubio ceniza y lo llevaba recogido en una trenza francesa. Bajo esa manifestación, se parecía bastante a Thalía cuando movía los labios y se contoneaba al son de "Amor a la mexicana".

Cuando llegó la sección instrumental de la canción, True-Dee se contorsionó hacia el público y se le arrimó a un señor de mediana edad, vestido con una camisa sedosa y amarilla de corte vaquero. True-Dee lo miró a los ojos, metió las puntas de dos dedos en sus calzoncitos, tomó el abanico de plumas de avestruz que ahí reposaba, luego lo comenzó a agitar frente a su cara. Ella agarró la botella de cerveza de aquel, tomó un trago, y después chorreó un poco dentro del valle de su escote, luego se agachó y le ofreció un trago al hombre. Éste aceptó. Después de que terminó lo de la bebida, True-Dee se fue cumbeando hasta el escenario donde le dio al público un vistazo de su fundillo. Había olvidado la letra de la canción, pero eso no parecía importarle a nadie ya que estaban viendo cómo meneaba las nalgas de un lado a otro mientras se abría paso hacia el escenario. Su calzoncillo tipo hilo dental iba muy arriba cuando hizo su última caravana desde esa posición.

El público aplaudió y vitoreó, brindaron en alto y bebieron. Naty, Chelo y Lulabel no perdieron el tiempo. Se pusieron de pie y se dirigieron tras bambalinas para felicitar a True-Dee por un trabajo bien hecho.

Estaba oscuro allá atrás, y húmedo. Todo ese lugar se había beneficiado del toque femenino y la ingenuidad que la falta de dinero vuelve necesario. Había vestidores improvisados hechos con cortinas de terciopelo verde limón, tocadores iluminados por múltiples bombillas, y espejos por doquier. El piso de concreto estaba pintado de negro, las paredes de ladrillo del viejo edificio, de un rojo sangre.

True-Dee estaba de pie en uno de los vestidores con la cortina cerrada parcialmente, nunca había sido muy recatada. Apareció en un santiamén con su ropa de calle: un vestido *baby doll* de tela de algodón a cuadros rojo y blanco.

—Estuviste fantástica —dijo Nataly dándole a True-Dee un caluroso abrazo.

—Ay, ¿de veras, cariño?

—Nos consta —dijeron Naty, Chelo y Lulabel.

—Pues qué fa-bu-lo-so, porque, por si fuera poco, me acaban de prometer el rol de Paulina Rubio —dijo True-Dee, su tono subiendo de manera acorde. ¡Paulina Rubio era la estrella de música pop más famosa de México!

—Ay, dichosos los ojos, chicas —dijo True-Dee dándose tiempo de abrazar a cada una de las tres mujeres—. Antes de que se me olvide, este sábado voy a dar una fiesta Tupperware® y las espero a todas. Déjenme darles la invitación.

Se apresuró a su vestidor y regresó con una bolsa de leopardo estampada sobre un fondo color rosa mexicano, en la cual metió sus uñas acrílicas y sacó tres sobres de distintos tonos pastel.

Naty, Chelo y Lulabel los tomaron en sus manos y dieron gracias.

—Ay, los tienen que abrir ahora mismo —dijo True-Dee haciendo puños en lo alto.

Las mujeres hicieron eso para revelar tres invitaciones diferentes, cada una con un producto Tupperware® distinto. Las cuatro chicas estuvieron de acuerdo en que a Naty le había tocado el más lindo, que tenía un vaso grande color rosa pastel sobre un fondo azul rey. Las mujeres le dieron las buenas noches a True-Dee, la felicitaron una vez más y le prometieron asistir a su próximo espectáculo.

—Hasta mañana —les dijo True-Dee a Naty y Chelo, ya que tenían cita en la mañana para que les depilara las cejas con cera, luego le dijo a Lulabel—: Y buenas noches a usted, doña —se agachó y le dio a Lulabel un beso en la mejilla.

Después de dejar a Lulabel, Nataly y Consuelo se dirigieron a casa de esta última. Nataly llegó a la entrada de carros y apagó el motor. Con una noche de aventuras para el récord, las muchachas se quedaron sentadas en silencio por un momento.

Nataly tenía una expresión lejana en la mirada.

—Sabes, Chelo, a veces me gustaría saber todo lo que ha pasado alguna vez en el mundo —daba tragos grandes de aire entre las palabras.

—Pues quizá deberías regresar a la escuela —dijo Consuelo. Se quedó mirando sus zapatos de meter hechos de macramé. Macramé, el antiguo arte de anudar. Naty y Chelo habían visto un documental sobre eso recientemente. A Chelo le encantaba ver documentales. Era la única manera en que viajaba.

—Consideraría regresar a la escuela —dijo Naty—, pero sé que tú nunca irías conmigo, y no sería lo mismo sin ti.

Consuelo se sacó los zapatos, puso los pies en el tablero y movió los dedos de los pies hasta que le tronaron los nudillos de los dos dedos gordos, luego dijo:

—No. Ya tengo mi Diploma de Educación General, con eso me basta y sobra.

Nataly asintió.

—Te comprendo —dijo. Y en realidad así era. Neotenia, la opción de no metamorfosearse. Si eso le bastaba al ajolote, también le bastaba a Consuelo. Pero, ¿le bastaba también a Nataly? Se quedó sentada, pensando.

# La muerte

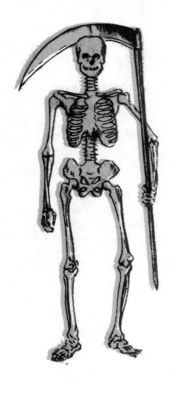

**PELÓN Y FLACO**

# EL SUEÑO DE CONSUELO:
# UN RELATO EN TIEMPO PRESENTE

*Esa misma noche, después de que Nataly se va y se dirige a su propia* casa, Consuelo se quita su ropa de baile y se pone su camisón favorito de tirantes finos. Abre la ventana de su recámara y recibe la casi inexistente brisa nocturna, suspira ante la luna llena, luego se mete en su cama, la cual es tamaño *king-size*, pero digna de una reina. Hay suficiente espacio para sus largas piernas sin importar en qué posición las estire o las doble. Esta noche se acurruca en posición fetal antes de quedarse dormida y soñar con su padre, Don Pancho Macías Contreras.

Su sueño se sitúa en medio de un huerto de chabacanos en plena flor. Los árboles son más majestuosos que ningún otro que ella haya visto, y ha visto muchos. Todos los veranos, cuando eran niñas, cuando ella y Naty los recogían y los cortaban, Chelo siempre era la cortadora más veloz, la única que podía rebanar la fruta en dos y quitarle el hueso con un solo vaivén de la muñeca. Para Chelo, recoger y cortar era la diferencia entre si tenía ropa y zapatos para la escuela nuevos o usados.

Ahora está sentada encima de una cubeta volteada de acero inoxidable enorme y lleva un vestido a rayas amarillas y blancas, tobilleras de encaje y zapatos de charol con hebilla. Se ve tal como una niñita sentada allí meciendo las piernas y lleva el pelo en dos trenzas.

Su padre se acerca, luego la levanta de su lugar de descanso con una sola mano enorme y ligera, antes de depositarla firmemente en la tierra. Mientras está en movimiento, ella tiene una sensación extraña en el estómago, que compararía a aquella de descender por la montaña rusa si contara con ese punto de referencia, pero las montañas rusas se parecen demasiado a los trenes como para que Consuelo se hubiera subido jamás.

Don Pancho mira a Chelo y le dice cinco palabras que ella nunca se cansa de escuchar.

—Mija, soy yo, tu papi.

—Te perdono —susurra Chelo. Se le ocurrió recientemente que eso es algo que debe decirse, que debe hacer a un lado.

—¿Me perdonas por qué? —dice don Pancho.

—Por no voltear a ver a los dos lados y por lo que sea —dice Consuelo.

—*Thank you very much*, mija. *I really appreciate it* —le agradece don Pancho.

—Hablas muy bien el inglés —comenta Consuelo.

—He estado practicando bien-*very*-mucho.

Consuelo está de pie junto a su padre. Con la cabeza inclinada exageradamente hacia atrás, ella lo mira, sonriendo.

Don Pancho tiene mucho que hacer esta noche. Debe hacerlo deprisa. Los santos y los ángeles que mandan en el purgatorio se lo dijeron muy claramente cuando le dieron su pase de abordaje hacia el mundo nocturno de los sueños: debe estar de vuelta en "el Purg" antes del amanecer, a menos que se convierta en su ser purgatorial de costumbre: un hombre arrugado y jorobado de cabello cano y seboso, y unas uñas amarillentas tan largas que hacen garigoles hacia sus muñecas.

Consuelo de pronto empieza a contarle sus penas:

—Papi, quiero regresar a México, ver el lugar donde nací, visitar a mi familia para aprender más de ti. *I want to help you*, pero no puedo.

—Ya lo sé, mija, por eso estoy aquí. He venido a decir *goodbye* —abre las manos a lo ancho, orgulloso de sí mismo porque está a punto de hacer lo que cree que es lo correcto—. Ya no voy a aparecerme en tus sueños nunca *no more*. Es demasiado tormentoso para ti, cariño. *Enough is enough*. ¡Basta ya!

—Pero, papi, éste es apenas nuestro cuarto encuentro. Apenas empezamos a conocernos. Y además, *I will miss you*. No me puedes dejar —ella niega con la cabeza y entrecierra los ojos como si estuviera a punto de llorar.

—Siempre estaré contigo, mi niñita —dice él, acariciándole el pelo—. Estaré dentro de ti, bien dentro de tu corazón —se golpea el pecho.

—Pero *I wanna see you* de vez en cuando, papi. Quiero oírte cantarme canciones. ¿Dónde está tu guitarra?

—La dejé en casa. Escucha, chiquita, *I gotta go*. No estés triste. Nos encontraremos algún día, en un futuro cuando todo esté bien, pero mientras tanto hazme un favor.

—Lo que tú quieras —dice Chelo.

—Búscate a un muchacho bueno con harto dinero. Alguien que te cuide. *You are beautiful*, mija. Lo que tu tía Concha te dijo era la pura verdad. Sólo se vive una vez, hay que vivir en grande.

—*But*, papi. . . —dice Chelo. Pero ya es demasiado tarde. Él se ha ido y de pronto el sueño de ella cambia de vías. Está hundida hasta las rodillas en un camino lodoso regado de joyas preciosas y semipreciosas. Se detiene a recoger una aguamarina con un corte marquesa, ya que ésa es la piedra natalicia de Naty, luego renuncia a todos los diamantes, rubíes, zafiros y ópalos. Consuelo busca una esmeralda.

# EL MEJOR POSTOR

***Cuando Lulabel llegó a casa esa noche del show de travestis se sor***prendió al encontrar a Javier sentado a la mesa de la cocina, comiendo galletas y tomando leche. Lulabel nunca lo hubiera adivinado, pero Javier estaba pensando en una chica, y tal cosa ciertamente le estaba quitando el sueño.

Lulabel se dirigió al refrigerador e imantó allí la invitación para la fiesta Tupperware® de True-Dee. Se quitó las coquetas grandes de plata de las orejas, las puso en la mesa, agarró una galleta, tomó un asiento y dijo:

—El Señor dice que no debemos tener imágenes grabadas del cielo o el infierno, pero parece que pasamos toda la vida creando uno o el otro o los dos aquí en la tierra —ella le dio un mordisco a su galleta. Javier se quedó callado.

—No sé si es el cielo o el infierno lo que estoy creando. No sé si debería darle mi alma al diablo o a Jesús, o a ninguno de los dos —ella estaba inusitadamente pensativa y además se estaba haciendo oír, lo cual era raro.

—¿Dar? —dijo Javier con la boca medio llena—. Mamá, tú eres capaz de venderle tu alma al mejor postor, que el Señor me perdone por decir eso —Javier se sacudió las migajas de las manos, luego se limpió las comisuras de los labios con una servilleta color pastel.

—El Señor nos perdona todo, ¿qué no es el chiste? —dijo Lulabel.

—El Señor hace de la misericordia y el perdón su forraje —dijo Javier.

—Hijo, a veces creo que se te olvida. Yo sé una que otra cosa sobre el Señor y sus modos —dijo Lulabel. Puso los pies en una silla cercana y esperó, deseosa de una plática seria sobre el tema, pero Javier masticaba despreocupadamente sus galletas. En realidad era cierto. Lulabel sabía bastante sobre el Señor. Había pasado la mayor parte de su vida en sus cariñosos brazos, y si no hubiera sido por la muerte de su hijo primogénito, ella pudo haber permanecido allí.

Cuando el esposo de Lulabel la abandonó, dejándola sola para criar a sus dos hijos, ella hizo lo posible por darles a sus hijos un ejemplo masculino fuerte a seguir. Y, ¿qué mejor ejemplo que el mismo Jesucristo? Hizo que sus hijos participaran en la iglesia desde una edad temprana, insistiendo en que asistieran a todas las funciones benéficas, paseos y servicios comunitarios.

Una tarde de otoño fueron a un picnic de la iglesia. Lulabel estaba sentada en una cobija a cuadros vestida con un traje de dos piezas de poliéster color verde menta y unos zapatos de piso de hule, y cuidaba al pequeño Javier mientras su hijo mayor, Ricardo, que en ese entonces tenía cuatro y medio, se columpiaba en unos juegos cercanos.

Esa tarde estaban presentes muchos ex pandilleros, lo cual no era nada fuera de lo común: los ex pandilleros representaban un porcentaje considerable de los miembros de esta iglesia y Lulabel misma había sido instrumental en un gran número de conversiones carcelarias.

Lulabel siempre recordaría la combinación de colores de esa cobija: rojo, anaranjado, amarillo, gris y negro, colores que no parecían ir juntos, pero que de alguna forma combinaban. Ella se quedó mirando la cobija, aburrida, pero temerosa de admitirlo, con las diminutas manos de Javier entre las suyas. De pronto las cosas comenzaron a suceder muy deprisa. Hubo una serie de disparos que ella confundió no supo con qué, luego el sonido de un motor de ocho cilindros acelerando, sus llantas rechinando, seguidos de gritos.

Se congregó un gentío en el parque. Lulabel recogió a Javier y corrió. Se abrió paso a la fuerza. Pudo ver a Ricardo, quien estaba boca abajo en la arena. Sangraba, pero sólo un poco. Lulabel creyó que esa era una buena señal. Si Ricardo estuviera mal herido, razonó ella, sangraría profusamente. Lulabel ignoraba que un poco de sangre puede ser indicativo de un latido reducido o inexistente.

Con Ricardo en brazos le hizo una manda a Dios, prometiéndole que si lo salvaba, le ofrecería a Javier en servicio como un soldado cristiano. Lulabel lo ignoraba, pero Ricardo ya se había ido.

El Señor aceptó la mitad de la promesa de Lulabel de todos modos. Recogió a Javier como lo había hecho con Ricardo, ya que en su momento de necesidad, Javier se amparó bajo la luz amorosa del Señor, mientras que Lulabel renunció a los trajes corrientes y los zapatos de hule y corrió de nuevo hacia los brazos de su archienemigo, el diablo.

Lulabel se acabó el vaso de leche de Javier, luego se quedó mirando a la distancia dos paredes tapizadas de calendarios mexicanos caducos. Las mujeres allí representadas eran tan hermosas que Lulabel nunca se hacía al ánimo de tirar los calendarios una vez que éstos expiraban. Estaba la princesa azteca, la marchanta del mercado, la damita de honor, la mujer a quien le llevan serenata, la revolucionaria, la madre amorosa, o la Malinche, aquella traidora que sin conciencia de ello era llevada a caballo para comenzar una nueva raza. A Lulabel le encantaba la Pajarera en particular, una morena de trenzas que llevaba una blusa campesina resbalándole seductoramente del hombro (¿qué, en ese entonces no usaban brasier, o qué?), con un pajarito rojo en la mano. Lulabel había sentido alguna vez como si tuviera al mundo entero en sus manos como si fuera ese pajarito. No el mundo en sí, sino el mundo de Lulabel, sus hijos, su marido, su belleza, su Dios. Pero ahora todo había desaparecido o había huido, y la Lulabel tendía más a jugar el rol representado en la escena del calendario "La cruz de Palenque". Una mujer y su agonía recargada sobre una cruz de madera con los huesos del pasado a sus pies, los ojos cerrados, las manos estrechadas informalmente (¿en oración?), las trenzas deshechas de forma descarada.

Lulabel miró a Javier. Era alto y fornido y tenía una cabellera espesa y negra como aquella que a las madres y a las amantes les encanta acariciar. Poco sospechaba él que el alma de Lulabel se encontraba ante una encrucijada, que dudaba de sus motivos, suspendida como un penique brillante con la cara boca arriba esperando a que alguien lo recoja. Lulabel consideraba al diablo y a Jesús hombres como cualquier otro, quienes naturalmente la desearían, pero inevitablemente la dejarían, y siendo así, ella cambiaba por tanto de uno al otro. Ahora, en esta coyuntura de su vida, Lulabel se preguntaba si había tomado la decisión correcta. ¿Debía tratar de ir de puntillas de vuelta a Jesús o hacía bien en quedarse en los amorosos brazos del diablo?

—Buenas noches, mijo —dijo ella poniéndose de pie. Se agachó para darle un beso en la frente a Javier, luego se dirigió a su recámara. Una vez bajo las cobijas, pensó en esa noche en resumen. Después de que terminó el show de travestis, hubo un espacio de una hora antes de que el centro nocturno cerrara y las mujeres se fueran a casa. Lulabel había atraído inicialmente a un montón de chamacones a su mesa, pero según transcurría la noche, ellos se dispersaron para encontrar a otras mujeres más jóvenes con quienes bailar, dejándola con los más viejos, los más chaparros, los menos deseables del montón.

Lulabel tuvo que preguntarse: ¿acaso estaba perdiendo su efecto sobre los hombres?

Le recordaba al béisbol, su deporte favorito. A Lulabel siempre le parecía tan triste cuando observaba que hacían caminar intencionadamente al hombre en el plato para que el pítcher pudiera pasar al bateador menos eficaz que le seguía. A Lulabel le daba lástima ese hombre en el círculo de espera. Era como un bateador que en sus épocas golpeaba muy fuerte la bola, que había infundido terror en los corazones de los pítchers de ambas ligas, pero el tiempo le había robado algo a su golpe, hasta que un día miraba desde el círculo de espera mientras el catcher pedía cuatro bolas desviadas y el pítcher lo complacía. Lulabel siempre le echaba porras, siempre deseaba que pudiera batear un jonrón y darles una lección. Ahora comenzaba a ver un poquito de ese viejo bateador en sí misma.

Lulabel se volteó, trató de despejar la mente lo mejor posible, y a la larga se quedó dormida.

—¡Ay, papi! —dijo Lulabel cuando le dio un vistazo al hombre guapo en la guayabera azul que se le había aparecido en sueños. Traía puesto un sombrero de paja y llevaba una guitarra a su lado.

Lulabel y el desconocido estaban en la placita en el centro de Lavalandia. Debe haber sido domingo porque había gente por todas partes. Pero entre tanta actividad, era casi como si Lulabel y el hombre guapo estuvieran a solas.

—¿Quién es usted? —dijo ella, entrelazando su brazo en el suyo.

—Yo soy don Pancho —había cierto timbre en su voz, al anunciar su nombre, que indicaba que mientras pudo haber sido un don nadie, estaba a punto de convertirse en alguien. Comenzaron a caminar alrededor de la plaza en sentido contrario a las manecillas del reloj.

—¿A qué se dedica? —dijo Lulabel mirándolo de pies a cabeza. Estaba limpio y olía dulce. Después de que salió de los sueños de Chelo, iba con rumbo a los de Nataly para hacerle una visita de media noche, pero algo había fallado. Una serie de vueltas a la derecha en lugar de a la izquierda, y había acabado al otro lado del pueblo en los sueños de Lulabel.

Don Pancho hizo una pausa y se puso a pensar.

—Para comenzar, el tren de carga de media noche procedente de Guanajuato me atropelló y ahora estoy atorado en el purgatorio.

—Qué injusto —dijo Lulabel.

—Estoy totalmente de acuerdo, señora, pero ¿por qué me llamó aquí? —dijo don Pancho.

—Yo no lo llamé —dijo ella.

—Entonces, ¿qué estoy haciendo aquí?

—¿Y yo qué sé?

—Es su sueño —dijo don Pancho—. Debe haber hecho algo, porque yo iba en camino a ver a una muchacha que se llama Nataly y de alguna manera acabé aquí.

—¿Nataly, la Nataly como en Nataly y Consuelo? —dijo Lulabel.

—Esa mera. ¿La conoce? —dijo don Pancho.

—La conozco de toda la vida. Ella y mi hijo asistieron a la misma escuela. Es una buena chica —dijo Lulabel.

—Eso sí —dijo don Pancho. Después de prometer no volver nunca a atormentar a Consuelo con sus visitas nocturnas, don Pancho decidió que haría un último intento para que lo ayudaran. Su plan era sorprender a la mejor amiga de su hija en sueños y pedirle que lo ayudara a salir del purgatorio.

DP y Lulabel se sentaron en una banca azul. La lonchera acababa de llegar.

—¿Quiere un poco de agua de jamaica? —dijo Lulabel. Se puso de pie y comenzó a buscar algo de feria en los bolsillos de su falda.

—No gracias. Ya he tomado suficiente jamaica como para durarme toda una vida. Es la bebida predilecta del purgatorio. Dicen que uno tiene que llegar al cielo para poder tomar horchata.

—Si gusta podemos tomar una horchata —ofreció Lulabel.

—Gracias, pero tengo que irme —dijo don Pancho. Se levantó y se alisó los pantalones.

—Espere. No se vaya —dijo Lulabel tomándolo del brazo. Había un dejo de desesperación en su voz.

—¿Qué desea? —dijo él, su voz llena de impaciencia.

—Ya sé que está atorado en el purgatorio, pero eso es bastante cerca de Dios, más de lo que yo he estado nunca, y nomás estaba pensando en si me podría hacer el conecte con Jesús —dijo Lulabel.

—Mire, señora, yo ya tengo bastantes problemas y no sé de qué me está hablando. Puede hablar con Dios cuando usted quiera —don Pancho comenzó a alejarse de allí y Lulabel lo siguió.

—Pero la oración no es una línea directa con Dios. Yo misma quiero hablar con el Gran Señor, para que él me pueda decir si está enojado conmigo o si ya no me quiere.

Los vendedores vendían mangos con chilito y limón, el antojito favorito de don Pancho. Le estaba dando hambre. Quería deshacerse de esta vieja loca para poder comer antes de ir a buscar a Nataly.

—El Señor ama a todos, señora.

—Eso dicen ellos —dijo Lulabel refiriéndose a los profetas—. Pero sé que si el hombre odia una cosa, es a una traidora, y al Señor no puede alegrarle todo el tiempo que he pasado con el diablo.

—Tiene que decidir pa' qué lado va a querer jalar. Yo he estado en el purgatorio por más de veintisiete años, y he aprendido que nada bueno pasa nunca en el limbo. Dios y el diablo tienen todo tipo de nombres distintos en todo tipo de lugares distintos, y hay impostores por todos lados, así que ¡*watcha*! —dijo don Pancho, y con eso, haciendo caso omiso de su apetito, dio una palmada y desapareció.

El sonido de las palmas de don Pancho despertó a Lulabel. En un estado apenas consciente, decidió que pondría su alma en manos de alguna u otra deidad capaz y la depositaría allí, aprendería las reglas de Él o Ella, y las acataría. Pero, ¿en manos de quién dejaría Lulabel su alma? Se dio la vuelta en la cama y miró el reloj. Eran las 3:52 a.m. Venderé mi alma al mejor postor, pensó Lulabel, antes de hacerse ovillo y quedarse dormida.

En la mañana, Lulabel se despertó y fue directo a la mesa de la cocina a redactar el anuncio para el acontecimiento más importante de su vida: la subasta de su alma.

# EL SUEÑO DE NATALY

*Al principio, Nataly pensó que esas dos cervezas y ese trago de tequila* que había consumido en el show de travestis tenían la culpa del sueño más raro que hubiera tenido jamás. Pero una vez que el sueño había comenzado, supo que estaba experimentando algo que iba más allá del tequila y que era marcadamente distinto, algo que ella nunca antes había visto y que quizá nunca volvería a ver. El sueño de Naty, como el de Chelo, tomó lugar en ese mismo huerto de chabacanos, y ella también estaba admirada ante el tamaño de los árboles. Se sentó en la tierra dura y seca, con las piernas dobladas debajo de ella. Un hombre se aproximó desde la distancia. Alto, con piel de miel, ojos azules y pelo negro, era el hombre más guapo que hubiera visto jamás. Él se acercó y puso a Nataly de pie, se quitó su sombrero y dijo:

—Soy don Pancho Macías Contreras, el difunto padre de Consuelo Constancia González Contreras.

El parecido estaba allí. Él tenía los ojos de un azul gris, como los de Chelo eran de un verde gris, y era tan, pero ay, tan alto.

—Lo conozco —susurró Nataly.

—Bien —dijo DP—, entonces podemos ir al grano. Vine para darte las gracias por hacerte cargo de Consuelo todos estos años. Por comprenderla, pero nunca juzgarla, y por cuidar de que tome siempre suficiente calcio.

—Una vez vimos la película "La jorobada" con Yolanda del Río. De veras nos asustó.

—Yo vi la misma película —dijo don Pancho. Extendió los brazos y luego los puso por detrás. Estaba resultando ser una noche muy ajetreada. Había olvidado lo difícil que era acomodar a tantas mujeres en tan poco tiempo.

Aparentaba mucho menos edad de lo que Nataly se había imaginado.

Aunque Consuelo nunca conoció a su padre, de todas maneras hablaba mucho de él. Él tenía cuarenta y cuatro cuando murió, además de los veintisiete que llevaba de muerto. Lo que quiere decir que tendría setenta y uno, aunque no aparentaba más de treinta y cinco, cuando mucho.

—Escucha, mija, necesito que me hagas un favor. Un favorcito bien *big* —dijo DP—. Y tampoco tengo mucho tiempo.

—Adelante —dijo Nataly manteniendo su distancia. Pudo haber sido guapo, pero los círculos de sudor en su guayabera se extendían claramente por su pecho y se encontraban en el medio. Olía como a leche agria y a sudor.

—Estoy atorado en el purgatorio y la única manera de salir de allí es que alguien vaya a las vías del tren donde me morí y haga que la gente se reúna a rezar por mí. Pero antes de que digas que si sí o si no, voy a dejar que lo pienses mientras te toco mi canción favorita.

Sin más demora, don Pancho comenzó a cantar la misma canción con la que le había llevado serenata en sueños tantas veces a Consuelo, pero de alguna manera, al ir de camino de los sueños de Lulabel a los de Nataly, había perdido la guitarra. A falta de ésta, comenzó a aplaudir a un ritmo conocido sólo por él. Muy pronto, no pudo evitar bailar a ese ritmo. Sus brazos y piernas se movían al unísono como si estuvieran atados por un hilo. Se veía tan ridículo que a Nataly le dio pena ajena.

Cuando terminó la canción, don Pancho se agachó a la altura de la cintura, sin aliento, agarrándose de las rodillas. Nataly se le acercó.

—¿Se encuentra bien? —dijo ella.

—¡No! No estoy bien —adquirió de pronto una expresión adusta.

Algo extraño y terrorífico comenzó a suceder. El cabello de don Pancho empezó a encanecer y a crecer. Se le arrugó la piel y se le aflojó. Las uñas de sus manos sobresalían, luego se replegaban en rizos apretados, como un listón de Navidad bajo la tensión del pulgar y la orilla recta de las tijeras.

El día estaba clareando y DP estaba metido en aprietos.

Nataly se recargó contra el tronco macizo de un árbol cercano. Más que asustada, estaba intrigada, pero por si las dudas mantuvo la distancia.

—Ya no aguanto —dijo don Pancho—. Nos hacen practicar inglés de día y de noche, y como después de veintisiete años todavía no se me quita el acento, ellos se burlan de mí.

—¿Quiénes? —dijo Naty.

—Los santos y los ángeles, ellos pues.

—Eso no está nada bien —dijo Naty. Se le acercó, esperando que su presencia lo reconfortara.

—Así es y ahora voy a meterme en problemas. Ya se me hizo tarde y me van a quitar todo. Chin, chin, chin —dijo don Pancho dando de pisotones.

—Ya nunca me le podré aparecer en sueños a nadie más —comenzó a caminar por el piso lo mejor que un jorobado puede hacerlo—. Quizá en otros veinticinco años ellos me den otra chanza. Veinticinco años. Eso es un granito en su reloj de arena, pero para nosotros los humanos, es un pedazote de vida —se miró los huaraches, que estaban cubiertos de polvo, luego miró a Nataly—. Tienes que ayudarme. Si no lo haces, si no salgo de aquí, no vale la pena vivir.

De pronto, Nataly tuvo un pensamiento horroroso mientras miraba las uñas de don Pancho y la manera en que éstas se retorcían, dirigidas derechito a sus muñecas. Nataly recordó haber aprendido algo sobre el sistema circulatorio en su clase de anatomía del doceavo grado, pues a diferencia de Consuelo, ella había terminado su bachillerato. Sabía que había muchas venas y arterias importantes bajo la piel.

Ella le puso una mano en su joroba y le dijo:

—¿No estará pensando en *whacking yourself*, que no?

—¿*Whacking*? —repitió don Pancho. Después de todas esas lecciones de vocabulario impuestas por los santos y los ángeles, le sorprendió encontrarse con una palabra con la que no estaba familiarizado.

—Usted sabe, matarse. ¿No estará pensando en suicidarse, o sí?

—Ya estoy muerto —declaró don Pancho.

—Sólo está medio muerto —dijo Naty, mirándolo de arriba abajo. Su piel era grisácea, sus ojos estaban llenos de cataratas y, en ese estado, se veía más decrépito que ninguna otra persona que Naty hubiera visto, aun jugando a la lotería.

—No se me había ocurrido matarme —dijo, reflexionando en ello—. Podría ser una muy buena idea.

—¡No! Para nada —Naty lo agarró del brazo—. ¿Qué no ha oído hablar de ir de mal en peor? Podría ir de donde está ahora derechito al infierno, y Chelo no lo vería jamás, ni en este mundo ni en aquél.

—El infierno —dijo DP—. ¡Ja! ¿Quién sabe si no es un mejor lugar?

—Dígame qué debo hacer —dijo Naty.

Él se le arrimó y bajó la voz hasta un susurro como si el equipo contrario visitante lo estuviera escuchando, luego dijo:

—¿No conoces mi historia, mija?

Mija. Esa palabra la reconfortó.

—Sí, sí la conozco —dijo ella—. Consuelo me ha contado tanto de usted. Por lo menos lo que ella sabe, sobre cómo murió y dónde lo enterraron y cómo tal vez algún día pueda llegar a hacer milagros.

—Sí, es cierto, mi niña —le pasó las uñas esmirriadas por el pelo mientras ella lo miraba a través de algunos ricitos que le habían caído en la vista—. Los santos y los ángeles me prometieron que me dejarían intentar hacer milagros, pero necesito tu ayuda. Debes ir a México, mi tierra natal. Consuelo te dirá dónde queda. Una vez que llegues allí, debes reunir a la gente e ir a las vías del tren donde morí, y rezar —en ese instante, don Pancho recogió una vara del suelo y la usó para dibujar en la tierra. Hizo unas cuantas líneas, luego una X, con la cual marcó el lugar de su entierro, luego arrojó la vara a un lado.

Naty se puso a pensar.

—Pero no quiero ir sola.

—Puedes hacer amigos cuando llegues allí. Toda la gente de mi pueblo es bien amable y, una vez que sepan quién eres, te recibirán con brazos abiertos. Ándale, vamos —le dijo dándole una nalgada.

—Me gustaría que Consuelo me acompañara —era una posibilidad que ella había imaginado durante años. Ella y Chelo por el camino abierto. O al aire libre. Supuso que tendrían que volar.

—Oh, no —dijo DP—. Consuelo no aguanta un viaje como ése. De ahí que tenga miedo —se rió entre dientes de una manera que traicionaba su astucia y que llevó a Nataly a sospechar que don Pancho Macías Contreras tenía algo que ver con el miedo irrazonable de Consuelo al transporte público y los viajes prolongados en carro.

—¿Qué sabe de su miedo? —dijo Naty entrecerrando los ojos.

—Nada. Sólo que le hace bien para que se quede quieta en el mismo lugar y no se meta en problemas.

Nataly tuvo que preguntarse si debía darle rabia un comentario machista como ése de boca de un hombre de la generación de DP.

Respondió a ese chovinismo masculino con esta proposición:

—Y, si la curo, ¿entonces qué?

—No tiene cura —dijo DP, tan seguro de sí mismo como nunca.

—Eso está por verse —dijo ella. Entonces, desafiando no sólo a don Pancho, sino a todos los hombres que intentan subyugar a las mujeres, Nataly despertó, dejando a don Pancho, como dicen, con la duda, preguntándose ciertas cosas, principalmente: ¿Iba la güera de la Nataly a ayudarlo o no?

# El camarón

CAMARÓN QUE SE DUERME SE LO LLEVA LA CORRIENTE

# LA PURA NETA

***Después de que Nataly se le peló a DP y regresó al mundo de los des-***piertos, tuvo que esperar dos largas horas para poder recoger a Consuelo a una hora decente. Las muchachas por lo general pasaban la noche una en casa de la otra, pero la noche previa había sido una noche de cada quien en su cantón, y de ahí que cada una estuviera en su respectiva morada.

Para las nueve de la mañana, Nataly ya había programado una cita a las 10:30 con el maestro Salomé, un curandero local quien, según su anuncio en la revista semanal *La Guía*, atendía emergencias.

Para las 9:15, Naty estaba en camino a casa de Chelo, y para las 9:22 estaba cruzando la puerta de enfrente diciendo:

—Chelo, despierta. Tenemos cosas que hacer. Lugares adonde ir.

—¿Qué pasa? —dijo Consuelo con toda tranquilidad. Estaba recargada en la cama viendo a Marta Susana, quien presentaba un panel de compradores, mentirosos y jugadores empedernidos.

—Tenemos una cita —dijo Naty.

—Eso no es hasta las 10:30 —dijo Chelo pensando en su sesión de depilación de cejas en el Salón de Belleza True-Dee.

—Tenemos otra cita. Una para curarte. Lo he pensado por años, Chelo. Ese miedo tuyo no es razonable. Y es hora de que hagamos algo al respecto. En una época pensé que sería bueno ir a un doctor. Pero si recurrimos a la medicina moderna, lo más probable es que nos manden con el loquero y te traten de embutir un montón de pastillas por la garganta, y creo que necesitamos algo más esotérico. Por eso hice una cita para ir a ver al maestro Salomé. Alístate ya —Nataly se cruzó de brazos y se balanceó en los pies.

—Esotérico —dijo Chelo—. ¿Qué no es un tipo de jabón?

—No. Vamos a ver a un brujo.

—'Ta bueno —dijo Consuelo—. Mientras no sea muy lejos.

—Apúrale —dijo Naty, mientras Chelo se apresuraba a vestirse—. Y será mejor que pasemos por donde True-Dee para suavizarle el golpe. Ya sabes que le choca que le cancelen.

—Como tú digas, mamacita —coincidió Consuelo. Se detuvo a estudiar a Naty, quien ahora se encontraba sentada al borde de su cama con una mirada ausente y las piernas bien abiertas de manera indecorosa para una dama—. Hay algo que no me estás diciendo —dijo Chelo tomando nota de todo, luego reclinándose hacia atrás, esperando averiguar lo que Naty le ocultaba.

—Carajo, Chelo —dijo Naty—. Me conoces demasiado bien. No te quería decir para no preocuparte, pero tu papá me visitó en sueños anoche y me dijo que si no reunimos a la gente para que rece por él y pueda salir del purgatorio, se va a matar y de seguro se va al infierno.

—¡Chingao', Naty! ¿Creíste que me ibas a ocultar ESO?

—A medias, pero como te dije, sólo para protegerte.

Nataly pudo ver cómo un montón de tristeza se acumulaba en los ojos de Consuelo.

—Cuando me viene a ver, Naty, toca la guitarra y me canta unas canciones re' bonitas. Son sueños re' lindos, pero también son rete' tormentosos —dijo Consuelo.

—Me lo imagino —dijo Naty.


De camino al salón de True-Dee, Naty no pudo evitar pensar en su propio padre, el Sr. Edward Steven. Había muerto cuando ella tenía sólo diecinueve años, y ella había tenido una relación muy cercana con él, ya que su madre se había fugado (nada menos que con el carnicero) cuando Naty tenía apenas tres años y de otra manera no hubiera sido así. Cuando le preguntaban sobre la Sra. Steven, Naty sostenía que no podía recordar mucho acerca de ella y cuando le preguntaban si la extrañaba ella decía sencillamente: "No se puede extrañar lo que nunca has tenido, nomás te preguntas cómo sería".

En vida, el padre de Nataly había sido un hombre fascinado por las maravillas naturales del mundo, tan fascinado, que una vez viajó hasta Ecuador con el sólo propósito de pararse en ambos hemisferios de la Tierra a la vez. En la última foto suya que se conoce, él está haciendo justamente eso, a horcajadas con un pie a cada lado del ecuador. Su sonrisa era tan amplia, tan alegre, que uno no se hubiera imaginado que el mal ya se había declarado. O, ¿era acaso una enfermedad? Una enfermedad se refiere a algo largo y prolongado, pero ésta ya se había instalado y acabó con él en un santiamén.

Los restos del Sr. Steven pasaron por una serie de mensajeros hasta llegar, a lomo de burro, a las profundidades de los Andes, donde fueron vaciados en otra maravilla natural, el Lago Titicaca, el lago más alto del mundo, y el siguiente destino al que el Sr. Steven en vida había querido llegar.

De modo que a sus diecinueve años Nataly había quedado sola en el mundo para arreglárselas por su cuenta, ayudada por una pensión de trabajador de limpieza de su padre y una casa que ya estaba pagada. Su padre había trabajado para el distrito escolar y lo que dicen de que los trabajos del gobierno tienen buenas prestaciones es cierto, pero Naty todavía necesitaba de la guía paterna y, en esencia, del cariño de un padre. Quizá por eso simpatizaba tanto con la causa de Consuelo y don Pancho. Pero, ausentes otros factores, sólo una hija consentida comprende a otra hija consentida, y Nataly se dio cuenta de que Consuelo era precisamente eso, aun cuando, técnicamente, ella nunca conoció a su padre "en persona".

Nataly pensaba en su propio padre con frecuencia y quería ir algún día a Quito, tan sólo para que le tomaran una foto como se la habían tomado a él. Con un pie a cada lado del ecuador, ella daría una amplia sonrisa frente a la cámara, luego iría a las playas del Lago Titicaca para sentir la presencia de él. Pero, ¿quién la acompañaría?


Cuando las chicas llegaron al Salón de Belleza True-Dee, Consuelo esperó en el carro mientras Nataly entró y le explicó todo a True-Dee, quien estaba tan conmovida por las circunstancias del dilema compartido de Consuelo y don Pancho, que decidió acompañar a las chicas adonde el maestro Salomé.

—Todo va a salir bien, chica —dijo True-Dee subiéndose al asiento delantero junto a Chelo.

El maestro vivía a orillas de la ciudad, donde la agricultura da paso al volcán. Las mujeres llegaron y se apresuraron a la puerta de enfrente y tocaron. El maestro abrió y las recibió.

Era un hombre muy arreglado de unos sesenta. Su piel morena parecía un bronceado, ya que el pelo de su cara y de su cabeza estaba completamente cano. Consuelo se horrorizó cuando le echó un vistazo, ya que traía puesta una variación de lo que la mayoría de los hombres de su raza y edad llevan puesto en un momento dado: unos pantalones *sport* cómodos, una guayabera y unos huaraches.

—Un hombre culto —comentó True-Dee mientras las muchachas miraban a su alrededor. La pared sur de la sala del maestro estaba tapizada de libros en cuatro idiomas, español, inglés, italiano y portugués. Su casa era de un solo piso, de planta abierta. En el centro de la sala había un sofá y un sillón confidente acolchonados de mimbre, varias sillas regadas y en el piso, un tapete de piel de vaca.

—Damas, tomen un asiento —dijo el maestro.

Miró a Consuelo.

—Ella debe ser mi paciente —dijo. Saltaba a la vista. Ella era la más amolada de todas. Estaba sentada en el sofá con una expresión en blanco, enroscando deprisa un mechón de su cabello largo y negro alrededor de un dedo índice.

—¿Les puedo servir algo de tomar? —ofreció el maestro.

—No gracias —Nataly y True-Dee rehusaron. Consuelo no dijo nada.

—A trabajar. . . —dijo el maestro Salomé.

Tomó a Consuelo de la mano y le dijo:

—Hay algo flotando en tu cabeza que no te deja enfrentar tu destino. Para ir adonde necesitas ir. Dios tiene un plan para todos nosotros, mija. Debemos dar de nuestra parte para completarlo. A veces hay cosas que se nos atraviesan en el camino y ahora debemos hacer una lectura para ver qué es lo que se interpone en tu camino.

El maestro tomó su baraja, la sostuvo en lo alto, luego la puso enfrente de Consuelo.

—Debes decir, "Por mi Dios, por mi espíritu y por mi casa".

Consuelo hizo lo que él dijo, luego escogió diez cartas. El maestro eliminó cinco, luego volteó las cartas que sobraban antes de arreglarlas en forma de cruz.

—Te buscan muchos hombres —dijo el maestro—. Y aquí tenemos remos dobles. Esta carta representa la distancia. Esta carta —dijo él señalando otra—, representa la sabiduría y la edad. Hay un hombre sabio en la lejanía que desea hablar contigo. ¿Sabes quién es? —el maestro alzó las cejas.

True-Dee y Nataly se dieron una mirada de complicidad.

—Es mi padre —dijo Consuelo.

—¿Estás lista para hablar con él? —dijo el maestro.

Consuelo asintió.

—¡Debemos invocar el espíritu de tu padre para que te ayude! —El maestro sostuvo las manos en alto. Estaba emocionado. Lo que pensó que sería una simple lectura de cartas se había convertido de pronto en una sesión de espiritismo.

—Quieres a tu papi, ¿verdad que sí, mi amor?

—Sí. Lo quiero mucho —dijo Consuelo.

—No hay nada que temer. Ahora, lo único que necesitamos es un médium masculino. Voy a hacer unas cuantas llamadas y ahora vuelvo —el maestro se puso de pie y se dirigió al teléfono de la cocina.

Nataly y Consuelo miraron a True-Dee. Llevaba una falda de mezclilla que ella apreciaba por su versatilidad y una camiseta escotada a rayas rojas y blancas. Traía el cabello partido por la mitad y dos broches de plástico Goody® en forma de moños rojos le despejaban la cara.

True-Dee tragó saliva, alzó una mano a media asta, vaciló y dijo:

—Señor, maestro, creo que puedo ayudarlo.

—¿Sí? —dijo el maestro. Tenía el auricular en la mano y había empezado a marcar.

—Tengo los atributos físicos que me permiten ser clasificado como un hombre —dijo True-Dee en su voz más sonora.

El maestro se bajó las gafas al caballete de la nariz.

—Ya veo —dijo—. Cada quien su camino —agregó. Colgó el teléfono.

—Nosotros cuatro debemos unir las manos —dijo el maestro, volteándose a ver a Consuelo—. ¿Trajiste algo de tu padre? ¿Quizás algo que él te haya dado? —Consuelo metió la mano en su bolsa y sacó un par de huaraches minúsculos. Verán, el tren que había atropellado a don Pancho se había originado en Guanajuato, que es famoso por sus zapatos y, por consiguiente, no llevaba más que eso. La colisión había sido de tal magnitud que los últimos dos vagones se habían descarrilado, volcando sus contenidos en el camino. Los vecinos del pueblo que habían apresurado el cuerpo sin vida de DP de vuelta a su casa, también habían llevado varios pares de zapatos para la familia. En cuanto a los huaraches, Chelo nunca les dio un uso práctico, siendo que era tan alta y larguirucha, no le vinieron de recién nacida. Aun así, siempre consideraría esos zapatitos como el único regalo verdadero que su papi le había dado, y los traía colgados del espejo retrovisor del Cadillac desde el feliz día en que Nataly se convirtiera en su dueña.

—Son muy bonitos, mija —el maestro tomó los huaraches.

—Ahora debemos despejarnos la mente tan completamente como sea posible —dijo.

Después de varios minutos de silencio, el maestro comenzó a temblar, sutilmente al principio, luego descontroladamente. Luego, recobró la compostura mientras True-Dee perdió la suya, al empezar a retorcerse y a temblar. El maestro abrió los ojos, sonrió y dijo:

—Ya llegó —luego se dirigió a la cocina—. ¿Alguien quiere té? —gritó.

—Sí —dijo True-Dee en una voz inesperadamente masculina con acento hispano. Nataly y Consuelo se miraron entre sí. Nunca habían escuchado unos tonos tan roncos emanar de la boca de True-Dee.

—No tengas miedo —dijo el maestro regresando de la cocina—. Es tu papá. Háblale.

—Papi, ¿eres tú?

—*Yes*, mija. Soy yo —respondió don Pancho Macías Contreras.

—Papi, quisiera preguntarte algo.

—Háblame *in English*, mija. Tengo que practicar.

Quiero regresar a casa, a San Luis Río Colorado, papá, *to help you* salir de ese lugar, *but I am afraid of* los aviones. Los autobuses *e-scare me* también. *Trains terrify me*. Estar sola en un carro por mucho rato también me pone nerviosa. *I can go to the* tienda *or to the other side of the* pueblo, siempre *and only if it is not* muy lejos. No sé *what to do. I have* mucho miedo —ella comenzó a llorar y Nataly también. Si True-Dee hubiera estado allí, ella también hubiera llorado, sólo que se encontraba en un lugar lejano—. Mija, *if you want to* regresar a tu tierra, debes ir, pero *you can* conseguir un trabajo mucho mejor aquí en los *Yunaited E-States*. Es *for* eso que *I am e-studying* inglés. En tu lugar, *I would never* subirme en un *bus* o un *airplane* y nunca en un tren. *Never*. Lo mejor es que te quedes en casa. *You see* lo que me pasó a mí —don Pancho bajó la vista y se dio cuenta de que traía puesta una falda. Pegó un grito—. ¡Ay, no! ¡Es mucho peor de lo que me imaginé! Ya ves, mija. Estás *much better* en casa. *Take* mi consejo. Es la pura neta —don Pancho miró a Nataly—. Ella es tu amiga —señaló directamente a Naty—. Mándala a ella. Ella se encargará de todo. Te quiero mucho —dijo don Pancho.

—Yo también te quiero, papá —dijo Consuelo.

—Papi, te quiero preguntar *something else* —dijo Consuelo.

—Lo que tú quieras —dijo don Pancho.

—Esa noche en que te atropellaron, ¿lo hiciste a propósito o te mataste?

Don Pancho respiró hondo. Hizo un gesto para refrescar su sombrero inexistente, pero tuvo que conformarse con pasarse las manos por el cabello largo y negro que por alguna razón le había brotado de la cabeza.

—Andaba bien pedo, mija. *That's all*. Nada más, nada menos.

—Borracho —repitió Consuelo en voz baja. Pestañeó tres veces, luego entrecerró los ojos y, con eso, don Pancho se había ido.

True-Dee pegó un grito. Se sacudió y se contoneó hasta que volvió en sí a su antiguo yo. Miró a su alrededor, se aclaró la voz y dijo: "Quiero irme a casa".

# La sirena

**CON LOS CANTOS DE LA SIRENA, NO TE VAYAS A MAREAR**

# LAS SERENATAS II

***Javier trató.*** ***Él de veras, de veras trató de no acercarse a Lucha hasta*** por lo menos el sábado, el día en que las citas tradicionalmente toman lugar y un chico puede llegar a algo con una chica, pero ya para el jueves, no aguantó más.

La tarde encontró a Lucha sentada en su cama afelpada color rosa con un aspecto como de reina *low-rider*, esos carros achaparrados de los años ochenta. Goma para el cabello Aqua Net®, rímel Dial-A-Lash®, brillo Strawberry Kissing Potion® y un peine de cromo para hacerse el crepé habían sido parte de su acicalamiento privado. Con su blusa sin espalda, sus pantalones sport bien guangos, sus pulseras negras de tela arañándole las muñecas y un par de zapatos de hebilla, estaba hecha toda una Teen Angel®.

Había sido una mujer libre por sólo cinco días, pero ya se había conseguido a un vato nuevo. Se llamaba Joaquín y parecía un Sam Bigotes mexicano pero con tatuajes. Y ahora, por tercera vez en el mismo número de días, Lucha se había quitado su ropa de *lowrider girl*, y estaba bien desnuda bajo las sábanas con Joaquín, quien estaba por hacerle el amor despacito, muy despacito, cuando Javier se presentó llevándole serenata con la canción del mismo nombre.

Lucha se deslizó de por debajo de Joaquín, buscó a tientas su camiseta suelta en las cercanías y se la puso. Caminó a la ventana, abrió las cortinas y sonrió. Nunca le habían traído serenata específicamente a ella.

Joaquín se puso los calzoncillos de prisa, luego se puso en cuatro patas. Presa de su nerviosismo, no se había dado cuenta de que sólo se trataba de un hombre y su guitarra afuera de la ventana. Se imaginó por lo menos a diez, y para eso muy machos, porque no hay nada más macho que un mariachi. Peor aún, pudieron haber sido doce hombres allá afuera, que es el número que requiere un mariachi tradicional.

Nada de lo que le había sucedido a Joaquín en su vida lo había preparado para ese momento. Ni siquiera cuando estuvo en la cárcel de Chino y de pronto se vio objeto de los afectos de siete presos, todos esa misma tarde y todos a la vez. Por lo menos entonces podía escoger a su gusto si así lo deseaba, o pararse y pelear si no quería, pero Joaquín estaba siendo atacado por un mariachi, una fuerza, a su modo de ver, invencible.

Lucha miró a Joaquín.

—Pareces un perro ahí abajo, güey. ¡Levántate! —Joaquín se llevó un dedo a los labios entreabiertos haciendo una señal de silencio. La unión de él y de Lucha pudo haber estado en pleno menos de una semana, pero la correccional de ella había sido la institución hermana de la correccional de él, y ellos se habían estado escribiendo uno al otro durante varios meses, tiempo durante el cual él había llegado a considerar a Lucha como su mera mera pistolera. Al modo de ver de Lucha, puede que Joaquín hubiera sido el principal, pero Javier se veía tan chulo parado allí detrás de su guitarrón que ella estaba pensando seriamente en dejar que fuera su sancho.

Al final de la canción, Lucha sacó la cabeza por la ventana y le dio a Javier el beso revelador: un numerito de boca abierta pero sin lengua, que hizo que a él se le pararan los vellos de la nuca.

Habiendo cumplido con la serenata, Javier pasó al punto número dos en su lista de cosas por hacer: invitó a Lucha a salir diciéndole:

—¿Te gustaría ir conmigo a la Noche de Música Cristiana en la pista de patinaje algún día? Es el último miércoles del mes y es bien divertido.

—Claro, ¿por qué no? —dijo ella imitando el entusiasmo de Javier.

—Te recojo a las ocho —gritó Javier—. Y no me quedes mal —agregó. Se dirigió al Monte Carlo. Era tal su emoción, que manejó todo el camino a casa con el sombrero puesto.


Una vez que Javier estuvo fuera de vista, Lucha se dejó caer en la cama. La serenata estaba teniendo el efecto deseado y ella se sentía más que retozona. Reclinándose hacia atrás sobre los codos, con la cabeza echada a un lado, se veía lista, dispuesta y dos veces más capaz.

—Ven acá, chiquitito —dijo ella.

Joaquín la miró fijamente por un instante, luego le dijo:

—¿Pues cuántos güeyes traes?

—No muchos, pero no eres el único, carnal —abrió el cajón de su tocador, sacó un cigarro, se lo puso en la comisura de los labios y lo dejó colgar—. Qué caballero —dijo ella encendiendo su propio cerillo y prendiendo el Marlboro®.

—Creí que íbamos a ir a México para que conocieras a mi mamá y ella te pudiera enseñar a guisar —dijo Joaquín.

—*Sorry*, carnal —dijo ella, haciendo vibrar las tres erres innecesariamente—. De ningún perro soy la gata. Creí que ya me conocías.

—Tú eres la que no me conoce, ruca —señaló a Lucha con un dedo, se levantó y se puso la camiseta interior blanca.

—Todavía hay tiempo. Quizá llegue a conocerte mejor —le dio una larga calada a su cigarro.

—Sólo quiero lo que sea mejor para ti, chiquita —se arrodilló a un lado de la cama. Lucha le pasó una mano por el cabello tupido, castaño oscuro, y le dijo—: Estoy pensando en darte *chanza* para algo bien grande, sólo que te tienes que portar muy bien. ¿Me entiendes, Méndez? —Ella sonrió. Estaba acostumbrada a poner a los hombres de rodillas, pero nunca dejaba de agradarle.

—Yo siempre te trato bien, mamacita.

—Así me gusta —dijo Lucha—. Mientras nos comprendamos, todo va a ir bien suave. Y otra cosa, corazón. . . —lo agarró del antebrazo, luego continuó—: Hazme un favor.

—Lo que tú quieras.

—Cuidadito que no te metan al bote.

Joaquín suspiró. Lucha estaba a punto de ser la perdición de él y varios otros hombres y si él no lo sabía, ciertamente lo intuía.

# El Tupperware®

**QUE NO SE ECHE A PERDER LO QUE MAÑANA VAS A QUERER**

# LA FIESTA DEL TUPPER

***Nataly y Consuelo se dirigían hacia el sur por la Autopista 33 a unas*** briosas 75 millas por hora, con la capota del Cadillac al descubierto, escuchando a Johnny Burnette y su Rock 'n' Roll Trio cantar éxitos de *rockabilly* de los años cincuenta: una década, en su opinión, mucho más preferible que la suya.

Habían pasado sólo tres días desde que las chicas, con la invaluable ayuda de True-Dee y el maestro Salomé, habían evocado el espíritu de don Pancho Macías Contreras. Sobra decirlo, las chicas habían tenido mucho en qué pensar, pero una promesa es una promesa. Iban de camino a la fiesta del Tupperware® que True-Dee daba cada año.

Consuelo alargó la mano y le bajó el volumen a Johnny y sus muchachos hasta escuchar un murmullo.

—Espero que True-Dee no insista demasiado con lo de su Tupperware®. Lo último que necesito es un montón de moldes de Jell-O® —dijo Consuelo.

—Pero es sólo una excusa de True-Dee para que nos unamos a La Causa —dijo Nataly. La Causa era la cruzada de True-Dee para salvar a la especie femenina de lo que ella consideraba era una conspiración del más alto rango para privar a las mujeres de su mayor atractivo: su feminidad. Al parecer de True-Dee, esta conspiración había sido planeada, tramada y ejecutada por nada menos que las líderes del movimiento feminista.

Las muchachas llegaron a casa de True-Dee un poquitín tarde.

—Dichosos los ojos —dijo True-Dee al abrir la puerta, abrazándolas y haciéndolas pasar.

Nataly le dio a True-Dee un plato con galletas de mantequilla de cacahuate cubiertas con Saran Wrap®.

—Mantequilla de cacahuate. Mis favoritas. Y les hiciste esas marcas tan monas encima con el tenedor —dijo True-Dee al recibir el plato. Corrió para mostrárselas a Racine.

True-Dee iba vestida como una geisha, su cabello negro estirado en un chongo asegurado con dos lápices entrecruzados. Traía un kimono de satín verde y naranja apareado con un pantalón de pijama de satín verde que le rozaba al caminar, haciendo que se le pegara a los muslos por la estática.

—Chicas, chicas, chicas —dijo True-Dee dando una palmada—. Vengan y siéntense en la sala.

Las invitadas se acomodaron en el sofá aterciopelado color vino, el confidente que le hacía juego, y una amplia variedad de asientos improvisados. La multitud se segregó a sí misma por peinado: el grupo del cabello plateado que se hacen champú y peinado en el sofá, los travestis del show de los martes estaban en el sillón confidente y a su alrededor, las clientas rubias asiduas a la cabina del bronceado en el suelo, y las damas de cabello largo, con permanente en espiral, se encontraban dispersas por el cuarto en sillas plegables. Con los codos apoyados y la barbilla en mano, Nataly y Consuelo tenían la mesa de la cocina para ellas solas: estaban bastante decepcionadas porque Lulabel no estaba allí.

True-Dee cerró los ojos, respiró hondo, extendió los brazos tan ampliamente como pudo y anunció:

—¡Llegó la hora del Tupper! —mientras Racine empujaba un carrito repleto de Tupperware® de todos los colores y formas imaginables. Las mujeres exclamaban extasiadas mientras Racine mostraba los pequeños botes de plástico de colores de piedras preciosas.

True-Dee se sacó los lápices del cabello y sacudió la cabeza de un lado a otro. Le pasó un lápiz a Racine antes de usar el otro como señalador en su presentación.

—Hermanas, estamos aquí reunidas para contemplar la genialidad de un hombre que ya se ha ido, pero que nunca será olvidado. El científico Earl Tupper de DuPont nos hizo a todas un gran favor cuando, en 1942, creó sus revolucionarios y casi indestructibles productos —dijo True-Dee. Apuntó el lápiz hacia el pasillo de donde salió un joven corpulento y musculoso vestido únicamente con un par de chorts estilo bikini. Las mujeres apenas pudieron contenerse mientras Leo pisoteaba y jalaba el recipiente. Se lo puso en la boca y gruñó, antes de salir dando de pisotadas de vuelta a su cubil.

—Leo regresará más tarde para más diversión —dijo True-Dee mientras volvía a tratar de convencer a sus clientas con argumentos—. Ya todas ustedes conocen las virtudes de Tupperware®. Muchas de ustedes probablemente lo conocen desde niñas —Racine sostenía una línea cronológica que mostraba los hitos de la Corporación Tupperware®, mientras True-Dee seguía divagando—. Desde la lonchera hasta los vasos color pastel, Tupperware® no es un producto nuevo para ninguna de ustedes, pero quizá no se han enterado de lo que algunas personas progresistas en la Corporación Tupperware® han ideado —True-Dee alargó la mano para tomar una de las más recientes maravillas de Tupperware®, pero antes de que tuviera la oportunidad de compartirla con el público, tocaron a la puerta.

Ella puso la maravilla translúcida en la mesa, se disculpó momentáneamente y fue a la puerta. Para su sorpresa y, más aún, para su disgusto, se trataba de Javier Solís y su mariachi de cristianos evangélicos conversos. La invitación a la fiesta de Tupperware® había estado imantada al refrigerador y Javier la había estado mirando fijamente por detrás de su plato hondo de cereal toda la semana. Los mariachis estuvieron de acuerdo en que una fiesta de Tupperware® ofrecida por un pecador del más alto grado, era un lugar perfecto donde llevar su mensaje de salvación.

Los mariachis, quienes ya venían cantando, se precipitaron por la puerta antes de que True-Dee tuviera la oportunidad de protestar.

Nataly y Consuelo se sentaron en su rincón y echaron unas risitas mientras el público se deleitaba en lo que supuso era otra de las sorpresas de True-Dee. Las mujeres aplaudían al unísono mientras Raymundo repartía panfletos a un público impaciente. Nataly y Consuelo compartieron uno de los folletos manuscritos. En la portada había una advertencia: "¡No se queden allí sentadas! ¡Arrepiéntanse! El reino del Cielo está próximo". Nataly y Consuelo intercambiaron miradas y negaron con la cabeza. En la contraportada, en letras pequeñas, se encontraba el anuncio: "Mariachi de Dos Nacimientos: Implacables como el diablo es implacable. Estamos disponibles para bodas, cumpleaños o cualquier otro evento donde se necesite la palabra de Dios acompañada de música". A continuación había un teléfono y una dirección.

True-Dee estaba de pie en la puerta, con la cabeza recargada en el grueso hombro de Leo, mientras Mariachi de Dos Nacimientos terminaba su canción.

—El descaro de alguna gente —pronunció True-Dee con las manos en las caderas—, de entrar sin llamar y sin que los hayan invitado.

—Nomás estoy poniendo las agallas que Dios me dio para un buen fin —dijo Javier de cara al público.

True-Dee corrió a su recámara y se tiró boca abajo en su cama de agua tamaño *king-size*, mientras Leo se quedó de pie en el pasillo masticando un palito de zanahoria, observando el desarrollo del drama.

Javier se dirigió a la congregación:

—Damas y demás, no tengo nada que venderles esta noche, pero sí tengo algo que darles. Algo que no puede comprarse en ninguna tienda o por medio de ningún catálogo. Ni siquiera se encuentra en el canal del Home Shopping Network®. Es la salvación y sólo se consigue por medio de Nuestro Señor Jesucristo.

—¡Amén! declararon los demás mariachis.

—Creerán que viven frescos como una rosa porque el Señor todavía no los alcanza, pero estamos aquí para informarles que cuando Él los alcance, quizá tengan que ir a pagar cuentas al infierno, porque ¡el Señor cobra interés! —advirtió Javier. Un silencio se apoderó del público mientras varios de sus miembros se tapaban la boca con la mano al darse cuenta de su insalvable pecado.

—Pues parece que mis muchachos y yo tenemos mucho por hacer —Javier recorrió el público con la vista, antes de continuar—. No teman, estamos aquí y estamos listos para llevar la palabra de Dios a aquellos desafortunados y despistados pecadores de esta pequeña secta que llamamos nuestro hogar. Recuerden, Jesús dio su propia vida para que los pecadores como nosotros pudieran recibir la salvación —el público suspiró aliviado ante esta revelación.

Javier se quitó el sombrero y domó su cabello negro, grueso y abundante.

—Si ese muchacho no estuviera tan ido con Jesús, no sé qué haría yo —susurró Nataly.

—Yo sí sé —dijo Consuelo.

—Damas, les pido que abandonen sus vidas de libertinaje y se unan a nosotros para ser uno con Jesucristo. Sería mi honor acompañarlas por el buen camino —dijo Javier sosteniendo la mano derecha en el aire—. Si podemos servirles en algo en su encuentro con Dios, ya saben dónde encontrarnos —señaló la dirección y el número telefónico del grupo al calce de uno de los panfletos—. Si no estamos, déjennos un mensaje y nos pondremos en contacto con ustedes. Las costumbres del mundo son demasiado perversas para que nosotros estemos nomás sentados aguardando junto al teléfono, sobre todo cuando el diablo siempre tiene el dedo en los números de la memoria rápida. Esperamos que cuando Satanás los llame, tengan la sabiduría suficiente como para decirle que llamó al número equivocado, porque el único que ocupa su línea es Jesús.

—¡Gloria, gloria, aleluya! —gritó uno de los travestis. Se mordió los nudillos del puño derecho y se relamió.

El deseo y la indecisión se apoderaron de las señoras. Javier y su bien parecido quinteto musical bastaban para llevarlas a la tentación, sin mencionar a Leo, quien parecía ser capaz de ofrecerles el Cielo en la tierra.

—Pues qué alivio —dijo Nataly mientras el Mariachi de Dos Nacimientos, todavía cantando, se abría paso a la puerta.

—Tenemos suerte de que uno de esos tarados no haya empezado a hablar en lenguas —dijo Consuelo. Nataly asintió en acuerdo mientras Leo se apresuraba a alcanzar a los cruzados que se alejaban. Él se sentía tan atraído por los mariachis como las señoras. Las mujeres, al ver que se marchaban sus bombones, los siguieron. Las carteras volaron según competían por una posición ventajosa. Después de que todos se habían ido, de las invitadas de True-Dee sólo quedaban Nataly, Consuelo y Racine.

True-Dee reapareció con rastros de rímel surcándole el rostro. Miss Miranda se paseaba detrás de ella.

—Supongo que se acabó la fiesta —dijo, tomando un asiento a la mesa al lado de Nataly y Consuelo.

—No tiene caso esperar —dijo True-Dee arrojando las manos al aire—. Las cité a todas ustedes aquí no sólo para compartir los avances de la Corporación Tupperware®, o ni siquiera para convencerlas de que se unan a La Causa, sino porque tengo que hacerles un anuncio importante —hizo una pausa, luego continuó—. Tengo planeado hacerme la transformación. Lo he pensado durante un largo tiempo y si algo he aprendido, es que nada bueno sucede en el limbo —True-Dee se refería a la operación de cambio de sexo que había considerado por un largo tiempo.

—Esas son palabras sabias —dijo Nataly. Ella y Consuelo le dieron un abrazo a True-Dee.

True-Dee miró detenidamente a Naty y Chelo.

—Si fuera hombre las besaría a las dos ahora mismo —dijo ella.

—Qué bueno que no lo eres —dijo Consuelo—. Porque tengo una cita esta noche.

—Y, ¿quién es el afortunado? —dijo True-Dee inclinándose hacia ella.

—Cal McDaniel —replicó Nataly.

—Parece que tienes una cita con un verdadero magnate —dijo True-Dee.

—Un magnate de quesos —agregó Nataly.

—Siempre he admirado a una chica que no teme salir con el jefe —dijo True-Dee. Le guiñó un ojo a Consuelo.

# El pino

**FRESCO, OLOROSO Y EN TODO TIEMPO HERMOSO**

# EL VIVO DESEO DE LULABEL

*Lulabel había amado al Señor y lo había dejado dos veces. A la edad* de cuarenta y siete, estaba tan acostumbrada a su propia forma de ser, que quizá nunca volvería a él, ni siquiera cuando Javier regresó a casa después de la fiesta de True-Dee, agotado por sus constantes cruzadas, pero decidido aún a llevarle a Jesús un alma más, aventó su guitarrón en el sofá, se enderezó, pronunció el nombre del Señor y dijo:

—Mamá, ¿por qué no vuelves con Jesús?

Lulabel hizo a un lado su bolsa de chicharrones extra picantes, ignoró las reglas de la etiqueta, y habló con la boca llena.

—¿Y yo qué gano con eso?

—La salvación, mamá. Dios te ofrece la salvación —dijo Javier cayendo de rodillas. Puso una mano sobre la rodilla de Lulabel. Con su blusa campesina y su falda larga y suelta, Lulabel estaba vestida de traje regional, aunque no sabía bien de cuál región. Estaba a punto de salir al Baile de Graduación de Lavalandia, lo cual explicaba su ausencia de la fiesta Tupperware® de True-Dee.

Cuando estuvo en la escuela secundaria, los padres de Lulabel no podían pagar el costo de un vestido, así que ella tuvo que saltarse el baile de su penúltimo y último año. No haber asistido al baile de graduación puede convertirse en una obsesión para una chica durante toda su vida, así que Lulabel trató de hacer de su asistencia un acontecimiento anual. Este año iba a ir con Simón, el maestro de música y el líder del mariachi de la escuela. A sus cuarenta y dos años, era considerablemente mayor que los hombres con quienes Lulabel acostumbraba a salir, pero se conformaría con él por esta noche. Ya que él se iba a poner su traje de charro, Lulabel iba vestida de manera muy apropiada. Hasta se había molestado en hacerse trenzas, entretejiendo un par de listones de colores rojo y anaranjado brillante, los colores de la escuela. Debido al aspecto aparentemente sano de Lulabel, Javier calculó que tenía un mejor chance de salvar el alma de su madre.

—¿Salvación? —dijo Lulabel poniendo su mano sobre la de Javier—. Y, ¿qué haría yo con algo así, sobre todo a estas alturas? —Le dio un apretón a la mano de Javier.

—Vivir por siempre en la gloria de Dios —dijo Javier. Éste tomó la retórica de su madre como un indicio de buena voluntad y le devolvió el apretón.

—He vivido bastante en esta vida —dijo Lulabel.

—Cuando el Señor llama, mamá, te convendría escucharlo.

—Mi alma ya tiene dueño —dijo Lulabel.

—El Señor la aceptaría de nuevo —dijo Javier de modo tranquilizador.

Él se sentía tan esperanzado, pero tantas cosas en la vida dependen de ser oportuno y él estaba completamente fuera de tiempo. Si él le hubiera hablado sólo cuatro días antes, quizá hubiera llegado a algo. Pero ahora, Lulabel había decidido subastar su alma al mejor postor y, de hecho, ya había puesto un anuncio en el periódico para este suceso, el cual tomaría lugar en sólo cinco breves días. No estaba dispuesta a hacer ningún acercamiento al Señor, así que temía no darse a valer y no darle a su alma el valor que ésta merecía.

—Si el Señor tiene suerte, quizá le guarde el último baile —dijo Lulabel. Le soltó la mano a Javier y lo empujó a un lado haciendo que perdiera el equilibrio y, con eso, su sombrero.

Javier se puso de pie y se volvió a poner el sombrero.

—Eres más malvada de lo que creíamos —le dijo, hablando no sólo a su nombre, sino del Señor. Recogió su guitarrón y se marchó a su recámara.

Lulabel se quedó en el sofá viendo su programa semanal favorito, *El mundo del espectáculo*. Jorge Velásquez, el animador del programa, presentaba a un guapo charro del estado de Jalisco, que tiene fama de tales cosas. —¡Ay papi! —dijo Lulabel cuando echó el primer vistazo a Juan Ordóñez y el mariachi que lo acompañaba. En el joven Juan, Lulabel no pudo evitar ver un poquitín de cualquiera de los cientos de muchachos diferentes con quienes había bailado y con quienes había tenido amores a través de los años —la manera en que rellenaba su traje de charro y lo que ella imaginaba que acechaba debajo de éste— un pecho lampiño que recordaba su niñez no lejana, carne ni muy apretada ni muy fofa y la manera en que ésta se ceñía a su estructura corporal, las piernas de un tono más claro que el resto del cuerpo, el bigote aún no poblado del todo (otro recuerdo de su niñez no tan remota), y los indicios más concretos de la hombría, los cuales siempre sorprendían a Lulabel cuando se encontraba con ellos en sus últimos amoríos.

La neta es que Lulabel no sabía dónde terminaba el niño y dónde comenzaba el hombre. Aun en los bares y centros nocturnos donde se suponía que todos eran mayores de edad, a menudo ella se encontraba en brazos de muchachos de diecisiete y dieciocho, y el daño estaba hecho antes de que alguien se diera cuenta. Ambas partes comenzaban por mentir sobre su edad. Lulabel le restaba veinte años a la suya, el joven agregaba siete u ocho a la de él y, por un rato, todos estaban contentos, hasta que Lulabel perdía el interés.

Nunca sucedía al revés. Lulabel podría conocer a un muchacho bien vestido que bailaba bien en el baile del sábado por la noche. Para el martes él decía que la quería. Para el viernes, que la amaba. Siendo el español un idioma preocupado por los matices, hace distinciones en el amor y en otras cosas. En ese momento Lulabel tomaba al joven en sus brazos y le decía que realmente no tenía veinticuatro, sino treinta y cinco, y que su unión no podía continuar. Él quedaba tan deshecho que dentro de una semana iba de regreso a casa de mami, incluso si tenía que cruzar por lo menos una frontera internacional para llegar a su lado, y fue de esta forma que, en Lavalandia, Lulabel fue responsable de la partida de más peones de rancho y jornaleros que incluso la migra.

Lulabel salía principalmente con hombres mexicanos y de vez en cuando con un sudamericano o un centroamericano aquí y allá, con fines comparativos. Luli quería llegar a conocer a un hombre de cada estado de la República Mexicana, y así adquirir un poco de conocimiento de la tierra de donde la habían sacado a la edad de seis. Lulabel pudo no haber cruzado la línea divisoria del Condado de Lava en más de cuarenta años, pero de todas formas extrañaba su tierra natal, porque la cuestión sobre la patria es la siguiente: es como un reloj de pulsera o un anillo, se te olvida ponértelos uno o dos días, pero todavía sientes que los traes puestos.

Con un flujo constante de papacitos jóvenes no sólo de Guerrero, su estado natal, sino, potencialmente, de toda la república a su disposición, Lulabel no se podía quejar. Si les daba una sonrisa bonita y un beso cuando acababan de bailar, era seguro que ellos querrían compartir un poco sobre su patria común.

Lulabel recordaba a menudo su libro de texto de ciencias sociales del sexto grado y los mapas del clima que éste contenía: un área sombreada de azul claro indicaba la tundra, otra verde fuerte las praderas, café el desierto. Lulabel estaba por colorear su propio mapa. Había comenzado el proyecto años atrás, pero su búsqueda no era precisamente climatológica, sino meramente antropológica.

Años de experiencia comprobaban que un hombre del estado de Jalisco era más dado que cualquier otro a llevarle serenata a su novia, a aparecerse bajo su ventana con su mariachi, ya sea para cantarle o para despertarla. Pero, ¡aguas!, advertiría Lulabel: Jalisco también es el estado más dado a criar o a albergar a un hombre homosexual.

En asuntos de amor, Lulabel sabía una que otra cosa, o por lo menos lo suficiente como para saber que los hombres de su estado natal de Guerrero eran los mejores amantes, pero el amor no lo es todo y, para otras cosas, concretamente para bailar, los estados de Nayarit y Zacatecas venían muy recomendados. Por otra parte, los hombres de la capital, el D.F., bailaban muy bien, estando bien versados en la coreografía de la cumbia, los matices de la salsa y el merengue.

Ahora, si a una chica le gustaban los hombres machos e insistentes, ella sugeriría el estado de Michoacán. Luego estaba Sinaloa: Era un estado magnífico, muy agradable, Lulabel había escuchado decir, pero había algo en el ceceo de Sinaloa que le caía mal y lo mismo se podría decir del estado de Chihuahua. Quizá era la manera en que mochaban las eses y se tropezaban con las tes lo que le chocaba a Lulabel.

Y esa era la extensión de su experiencia de primera mano. Deseaba aprender más, colorear todo su mapa, pero con demasiada frecuencia se encontraba en compañía de hombres de un lugar ya visitado. Lulabel anhelaba estar en brazos de un desconocido para hacerle la pregunta reveladora, ¿De dónde eres? y que él dijera, San Luis Potosí o Nuevo León, pero los factores de propulsión y atracción de la inmigración no habían propulsionado ni atraído a ninguno de esos hombres hacia el rumbo de Lulabel.

Lulabel apuntó el control remoto al televisor cuando aparecieron los créditos y Juan Ordoñez le dio un apretón de manos a Jorge Velásquez. Caminó a su recámara y se sentó al borde de la cama. Una bolsa de maquillaje azul claro hecha de una sedosa tela oriental y un espejo con un marco de plástico rosa esperaban a su lado. Se pintó los labios de un color coral fuerte, se puso un poco en los pómulos y lo difuminó. Vestida como estaba, parecía aún más como si hubiera salido de un calendario mexicano, como si hubiera sido pintada por el famosísimo Jesús Helguera. Con un pajarito en la palma de la mano, Lulabel podría ser La Pajarera. Ponla en un caballo y déjale suelto el pelo largo, y podría hacerse pasar por La Adelita.

Quizá esa tarde, Simón, el acompañante de Lulabel, tenía en mente la escena de Las Mañanitas del calendario cuando se apareció al pie de su ventana con su mariachi. Al escuchar las primeras notas de la melodía clásica de José Alfredo Jiménez "Serenata sin luna", Lulabel miró por la ventana y dijo: "Ay, otra serenata no". Era ella una mujer divina acostumbrada al ritual arcaico de la serenata y quizás un poco harta del mismo.

Lulabel sacó la cabeza por la ventana, lo cual hacía que su parecido con la mujer del calendario fuera aún más asombroso, y ni siquiera importaba que no hubiera ninguna arquitectura colonial en el fondo y, para el caso, en toda Lavalandia.

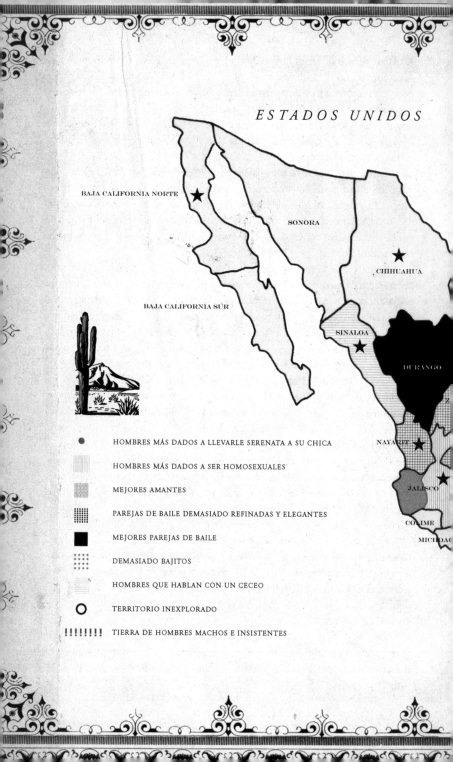

ESTADOS UNIDOS

BAJA CALIFORNIA NORTE

SONORA

CHIHUAHUA

BAJA CALIFORNIA SUR

SINALOA

DURANGO

NAYARIT

JALISCO

COLIME

MICHOAC

HOMBRES MÁS DADOS A LLEVARLE SERENATA A SU CHICA

HOMBRES MÁS DADOS A SER HOMOSEXUALES

MEJORES AMANTES

PAREJAS DE BAILE DEMASIADO REFINADAS Y ELEGANTES

MEJORES PAREJAS DE BAILE

DEMASIADO BAJITOS

HOMBRES QUE HABLAN CON UN CECEO

TERRITORIO INEXPLORADO

TIERRA DE HOMBRES MACHOS E INSISTENTES

# Guía de México de Lulabel

★ INDICA LAS REGIONES CONQUISTADAS POR LULABEL

# El cazo

**EL CASO QUE TE HAGO ES POCO**

# EL MERO MERO QUESERO

**—Winona, ¿don't you wanna come for a ride with me?** —*cantaba Cal* mientras se peinaba y se acomodaba el pelo tratado con la loción anticanas Grecian Formula®. Se estaba alistando para ir a recoger a Consuelo. Cal había estado haciéndole propuestas amorosas a ella todos los martes y los jueves de los últimos siete de los diez años que ella llevaba trabajando como una de sus empleadas de medio tiempo en la Gran Fábrica de Quesos. Esa noche, Cal se sentía inusitadamente orgulloso de sí mismo después de haberla convencido de que saliera con él por primera vez, después de que él la había comparado con un perro que persigue carros, pero que no sabría qué hacer si alguna vez pescara alguno.

Él se subió con ligereza en su automóvil: un Thunderbird 1964 azul pastel que conservaba como un recuerdo de su éxito temprano. A pesar de lo que su nombre implicaba, Cal era de la Florida. Había llegado a Lavalandia durante el verano del 73' con la esperanza de convertir la casi difunta fábrica de quesos de su primo Rufus en un negocio sólido y rentable. Por esa época, la lechería de los Hermanos Macías se había contagiado de una bacteria mala, *Listeria monocytogenes* para ser precisos, lo cual ocasionó que tuvieran que cerrar su negocio y que 105 personas acabaran varios metros bajo tierra, en lo que resultó ser una de las peores tragedias de la historia de la industria lechera. Como muestra de agradecimiento, Rufus le pasó más del 49 por ciento del negocio a Cal, así como su carro T-Bird. Y por si eso no fuera muestra suficiente de gratitud, Rufus cayó muerto varios meses después de una enfermedad intestinal rara que le puso el intestino de un verde fuerte y le hizo un agujero del tamaño de una bola de *softball* que le traspasó el estómago. Por decreto de la última voluntad y testamento de

Rufus, Cal se convirtió en el dueño único de la Gran Fábrica de Quesos, y al poco tiempo conquistó los corazones y los bolsillos de casi todos los fabricantes de pizza del estado de California.

Además de los prospectos de negocios, Cal había venido a California porque esperaba que el aire seco de Lavalandia beneficiara su salud, la cual él consideraba a lo mucho como débil. El aire húmedo de la Florida agravaba su eczema así como su artritis, sin mencionar lo que le había hecho a sus facultades respiratorias. Cal se imaginaba que todas las moléculas sueltas de monóxido de carbono de todo Miami habían abordado el aire bochornoso y ahora residían dentro de los confines de sus pulmones.

A la edad de cincuenta y tres, lo único que Cal sentía que estaba completamente bajo su control era su libido, que consideraba como su facultad más viril. En lugar de disminuir con la edad, su apetito sexual había aumentado varias veces lo que había sido en sus primeros años. Cal atribuía esto al hecho de que era sólo durante momentos de excitación sexual que él se libraba de los achaques que plagaban su vida diaria. Como él lo expresó, era sólo "cuando circulaban los fluidos vitales" que se le pasaba el dolor, lo cual le permitía dedicarse a su actividad favorita: andar detrás de las mujeres.

Cal se enderezó su corbatín de cuero con adorno de plata en el espejo retrovisor. Sacó un frasquito de Binaca® del bolsillo interior de su traje, lo abrió y se roció dos veces. De camino a casa de Consuelo, escuchó el show de canciones viejas de Looney Bugsy McCray, un programa local de radio que presentaba un tema distinto todas las noches. Esa noche Bugsy tocaba canciones viejas sobre mujeres libertinas. Subiéndole todo al volumen, Cal cantó al compás de "Mustang Sally".


Cal se metió a la entrada de carros de la casa de Consuelo, miró su reloj: un Rolex® de platino genuino con un diamante cada tres horas. Había llegado unos minutos más tarde de lo prometido. En la puerta, aprovechó la cerradura de latón para arreglarse el pelo una vez más e hizo un guiño a su reflexión antes de tocar el timbre.

Consuelo llegó a la puerta vestida con un escotado vestido de terciopelo a rayas de cebra a la altura del tobillo el cual, quizá, pudo haber sido de una talla más grande para dar cabida a sus atributos, los cuales eran abundantes, y un cárdigan plateado brillante hecho de una tela sintética multisilábica. Al echarle una mirada a Consuelo, Cal recordó la vez en el segundo grado cuando le habían dado una cornucopia para colorear en la época del Día de Acción de Gracias. En ese entonces, él había estado atormentado por el dilema de si rayar con fuerza por todo el dibujo o trazar la figura y luego colorear suavemente el interior. Cuando Cal miró a Consuelo, se encontró en un apuro similar al imaginarse lo que sería tomar parte en su cuerno de la abundancia.

En cuanto a Consuelo, ella no estaba muy impresionada. Cal aparentaba más edad que sus cincuenta y tres años parado allí en su puerta. Ella por lo general salía con hombres mayores que ella y tampoco lo negaba cuando Nataly observaba que Consuelo andaba en busca de una figura paterna.

Cal y Consuelo se abrieron paso al T-Bird y se dirigieron al Trapezoide de Terciopelo, un restaurante abierto las veinticuatro horas, 365 días al año cuyo lema era: "Coma todo lo que quiera, cuando quiera". Para la ocasión, Consuelo había vaciado su bolsa más grande, en la que le caben tres pollos rostizados.

Cuando Cal se sentó al lado de Consuelo, estaba loco de contento. Le puso la mano en la rodilla, la cual había quedado al descubierto mediante una abertura en su vestido. Ella se enderezó, le quitó la mano y se cruzó de piernas. Como Cal lo había sospechado, perro que ladra no muerde.

—Disculpa, *sugar cookie* —dijo Cal—, no sabía que fueras tan vergonzosa.

Consuelo lo ignoró, se quitó el suéter y lo echó a un lado, luego bajó la ventana.

—Búscate un poco de música, si quieres —dijo Cal. Él prendió el radio. Consuelo dio vuelta al dial hasta su estación de radio AM favorita en español, KAZA —La casa de los recuerdos—, una estación que sólo tocaba piezas clásicas de memoria reciente y no tan reciente. Consuelo suspiró y se llevó la mano al pecho al escuchar la voz de su vocalista femenina favorita, Lola Beltrán, quien cantaba "Cucurrucucú, paloma". Como todas las grandes cantantes rancheras, Lola cantaba con tal emoción que era como si pudieras escuchar lágrimas en su voz.

Cal se relamió cuando vio el pecho de Consuelo subir y bajar. Con los ojos cerrados, Consuelo estaba totalmente absorta en la canción. La mirada de Cal reposaba en sus pechos. Imaginó el efecto del aire fresco y nocturno en sus pezones, y de sólo pensarlo tuvo que reacomodarse en su asiento.

Se revolvió en el asiento tratando de encontrar una posición cómoda. Con todo el estruendo que producía su traje de imitación de piel de tiburón al frotarse unas partes con otras, Consuelo abrió los ojos y, para desilusión de Cal, éste fue descubierto.

Consuelo no cedió y se quedó mirando el pantalón de Cal, el cual había levitado de donde se suponía que debía estar y había quedado suspendido sin fundamento aparente. Ella se tapó la boca con la mano y abrió bien los ojos cuando cayó en cuenta de cuál era la causa de la aflicción actual de Cal y sus posibles efectos.

Ella alargó la mano para agarrar su suéter, el cual, sin que ella lo supiera, estaba enrollado alrededor de la palanca de velocidades. Al principio lo jaló con cuidado, pero cuando éste no se aflojó, ella lo jaló con todas sus fuerzas, poniendo así la transmisión automática en neutra. El motor aceleró mientras Cal viró bruscamente, sabiendo perfectamente que la R sigue a la N en el alfabeto de las transmisiones automáticas. Un segundo después, la transmisión estaba en reversa ocasionando que Consuelo, Cal y su T-Bird 1964 azul pastel se detuvieran de repente con un rechinón justo en la raya del medio.

Más que nada por miedo, Consuelo le echó los brazos al cuello a Cal. Ante esta oportunidad, Cal metió la lengua en su orificio más cercano —su oreja— luego se trepó y se sentó en el regazo de ella.

Se quedó mirándola una fracción de segundo antes de besarla. Las cosas que él hizo con su lengua asombraron a Consuelo, de la misma manera que quedó asombrada la primera vez que vio a Bobby Trujillo mover las orejas en el primer grado. Desabrochó la corbatita de cuero de Cal y los dos botones superiores de su camisa, luego le rozó con las uñas su nuez de Adán. Tanto ella como Nataly alegaban que este rasgo era el mejor indicador del tamaño del órgano sexual masculino. Para su gran sorpresa, era casi tan grande como media manzana Big Red Delicious®.

Cal había desabrochado los tirantes finos de su vestido y tenía la cara sepultada entre sus pechos. Fue en ese momento que el sentido común por fin se sobrepuso al deseo carnal y Consuelo señaló que fajar a medio camino no era tan buena idea que digamos.

—Ay, ya no aguanto este calor —dijo Chelo, limpiándose el sudor de la frente—. Un Slurpee® no me caería nada mal —hizo a Cal a un lado, luego se ató los tirantes.

—¿Un Slurpee®? —dijo Cal, bastante sofocado. Dio un manotazo con ambas manos en el volante.

Consuelo se bajó y se echó a andar. Había un 7-Eleven a unos cuantos pasos. Cal se apresuró a alcanzarla.

Cuando llegaron, Consuelo vio que estaba de suerte, ya que su sabor favorito, plátano, era el sabor del mes, pero Cal no estaba de suerte ya que mientras él miraba las horrendas fotos del ejemplar más reciente de *¡Alarma!*® en la sección de las revistas, Consuelo llenó un vaso mediano de Slurpee®, tomó una cuchara-popote Slurpee® especial, luego dejó un dólar en el mostrador, antes de fugarse por la sección de alimentos empaquetados para microondas y salir por la puerta trasera hacia la calle, donde agarró un aventón con un hombre alto, de cabello oscuro que viajaba en un camión grande y negro con placas del estado mexicano de Jalisco.

# El árbol

**EL QUE A BUEN ÁRBOL SE ARRIMA, BUENA SOMBRA LE COBIJA**

# EL MAGO DE MICHOACÁN

*El hombre alto, de cabello oscuro que viajaba en un camión grande y* negro con placas del estado de Jalisco se llamaba Jesús Morales. A pesar de lo que las placas implicaban, él era de Caldera, el próximo pueblo a siete millas de distancia.

Consuelo se deslizó en el asiento tipo banca.

Jesús abrió la boca y dijo el obligado:

—¿Cómo te llamas?

—Angélica —dijo Consuelo.

—Y, ¿adónde te vas? —dijo Jesús.

—A mi casa —dijo ella.

—¿Y dónde es eso? —él quiso saber.

—Lavalandia.

—¿No gustas parar por el camino, a comer o quizá te puedo llevar a bailar? —le dio una amplia sonrisa que revelaba un premolar derecho con un casquete de oro.

—No, gracias —dijo ella—. Ya he demostrado bastante mal juicio por esta noche. Sólo quiero un aventón a casa, si te queda de camino.

—Pues no, pero cuando te vi caminando solita, tuve que darme la media vuelta.

Consuelo no dijo nada, sino acabó a sorbos su Slurpee® suscitando una burbuja triste del fondo del vaso.

—Oye, si no tienes planes para mañana, ¿por qué no vienes al jaripeo? Yo voy a montar en la primera mitad.

Consuelo lo miró, recordó sus placas, y dijo:

—¿Eres el Huracán de Jalisco? —Había carteles por todo el pueblo anunciando el próximo jaripeo, el primero de la temporada.

—No, soy el Mago de Michoacán —dijo él.

—El Mago de Michoacán —Consuelo se lo probó para ver si le venía.

—Eso esta semana. La próxima semana soy el Zorro de Zacatecas, y la semana siguiente, el Guerrillero de Guanajuato.

—Pero, ¿de dónde eres realmente?

—Caldera —dijo él—. Es cosa de mercadeo, tú sabes. Nos cambiamos de nombre todas las semanas, para darle a la gente de todos los estados a quien echarle porras.

Habían llegado al pueblo.

—Me puedes dejar en Roscoe's —dijo Consuelo.

—Me encantaría llevarte hasta tu casa —dijo Jesús.

—Sí, me imagino que sí, sólo que una chica debe andarse con cuidado —dijo Consuelo, aunque ella sabía igual que cualquiera que no había sido nada cuidadosa.

—Ya que insistes —dijo al pararse en Roscoe's—. Ahora, recuerda, si tienes ganas de ir al jaripeo, ésta es la movida —empezó a acercar a Consuelo, luego prosiguió—. Llegas a la 1:00 p.m. Vas a los corrales y preguntas por Guillermo, el Güero de Polvos, y le dices que te mandó Chuy, y él te dejará entrar.

—'Ta bueno —dijo Consuelo. A ella y a Nataly les hubiera gustado ir al jaripeo. Pero ya estaban ocupadas. Iban a tener una venta de garaje en la que pretendían vender todo lo posible para recaudar el dinero suficiente como para mandar a Nataly al sur a intentar liberar el alma de don Pancho. Ya habían puesto un anuncio en *El Panorama de Lavalandia* donde hacían alarde de antigüedades y piezas de colección, dos cosas que según ellas atraerían a una multitud y les ayudaría a conseguir el mejor precio por sus finos artículos.

—Mil gracias por el aventón —dijo Consuelo.

—No hay de qué —dijo el Mago de Michoacán tocándose ligeramente el Stetson®.

Consuelo se bajó, cerró la puerta y le hizo adiós con la mano. El Mago de Michoacán desapareció entre la noche para ocuparse de otros negocios.

# HACIENDO "BISNES"

*—Anoche le dije a mi vato que tengo una pistola debajo del asiento de* mi troca, y él se la cree. Regla número uno —dijo Lucha levantando igual número de dedos— nunca traigas tu cuete a menos que andes de negocios, y anoche no era el caso. Además, este vato no tiene ni pinche idea de lo que está pasando. Cree que es el único. Como si fuera mi pan de Michoacán, mi piel de miel, mi mero mero pistolero. Pero así no es la cosa. Me llama todo el tiempo y me dice mamacita, chiquitita. Dice que soy su luna, su estrella, su cielo. ¿Puedes creer esa chingadera?

Fabiola asintió. Favy era la prima hermana de Lucha y su mejor amiga. Las chicas estaban limpiando sus pistolas, pero se habían tomado un respiro para hablar. No que fueran del tipo que no puede hacer dos cosas a la vez. Sólo que Lucha tenía que prestarle atención especial a Fabiola. Todo el mundo creía que Fabiola era sordomuda, pero la Favy no era ninguna de las dos, y de tonta no tenía un pelo.

La mamá de Favy, la Lupe, había sido una joven hermosa y dadivosa, demasiado amable para decirle que no a un chico. Para cuando tenía quince ya estaba embarazada y no supo a quién echarle la culpa sino a sí misma. Se dirigió a la gran ciudad de Guadalajara para ejercer el único oficio que creyó a su alcance, la prostitución.

Cuando era chica, Favy era una niña resentida a quien le gustaba retar a los clientes de su mamá a concursos de comer jalapeños. Para cuando tenía cinco años de edad podía ganarle a cualquiera en el barrio, y poco después cambió el jalapeño por su primo más picante, el habanero.

Una tarde después de la iglesia, Favy y la Lupe llegaron a casa y encontraron a un cliente esperando en el porche. Mientras la Lupe fue a la recámara de atrás a ponerse algo más apropiado para la ocasión, Favy se le acercó al desconocido, sacó dos chiles habaneros del bolsillo de su vestido con peto, mordió el extremo de uno, luego le dio el otro a él. Él la complació.

Favy ignoraba qué lo había hecho enojar tanto, la manera en que lo retó y luego le ganó, o la manera en que se rió cuando él le suplicó que le diera agua. Pero presa de su furia, él poseyó a Favy en el acto y le enseñó concretamente el significado de una palabra de doble sentido sin él mismo saberlo, pues de donde él venía, la palabra chile también quiere decir algo vulgar.

De ahí en adelante, Favy no había pronunciado palabra, ni siquiera a Lucha, la persona a quien más amaba en el mundo. Favy siguió apegada a Lucha porque sabía que Lucha siempre la cuidaría y, lo que es más, era capaz de hacerlo, sin importar las circunstancias.

Lo cual era bueno, porque Fabiola era del tipo de muchacha que viene rodeada de circunstancias. Era alta y delgada con un cabello color caoba tan fino como el de un bebé, que le llegaba a las caderas y se hacía raya al medio. Tenía una debilidad por el cine mexicano de los años setenta y, en consecuencia, se vestía con pantalones de mezclilla acampanados, botas vaqueras de tacón y, si el tiempo lo permitía, blusas sin espalda. Si no, usaba camisas de manga larga o corta estilo vaquero que a veces usaba metida, a veces amarrada a la cintura, pero que nunca traía suelta. Era de busto amplio, caderas anchas, piernas largas, piel clara y ojos color avellana. El hecho de que nunca hablaba la hacía parecer, para muchos hombres, como la mujer ideal. Algo así con frecuencia acarrea problemas y, cuando esto sucedía, de alguna forma u otra, Lucha se hacía cargo de ello.

—Ese vato no tiene ni idea de lo que está pasando —continuó Lucha—. Anoche lo voy a ver porque no tiene transporte propio, nomás su bicicleta. Eso no me molesta para nada, porque lo último que necesito es un vato siguiéndome por allí. Así nomás se queda en casa viendo sus telenovelas. Estamos sentados en mi troca oyendo música cuando me empieza a meter mano por donde no debe. Por lo general no me importa, pero no estaba de humor. Luego me dice chiquitita y trata de hacerme todo tipo de cosas que van con una palabra así, de modo que le digo, "¡Cálmate, güey!"

—Se ríe como si le hiciera mucha gracia. A un vato le gusta cuando una chava se le pone difícil. Pero todavía no me hace caso, así que le pongo el brazo por el cuello, me le acerco y le digo, "Voy a sacar mi pistola". Comienzo a buscar bajo el asiento y él pela los ojotes, pero no sabe si creerme o no.

—Le pregunto si cree que soy estúpida, y él intenta lo mejor posible decirme que no con la cabeza. Lo empujo bien recio y le digo, "Te parto la madre, cabrón", y luego lo suelto.

Fabiola sonrió.

—Se me acerca bastante, pero esta vez no me toca. Me da un beso en el cachete y luego me dice bien suave, "Tranquila, chiquita, tranquila". Luego me dice algo que nadie me ha dicho nunca. Me dice chiquitiguapa.

Lucha sonrió.

—¿Alguien te ha dicho eso antes? ¿Chi-qui-ti-gua-pa?

Fabiola negó con la cabeza. Después de todos esos años de no vocalizar sus pensamientos había ganado un semblante sumamente expresivo, y parecía como si estuviera a punto de llorar de la desilusión.

—Después de que me dice eso, me pongo tierna con él y nomás dejo que me enseñe qué tan mamacita cree que soy, ahí mero en la troca, y sin importar si nos están mirando. Luego comienzo a pensar y me da no sé qué pensar en Cheque. Ese vato era un chingón. Me enseñó cómo disparar derecho, y una huerca no olvida algo así.

Lucha recogió su pistola, una .45 reluciente y metió de golpe el cartucho en su lugar. Fabiola hizo lo mismo.

Lucha se llevó la mano al corazón.

—Pue' que regale todo lo demás, pero ésta se la guardo a Cheque, y no importa que le hayan dado de veinticinco años a cadena perpetua —luego se puso en cuatro patas, sintió bajo la cama, hasta que encontró la maleta—. Ocho kilos de la reina —dijo al abrirla—. Lo único que tenemos que hacer es moverla, y ya sé cómo.

La cara de Fabiola formó una interrogación.

—Es temporada de rodeo, prima, y tú y yo vamos a salir con un par de "cowboys". Te voy a dejar escoger cuál te gusta más, el Mago de Michoacán o el Huracán de Jalisco. Y no te preocupes si no te gusta ninguno de los dos. La temporada acaba de empezar y vamos a mover la mercancía un kilo a la vez.


El primer día de la temporada de rodeo en Lavalandia tradicionalmente se pone en marcha con una charreada. Por consiguiente, Lucha y Fabiola estaban en camino al ruedo cerca de la Carretera 33.

—Menos mal que traemos tracción integral —comentó Lucha cuando se estacionaron detrás del ruedo, el área donde tienen a los toros y los caballos.

La cajuela del Silverado de Lucha iba bien cargada. Cheque le había enseñado que toda operación necesita un frente y éste era el suyo: un fin de semana ocioso, Lucha y Fabiola habían hecho el viaje de seis horas a Tijuana, turnándose al volante, para comprar un lote de bolsas de cuero duro grabadas con flores, docenas de cinturones elaborados, varios cientos de llaveros con un huarache colgado y varios pares de botas vaqueras de pieles exóticas. Lucha había violado la orden de su libertad condicional, pero y qué. Ella era una delincuente y el que estuviera a punto de iniciarse como traficante de drogas era solamente parte de un plan mayor. Lucha iba a liberarse de la agonía de haber nacido en la pobreza y, de paso, iba a conseguirle a Favy la ayuda necesaria para que recuperara la voz.

El plan inmediato era éste: Lucha y Favy iban a pasar todas sus importaciones a los dos *cowboys* después de la charreada. Y allí, entre las importaciones mexicanas, los hombres encontrarían otra importación, una colombiana, metida en la mitad derecha de un par de unas botas de cordobán de oso hormiguero.

Las muchachas se estacionaron. Dos banderas ondeaban en lo alto, pero ninguna de ellas despertaba patriotismo alguno en su interior. Pudieron escuchar la banda tocando más allá de la barda, pero no pudieron ver la charreada en acción. Pudieron, sin embargo, ver a varios vendedores bordeando la parte exterior del ruedo, esparciéndose poco a poco por las tribunas, algunos vendiendo paletas heladas, otros rajas de pepino y mangos floreados cubiertos de salsa marca Tapatío®. Lucha sacó los binoculares por debajo del asiento y echó un vistazo más de cerca. Un individuo emprendedor vendía boletos para la inevitable rifa. Sostenía una caja de cartón rectangular grande llena de lo que parecía ser el tesoro más grande de la tarde: una colección de discos compactos de Ezequiel Peña, los cuales, con suerte, podían ser tuyos por la inversión de sólo un dólar. El Sr. Peña, el nuevo vaquero mexicano, y sus caballos educados ofrecerían diversión musical y equina más adelante. (Así anunciaban su espectáculo: "El nuevo charro de México con sus caballos educados".)

Pero Lucha y Fabiola no iban a quedarse a ver al guapo Ezequiel Peña entrar al ruedo sobre uno de sus hermosos y civilizados caballos. Con un micrófono en una mano, las riendas en la otra, y un sombrero de una belleza y elegancia sin iguales, Ezequiel cantaría una de sus sentidas canciones mientras su caballo galopaba al compás y las muchachas del público gritaban. Tampoco caminarían Lucha y Fabiola por el pasillo haciéndoles ojitos a todos los muchachos guapos que vieran. Como lo indica el título de este capítulo, traían sus cuetes y estaban allí para hacer el "*bisnes*".

Desde el asiento delantero del Silverado, las muchachas pudieron ver al Mago y al Huracán recuperándose en un rincón del corral de toros. Esa tarde, el Mago había permanecido en el toro por trece segundos y, al hacerlo, le había ganado al Huracán por cinco segundos enteros. Los mexicanos, a diferencia de sus contrapartes norteamericanos, no intentan llegar a los ocho segundos parejos, sino que el objetivo es quedarse encima del toro hasta que éste deje de corcovear.

Lucha y Fabiola se bajaron del Silverado y se acercaron. Los hombres se miraron entre sí, se sacudieron las manos en sus chaparreras de cuero, luego se acercaron a ellas.

—Soy el Mago de Michoacán —dijo el Mago de Michoacán. Algo andaba mal. Su acento se oía muy raro.

—Deja de presumir con el español y vamos a hacer *bisnes* —dijo Lucha rechazando la oferta de un apretón de manos por parte del Mago.

El Huracán se hizo a un lado.

Fabiola abrió su bolsa grabada con flores lenta y cuidadosamente. Se había quedado con una de las bolsas de mano y había insistido en que Lucha hiciera lo mismo. Era lo más cercano que las chicas habían estado de romper la regla fundamental del tráfico de drogas exitoso: no usar la mercancía. Favy sacó la .45 lustrosa y la empuñó hacia los cansados *cowboys*. Fue un momento que la Favy disfrutó mucho. Nada la hacía más feliz que ver a un hombre en posición vulnerable, a excepción de ser aquella quien lo había puesto en dicha situación. Estaban a solas. Ezequiel Peña acababa de entrar al ruedo. De la tribuna surgía un clamor.

Los hombres estaban en sus trajes de charro. Según las reglas, y hay que advertir que el arte de la charrería está altamente regulado, traían consigo las pistolas necesarias.

—Alcen las manos —dijo Lucha—. Voy a agarrarlos del cinturón, pero no me malinterpreten, muchachos —se relamió para dar mayor énfasis y Fabiola hizo lo mismo. Lucha les desabrochó los cinturones y sus pistolas *et al.* se vinieron abajo. Ella las pateó a un lado.

—Son de mentiras —insistió el Huracán, con las manos todavía en alto.

—Igual que tu numerito —dijo Lucha.

Los hombres fruncieron el ceño, recordándole a Lucha a cualquiera de un montón de secuaces tontos de cualquiera de cientos de películas viejas de vaqueros mexicanos.

Ahora, mi querido lector, es aquí donde me temo que la narrativa resulte decepcionante. ¿Cree acaso el lector que un trato de drogas constituiría prosa interesante? Eso parecería, pero todas las partes lamentan informar al lector que éste no es el caso. En realidad el asunto no tuvo nada de capa y espada.

Imagine si guste esto: dos chicas, dos armas, un kilo de cocaína de alta calidad por un lado, y por el otro, dos *cowboys* cansados de trabajar horas extra como intermediarios, tan cautivados por la belleza y el arrojo de sus socias como por la ganga que estaban a punto de conseguir. A cincuenta mil el kilo, casi les iban a dar precio de mayoreo. Las muchachas les habían dado un precio irresistible y así fue. El dinero y la mercancía cambiaron de manos rápidamente y sin mucho incidente.

Fabiola vigilaba al Huracán de Jalisco cuando éste descargaba e inspeccionaba la mercancía, mientras el Mago de Michoacán llenaba la bolsa mexicana de malla del mercado favorita de Lucha con el efectivo, y el trato estaba hecho.

Al parecer de las muchachas, los hombres podían vender todas esas bolsas, botas, cinturones y llaveros en el rodeo la próxima semana, a ellas eso las tenía sin cuidado. El ruido de la tribuna disminuyó poco a poco. Ezequiel Peña cambió uno de sus caballos educados por otro, y durante ese breve respiro, Lucha escuchó un sonido sumamente familiar que provenía del otro lado de la barda. Mariachi de Dos Nacimientos rasgueaba con su guitarra su mensaje salvador de almas.

—Ha sido un placer hacer negocios con ustedes, muchachos —dijo Lucha. Habiendo expresado su gratitud, Lucha y Fabiola abordaron el Silverado y se largaron de allí, dejando a su paso una estela de polvo.

# El paraguas

PARA EL SOL Y PARA EL AGUA

# UN BUEN SUSTO

***Vamos a ir a ver a una señora muy poderosa que puede ayudarte —le***
dijo Lucha a Favy una vez que iban en camino.

Ella le pasó disimuladamente un anuncio del periódico a Fabiola.
Fabiola lo recogió y le echó un vistazo. Lucha tenía razón. La señora Linda
era una consejera espiritual que sabía leer las cartas y la palma de la mano.
Con sus poderes psíquicos podía mostrarte tu pasado, presente y futuro.
Te podía hipnotizar, darte un mejor mañana, enseñarte cómo divertirte,
librarte de malas influencias, fatiga, angustia, dolores y achaques físicos,
timidez, acné, obesidad, insomnio, nerviosismo, frigidez, tristeza y depre-
sión. Ella podía ayudarte a conseguir algo bueno o deshacerte de algo malo.
La persona que tú quieres: ¿quiere a otra? La señora Linda podía traer a tu
amado a tu lado y todo dentro de veinticuatro horas sin importar la distancia. ¿Todo te hace llorar? La señora podía ayudarte a encontrar la felicidad y
un trabajo. Te podía curar de impotencia sexual, enfermedades desconocidas e infertilidad, librarte de malos vecinos, limpiarte en cuerpo y alma,
curarte del mal de ojo, decirte la causa de tu mala suerte, reparar tu virgini-
dad perdida, hacer que te rinda el dinero o mostrarte la cara de tu enemigo
en un vaso de agua.

Fabiola hizo el periódico a un lado.

—Las cosas en general van bien, pero se van a poner mejor todavía —
dijo Lucha al llegar a una entrada de terracería. Lucha trataba de ser opti-
mista, pero era duro. No había escuchado la voz de su prima en más de
quince años.

Lucha encontró un lugar sombreado bajo un sauce llorón y se estacionó. A pesar de lo que los poderes super-psíquicos de la señora Linda

pudieron haber implicado, ella vivía en una casa pequeña de una sola planta que necesitaba urgentemente un techo nuevo y una mano de pintura. Las muchachas caminaron a la puerta.

Lucha tocó el timbre. No funcionaba. Tocó a la puerta. La señora salió a abrir.

—¿Es usted la señora Linda? —dijo Lucha.

—Así es.

La señora era una mujer pequeña, en delantal y ropa de limpieza. Lucha se imaginó que tendría unos cincuenta y tantos años.

—Deben ser mi cita de las 6:30 —dijo la señora desatándose el delantal—. Entren. Voy llegando del trabajo. No hay respeto suficiente para mi verdadera profesión. Tengo que trabajar en otro empleo —guió a las muchachas a la sala y les ofreció un asiento en el sofá laminado— ¿Les gusta Avon®? —dijo, dejando caer un catálogo en el regazo de Lucha—. Tal vez pueden mirar esto mientras alisto todo —caminó al cuarto trasero.

No había ningún televisor en la sala, sólo una mesa de centro y un montón de canastas llenas de flores artificiales polvorientas. En las paredes, un reloj como de latón dorado, fotos de quienes las muchachas asumían eran los hijos de la señora, junto a grabados enmarcados de la Virgen de Guadalupe y el Sagrado Corazón de Jesús. Y dentro de lo mundano de la casa, había un letrero que declaraba simple y llanamente, en inglés y en español: Una maldición y te vas pa' fuera.

La señora regresó poco después.

—¿Ven algo que les guste? —dijo la señora señalando el catálogo de Avon®.

—Varias cosas —mintió Lucha.

—Llévenselo, enséñenselo a sus amigas. Yo les hago los pedidos.

—Gracias —dijo Lucha.

La señora se detuvo para estudiar a Fabiola.

—Estás bien bonita, mija —luego a Lucha—, ¿Prefiere el inglés o el español?

—Cualquiera —dijo Lucha.

La señora tomó las manos de Fabiola y las frotó.

—Vamos a comenzar con una limpia —la señora miró a Lucha para obtener su aprobación. Ella asintió.

Un huevo y un vaso de agua esperaban en la mesa de centro.

—Te voy a hacer una limpia, cariño, por dentro. Luego voy a romper el huevo en el agua y el huevo me dice lo que te pasa, y luego te curamos. ¿Está bien, mija?

Fabiola asintió.

—Párate por favor.

Fabiola obedeció. La señora sostuvo los brazos de Fabiola en forma de cruz.

La señora pasó el huevo por arriba y por abajo del cuerpo de Fabiola, poniendo atención especial en las sienes, las muñecas y el corazón. Lucha se sentó en el sofá de brazos cruzados. El trato de drogas de la tarde pudo haber hecho latir aceleradamente el corazón de Lucha, pero era de excitación. Mientras la señora atendía a Fabiola, el corazón de Lucha latía aceleradamente, pero esta vez de miedo. Le preocupaba que lo que Fabiola tenía no tuviera cura.

La señora continuó con la limpia. Usó el huevo para trazar la señal de la cruz sobre el cuerpo de Fabiola en lo que pareció ser, en la estimación de Lucha, unas cien veces, antes de colocar el huevo a un lado, luego recoger una rama de un árbol de pirul y pasársela por el cuerpo a Fabiola.

—Esto es para purificar cuerpo y alma. Ten —dijo la señora dándole la rama a Lucha—. Termínalo tú —Lucha nunca se había imaginado que iba a poner manos a la obra.

La señora Linda se arrodilló frente a la mesa de centro y rompió el huevo con cuidado dentro de un vaso de agua. Una lámpara con cuello de ganso aguardaba a un lado. Ella prendió la luz e iluminó el vaso.

—Así está bien —le dijo a Lucha—. Siéntate. Siéntense las dos.

La señora miró a Fabiola.

—Pobrecita —dijo ella.

—¿Es algo malo? —Lucha quiso saber.

—Sí, mija. Es malo. Muy, muy malo.

Lucha puso un brazo alrededor de Fabiola.

—Pero, ¿puede remediarlo? —dijo Lucha.

—Lo que ella tiene sólo ella lo puede remediar —dijo la señora.

—Tenemos dinero —ofreció Lucha.

—Ya lo sé.

—Quiero decir que tenemos mucho, lo que sea.

—El dinero no puede remediar esto —la señora negó con la cabeza—. Mira, ella puede hablar, hasta cantar, como un pájaro hermoso. ¿Tengo razón?

—Sí —dijo Lucha—. Cuando éramos niñas, en México, a veces no íbamos a la escuela y ella cantaba en la plaza donde tocan los mariachis en Guadalajara. La gente nos daba unos pesos y luego nos íbamos al mercado de San Juan de Dios a gastárnoslos. ¿A poco no, Favy?

Fabiola asintió.

—Cantaba re' lindo. Cantaba "La Cigarra" —dijo Lucha.

—Esa es una hermosa canción —la señora le dijo a Fabiola—. Y Guadalajara es una hermosa ciudad. Mi esposo es de allá.

—Y usted, ¿de dónde es usted, señora?

—Soy de Sinaloa —dijo ella.

La señora estrechó las manos de Fabiola entre las suyas, la miró a los ojos y ella, la señora, comenzó a cantar dulcemente. Cantó "La Cigarra", una canción que cuenta cómo la chicharra canta al enfrentar su muerte.

Lucha cantó junto con la señora. La primera estrofa transcurrió sin incidentes. Durante la segunda estrofa, los labios de Fabiola comenzaron a moverse, sin sonido, sólo el movimiento de sus labios, como si estuviera fingiendo cantar al sonido de dos voces disparejas cuando la suya era tan hermosa.

No fue sino hasta la última estrofa que Fabiola hizo un sonido, un susurro cuando mucho, pero un sonido de todas formas.

—Ves, puedes hablar —dijo la señora.

Fabiola asintió.

—Te voy a decir algo que ya sabes —le dijo la señora a Fabiola—. Sufriste un trauma. Un buen susto. Te pasó algo muy malo hace muchos años, algo que quieres olvidar, pero no puedes, algo sobre lo que no tenías control. Algo contra lo que no podías pelear.

La señora miró a Lucha.

—Quizá sabes qué es, quizá no. Eso pasó hace mucho tiempo, en un lugar lejano.

—Yo sé lo que le pasó —dijo Lucha—. Un hombre maldito abusó de ella —no se atrevía a decirlo en inglés. En español era algo más vago. No tenía que entrar en detalles para que la señora supiera de qué estaba hablando.

Fabiola miró a Lucha por un largo rato. Su mirada era tan fija que ni siquiera pestañeó y cuando finalmente lo hizo, una sola lágrima rodó por cada mejilla. Luego hizo algo que no había hecho en tantos años. Habló.

—Lo sabes —dijo.

Lucha la tomó de los hombros.

—Sí, lo sé, siempre lo he sabido —Lucha esperó a que Favy dijera algo más, pero no fue así—. Favy, háblame —dijo Lucha zarandeándola por los hombros, pero no dijo ni una palabra.

La señora hizo a Lucha a un lado, luego volteó a ver a Fabiola.

—Para enfrentar tu dolor y para protegerte a ti misma, controlaste lo que podías. Decidiste no hablar.

Favy se quedó mirando a la señora, como desafiándola.

—Pero, ¿puede remediarlo? Quizá pueda ayudarla a olvidar. Hipnotizarla o algo —sugirió Lucha.

—Podría hipnotizarla, pero eso quiere decir que ella tendría que volver a lo malo, y eso sería muy difícil para ella.

Se formaron unas lágrimas en los rabillos de los ojos de Lucha.

—La quieres y la proteges —dijo la señora. Para entonces, ella había tomado a Lucha de las manos—. Y siempre lo harás —la señora le sonrió de modo tranquilizador.

—Pero, señora, usted puede hacer tantas cosas —dijo Lucha secándose los ojos y poniéndose de pie. Ella había metido el anuncio de la señora en el bolsillo trasero de sus bluyines y ahora lo sacaba—. Usted puede hacer tantas cosas, debe poder hacer algo para ayudarla.

—Sí, es cierto, puedo hacer muchas cosas —dijo la señora, luego procedió a decir de un tirón todas sus especialidades en un spanglish rápido—: *Bewitchments*, protecciones, *exorcism*, maleficios. *I can show you the face of your* enemigo en un vaso de agua. ¿*Do you have* mala suerte *in love*? ¿*Bad* influencias? ¿*Bad* vecinos? *I read hands, throw the cards*, limpias, *sexual impotence*, timidez. *I can reunite you with your* ser querido *in just* veinticuatro horas. *Vices*, maltrato, *unknown* enfermedades, *addictions, depression, sadness, anguish*, nervios, *alcoholism*, drogas, *fatness, evil eye*. ¿Se siente perseguido? ¿No le rinde su *money*? *I can help you resolve whatever problem* por lo *difficult* que sea. *Problems* with your pareja, *in your house, in your bisnes, envy*, amigos desleales, males postizos o hechicerías, infertilidad, frigidez. Yo le puedo ayudar.

—Vaya, hasta puedo convertir a una vaga en mujer decente —susurró la señora. Se inclinó hacia Lucha y esperó a ver si ella le tomaba la palabra.

—Gracias, señora, pero en realidad yo esperaba que usted pudiera ayudar a mi prima.

—Lo siento. Yo no trato el susto. Realmente nadie lo hace. Mira la competencia —dijo la señora abriendo un periódico. De hecho era un semanario de noticias llamado *La Guía*. Pasó a un anuncio de un competidor—. No ves el susto en esta lista tampoco. Si quieres te lo entierro —dijo haciendo una seña hacia el huevo en el agua. El huevo era el mejor indicio que tenía la señora de aquello que afligía a Fabiola y lo había estudiado con la precisión de un cirujano que examina una biopsia de un pedazo de carne. La señora Linda no lo mencionó, pero nunca había visto un huevo tan feo en todos sus años de práctica. La yema estaba sanguinolenta y parecía temblar como un latido.

—Viejo —gritó por el pasillo y su esposo apareció del cuarto trasero—. Entiérramelo, ¿ey? Y muy hondo.

Él tomó el vaso y salió por la puerta de enfrente.

—¿Está segura de que no hay nada más que pueda hacer?

—Lo siento mucho —dijo la señora, luego hizo algo extraño. Agarró a Lucha por el codo, se le acercó y le habló en confianza, diciéndole—: como mujer y como mexicana, le aconsejo que regresen a México. En estos casos, yo veo que lo único que realmente funciona es la venganza. Entienda que esto no tiene nada que ver con mi profesión, pero es el consejo que le doy —ensanchó las cejas y luego soltó a Lucha.

Lucha reconoció una buena idea de inmediato. Venganza. ¿Por qué no lo había pensado antes? Se frotó el lugar donde la señora la había agarrado y dijo:

—¿Cuánto le debemos?

—No me deben nada, pero si quieren hacer un donativo, las dejo a solas para que me dejen lo que sinceramente venga de su corazón —tomó un plato decorativo de por detrás del sofá y lo puso en la mesa de centro, luego tomó a Fabiola de las manos una vez más—. Te deseo todo lo bueno del mundo y que Dios te bendiga, te cuide y te ayude ahora y siempre.

Lucha miró a la señora desaparecer por el pasillo y entrar a lo que ella suponía era su recámara, antes de abrir su bolsa, sacar un fajo de billetes de cien dólares y depositarlos en el plato.

**Una yarda o artículos de mayor interés que Naty y Chelo tuvieron que vender para financiar el viaje de Nataly al sur para que ésta intentara por todos los medios extraer del purgatorio el alma descarriada de don Pancho.**

Silla tipo Papasan con cojín floreado rosa y taburete que le hace juego

Modelo a escala de Chevy Malibú 1970 sin armar y en la caja

Mantel con diseño de gallos de los años cincuenta

Acordeón bajo Iorio®

Estante para plantas de tres niveles de hierro forjado

Hebilla de cinturón con alacrán petrificado

Bloque para cuchillos con gallo pintado a mano

Acuarela original enmarcada con zinnias

Máquina vendedora de chicles y cacahuates de 1¢

Tabla de lavar Maid-Rite® original

Reloj de pulsera con correa de Marcasita®

Cubeta color verde menta para cenizas

Bolsa de lotería con manchas y elefante de la suerte

Maletín de piel de víbora

*French poodle* disecada de los años cincuenta conocida como Inés

Columpio tipo *monkey swing*

Pulsera de Baquelita® color caramelo

Acuario con grava, estatuas y peces

Hebilla de cinturón de plata con potro salvaje y jinete

Buró con calcomanías de margarita estilo *decoupage*

Cuernos de toro Brahma genuinos que Naty y Chelo pensaron en pegar al cofre del Cadillac durante un momento de debilidad

Jaula de pájaros de hierro forjado nunca antes usada para ese fin

Tres pulseras de Baquelita® talladas en rojo

Un ejemplar de 1943 de la guía turística *Terry's Guide to Mexico* completa con todos los mapas originales desplegables

Réplica de un cartel de toreros en seda de El Cordobés

Vitrina china para curiosidades

Acuarela original enmarcada de un torero y un toro

Tetera Fiesta® color *chartreuse*

Jarrón en forma de cabeza de chica glamorosa de los años cuarenta

Cartel original de la película mexicana *El hijo desobediente* con David Reynoso, Manuel López (¡ay! papi) Ochoa y Lucha Villa

Alcancía Bob's Big Boy® original

Lámpara de televisor en forma de pantera negra en buen estado

Joyero japonés en forma de pagoda japonesa

Plato para dulces en forma de estanque con flamingo

Anillo para servilletas de Lucita® en forma de gato

Banderín bordado de 1933 de la Feria
Mundial de Chicago

Caña para pesca de altura de bambú
con carrete

Cenicero de cerámica de Tijuana con
un torero blandiendo una capa
frente a un toro

Muñecos luchadores mexicanos
y cuadrilátero de lucha
improvisado

Palillero de cristal de ópalo verde
claro en forma de gallo

Tarro para el jengibre de cerámica
china

Maceta de cerámica de mujer china

Estuche de habanos Pancho Arango

Caja de concha marina Vieja
Honolulu

Pulsera de Lucita® tipo macedonia

Juego de tocador de Baquelita® de
siete piezas

Bolsa de tapiz y Baquelita®

Biombo de bambú

Mesa de centro en forma de amiba

# *Tabla 3*

## SE CORTA *la* BARAJA

# El avión

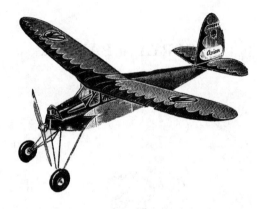

**NO ME EXTRAÑES CORAZÓN, QUE REGRESO EN EL AVIÓN**

# PLÁTICA ENTRE MUJERES

**Las muchachas lograron recaudar $442.37 de su venta de garaje sin** tener que desprenderse de su colección de toreros o de las piezas decorativas chinescas o *chinoiserie*. También se quedaron con la hebilla de cinturón del alacrán petrificado, con Inés, *Terry's Guide to Mexico*, el cartel de la película y el plato para dulces en forma de estanque con flamingos; objetos que al principio habían aparecido en el jardín de enfrente, pero de los cuales en última instancia no se pudieron desprender. Todo lo demás se vendió, y qué mejor. Dado que las chicas habían comprado astutamente todos y cada uno de los artículos en ventas de garaje y en el tianguis, ganaron muchos dólares por cada penique que habían gastado. Además de estos fondos de la venta de garaje, también consiguieron un adelanto de una semana de sueldo. De esta forma financiaron el viaje de Nataly al sur.

—Yo realmente nunca quise mucho en la vida en cuanto a posesiones materiales, excepto quizá tener suficientes ganchos acolchonados forrados de satín para colgar todos mis vestidos —dijo Nataly. Estaba de pie frente a la puerta de su clóset, alargando la mano, sacando vestidos, blusas y faldas colgados de ganchos de plástico y alambre.

—Imagínate —dijo Consuelo. Consuelo estaba sentada encima de la cama *queen-size* de Nataly. Ésta estaba cubierta con una colcha a rayas finas en rosa y blanco, dos cojines de la misma tela, y otro cojín de satín en forma de arcoiris que incluía una nube y mostraba todos los colores acostumbrados. Contra una pared había un equipo estéreo y junto a éste, tres huacales de madera con discos: una colección de melodías en inglés y español compuesta principalmente de Patsy Cline y Loretta Lynn a un extremo, y Lola Beltrán y Chelo al otro.

Consuelo estaba ocupada preparando una carta de presentación para Nataly para mostrársela a su familia, exponiendo lo obvio así como lo no tan obvio, lo último de lo cual incluía el hecho de que Nataly hablaba un español malo con acento bueno, que le gustaba bailar y bailaba bien, que no soportaba los aguacates, era muy torpe, tenía tobillos débiles y articulaciones flexibles, poca tolerancia para el alcohol y un estómago sensible. No debía tomar el agua y debía evitar a hombres indeseables a toda costa.

Nataly iba a tomar un vuelo directo a San Luis Río Colorado, Sonora, donde pasaría cinco días y seis noches para liberar el alma de don Pancho Macías Contreras. Mientras que eso podría parecer como muy poco tiempo para rescatar a alguien del purgatorio, a Nataly y Consuelo les parecía una eternidad, ya que ellas no se habían separado por más de veinticuatro horas en casi veinte años.

—Mucho cuidadito y fíjate en lo que comes. Nomás no te alejes de mi tía Elena. Ella te cuidará rete bien —dijo Consuelo.

—¿Alguna otra cosa que deba saber, Chelo?

—Lo más importante, Naty, necesito que te fijes y te acuerdes de todo lo que es importante. Ve y visita el lugar donde enterraron a mi papi y llévale una piedra. Así acostumbran a hacerlo allá. Mira, si un hombre muere y lo entierran sin mucha ceremonia y sin el beneficio de un cura que diga palabras sobre su cuerpo que el Señor pueda comprender, la gente va y se detiene por un minuto. Rezan por él y dejan una piedra para mostrar que estuvieron allí. Eso le ayuda a llegar al Cielo, si es que todavía no llega.

—Iré, Chelo. Y le llevaré unas flores y un par de piedras —dijo Nataly.

—Lo más importante es que te cuides porque no sé qué haría sin ti. También has de saber que debes tener harto cuidado con los hombres de allá. No son para nada como los de aquí. Eso es bueno y malo, lo cual lo vuelve todavía peor. Es que mira, a un niño le enseñan cómo ser hombre desde el primer día y eso es bueno. Pero si le gustas a un hombre, Naty, aun si sus sentimientos no son correspondidos pue' que te lleve arrastrando y te haga suya de la única manera que un hombre conoce. Y capaz que nadie te ayuda, porque así es como se hacen las cosas allá. A menos que no sea el único que te quiera. Entonces tienes una bronca más grande cuando empiezan a pelearse por ti y esas ondas, así que no dejes que eso te pase.

—¿Y tú cómo sabes todo esto? —dijo Nataly.

—¿Qué nunca oyes el radio, Naty? Esas canciones no son inventadas. Esas cosas pasan.

—¡No jodas! No me había dado cuenta.

Nataly se puso de pie y cerró sus maletas. Consuelo subió la mano y se quitó la cadena con la medalla de María de Lourdes; Nataly hizo lo mismo.

No importaba que las medallas fueran idénticas y que ambas chicas las hubieran recibido durante su Primera Comunión veinte años atrás. Intercambiaron collares, abrazos, besos y unas cuantas lágrimas.

—Acuérdate —dijo Chelo—. Pasan todo tipo de chingaderas locas, en todo tipo de lugares, así que *watcha*.

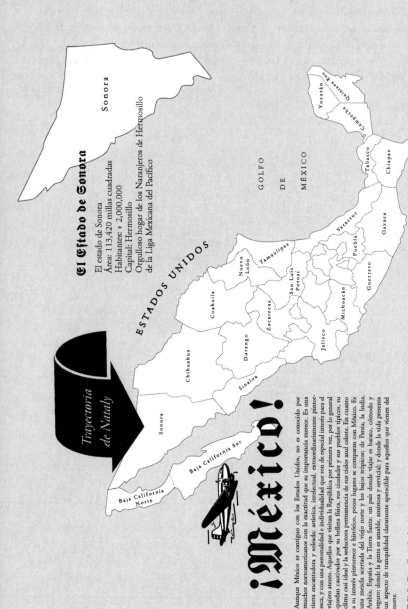

## El Estado de Sonora

El estado de Sonora
Área: 113,420 millas cuadradas
Habitantes: + 2,000,000
Capital: Hermosillo
Orgulloso hogar de los Naranjeros de Hermosillo
de la Liga Mexicana del Pacífico

Sonora

**ESTADOS UNIDOS**

GOLFO
DE
MÉXICO

Sonora

Baja California Norte

Baja California Sur

Chihuahua

Coahuila

Nuevo León

Tamaulipas

Durango

Zacatecas

San Luis Potosí

Sinaloa

Jalisco

Michoacán

Guanajuato

Guerrero

Puebla

Veracruz

Oaxaca

Tabasco

Chiapas

Campeche

Yucatán

Quintana Roo

*Trayectoria de Nataly*

## ¡México!

Aunque México es contiguo con los Estados Unidos, no es conocido por muchos norteamericanos con la exactitud que su importancia merece. Es una tierra encantadora y soleada; artística, intelectual, extraordinariamente pintoresca, y con una personalidad e individualidad que son de especial interés para el viajero atento. Aquellos que visitan la República por primera vez, por lo general quedan cautivados por su belleza física, sus ciudades y sus pueblos típicos, su clima casi ideal y la seductora permanencia de sus cielos azul celeste. En cuanto a su interés pintoresco e histórico, pocos lugares se comparan con México. Es una mezcla acertada del viejo norte y los bajos trópicos; de Persia, la India, Arabia, España y la Tierra Santa; un país donde viajar es barato, cómodo y seguro; donde la gente es amable, amistosa y servicial; y donde la vida presenta un aspecto de tranquilidad claramente apetecible para aquellos que vienen del norte.

T. Phillip Terry, *Terry's Guide to Mexico, 1943*

# La dama

**LA DAMA PULIENDO EL PASO, POR TODA LA CALLE REAL**

# LA CATRINA

***En esa tierra siempre recordarían a Nataly como "La Catrina" porque*** siempre andaba bien vestida, aun cuando andaba corriendo en la calle jugando fútbol con los muchachos, vestida con un vestido de chiffón de una década distante y un par de tenis prestados; luego corría calle abajo hasta la plaza para caer sin aliento en un pedazo de pasto húmedo y decir, "Me encanta jugar al kíckbol". Los hombres jóvenes y viejos del pueblo aprenderían a reconocer de memoria el sonido de sus tacones y, al escucharlos venir, dejaban de trabajar o de jugar y se apresuraban a su lado para ayudarla con las discrepancias imprevisibles de la banqueta. Cuando la gente que ignoraba su nombre la veía ir y venir por la calle, comentaban a veces para sí mismos y a veces en voz alta, "Ahí viene La Catrina". Y los hombres que sabían su nombre lo olvidaban o no hacían caso, substituyéndolo con mamacita, chula, linda, hermosa, güerita, o a veces todo lo anterior, repitiéndolo en tan rápida sucesión, que sonaba como una sola palabra.

Cuando llegaba la noche, ella se bañaba, se lavaba el pelo, se lo secaba y se rizaba aún más su cabello rizado, se ponía un vestido, tacones, un suéter con ribetes de piel artificial, joyería de fantasía y lápiz de labios, luego entrelazaba el brazo en el de una chaperona apropiada tal como Marta —la prima gorda mayor de Consuelo— y se dirigían a la plaza, donde los muchachos caminaban en contra del sentido de las manecillas del reloj y las muchachas en el sentido de las manecillas, hasta que a uno le gustaba el otro y, si el sentimiento era correspondido, entrelazaban los brazos y empezaban a caminar en la misma dirección.

Durante varios días, así es como se desarrollaron las cosas. Los días estaban llenos de juegos de fútbol y clases de inglés. Todas las tardes ella alineaba a los niños y niñas de edad escolar en la banqueta y les decía, "Repitan por favor", luego les ofrecía los números en sucesión adecuada, los colores, las estaciones, los meses del año y los días de la semana. Todo esto terminaba a las cinco de la tarde cuando sonaban las campanadas de la iglesia y toda la gente del pueblo a la vez dejaba de hacer lo que estaba haciendo: las mujeres chismeando sobre ollas humeantes de platillos de carne con nombres descriptivos, los hombres fumando cigarros o ahumando maíz sin hojas en el asador, escuchando a Vicente Chente Fernández cantar por el radio AM, los niños corriendo por las calles, los vendedores pregonando sus mercancías, los que habían llegado temprano a la plaza caminando en sus distintas direcciones. Todos a la vez se quitaban las gorras de béisbol, los sombreros y las tejanas, luego se volvían en dirección a la iglesia del pueblo y levantaban la mano derecha para titubear primero sobre la frente, segundo sobre el pecho, el hombro derecho, luego el izquierdo, persignándose en el nombre de Dios Padre, Dios Hijo y del Espíritu Santo, porque así se hacían las cosas en esa tierra.

¿Y las noches? Estaban repletas de paseos por la plaza tal como lo habían estado durante siglos. Aquellos que no tenían razón de caminar por la plaza se congregaban alrededor de mesas de cocina, chismeando y tomando tazas de canela, o estaban acostados en sus camas. Pero aun en sueños, La Catrina llegaría a ocupar las mentes de casi todos. Los muchachos jóvenes tenían pensamientos impuros de ella, purificados por el hecho de que todos querían casarse con ella, de modo que cuando la imaginaban de las formas en que los jóvenes suelen hacerlo, la veían no sólo como a una mamacita suelta, sino como a su esposa. Los hombres mayores que ya estaban casados no tenían esperanzas de purificar sus pensamientos, pero esto no dejaba de ser provechoso, ya que ellos implementaban esos pensamientos ardorosos en sus esposas y esto ponía sonrisitas cómplices perpetuas en caras que no habían sonreído con sinceridad en años.

Y ahora era un martes por la tarde y las señoras del barrio se habían reunido y apostado en los escalones de la terraza de doña Elena. Era el segundo día completo de Nataly en el pueblo y ya estaban con exigencias. Querían tres cosas: saber quién era la norteamericana y por qué había venido y, por último, conseguir uno de sus vestidos.

Doña Elena invitó a pasar a las mujeres, les sirvió tazas de Nescafé® y comenzó. Se llamaba Nataly. Era la mejor amiga de Consuelo y había venido a hacerle un favor. ¿Se acordaban todas ellas de Consuelo, la hija de doña Luisa y don Pancho? Sí se acordaban.

Pero, ¿dónde estaba La Catrina? Doña Ernesta, la más práctica del montón, preguntó.

—Está jugando al fútbol —dijo doña Elena.

—Oh, sí —dijeron las señoras. Pasaron a tratar de convencer a doña

Elena de que sacara uno de los vestidos de La Catrina a escondidas. Se lo
regresarían pronto. Sólo querían sacar el patrón y las proporciones para
poder duplicarlas. Pero entonces, La Catrina entró por la puerta sin aliento,
se sacó los tenis prestados, sonrió y dijo:

—Buenas tardes.

—Buenas —contestaron las mujeres.

Doña Elena presentó a La Catrina por su nombre de pila, no sólo
como la mejor amiga de su sobrina Consuelo (la madre de Consuelo y doña
Elena eran hermanas), sino como su sobrina, ya que Nataly había tomado
un lugar en los afectos permanentes de doña Elena y, cuando tal cosa le
sucede a una mujer mexicana, ella naturalmente busca una especie de trata-
miento para hacer de esa persona una constante en su vida, y como la doña
había recibido la bendición de siete hijas y por tanto no podía ofrecer a
Nataly un marido, hizo lo que consideraba como la mejor alternativa.

Con una sonrisa, doña Elena dijo:

—Les presento a mi sobrina, Nataly.

Y entonces las mujeres se apresuraron a darle la mano y La Catrina en
su vestido con un corte-al-bies-ya-que-favorece-todas-las-figuras y descalza,
todavía sudando de jugar al kíckbol con los muchachos del pueblo, sostuvo
su delgada mano con sus uñas mal pintadas, ya que con toda la conmoción
y las visitas constantes no había tenido tiempo de atender al pequeño detalle
de un *manicure*, y le dijo a una doña tras otra:

—Mucho gusto, encantada.

Y en realidad lo estaba. Y no pudo haberlo estado más que cuando las
señoras, tan apenadas y encantadas como lo habían estado de quinceañeras,
se armaron de valor para pedirle prestado uno de sus preciosos vestidos,
sólo uno.

Más tarde, con el vestido en su posesión, las mujeres regresaron a casa
de doña Cuca donde lo redujeron a una simple ecuación matemática, una
relación en donde insertar sus propias medidas y, en un santiamén, las mujeres se aparecerían en los escalones de la terraza de doña Elena, preguntando
por La Catrina, ya que se negaban a reconocer su nombre de pila. Nataly
salía de la terraza de atrás donde le había estado dando de comer a los pollos
o regando las flores. La doña posaba para La Catrina y Nataly miraba los
zapatos de la doña, agitaba un dedo índice, meneaba la cabeza, luego seña-
laba sus propios zapatos y decía:

—Doña, lo que usted necesita es un par de tacones.

—Oh, sí —respondía la doña y se dirigía a la Zapatería Canadá a com-
prarlos.

Dentro de poco, todas las mujeres del pueblo eran dueñas de tacones y
vestidos con un corte-al-bies. En un abrir y cerrar de ojos, a la Zapatería

Canadá se le acabaron los tacones y tuvo que mandar un cable a Guanajuato para pedir más. Es verdad que las cosas estaban cambiando. Pero muy pronto, las cosas realmente cambiarían. La Zapatería Canadá cerraría, al igual que todos los demás establecimientos del pueblo, excepto por la cárcel y la iglesia. Se apagarían las luces y no habría agua caliente, ya que toda la electricidad sería utilizada con el fin específico de honrar a San Jacinto, el santo patrón del pueblo. La gente se pondría sus mejores galas y caminaría por la calle para beber y bailar toda la noche, prender fuegos artificiales, apostar a los gallos, subirse a un toro al son de la banda, cantar con los mariachis, comer tacos de birria, elote asado con chilito y limón, hacer todas las cosas que habían hecho durante los momentos más agradables de todo el año, pero esta vez los harían todos juntos y en el espacio de tres días, ya que pronto llegaría la feria.

# La grúa

**PARA UNOS AMIGO, PARA OTROS ENEMIGO**

# EL DÍA EN QUE LULABEL
## REMATÓ SU ALMA

***Mientras que Nataly estaba ideando la manera de abalanzarse sobre*** el alma de don Pancho, Lulabel se preparaba para rematar la suya. En Lavalandia, por alguna extraña razón, llovía. Lulabel deseó haberse peinado con sus acostumbrados chonguitos o haberse hecho trenzas, ya que la lluvia hacía que se le encrespara el cabello y le preocupaba que esto devaluara su alma. La semana anterior, en la estación de radio mexicana, nueve de cada diez hombres habían afirmado que preferían a las mujeres con el pelo suelto, así que Lulabel se dejó el suyo suelto y largo.

Ella llegó a la Taquería La Bamba unos minutos antes de las 6:00, pidió una súper quesadilla de carne asada, sin cebolla, y una horchata grande, luego juntó dos mesas y se sentó. Esperaba a una multitud.

Un mariachi tocaba en el rincón. El hombre detrás del guitarrón traía barbita de chivo. Quizá sea el diablo, pensó Lulabel. Luego recordó que Jesús también traía barba. Y mientras que el pelo de Jesús era largo, el diablo traía copete. En cuanto al mariachi, llevaba sombrero, pero según Lulabel pudo ver, traía ese corte de pelo que una vez fue tan popular entre los jugadores de fútbol. Tenía el pelo corto por enfrente y en cuanto a eso respetable, pero largo por detrás. Un hombre que llevaba el pelo de esta forma le prestaba mucha más atención a la parte larga que a la corta; a menudo hasta se tomaban la molestia adicional de hacerse permanente. Además, era de esperarse que usara demasiado producto para fijar el cabello. Lulabel había conocido a un hombre así en el baile, había bailado con él toda la noche, pero al final de la velada, su pelo había manchado su vestido.

Lulabel no sabía si el mariachi era el diablo o Jesús. Para aumentar su confusión, él llevaba un anillo de oro en el dedo de en medio de la mano derecha. El anillo era tan grande como chillón como para ser un anillo de graduación, pero en el centro de la piedra roja que parecía un rubí, pero no lo era, había un número tres. Lulabel no sabía si el número representaba los tres dientes de la horca del diablo o la misma Santísima Trinidad.

Cuando llegó su orden, levantó la tortilla de arriba de su súper quesadilla para asegurarse de que no hubieran cebollas. La presencia de Lulabel ponía tan nerviosos a los taqueros que a menudo se equivocaban con su orden. Se acercaba al mostrador y pedía carnitas y le daban tripitas. Pedía tamarindo y acababa con jamaica. Lulabel no estaba segura de si tenía o no cebollas, ya que ahí en la parte de abajo de su tortilla estaba el siguiente mensaje garabateado con guacamole:

> Recuerda que estoy en todas partes todo el tiempo, aunque no esté contigo ahora. Si quieres volver, la puerta de mi casa está siempre abierta.
> JC

Menos mal que Lulabel había pedido una súper quesadilla. Por un lado, las tortillas son mucho más grandes pero, de mayor importancia, la súper quesadilla viene con guacamole. Lulabel supuso que podía dar por descontado al Señor y se le fue el apetito. ¿Cómo podría comerse una quesadilla santa de todas formas? Le dio un trago a su horchata y se dirigió al baño. Escogió la casilla del rincón y leyó lo que estaba escrito en la pared:

> Lulabel,
> Lo siento. Tengo otras cosas que hacer hoy. Suerte.
> Atentamente,
> Ya sabes quién

Lulabel se limpió. Típico del diablo dejar a una chica plantada. Bueno, parecía que ni el Señor ni el diablo se iban a presentar, pero por lo menos le habían dado sus s.r.c., concluyó Lulabel mientras se lavaba las manos, luego regresó a su mesa.

Pero ahora ya no estaba sola. Alberto la aguardaba. Él había amado a Lulabel desde que estaban en el segundo grado y la maestra los había hecho bailar juntos el jarabe tapatío, como una especie de castigo mutuo después de que Alberto empujara a Lulabel a un charco de lodo, y ella le arrancara un mechón de pelo en venganza. Alberto se alegraba de que Lulabel hubiera tenido la previsión de arrimar dos mesas porque a él le gustaba comer con los codos en la mesa, no los codos en la mesa para descansar la barbilla absorto en pensamiento, sino los codos esparcidos por la mesa, con ambas manos sobre su plato de tacos. Beto estaba comiendo menudo, el cual venía con una charola de condimentos lo suficientemente grande como para incluir cuartos de limón, orégano, cilantro, chile seco y cebolla, todo lo cual ocupaba espacio.

Cuando Lulabel se sentó, Alberto sonrió revelando un pedazo de cilantro entre cada uno de sus incisivos superiores. Se limpió la comisura de los labios con la servilleta que tenía metida en el cuello. Traía su mejor camisa de domingo y las manchas de menudo en la servilleta indicaban que había evitado un desastre. Domó el poco pelo que le quedaba en la cabeza.

—¿Qué haces aquí? —Lulabel quiso saber.

—Leí tu anuncio —dijo él.

—Pero, ¿cómo supiste que era mío?

—Te he estado observando, mujer. No tengo mucho que ofrecerte, pero desde que murió mi tío Luis, que en paz descanse, me dejó su mitad del negocio de grúas y ahora es todo mío. He logrado comprar una casa en el parqueadero de tráilers —dijo.

Ella lo jaló de la oreja, lo acercó hacia ella, le abrió la boca y usó sus largas uñas color magenta para quitarle el cilantro de entre los dientes.

—No me digas que quieres que me vaya a vivir en un tráiler contigo —dijo Lulabel.

—Pues sí —dijo Beto—. Como los hacen hoy en día, parecen una casa —Alberto suspiró y meneó la cabeza con impaciencia. Un observador mal informado hubiera pensado que él se estaba adelantando a los acontecimientos, pero él había amado a Lulabel y sólo a Lulabel, por más de cuarenta años.

Lulabel sacó su lápiz de labios y su polvera e hizo uso de ambos. Las ojeras debajo de sus ojos y las arrugas de su frente, una vez fácilmente disimuladas por la cuidadosa aplicación del maquillaje, se estaban volviendo más pronunciadas. Lulabel estaba considerando seriamente dejarse el fleco, una medida que económicamente y sin dolor resolvería la mitad del problema.

—Es una casa muy bonita, ya lo verás —dijo Alberto.

Lulabel sostuvo la polvera y jugueteó con su cabello. Podía ver la grúa de Alberto, la cual estaba estacionada enfrente del restaurante, en paralelo, reflejada en el espejo. La grúa era amarilla y azul. Sobre la puerta había un letrero, "Ramírez Towing. Queremos ser la grúa tuya". A continuación había un número telefónico. Lulabel cerró la polvera y la volvió a meter en su bolsa.

Ella miró a Alberto a los ojos, vio su desesperación, reconoció la suya propia, se inclinó sobre su quesadilla, bajó la voz y dijo:

—Si quieres ser mi mero mero pistolero, entonces tienes que hacerme un poco de abracadabra.

Alberto colocó su cuchara en la mesa.

—¿Qué? —dijo él. Él no era de muy buen ver. Chaparro, gordo y calvo, Beto era muy distinto de cualquier peón de rancho que ella pudiera encontrar en la pista de baile. Pero algo sobre el hecho de que él la hubiera esperado por tanto tiempo y el estado anímico actual de ella, indujo a Lulabel a darle a Beto la oportunidad que él tanto había esperado.

—¿Me estás oyendo, Beto? Porque estoy hablando en serio —dijo Lulabel.

—Claro que sí —dijo Alberto.

—No hay mucho que pueda hacer para ayudarte, pero hay cosas que tú puedes hacer para ayudarte a ti mismo.

—¿Eh? —dijo Alberto.

—Mírate nomás. Eres un pelón pelón cabeza de melón.

—Tú me lo sacaste —dijo Alberto refiriéndose al incidente descrito anteriormente de cuando estaban en el segundo grado y Lulabel le arrancó un mechón de pelo.

—Eso fue hace cuarenta años y sólo has estado calvo por treinta —replicó Lulabel.

Alberto bajó la cabeza.

—Eso no quiere decir que no haya nada que puedas hacer para conseguirme.

—¿Quieres decir, como brujerías? —él abrió bien los ojos.

—Seguro —dijo Lulabel—. ¿Te molesta?

—Oh, no —dijo Alberto—. Es una simple pregunta nomás.

—Mi verdadero nombre es Lola Bella María Jacinta Flores —dijo Lulabel escribiendo su nombre en una servilleta. Se la dio a Alberto y le dijo—: Tómala, la vas a necesitar.

Alberto se metió la servilleta en el bolsillo de su camisa de seda.

—Al amanecer toma una manzana de un árbol. Debe ser una manzana verde y debe ser al amanecer. Cuando apenas esté saliendo el sol. Quítale las semillas a la manzana y pártela a la mitad. ¿Vas a recordar todo esto? —dijo Lulabel.

Luego echó una última mirada a sus largas uñas color magenta y después, de manera impropia para una dama y en ese sentido algo inusitado para ella, se las mordisqueó todas. Ya que no sobraban servilletas limpias, arrancó un pedazo de tortilla de su súper quesadilla y envolvió las uñas en ésta, luego se la pasó a Alberto.

—No te lo vayas a comer —le dijo ella. Alberto puso las uñas y la tortilla en su bolsillo.

—Ahora préstame tu navaja.

—¿Pa' qué? —dijo Alberto mirando a Lulabel con sospecha.

—Dámela antes de que cambie de parecer.

Alberto buscó en su bolsillo y sacó una versión burda de una navaja del ejército suizo que había encontrado hacía años en el tianguis en el montón de un dólar de algún vendedor, luego se la pasó a Lulabel.

Lulabel bajó la cabeza, dejando que su largo y negro pelo colgara sobre la mesa, luego alcanzó con la mano y se cortó un mechón tan cerca de la raíz como le fue posible. Hacía falta un mechón de pelo para el hechizo que Alberto iba a ponerle con su ayuda. Según el hechizo que Lulabel había usado en numerosas ocasiones desde que lo había encontrado varias décadas antes en *El libro supremo de todas las magias*, en una sección titulada "Amar y ser amado", y subtitulada: "Secretos de los antiguos magos", éste haría que su sujeto se enamorara perdidamente. Lulabel se figuró que de una vez debía hacer algo con su cuerpo mientras trataba de decidir qué hacer con su alma. Ella había escuchado decir que había algo llamado amor que a veces incluía el intercambio de almas. Con todas las canciones que se habían escrito sobre dicho fenómeno, calculó que algo debía tener de cierto.

Le dio el mechón de pelo a Alberto, quien se lo pasó por las narices antes de metérselo en el bolsillo. Olía aún mejor que Pert Plus®, como a vainilla, coco y canela, quizá porque como el pelo de Lulabel era tan largo, no pudo evitar caer en la horchata en su trayectoria sobre la mesa.

—Debes poner todo lo que te he dado entre las dos mitades de una manzana —dijo Lulabel—. Toma una hoja de papel y escribe la palabra "SCHEVA", luego úsala para envolver la manzana. Ni me preguntes qué quiere decir, porque no lo sé y además no importa de todos modos.

—Llévala al panteón y escóndela por ahí. Nadie debe encontrarla. Déjala allí por tres días. Al tercer día regresa por ésta a la media noche. Llévala a casa y restriégate todo el cuerpo con su jugo, sobre todo en esos lugares que piensan más en mí, luego ponla debajo de tu almohada.

Alberto bajó la cabeza, avergonzado.

—También puede que te sirva comerte unas golondrinas —dijo Lulabel—. ¿Me entiendes, Méndez?

Alberto asintió. Lulabel agarró su súper quesadilla y atacó.

# La pera

EL QUE ESPERA, DESESPERA

# DON PANCHO SE ESCAPA
# DEL PURGATORIO

***Era la mañana de su tercer día completo en el pueblo y Nataly no sabía***
qué era lo que más le gustaba del cuarto que doña Elena le había preparado:
la colcha de felpilla blanca con las rosas rojas en el centro y en el borde, el
calendario caduco con la ilustración de "El rebozo blanco", la lámina
cubierta de diamantina de San Martín de Porres, las veladoras con los demás
santos y Jesús, el piso de concreto pintado de rojo, las cortinas de gasa verdes y la brisa que entraba por ellas, o la manera en que el cuarto olía a gardе-
nias. Pero de una cosa estaba segura: el retrato enmarcado de don Pancho
sentado en el portal de la casa blanca de adobe con la guitarra en su regazo,
un semblante solemne y su sombrero de paja era lo único que le quitaba el
sueño de noche.

Pasando por el pasillo y dando la vuelta a la esquina hasta la cocina,
doña Elena estaba sentada a la mesa tomando una taza de Nescafé®.

—Buenos días —dijo la doña cuando Nataly entró en el cuarto.

—Buenos —coincidió Nataly.

—¿Cómo amaneciste? —dijo la doña.

Eso bastó para que se soltara hablando de todo, de cómo Nataly estaba
perdiendo sueño aun cuando dormía, y no sabía qué hacer. ¿Por qué nadie le
había dicho que ésa era la semana de fiesta en el pueblo? Liberar a don Pancho del purgatorio iba a requerir de un esfuerzo coordinado. ¿Cómo logra-
ría que la gente abandonara la fiesta el tiempo suficiente como para sacar a
don Pancho del purgatorio?

—Es más complicado aún —dijo la doña.

—¡Ay Dios! —replicó Nataly.

La doña explicó rápidamente. . .

Enojado, impaciente, y siempre con guayabera y huaraches, era como don Pancho se aparecía en los sueños de las mujeres que habían sido sus amantes. En la sobremesa del chisme, las mujeres lo maldecían a él y sus malos hábitos, y aseguraban que podían oler su sudor. En pesadillas él siempre llevaba puesto su conjunto con la guayabera de costumbre, pero la camisa era de un tono mostaza y los pantalones de mezclilla resplandecían como el líquido refrigerante y anticongelante Prestone®, como si se hubiera meado. Los huaraches de un tono salmón remataban su conjunto, lo cual lo hacía parecer como un payaso. Y las cosas que decía. . . Oh, empezaba con alguna insinuación estándar como, "Qué guapa andas, mi amor". Las mujeres reconocían su voz y recordaban sus modos cachondos. Él saltaba de por detrás de un arbusto o un cacto en flor, pero no las acariciaba cachondamente, sólo había insultos y amenazas. Llamaba a las mujeres gordita y les decía cosas como, "No hay nada que hacer en este espantoso lugar sino practicar inglés, gordita. ¡Sácame de aquí o ya verás!"

Doña Elena divulgó todo esto haciendo que Nataly se preguntara: ¿Cómo sabía ella tanto acerca de don Pancho y los estragos que ocasionaba desde su lugar en el purgatorio?

Nataly estaba consciente de que doña Elena era la chismosa principal del pueblo y que también era la cuñada de don Pancho, pero lo que Nataly ignoraba era esto: doña Elena también había sido una de sus queridas. Por supuesto la doña no compartió esto con Nataly. En lugar de eso explicó que muchos de los residentes del pueblo opinaban que el purgatorio era el segundo lugar más seguro para el alma de don Pancho. No que alguien quisiera que se fuera a ese otro lugar, pero por lo menos si estuviera allí, no habría ninguna esperanza de sacarlo. Considerando todos los problemas que causaba desde el purgatorio, imagínate lo que podría hacer si llegara al Cielo.

Nataly podía escuchar el ruido sordo de una pelota de fútbol rebotando de arriba abajo allá afuera, interrumpida por el automóvil esporádico. Doña Elena revolvía su café contribuyendo aún más a la monotonía del momento. Luego se le ocurrió a Nataly: ¿qué tal si don Pancho se le apareciera en un sueño y le dijera, "¿Sácame de aquí y nadie resultará herido?" ¿Qué tal si ella le dijera a todo el pueblo una mentira? Que don Pancho estaba bien enojado y que ya no aguantaba más. Pudo haber estado atorado en el Purg, pero todavía tenía algunas palancas. Si la gente no venía en su auxilio y rápido, les iba a dar la peor maldición de todas: la maldición de las pesadillas.

Nataly supo lo que debía hacer y un instinto le dijo que se encogiera de hombros, negara con la cabeza y suspirara en presencia de doña Elena, como si hubiera aceptado que su tarea era imposible.

Nataly se levantó de la mesa, dijo con permiso, luego prosiguió con su día como si hubiera renunciado a la idea de poner en libertad el alma de don Pancho. Jugó al fútbol, dio clases de inglés por la tarde a chicos y grandes por igual, y ayudó a doña Elena y a las muchachas a preparar la cena, antes de salir con la Marta, la hija mayor de doña Elena, a caminar por la plaza. Y cuando el día finalmente hubo terminado, regresó a casa, se sentó en su bonita cama acolchada, se quitó los tacones y se acostó.

Y luego pasó algo curioso. Don Pancho se le apareció en un sueño, tal como ella imaginó que lo haría.

Él estaba parado en un precipicio alto y dentado, su cabello bien recortado y peinado bajo su sombrero, mientras Nataly esperaba solita en una playa con las olas que rompían y rugían detrás de ella. Se protegió del sol con una mano, luego miró hacia arriba al precipicio rocoso. Don Pancho rasgueaba su guitarra Fender® y le cantaba una canción. Aunque él estaba tan lejos, parecía como si le estuviera cantando dulcemente al oído. La canción era la más hermosa que ella hubiera escuchado jamás y la hizo llorar en sus mismos sueños. Decía, ojalá tuviera alas, para volar a tu lado.

Nataly corrió hacia las piedras y trató de escalar, pero sólo logró caminar dormida por la pared este de su cuarto. La conmoción fue suficiente como para despertar a Marta, la vecina inmediata de Nataly, quien caminó por el pasillo para descubrir a Nataly tirada en el piso.

Las otras seis hermanas solteras de Marta llegaron a la escena y trataron de despertar a Nataly, pero de nada sirvió. Trataron de someterla, pero este intento también fue en vano. Por fin, una de las hermanas subió las escaleras y despertó a la matriarca de la casa, quien rápidamente concluyó: La Catrina está atorada en un sueño irregular provocado por alguno u otro demonio.

Solicitaron ayuda de otras personas según las hermanas se abrían en abanico y pasaban la voz. En un abrir y cerrar de ojos, la gente del pueblo comenzó a llegar al lado de Nataly.

Cuando Nataly despertó finalmente, le conmovió ver cuánta gente había venido a ayudarla. La multitud era tan grande que pasaba a ocupar la calle. Ella se sentó en la cama. Sus suntuosos rizos se habían encrespado. Unas ojeras moradas y venosas pendían de sus ojos. Sus labios agrietados y despellejados eran de un tono lavanda poco atrayente y a su alrededor había un anillo blanco, como si hubiera echado espuma por la boca. La multitud, rota y harapienta a su vez, se encontraba en varias etapas de rezo.

Nataly estaba agradecida por el gran número de asistentes, y qué mejor para poner su plan en acción, y entonces, de repente, ella hablaba un español perfecto, y les decía a todos que don Pancho se le había aparecido en un sueño. Estaba "bien enojado" y ya no aguantaba más. Si alguien no lo sacaba del purgatorio y ¡rápido! todos iban a pagarla ¡y bien caro! Pero si la gente iba a ayudarlo, nunca más los molestaría y, de hecho, consideraría todas sus peticiones dado que, siendo un tiradito, iba a poder hacer milagros, es decir, si es que algún día salía del purgatorio.

Los hombres y las mujeres comenzaron a cuchichear. Les gustaba la idea de los milagros. Nataly se rascó la cabeza con ambas manos y se encrespó aún más el cabello. Se levantó, ni siquiera se molestó en quitarse su camisón, y se puso sus tacones. La multitud la siguió y salieron por la puerta. Se dirigieron a las vías del tren, sus números iban en aumento según caminaban por la banqueta rota, todo el mundo persignándose en el nombre de Dios Padre, Dios Hijo y el Espíritu Santo al pasar por la iglesia del pueblo.

En unos minutos, llegaron a su destino. Las vías del tren no habían cambiado desde el día en que don Pancho había sido atropellado. No había ningún barrote o luces en el crucero que advirtieran a los peatones, a los jinetes o a los motoristas del peligro inminente, sólo un abrupto cambio en la pendiente de ambos lados, luego las vías en sí, bordeadas de cactos de varios géneros. Un pequeño montículo hecho de piedras marcaba aún el lugar del entierro de DP. Los hombres, las mujeres y los niños agregaban una piedra a la vez al montículo, hasta que éste estuvo tan grande, que tuvieron que comenzar con uno nuevo.

La gente comenzó a rezar de inmediato. Las Ave Marías y los Padre Nuestros permeaban el aire mientras ellos salmodiaban el rosario. Las voces jóvenes y viejas y fuera de compás eran agradables a los oídos del Señor.

Un poco al sur del Cielo, don Pancho estaba sentado en una silla de jardín plegable mirando los sucesos terrestres. Es algo inexacto y común decir que el blanco es el color del Cielo. El Cielo es un ambiente multitonal, mientras que en el purgatorio, lo único que rompe con la blancura del lugar es el violeta de la jamaica, el Kool-Aid® de la naturaleza y la única bebida permitida en el Purg.

Así que allí estaba sentado, don Pancho Macías Contreras, rodeado de blanco, vestido de blanco, aprisionado o más bien atado al purgatorio no por barras de metal, sino por un mar de espuma blanca repleto de *icebergs* flotantes, rodeado de dunas de arena blanca. Hasta los nudillos de DP eran blancos, sus manos apretadas firmemente en oración. Y de pronto se dio cuenta de que estaba a punto de ser puesto en libertad. Era sólo una sensación, un presentimiento, un momento psíquico de su parte, pero tan lleno de certidumbre que él comenzó a brincar por todas partes como si estuviera bailando una quebradita rápida. Hasta se atrevió a maldecir a los santos y a los ángeles que mandaban en ese lugar.

—Hijos de la chingada, ya me voy de aquí —dijo, frotándose las manos, porque sabía que aun los santos y los ángeles ya no podrían mantenerlo en ese horrible lugar, ahora que tenía las oraciones de cuatrocientos sesenta y siete de sus paisanos y una extranjera a su favor.

Y luego algo extraño comenzó a suceder: el pelo de don Pancho empezó a encogerse en tamaño, a engrosarse en circunferencia y a cambiar de blanco a negro. Se le acortaron las uñas, se le desarrugó la piel, se le enderezó la espalda. Cuando su transformación hubo terminado, llevaba un pantalón negro de corte vaquero, una camisa color crema de manga larga de vestir, una chaqueta de piel negra de corte vaquero con detalles marrones en piel de cocodrilo que combinaban con sus botas marrones de la misma piel exótica, y un sombrero de paja. Su conjunto iba acentuado por una respetable, aunque no chillona, cantidad de oro: alrededor de su cuello, una cadena serpentina de veinticuatro pulgadas con una cruz colgando de ésta, una esclava serpentina aún más gruesa en la muñeca con su nombre completo —Francisco— grabado en ella, y un anillo de herradura en el meñique para la buena suerte.

Por las vías del tren, los hombres y las mujeres cerraban los ojos y rezaban. Ya iban para seis horas y seguían en plena forma, todos menos Nataly. Ella simplemente no tenía la misma ética de rezo que ellos. Ella tenía los ojos abiertos, las manos sin estrechar, la boca que apenas se movía. Pero eso fue algo bueno, ya que cuando don Pancho se apareció junto a las vías del tren, en medio de su propia tolvanera, sin parecer como un don señor, sino un joven guapetón, Nataly fue la primera en verlo. Él dio una palmada, señaló a Naty con el dedo índice, guiñó un ojo y dijo:

—Ya regresó su papi —a lo que Nataly y el resto de las mujeres respondieron, por medio de suspiros deseosos—: ¡Ay papi!

Y luego, como si nada, don Pancho tronó los dedos y dijo:

—Ahorita vuelvo, mamacitas —y desapareció.

# El camarón

**CAMARÓN QUE SE DUERME, SE LO LLEVA LA CORRIENTE**

# EL OTRO LADO DEL HECHIZO

***Lulabel llegó a casa de la Taquería La Bamba un poco después de las***
8 p.m. para encontrar a Javier ya dormido en el sofá. Con la camisa desfajada
y desabotonada, la hebilla del cinturón desabrochada y sus botas amontonadas en el piso, aparentaba estar borracho. Pero fue como Lulabel lo sospechaba. Tenía la Biblia abierta a su lado en el Libro de Mateo; había estado
leyendo sobre la Traición, la Crucifixión y la Resurrección de Cristo.

Lulabel cayó de rodillas y se inclinó sobre Javier. Se veía tan guapo
acostado allí, como uno de los cientos de hombres jóvenes a quienes ella
había encontrado en la pista de baile a través de los años.

Lulabel nunca antes había estado del otro lado del hechizo, y estaba
más que un poco asustada. Si Alberto hacía todo correctamente, en tres días
Lulabel quedaría perdidamente enamorada de él. Amar a un hombre y sólo
a un hombre por el resto de su vida, era un concepto que Lulabel había oído
mencionar, lo había intentado una vez, había fallado y desde entonces había
renunciado a éste.

Se puso de pie y se dirigió a su cuarto donde se puso su camisón, luego
se metió a la cama. Repasó el día. Le había dado a Alberto suficientes partes
de su persona como para que le hiciera un buen trabajito, y ésa era la cuestión principal sobre la brujería que Lulabel nunca había entendido. Todos
los hechizos de amor requerían de la escritura, el cabello, las uñas y/o partes
aún más íntimas del ser amado. Si uno podía acercarse tanto al ser amado en
primer lugar, entonces él o ella debería poder ganárselo por cuenta propia.

Cuando Lulabel era niña, su abuela le dijo que si quería domesticar un
azulejo, lo único que debía hacer era espolvorearle la cola con sal. Lulabel
pudo haber tenido sólo seis o siete años en esa época, pero aun entonces se

dio cuenta de que si lograba acercarse tanto, entonces podría coger al pájaro y tenerlo en sus manos, y con la brujería era lo mismo. Si Alberto no podía hacer que Lulabel lo amara después de cuarenta años, entonces quizá él no la merecía. Pero si Beto no la merecía después de amarla por tanto tiempo, a pesar de todo, entonces, ¿quién?

Lulabel se quedó dormida antes de que pudiera contestar a su propia pregunta retórica, y se puso a soñar. Lulabel soñó que estaba en el malecón de Santa Cruz. Los juegos funcionaban, pero no había nadie a bordo. No había quien tomara los boletos u operara los juegos. Lulabel estaba completamente sola. Era cerca del anochecer o del amanecer, o quizá sólo estaba nublado. Lulabel miró hacia el mar y vio una pequeña figura flotando. No estaba segura, pero pensó que quienquiera que fuera le estaba haciendo señas con la mano. Se acercó al telescopio instalado cerca del mar, metió una mano en su bolsillo, sacó una moneda plateada, la puso en la ranura y luego apuntó el telescopio al mar.

Era Jesús flotando en una llanta negra. Aun con el aumento, él era muy pequeño. Le hacía señas con la mano, ya fuera un S.O.S. o un saludo, ella no estaba segura. Justo cuando finalmente enfocó bien el telescopio, se le acabó el tiempo, el lente se cerró brusca y ferozmente, y todo se puso negro. Metió la mano en el bolsillo, pero no encontró más monedas plateadas.

Siguió caminando. El puesto de los algodones de azúcar estaba desatendido, pero bien abastecido, así que se despachó sola. El malecón parecía no tener fin. Justo cuando Lulabel llegó a la última atracción, los juegos y las demás diversiones se repetían a sí mismos. Miró hacia abajo. La única vista que tenía de sí misma en el sueño era de sus pies, en chancletas de gallito azules. Pensó en subirse a su juego favorito, las sombrillas, pero estaba segura de que se le caerían los zapatos. Quizá fue esta decepción lo que la despertó.

Estaba acostada en la cama a la 1:53 a.m., preguntándose quién era ella en ese sueño. Era ella misma, pero ¿cuál Lulabel había sido? ¿Era niña o ya había crecido? Si tan sólo hubiera visto la denominación de la moneda que había metido en el telescopio junto al mar, entonces podría haber considerado la inflación y llegado a una especie de cálculo aproximado de la época en que el sueño había ocurrido. La moneda era plateada. Podría haber sido una moneda de cinco centavos, de diez centavos o de veinticinco centavos. Los zapatos también le podrían haber dado una pista, pero las chancletas de gallito habían sido una constante en el clóset de Lulabel desde que había dejado atrás sus huaraches.

Lulabel sabía que Jesús estaba mar adentro, lejos de la orilla, pero ¿acaso él estaba regresando poco a poco hacia ella o estaba flotando lentamente lejos de ahí? Si Lulabel hubiera sido una niña en el sueño y si Jesús, en efecto, regresaba a ella, tal vez estaba por llegar, o por lo menos estaba lo suficientemente cerca del muelle como para alzarse él solo, y luego caminar el resto del camino. ¿Regresaba él a Lulabel o era adiós y suerte para siempre? Lulabel contemplaría estos dos panoramas distintos por toda la noche.

# La botella

**LA HERRAMIENTA DEL BORRACHO**

# EL PRIMER MILAGRO DE DON PANCHO

*Después de liberar el alma de don Pancho Macías Contreras, la multi-*tud no regresó a la fiesta, ni a casa para descansar, aunque seis horas de rezos perpetuos realmente pueden dejar rendida un alma. Después de que DP se apareciera en la tierra y siendo como era tan guapo, si no es que más guapo que en su vida mortal, las mujeres suspiraban ante lo buen mozo que era, mientras los hombres exhalaban sus propios suspiros de alivio, ya que don Pancho parecía estar de buen humor y no había ninguna amenaza, inminente o de otro tipo, de que a alguien le fueran a tumbar los incisivos o romperle la nariz. Sin duda, la gente no fue a casa a descansar. Claro que se dirigieron a sus respectivos hogares, y deprisa también: las mujeres huyendo del lugar de los hechos tan rápido como sus vestidos de corte-al-bies ceñidos y sus tacones se lo permitían, los hombres con su ropa mucho menos restrictiva ya les llevaban ventaja. Todo el mundo quería hacer cola para los milagros que don Pancho había prometido.

Don Pancho, por su parte, se encontraba a medio tramo cuesta arriba en una pradera exuberante, libre de caminar los tres pasos requeridos al norte para llegar al Cielo. Y eso fue justo lo que hizo para determinar si su teoría había sido, en efecto, correcta. DP creía que el Cielo y el infierno eran distintos para cada cual, y su visión del Cielo comprendía lo siguiente: su propio rancho con muchas tierras, muchas cabezas de ganado vacuno y una variedad de otros animales de granja.

Miró hacia enfrente y esto fue lo que le esperaba: una quinta española (¿Hay de otro estilo? ¿Acaso los turcos y los chinos tienen sus propias versiones? Esta narradora no está ni segura ni dispuesta a investigar.) con un patio en el centro completo con una fuente y muchas chicas hermosas lavándose los pies en sus aguas, al tiempo que le sonreían libidinosamente a DP.

Él comenzó a sentirse un poco débil, y tampoco era a causa de las mujeres. El color del lugar era tan vívido: el azul del agua de la fuente y el dorado de las monedas en el fondo, el cobalto del pasillo revestido de azulejos, el rojo, azul, amarillo y negro de las guacamayas, el pelo color chocolate de la servidumbre. Era demasiado que asimilar para un hombre que no había visto un tono más cargado que el blanco antiguo en más de veintisiete años.

Entró en lo que tuvo que haber sido su sala. También había mucho colorido allí, pero además un lugar para asimilarlo estando sentado. Se reclinó en un sillón de piel y subió los pies a la consabida mesa de centro. Las paredes eran de un rosa coralino, el piso era de baldosas de Saltillo, la cocina de un amarillo pastel más digerible, pero en ciertos nichos y enclaves había el adorno adicional del equivalente a un ramo de flores pintadas.

Había diligencia en la cocina.

—¿Algo para tomar? —preguntó una de las sirvientas.

—Cualquier cosa menos jamaica —respondió don Pancho.

A varios ranchos de distancia, Jesús Malverde, Santo Patrón de Narcotraficantes y otros Criminales, se estaba alistando. Un tiradito como don Pancho, los santos y los ángeles habían elegido a Malverde para darle la bienvenida al Cielo a don Pancho y, aparte de eso, enseñarle cómo funcionaba todo.

En su vida terrenal, Malverde robaba a los ricos para dar a los pobres y, como otros buenos samaritanos, fue linchado. Pero, casi cien años después de su muerte, su memoria sigue viva y su semblante puede verse por todo el camino desde Cali a Culiacán a Califas, colgando de espejos retrovisores, en hebillas de cinturón, pero con más frecuencia en la parte trasera de las camisas de seda que usan los muchachos de Sinaloa los domingos y que en el extranjero se usan todos los días de la semana.

Malverde se subió a su troca, luego paró a recoger al secuaz de don Pancho. El Cielo, como la Tierra, estaba dividido en barrios: lugares donde vivía la gente con algo en común. En la Tierra, lo que la gente en los barrios tenía más en común era la pobreza, pero en el Cielo, la gente se agrupaba en torno a lo que más deseaban. Don Pancho y Malverde eran de la parte del Cielo donde todo el mundo quería que las cosas fueran como en una película mexicana de vaqueros antigua y, ¿qué chiste tiene una película mexicana de vaqueros sin un buen secuaz?

El secuaz de DP era una versión más chaparra y gorda de sí mismo. Se llamaba Juan Rosales Gonzáles y tenía la misma piel de miel y ojos azul gris de DP. Pero ahí terminaba el parecido. Él era lo suficientemente rechoncho y chaparro como para ser un enano, pero ya que dicha condición depende tanto de la proporción como de la altura, no podía ser clasificado clínicamente como tal. Tenía un bigote abundante, grande, espeso, y en todo sentido sobrepoblado, nada que ver con la brizna de señuelo que traía don Pancho en el labio superior. Sus pantalones acampanados brinca charcos de mezclilla quedaban varias pulgadas encima de sus botas de piel de víbora, las cuales estaban tan viejas y desgastadas que le asomaba el dedo gordo del pie derecho. Para agregar un toque de elegancia a lo que era de otro modo un conjunto andrajoso, llevaba un elegante cinturón con una hebilla de plata extra grande grabada con la imagen de un potro salvaje.

—Bonita troca, patrón —dijo Juan al abordar el Dodge Ram. Estaba casi al ras del suelo, así que Juan no tuvo problema en subirse. No era como otras trocas de esos lares, elevadas con equipo especial y amortiguadores.

Manejaron por la carretera hasta llegar al largo camino que conducía al Rancho de don Pancho. Llegaron para encontrar a don Pancho de pie con los brazos en jarras frente a la casa de adobe color coral, obviamente sobrecogido ante esta gran finca que de pronto era suya. Al frente de la casa había un jardín de cactus grande, el punto de enfoque de la entrada circular de piedra pulida. Un saguaro de veinte pies y tres brazos estaba al medio, rodeado de magueyes y yucas. Había las típicas pitayas, a media flor, y muchas plantas llamadas cola de burro que caían como cascadas desde macetas vistosas. El suelo estaba regado de los bien llamados manca caballos, cargados de espinas atemorizantes, y un rocío engañoso de flores magenta.

Tomado como un todo, el paisaje era una mezcla de vegetación profusamente exuberante y espacios abiertos poco densos. Palmeras y platanares inmensos bordeaban el camino empedrado que conducía a las habitaciones para los invitados, mientras que el resto de la hacienda de 1,200 acres donde 250 cabezas de ganado deambulaban libremente era, en su mayor parte, un espacio abierto con poca flora, salvo por uno que otro roble.

Hacia el este de la casa había un establo para los caballos. Detrás de eso, un corral para los puercos y las cabras, y un gallinero adjunto donde criaban los galardonados gallos de pelea de don Pancho.

En el lado occidental del solar había un lienzo charro en el cual don Pancho planeaba ofrecer corridas de toros, peleas de gallos, charreadas y otros espectáculos que tuvieran que ver con animales de cría y hombres valientes, incluso él.

El ruedo alrededor del lienzo estaba hecho de concreto, mientras que la porción exterior donde se localizaban las tribunas estaba hecha de una madera pintada de rojo coche de bomberos y estaba equipada con suficientes gradas como para acomodar a ocho mil personas.

Malverde se acercó a DP, le ofreció una mano y le dijo:

—*My name is* Jesús Malverde, *I am* el Santo Patrón de los Narcotraficantes, y *I have been sent* para ayudarlo. Me puede considerar como una especie de *mentor*.

Malverde debe haber pasado un tiempo en el Purg, pensó don Pancho, porque hablaba bastante bien el inglés.

—¿Narcotraficantes? —dijo don Pancho con una risilla.

—El Cielo —dijo Malverde con las manos en el aire— es un lugar especializado.

—Y este aquí es Juan Rosales Gonzáles, su secuaz.

—Mucho gusto —dijo Juan Rosales González. Hizo una caravana, mejor dicho una genuflexión.

—¿Y yo pa' qué quiero un secuaz? —dijo DP indignado—. ¿Ven todo esto? Es para mí solito. No necesito ningún secuaz —dio un pisotón en la tierra con sus botas de piel de cocodrilo.

Malverde se le acercó.

—Escuche amigo, aquí, en estos lares, todos queremos lo mismo. Que nuestro Cielo sea como las películas viejas de vaqueros. ¿Me entiende?

Ante los ojos de DP comenzaron a desfilar esas películas viejas en blanco y negro con Luis Aguilar y Mantequilla, el primero siempre conseguía a la chica, su gallo siempre ganaba en el palenque, mientras que el segundo siempre se metía en algún tipo de bronca para que el primero pudiera ir a rescatarlo montado sobre su legendario caballo.

DP asintió.

—Pero, ¿dónde está su secuaz? —dijo alzando las cejas. DP sabía que él era el nuevo vato en la cuadra y el fuereño por ahora, y si realmente este lugar era como una película mexicana vieja, capaz que Malverde era su rival.

—El mío tiene el día libre.

—Está bien —dijo DP—. Te llamaré Márgaro —agarró a Juan del cuello de la camisa, lo levantó en el aire y lo depositó en el suelo frente a sí mismo.

Márgaro estaba a punto de defender su nombre de pila, pero no hubo tiempo de protestar. Un autobús turístico acababa de llegar. Los Invasores de Nuevo León estaban allí, y traían con ellos su propio estilo de música norteña.

El conjunto desembarcó, luego se dirigió al lienzo charro que no era más que un artefacto extra grande tipo quiosco. Los músicos comenzaron rápidamente:

—Probando, un, dos, tres, probando.

La gente llegó a montones por carro, camioneta, autobús y burro. Todo el mundo quería darle la bienvenida al barrio a don Pancho. Para la ocasión, el servicio doméstico había matado un novillo, así como varios puercos y un puñado de cabras, de modo que la gente no sólo gozaría de alimentos básicos como las carnitas y la carne asada, también se daría vuelo con una birria de chivo exquisita, un plato que a todos encantaba.

Don Pancho y compañía se abrieron paso al artilugio extra grande tipo quiosco. Al ver llegar a don Pancho, los Invasores de Nuevo León comenzaron repentinamente con su éxito "Mi casa nueva". Don Pancho comenzaba a recordar la emoción de la parranda: el deleite que siempre sentía cuando se dirigía a la cantina en su ajuar recién planchado para bailar toda la noche con docenas de mujeres. No eran las mujeres en sí lo que él extrañaba, sino andar de mujeriego.

Los hombres se sentaron.

—Necesitamos algunas mujeres —dijo don Pancho frotándose las manos. DP miró a las sirvientas. Eran bonitas, pero había visto suficientes películas mexicanas como para saber que nunca es una buena idea meterse con la servidumbre.

—Necesitamos unas *lady*citas —concordó Márgaro.

—Todo a su debido tiempo —dijo Malverde. Miró a don Pancho—. Primero tiene que hacer un milagro. Esta gente quiere algo más que beber o bailar. Quieren un buen espectáculo.

—¡Mi primer milagro! —dijo don Pancho—. ¿Luego luego?

—Escuche, amigo. Este sitio es como cualquier otro. Hay que trabajar duro nomás para irla pasando.

—Pero, quiero bailar —protestó DP. Hizo bocina con las manos, luego le gritó a la banda, la cual estaba tomando un descanso—: Toquen más música.

No lo complacieron y, en vez de eso, el acordeonista sacó un pedazo de papel amarillo del bolsillo de su pantalón, luego leyó:

—Doña Rubí necesita una casa nueva.

—¡Una casa nueva! No tengo ninguna casa nueva —protestó DP—. Y además, no sé cómo hacer un milagro.

—Ninguno lo sabemos cuando apenas llegamos aquí. Pero nos las arreglamos para aprender y usted también lo hará. De otra forma lo mandarán de vuelta al Purg o a un lugar peor —Malverde bajó el dedo índice en espiral para ilustrar este punto.

Don Pancho miró hacia Márgaro para que lo ayudara.

—A mí no me vea, patrón —dijo, luego fue adonde iban todos los secuaces cuando sus jefes andaban de negocios. Fue a revisar los gallos de pelea de don Pancho.

Le pasaron otro pedazo de papel al cantante principal de la banda.

—Ricky quiere una bicicleta nueva —leyó él.

—Eso suena fácil —dijo don Pancho. Si iba a ser el más reciente hacedor de milagros del mundo, calculó que debía empezar poco a poco.

—Lo siento —dijo Malverde—. Acá arriba no consideramos peticiones de objetos materiales innecesarios.

—Don Filemón se cayó del techo y se encuentra en estos momentos recuperándose en la enfermería del pueblo. Aunque no está en peligro de perder su vida mortal, su hermano Ernesto solicita ayuda respetuosamente para que pueda volver a caminar —leyó el baterista.

—Debe tener mucho cuidado —le advirtió Malverde—. No ande metiéndose en el territorio de otra gente. Yo en su lugar le pasaría esa solicitud a San Martín de Porres o a San Judas.

—Este asunto de ser santo no es fácil —dijo DP.

—No es nada de fácil. Para hacer un milagro realmente hay que sentirlo —dijo Malverde.

La siguiente petición venía de don Eusebio, quien en estos momentos se encontraba deshecho frente a las vías del tren con una botella vacía de Tequila de la Viuda® a su lado. El acordeonista leyó lentamente:

*Oye, don Pancho, recuérdame un poquito*
*Tú ya estás en el cielo*
*Y aquí yo me quedo*
*Pero después de todo*
*Somos paisanos, ¿no?*
*Échame una*

Ese hombre estaba pidiendo trago. Por fin un milagro con el que se podía identificar.

—Ése me gusta —proclamó don Pancho.

—Considérelo como una opción —dijo Malverde—. Primero hay que examinar todas las solicitudes, luego decide. Las reglas son las reglas.

Hubo otra petición que le encantó a DP. Era de doña Ruti, la puta del pueblo. Había tratado de teñir de rubio su otrora largo, grueso y abundante pelo negro y ahora, no sólo no estaba contenta con el color (anaranjado), sino que le desagradaba su textura (achicharrada) y le preocupaba que su nuevo *coiffure* fuera a menguar su ingreso. Tenía niños a quienes alimentar. ¿No había algo que don Pancho pudiera hacer al respecto?

—Ésa también está bastante buena —dijo DP.

—Ahora debe escoger —dijo Malverde.

—Um —dijo don Pancho. Estaba estancado entre la puta y el borracho. Pero su indecisión fue breve. Despejó su mente y se imaginó a sí mismo como ese borracho a solas en las vías del tren sin nada ni nadie que lo consolara. Todo solito, ¡qué triste! Y don Pancho recordó cómo se había sentido así tantas veces en la vida y cómo una mujer sabia le había dicho una vez que a veces un hombre se siente más solo cuando está rodeado de aquellos a quienes no quiere, y él supo a qué se refería, pero de todas maneras él se rodeaba de, pues, de gente que él no quería y, por supuesto, del trago.

Todos estos pensamientos se elevaron y se arremolinaron en el universo. Se disiparon, luego se congregaron antes de repatriarse no sólo a otro lugar, sino a otro tiempo y en otra forma, haciendo que finalmente la botella vacía de Tequila de la Viuda® del borracho se elevara por los aires donde había hecho una pausa antes de dar tres vueltas en sus sueños, y cuando despertó, ésta descendió suavemente otra vez al suelo y se metamorfoseó en una caja llena de Cazadores®. El borracho se desembriagó y agarró su caja de Cazadores®, y se dirigió a la plaza.

Los invitados que abarrotaban las gradas del lienzo charro de don Pancho fueron testigos de todo esto en la pantalla grande instalada a mitad del lienzo. La gente aplaudió, se tapó la boca abierta con las manos y algunos hasta derramaron lágrimas, ya que el primer milagro de don Pancho había sido algo bello, una obra de arte que era reflejo no sólo de su destinatario, sus esperanzas, sueños y desilusiones, sino también de don Pancho.

Impresionado ante el éxito de su primer milagro, DP no se detuvo allí. Miró hacia abajo a doña Ruti con su cabello anaranjado y maltratado, tornándolo sedoso y saludable de nuevo, antes de convertirla en una pelirroja. Rubia, pensó DP. Era obvio que doña Ruti no sabía lo que le convenía a ella o a sus clientes.

Por el pueblo se pasó la voz, y rápido. Don Pancho iba en buen camino para convertirse en el Santo Patrón de los Borrachos y las Putas.

# El reloj de mano

**COMPAÑERO DE TODOS LOS TIEMPOS**

# EL PLAN

**Lulabel no pudo dormir después de su sueño de Jesús-en-altamar,**
pero se aguantó hasta las 4:33 a.m., hora en que se levantó y caminó al baño.
Se lavó la cara y después, como parte de su nueva rutina destinada a borrar
las huellas de la vejez, se aplicó protector solar.

Despierto desde temprano para comenzar su ruta, Javier entró al baño
y tomó su cepillo de dientes.

—Las llamas del infierno te quemarán mucho peor que eso, mamá —
dijo él.

—Ya tengo bastante de qué preocuparme en esta vida —afirmó
Lulabel.

—Tienes que empezar con tu alma, luego ir de allí hacia afuera —dijo
Javier al comenzar a lavarse los dientes.

Lulabel se inclinó hacia adelante y agarró la bastilla de su huipil, se lo
sacó por la cabeza y lo aventó al suelo, mostrándole a Javier lo que el tener al
diablo de su parte había logrado en su favor —los senos llenos y erguidos,
los muslos y las nalgas apretadas, las piernas largas— todo lo cual fue en
vano, ya que Javier se cubrió los ojos con los brazos, como cegado por una
intensa luz, del tipo que él imaginaba aparecería el día del regreso del Señor,
como Javier sabía que sucedería muy pronto. Corrió por el pasillo con su
cepillo de dientes en la boca. Lulabel sacó la cabeza por el pasillo y gritó:

—Cuidado, hijo. No te vayas a atragantar con eso.

Lulabel, a solas frente al espejo, inspeccionó su cuerpo. No había rastros de celulitis ni de várices, su encanto era igual como cuando alcanzó su
cúspide. Recogió su huipil, se lo volvió a poner y se dirigió a la cocina donde
Javier se lavaba ahora los dientes.

—Perdóname, hijo. A veces se me pasa un poco la mano.

Javier escupió en el lavabo.

—Tu lonche está en el refri. Chorizo con huevos como te gusta —dijo ella.

—Gracias, mamá —se forzó a decir.

Lulabel abrió el cajón de los triques, sacó una pluma y un papel, caminó a la mesa de la cocina, se sentó y comenzó a planear lo que probablemente sería su última Cena para Peones de Rancho y Jornaleros. En sólo unos cuantos días, ella estaba programada para enamorarse perdidamente de Beto, y no estaba segura de que él le permitiría dar una fiesta con una lista de invitados que incluía a trescientos hombres y sólo cuatro mujeres.

Lulabel había tenido la idea hacía más de una década. Cada año, siempre en Navidad y en Domingo de Resurrección, y a veces una o dos veces en el ínterin, Lulabel reunía a tantos hombres como podía y les hacía a todos de cenar: sólo necesitabas ser un peón de rancho o un jornalero para recibir una invitación.

Por medio de una serie de las inevitables ganancias de la lotería que le caían como llovidas del cielo, Lulabel siempre era capaz de financiar el acontecimiento. Siempre había tenido suerte, quizá no en el amor, pero sí en otras cosas. Con el equivalente a tres puercos hechos carnitas y una olla grande de arroz y frijoles, Lulabel alimentaba a las masas. Cada año, la lista de invitados pudo haber incluido sólo a cincuenta o a setenta y cinco hombres, pero con un primo aquí y un compa allá, muy pronto Lulabel tenía el jardín trasero repleto de trescientos peones de rancho y/o jornaleros.

Trescientos hombres y una sola mujer podría haber acarreado problemas, pero nunca era así. Los hombres nunca se peleaban por Lulabel, lo cual era evidencia adicional no sólo de que Dios existía, sino de que él veía con buenos ojos ese detalle suyo. Ya fuera eso o los designios del diablo eran inescrutables. Nataly, Consuelo y True-Dee inevitablemente eran llamadas como refuerzo. Las mujeres le concedían un baile a cada hombre y no se retiraban hasta que el último peón de rancho había tenido su turno.

Había tantas cosas que recordar. Platos de papel, servilletas, tenedores, Lulabel comenzó su lista del mandado. (A continuación de este capítulo, un inventario más exhaustivo.) Tan pronto llegó a la mitad, alguien tocó a la puerta. Puso la pluma en la mesa y se dirigió a la puerta de enfrente. Al abrirla, le sorprendió encontrarse a Gilbert, el jornalero encopetado que ella había traído a casa del estacionamiento de la maderería unas semanas atrás.

—Hola, Osvaldo —dijo Lulabel al abrir la puerta de enfrente de par en par.

—Me llamo Gilbert —agarró a Lulabel y la besó mientras Javier miraba a través de unos dedos semiabiertos.

—¿Qué quieres? —dijo Lulabel cuando Gilbert por fin la soltó.

—Te quiero a ti —dijo él—. Pienso en ti de día y de noche. Cuando bebo, te veo en el fondo de mi vaso. Cuando como, te veo en mi plato.

Esas eran las señas claves de un puro. Pero Lulabel no practicaba el puro. Era un hechizo, había oído decir, que incluía una fotografía y un puro. Era extraño que él tuviera esos síntomas.

—Mira, Gilberto —dijo moldeando su nombre al español, un lenguaje en el cual todo le sonaba mejor—. A veces el plan cambia a medio plan, si me entiendes —extendió las manos en el aire y se encogió de hombros.

—Quiero llevarte a Acapulco —declaró—. ¿Has estado allí alguna vez?

Lulabel parpadeó tres veces, enfocó la mirada, luego dijo:

—Nací allá.

—Entonces viviremos con tu familia.

—No voy a huirme con un hombre casado —dijo Lulabel.

—Me casé en México. Allá no llevan bien los registros.

Lulabel miró hacia afuera. La troca de él estaba bien cargada y estaba estacionada enfrente. Según pudo distinguir, había una mesa de cocina, unas cuantas sillas que no hacían juego, un baúl y un par de bicicletas, entre quién sabe qué más. Ella solía pensar en México todo el tiempo. En regresar. Pero ahora eso le parecía algo tan lejano, era un sueño, y como había vivido el tiempo suficiente para saber que la realidad nunca está a la altura de los sueños, la idea de volver la atemorizó.

Ella le puso una mano en el hombro derecho y le dijo:

—Trata de encontrar a Dios o descubre el baile o a otras mujeres. Te voy a prender una veladora. Todo va a salir bien. Ya lo verás, cariño —hizo una pausa para acariciarlo, luego darle una ligera cachetada como si él fuera un boxeador y ella lo estuviera enviando al cuadrilátero.

—Con permiso —dijo ella con una leve caravana, luego corrió a la cocina para recoger su bolsa y su lista del mandado, antes de escabullirse por la puerta trasera.

—Hermano, sufres de la brujería —declaró Javier una vez que escuchó arrancar el Cadillac.

—¿Eh? —dijo Gilbert entrando a la cocina detrás de Javier.

—Supe que algo no andaba bien —dijo Gilbert al sentarse a la mesa de la cocina con Javier—. Pero ella solamente debe haberlo hecho porque me ama tal como yo la amo.

—Mi madre sólo puede amar a un hombre. Ella es la amante y fiel servidora del diablo, tan seguro como él lo es de ella.

Gilbert recargó los codos en la mesa y descansó la barbilla en las palmas de sus manos. Su copete era de un negro betún de zapato y le brillaba por la pomada.

Al ver la oportunidad de salvar un alma más, Javier le dijo:

—¿Le has dado tu alma a Jesucristo?

Gilbert lo miró a los ojos.

—No sé. Hice mi Primera Comunión, pero nos mudamos antes de que pudiera hacer mi Confirmación, y como me casé con mi prima hermana, no nos dejaron casarnos por la iglesia, pero a veces rezo y tengo una estatua de la Santísima Virgen de Guadalupe en el tablero de mi troca.

—Deberías pensar seriamente en la salvación, porque el fin del mundo está próximo.

—¿A poco eres parte de ese culto? —dijo Gilbert con sospecha.

—¿Cuál culto?

—Los seguidores de San Narciso —Gilbert leía la revista de actualidades del domingo, *El Panorama de Lavalandia*, que incluía el reportaje de investigación de Olivia Quiñones, quien había estado siguiendo muy de cerca las idas y venidas de los Hijos e Hijas de San Narciso por más de una década, así que estaba bien informado sobre el tema.

—No sé de qué me hablas —dijo Javier.

Gilbert se inclinó hacia adelante.

—San Narciso era un cura que vivió aquí hace mucho tiempo y que predecía cosas. Predijo el volcán y, en su lecho de muerte, declaró que el suceso que ocasionaría el fin del mundo sucedería aquí mismo en este pueblo. Ahora tiene un montón de seguidores que viven en los cerros.

—Un complot volcánico, ¿ey? —dijo Javier.

—No sé de eso. Pero lo que sí sé es que estoy enamorado de tu mamá, y que soy un hombre casado y desempleado con niños a quienes no puedo alimentar.

—Hermano, nomás di que aceptas a Jesucristo como tu único Salvador y te consigo un trabajo en mi ruta —dijo Javier. Pero antes de que Gilbert pudiera decir sí o no, Javier salió deprisa. Cuando regresó, sostenía uno de sus trajes extra de basurero colgado de un gancho.

Gilbert entrecerró los ojos.

—Bueno, ¿quieres o no ir con Jesús? —Javier osciló el traje enfrente de Gilbert. Era verde olivo con un cierre en el medio y un parche del lado izquierdo del pecho que mostraba la silueta del volcán.

—Pos creo que sí, hombre —dijo Gilbert. Para un hombre desempleado a quien sólo le quedaban un billete de cinco dólares y una última cajetilla de cigarros, el traje se veía mejor de lo que quiso admitir.

Los hombres se dirigían a la puerta de enfrente cuando se le ocurrió a Javier:

—¿Juegas al fútbol?

—Seguro.

—¡Qué suave! El domingo próximo después de la iglesia, jugamos contra los Empleados de Limpieza a favor de Jesús.

—¿Estará presente tu mamá? —preguntó Gilbert.

# Lista del mandado de Lulabel

Platos de papel
servilletas
tenedores
leche de coco
cerveza
tequila
arroz
frijoles
azúcar
canela
aguacates
jalepeños
flores
piñata
dulces
cilantro
tomatillo
bollillo
tortillas
2 puercos
vestido nuevo
pintura para las uñas

# El mango

RICO, SABROSO Y PARA LOS DIENTES, PEGAJOSO

# EL DILEMA DE NATALY

***Dos milagros para el registro y DP sólo conseguía pensar en Nataly,*** quien estaba en ese instante hecha un ovillo en una banca del parque a media placita. Naty lo ignoraba, pero el primer milagro de don Pancho había ocurrido allí mismo ante sus ojos cerrados. Seis horas de rezar de rodillas realmente la habían dejado agotada, así que después de que el alma de DP había sido por fin liberada, ella se había acostado en una banca a media placita y se había quedado profundamente dormida.

Don Pancho la miró desde la comodidad de su sala en las alturas. Lamentaba la manera en que la había mantenido despierta la noche anterior, aun mientras ella dormía, el haber sido la causa de su llanto constante. Ya no quería molestarla, pero tenía que agradecerle todo lo que había hecho por él. Tomó su sombrero, después abordó la rampa descendente hacia la tierra y llegó como un bólido.

Habían pasado un poco más de veintisiete años desde que había visitado la placita, pero ésta permanecía, por la mayor parte, como la había dejado. El pasto estaba bordeado de flores y las flores a su vez de caminos empedrados que conducían todos al mismo lugar: un quiosco donde, en la época de don Pancho, un conjunto, un mariachi o una banda tocaba todos los sábados y los domingos por la tarde. En una esquina había un pozo que no funcionaba, sólo servía para pedir deseos. Miró la iglesia al otro lado de la calle, luego se persignó no una sino dos veces.

Fue de puntillas adonde estaba Nataly. Su cabello era un desastre, tenía las uñas en carne viva de tanto mordérselas y las rodillas raspadas. Se veía tan tranquila acostada allí. Él alargó la mano y le acarició el cabello convirtiendo lo crespo en un peinado de anchoas. Era sumamente bella, pero carecía de la dureza que a menudo se encuentra en mujeres verdaderamente hermosas. Le puso el pelo por detrás de las orejas, luego la acarició de las sienes a la barbilla. Una sonrisa se formó lentamente en la cara de ella. Estiró los brazos, se sentó, se restregó los ojos y de inmediato concluyó que estaba soñando.

DP se puso de pie, se quitó el sombrero y se enderezó.

—¿Don Pancho? —dijo Nataly con toda la profundidad y la brizna de una reina de las películas de serie B de los años cuarenta.

—Sí, soy yo —susurró. Él detecto unas ansias en su tono de voz y se le acercó.

—¿Qué puedo hacer por ti? —dijo él. Era una pregunta abierta que Nataly no dudó en contestar.

En ese estado de juicio comprometido y con la falta de inhibición característica de los sueños como cómplice, Nataly fue directo al grano: le lanzó los brazos alrededor del cuello, se lo acercó y lo besó. Era un beso largo y dulce, con tantas capas como un pastel helado, y con la presencia persistente de una salsa rica y picante, del tipo que hace que tanto la lengua como la boca estén más plenamente concientes una de la otra en horas venideras.

Don Pancho se zafó. Ponerle los cuernos a alguien y andar de mujeriego eran una cosa, pero la mejor amiga de su hijita y su benefactora principal eran otra.

—Discúlpame. No sé qué me pasó —dijo él.

Nataly no dijo nada. Sentía los párpados pesados por el deseo, su parpadeo tardaba mucho más en venir y el tercio inferior de su cara había formado una sonrisita sutil, aunque inequívoca.

Don Pancho trató de comportarse de manera oficial.

—He venido a agradecerte todo lo que has hecho por mí.

—No fue nada, de veras —dijo Nataly con un muñequeo.

—Oh, sí que fue algo especial. Sucede que ahora soy el Santo Patrón de los Borrachos y las Prostitutas. Todo el mundo necesita a alguien que los represente y parece que he encontrado mi nicho. Como muestra de mi gratitud, quisiera darte el milagro que tú quieras.

—Usted es mi milagro, papi —dijo ella. Se puso de pie y se dirigió hacia don Pancho dispuesta a darle otro beso largo y profundo, pero él le lanzó un poco de sueño inmovilizador que le sobraba y eso la paró en seco.

Se sentaron juntos en la banca.

—Creo que no me entiendes. Te estoy ofreciendo cualquier cosa que tú desees. Así que, ¿qué vas a pedir? —dijo DP.

Nataly se relamió los labios.

—USTED no entiende. Lo quiero a usted —se esponjó los rizos, se frotó la nariz con un puño, luego dio una risita.

Don Pancho miró a Naty. Tardó en darse cuenta, pero DP al fin lo comprendió: lo que Nataly necesitaba era un hombre alto, fuerte y capaz, y DP era justo quien podía enviárselo.

Nataly se acurrucó a un lado de don Pancho y le recargó la cabeza en el hombro, dejándola descansar en esa grieta creada por la barbilla y el cuello. Pero no era en absoluto como la primera vez que se conocieron. Él olía tan limpio y dulce, como a agua de azahar. A ella se le ocurrió que quizá eso era el amor en realidad: un conjunto de sensaciones, la manera en que huele una persona, el tacto de su piel, el sonido de su voz, ese algo que hace que el propio corazón se sienta a gusto, haciendo que viva entre ese estado y el vivo deseo.

Don Pancho colocó un brazo sobre el hombro de Nataly y se puso a pensar. ¿Era eso lo que hubiera sentido de tener a Consuelo en sus brazos? Nataly se veía tan inocente allí acostada y todo se sentía tan perfecto, que él deseó que el mundo se quedara quieto.

No hubo más que silencio por un rato hasta que DP dijo:

—¿No se te ocurre qué pedir?

—Ya se lo dije —respondió Nataly haciendo una pausa para menear la cabeza con impaciencia de aquí a allá—, lo quiero a usted, papi.

—Papi —repitió DP—. Me gusta como suena eso. Después de todo, eres como una hija para mí.

—¡*Yúckate*! —dijo Naty. Arrugó la nariz ante la idea, el panorama mismo de haber besado a un hombre que pensaba en ella "como en una hija".

—¿Por qué tenía que ir y arruinarlo todo? —dijo ella.

—No arruiné nada, mija —dijo él, contento no sólo por lo que traía entre manos, sino por la manera en que había manejado la situación—. Escucha, mija —continuó—. Tengo que irme. Pero necesito que hagas una o dos cositas por mí.

—Seguro —dijo Naty. De pronto, ella era toda renuencia, indiferencia y desilusión.

—Cuídate y cuida a Consuelo. Las quiero a ambas más de lo que te puedes imaginar, y haré lo mejor por cuidarlas.

—Gracias —dijo ella.

Él se volvió a poner su sombrero con la intención de escabullirse, pero Naty lo agarró del antebrazo. Estaba perturbada ante su apuesta presencia, pero aún reacia a dejar que se fuera.

—Antes de que se vaya, ¿me puede contar un cuento? —dijo ella.

—Claro —dijo don Pancho. Eso no era mucho pedir, aun considerando su apretada agenda. Ella se recostó en la banca del parque, descansando la cabeza en sus piernas. Él comenzó a acariciarle el pelo, tal como su padre solía hacerlo cuando era niña.

—Vi una vez al diablo y no es un tipo tan malo. Vino al Purg a reclutar y nos contó de su hogar.

—¿Quiere decir el infierno? —dijo Naty. Ella movió los pies y tembló.

—Sí. Sólo que él lo nombraba Hades. Es un lugar donde puedes tener todo lo que desees, menos dos cosas: nunca conocerás el amor y nunca alcanzarás la grandeza.

—Qué espeluznante —dijo Naty. Se volteó sobre un costado y encogió las rodillas hasta su pecho y las mantuvo allí—. ¿Consiguió que alguien se fuera con él?

—Unos cuantos —dijo DP.

—Yo nunca iría —dijo Naty.

—Eso dices ahora, pero nunca has estado estancada en el purgatorio. Tienes que trabajar duro de día y de noche. No hay descanso, ni siquiera en el día de guardar. Tienes que demostrar que vales, si quieres progresar. Pero el infierno, como el señor Satanás lo describió, es un lugar donde puedes comer, cantar y bailar. Realmente allí se vale de todo.

—A mí me suena como un gran *smorgasbord* —dijo Nataly.

—¿Qué es eso? —dijo don Pancho.

—Es un lugar donde vas a comer, una especie de bufé escandinavo. Tienen todo tipo de comida y todo se ve muy rico y puedes comer tanto como quieras. Sólo que realmente nada es tan rico. Con suerte encuentras una o dos cosas que te gusten, porque allí todo está nada más así asá.

—La mediocridad es la enemiga del hombre y, si no me di cuenta antes, me doy cuenta ahora —dijo don Pancho. Siguió acariciándole el cabello. El momento estaba impregnado de silencio. Bajó la vista para encontrarse con que Nataly se había quedado dormida. Se desprendió de ella, acomodando con cuidado su cabeza en la banca del parque antes de besarla en la frente, luego se dirigió de vuelta al Cielo.

A fin de cuentas, Nataly recordaría siempre los sucesos aquí descritos como el sueño más extraño y, sin embargo, más agradable y realista que hubiera tenido jamás. Nunca se daría cuenta de que lo que había experimentado no era un sueño, sino una auténtica aparición.

# La tarjeta
# telefónica

**LO QUE TODO HIJO BUENO TRAE EN SU CARTERA**

# LA LARGA DISTANCIA

***Cuando Nataly despertó, estaba rodeada de cinco borrachos alegres y*** perplejos, un conjunto norteño y un muchacho. Todas las miradas estaban puestas en ella, y con buena razón. Había desaparecido su camisón de gasa azul lavanda, sus tacones, su sensato pero elegante corte de pelo. En lugar de eso, traía un traje de noche largo de brocado azul pálido con miriñaque y cola, rosas y rosetones, pero para más rabia, una crinolina. Se sintió el pecho. Por supuesto, traía un corsé y, un poco más abajo, calzones bombachos. Trató de incorporarse, pero con toda esa ropa rígida e inflexible, le fue difícil. Quiso mirarse las zapatillas de cristal, pero una vez que hubo dominado su crinolina, sufrió una decepción al ver que traía puestos un par de zapatos de plástico transparente con tacones de vinilo dorados que reconoció como decididamente de la Payless®. Se tocó los lóbulos de las orejas. Diamantes de fantasía. Y lo mismo se podía decir de su cuello y sus muñecas. Alargó la mano para tocarse la coronilla. El pelo le había crecido considerablemente y estaba apilado en la parte superior, sujeto por un pompón de flores artificiales.

Nataly suspiró. Sabía lo que estaba ocurriendo y, francamente, hubiera preferido mil veces el traje para hacer la limpieza de Cenicienta, o aun ese modelito asimétrico que le queda después de que las hermanastras hacen de las suyas con ella. Sí, eso hubiera sido mucho mejor. Un sólo tirante, un poco andrajoso, pero más favorecedor.

Nataly supo que don Pancho tenía que estar detrás de todo esto. No había otra explicación. Miró a su público y se preguntó dónde estaba su príncipe. Seguramente no pudo haber sido uno de los borrachos, y los músicos estaban ya muy vetarros. Eso dejaba a un tipo escuálido vestido en un pantalón de mezclilla guango, una camiseta y tenis, con una gorrita de béisbol al revés. Más valía que no fuera él. Era una cosa arruinar el vestuario, pero equivocarse con el príncipe, era otra cosa completamente.

El muchacho habló:

—Usted, señorita Catrina, tiene una llamada en la caseta.

—Consuelo —susurró, entonces se levantó deprisa.

Nataly se abrió paso por la calle, descalza, y con la cola a la zaga. Se dirigió a la caseta de larga distancia. La banqueta era más constante en la parte "comercial" del pueblo, a diferencia de la parte "residencial". Pasó por la cárcel, la joyería y la tortillería. Las fachadas de las tiendas eran vistosas, pero el sol constante que las asolaba había opacado su color.

Cuando llegó finalmente a su destino, se sentó en una banca de madera en la cuarta casilla y esperó a que zumbara su teléfono, y cuando lo hizo, lo recogió de inmediato.

—¿Chelo? —dijo ella, su tono de voz provisto de un suspenso innecesario.

—Sí, soy yo —Consuelo sonaba muy lejos no sólo en distancia, sino en tiempo, como si un viaje por avión de cuatro horas no fuera suficiente para unirlas de nuevo.

—Saqué a tu papi.

—Supe que lo harías —dijo Chelo—. Pero, ¿cómo lo hiciste?

—Nomás rezamos. Por un largo rato. Y luego él se presentó como nuevo frente a las vías del tren. La verdad de las cosas es que me preocupaba que fuera a estar todo amolado, como algo que arrastró el gato, pero es un tipo guapo.

—Eso sí —coincidió Chelo.

—Y lo que es más, ya empezó con los milagros. Por aquí lo llaman el Santo Patrón de los Borrachos y las Prostitutas. Parece que está abriendo su propia brecha.

Consuelo no supo qué decir, así que no dijo nada, pero Nataly pudo escucharla dar gritos sofocados cuando ella le daba los detalles.

—Tengo otra cosa que decirte —dijo Naty haciendo una transición suave a otro tema.

—Dime —dijo Consuelo.

—¿Te acuerdas de esa chica Olga Rosales que iba a nuestra escuela, y cómo una vez en el autobús de regreso a casa nos dijo que México era un lugar diferente con brujas y magia por todas partes?

—Sí, me acuerdo —dijo Consuelo.

—Bueno, creo que tenía razón, porque me sucedió la cosa más extraña mientras dormía.

Se hizo un silencio absoluto del lado de Consuelo mientras ella imaginó lo peor.

—Cuando me desperté traía puesto un vestido bien fufurufo, me había crecido el pelo y traía tacones de plástico. Estaba como la Cenicienta, sólo que mi vestido era mucho más feo.

—¡Qué mierda más traumante! —dijo Consuelo.

—Parece ser que tu papi anda haciendo cuentos de hadas y me temo que fue y me dio el papel de la princesa.

—¡Chinga'o! —dijo Consuelo dándose cuenta en un instante que si Nataly era la princesa, tenía que haber un príncipe rondando por algún lado—. Lo último que necesito es que te enamores de un vato por allá y para cuando me doy cuenta ya nunca te vuelvo a ver.

—No creo que eso suceda en un cercano o aun en un lejano futuro —dijo Naty. Su voz cambió al tono maquinador: un poco más bajo y marcadamente más lento—. Mira, Chelo, si ves a tu papi, si te viene a visitar esta noche o algo así, le dices que cancele lo que sea que se trae entre manos.

—Órale pues —dijo Chelo—. Y por tu parte, ponte trucha. Pela los ojos y las orejas, y no te vayas a quitar la falda.

—Seguro —dijo Nataly—. Además, sólo me quedan unos cuantos días.

—Sí. Pero las peores cosas siempre suceden de repente. Con tantos muchachos, la música y el baile, y ellos cantándote al oído, la cosa se puede poner canija.

—No te preocupes para nada. Esta balsita puede capear la tormenta.

—Nomás asegúrate de regresar de una sola pieza, y me refiero también a tu corazón. ¿Okey, linda? No vayas a dejar atrás ni siquiera un pedacito.

—Sí, mi comandante —dijo Nataly haciendo un saludo al aire para beneficio de nadie más que el suyo propio.

—Te quiero mucho *baby*, y nos vemos pronto —dijo Chelo.

—Lo mismo a ti y con azúcar doble —dijo Nataly. Y con eso, las dos colgaron.


Nataly caminó por la calle. Estaban a principios de agosto y hacía tanto calor aquí como en Lavalandia, pero en el pueblo de Consuelo, el sol parecía azotar desde un punto particular en el cielo. Debe haber hecho por lo menos unos noventa grados Farenheit, sin embargo el cielo estaba gris y las nubes estaban en grupos. Le recordó a Nataly del tiempo que hace durante un temblor.

Se moría por quitarse esa ropa, pero no podría desvestirse sin ayuda. Más adelante, los niños estaban segregados por sexo, los niños de un lado de la calle jugando a las canicas, las niñas del otro jugando a las muñecas.

Nataly no estaba segura si era tarde por la mañana o temprano por la tarde, no tenía idea si debía decir buenos días o buenas tardes, y había que saludar de alguna manera pues se estaba acercando adonde estaban las niñas.

—Buenas tardes, señorita Catrina —dijeron poniéndose de pie.

—Buenas —dijo Naty tratando de agacharse a su nivel, pero su corpiño no se lo permitía. ¿Por qué nadie le había contado a Nataly sobre los niños, lo preciosos que eran? Consuelo hizo todo lo posible por advertirle sobre los hombres de esta tierra, pero no había mencionado nada acerca de los niños. De haberlo sabido, pudo haberles traído algo, muñecas, canicas, ropa o dulces. Hubieran sido felices con cualquier cosa.

Se le ocurrió a Naty que traía puesta suficiente ropa como para darle algo a cada una de las niñas, sin mencionar el aro; estaba segura de que había un aro allí abajo, permitiendo que su falda se extendiera a circunferencias insólitas.

—¿Ustedes me pueden ayudar? —dijo Nataly.

Las niñas se pusieron a desamarrar, desenganchar, desatar, desabotonar y desabrochar hasta que ella se quedó en corsé y calzones bombachos. Se veía tan ridícula parada allí, le sorprendió que nadie se riera, ni siquiera los muchachos que cruzaban la calle para unírseles.

Nataly recogió sus enaguas y después de una breve lucha con el armazón de alambre y la malla, sacó lo que de hecho era un aro, hasta en el detalle de las rayas rosas.

—Gracias, señorita Catrina —dijeron una, dos, tres niñitas, seguidas del resto de los niños en unísono. Se formaron para jugar al aro.

Cuando Nataly regresó por fin, la casa con sus muchas ocupantes estaba quieta. Hasta la estufa perpetuamente ocupada estaba ociosa. Entró en su cuarto para encontrar que nada estaba como ella lo había dejado. La cama estaba hecha, pero a juzgar de todos los bultos, no era obra de doña Elena. Sus tacones estaban de vuelta, más brillantes que nunca. Y en la pared había un nuevo retrato enmarcado de don Pancho con la inscripción, "San Pancho, el Santo Patrón de los Borrachos y las Putas". Era obvio que don Pancho había estado allí.

Nataly se puso un vestido rojo, luego se soltó el pelo. Sus rizos de tirabuzón le llegaban hasta la cintura. Estaba a punto de subir las escaleras para pedirle a doña Elena o a alguna de las muchachas unas tijeras, cuando alguien tocó a la puerta. Era Marta y había venido a anunciar una visita.

—¿Una visita? —dijo la Catrina. No esperaba a nadie.

Salió de su cuarto y pasó por el pasillo a la sala donde una muchacha alta, delgada y bonita de unos diecisiete años la aguardaba. Mariana era su nombre. Tomó a Nataly del brazo y la llevó hacia la puerta de salida. La joven hablaba rápidamente en español mientras cruzaban la calle hasta su casa. De lo que alcanzó a entender, el hermano mayor de Mariana había estado suspirando por Nataly desde que había llegado tres días antes. Él había esperado la oportunidad de presentarse, pero la ocasión no se había dado, así que mandó a su hermana menor a que le hiciera el favor.

Nataly no quiso tener nada que ver con eso. Quiso darse la media vuelta y largarse de allí. Pero era demasiado tarde. Ya habían entrado a otra terraza con jardín, las sillas ya estaban dispuestas en un círculo íntimo y conducente a la conversación, los muchachos —eran dos— se peleaban por retirar una silla para su encantadora visita, su mamá venía ya con un plato de antojitos, y una comida más sustanciosa se guisaba ya en la cocina. No habría forma de escapar.

Mariana señaló a cada uno de sus ansiosos hermanos y dijo:

—Ellos son mis hermanos, Ernesto y Amador.

Nataly no tuvo más remedio que ofrecer a cada hermano una mano aguada y decir:

—Mucho gusto, encantada —aunque eso estaba lejos de ser la verdad. Se sentía perturbada. Sólo le quedaban dos días en el pueblo. Lo que había comenzado como una expedición para redimir almas, era ahora lo más cercano que había estado de tener unas vacaciones en unos veinte años, y quería conocer las costumbres del lugar a su manera. Tenía todo un rollo de película. No había tiempo que perder en el patio de los vecinos.

Nataly inspeccionó a los muchachos. A los veintiuno (Ernesto) y diecinueve (Amador), eran sólo eso. Nataly no tendría que preocuparse por Ernesto. Se le notaba a leguas que era maricón. Quedaba entonces Amador con quien lidiar y con un nombre así, habría que echarle mucho ojo. Era alto y delgado, con mala postura. Estaba sentado todo desgarbado en su silla de jardín mirándola con ojos hambrientos. Era de piel clara, pelo castaño rizado de tono mediano y ojos color avellana. Traía pantalón de mezclilla roto en las rodillas y una camiseta de Calvin Klein®.

Nataly deseó que Consuelo estuviera allí. Ella se hubiera librado de ellos con eficiencia y gracia sin iguales. Todo terminaría muy pronto, pero entretanto, en el entretanto muy inmediato, le ofrecían un plato de tostadas. Tomó una. Frijoles, cueritos curtidos de puerco, col, chile y queso. Todo el mundo la observaba y aguardaba, sobre todo la doña. La comida no estaba mal.

—Está muy buena, señora, gracias —dijo Nataly.

La señora respondió:

—Oh, sí —luego deslizó otra tostada en el plato de Nataly.

La terraza con jardín era encantadora. Arriba había una celosía repleta de vida vegetal. El suelo de concreto estaba bordeado de mosaico rojo y amarillo. Encima de éste había muebles de metal para el jardín: un sillón mecedor del tamaño y de la forma del asiento trasero de una combi Volks-wagen, y unas cuantas sillas y una mesa del mismo juego. A un lado del área de la conversación colgaba una jaula de hierro forjado —hogar de Pablo, un loro gris africano adquirido en el mercado de San Luis Río Colorado— una distinción necesaria ya que Consuelo no era realmente de SLRC después de todo. Era de un lugar llamado Cerro Verde, un ranchito unas cuarenta millas al sur de San Luis Río Colorado.

Rodeada de prácticamente unos desconocidos y una comida deliciosa, aunque en cierto modo poco apetitosa, Nataly se sintió abrumada. Aquella sensación se apoderó de ella como un dolor de cabeza provocado por comer helado: le pegó duro y de repente. Entonces más que nunca deseó tan sólo volver a casa. La intensidad del sol le calaba, aún estando resguarda-dos por toda esa vegetación, ya que sabía que éste azotaba duro desde su lugar especial en el cielo. Le chocaba su pelo, no sólo por su estilo o falta del mismo, sino por su uso práctico. Se sentía pesado, caliente, y encima le picaba. Más que nada, extrañaba a Consuelo. La ansiedad la perseguía de cerca. Ésta se aproximó y luego la apabulló. Comenzó a sudar. Todo empezó a darle vueltas. ¿Era así como se sentía Consuelo si se atrevía a apar-tarse de su zona de viaje de treinta millas? El corazón de Nataly latía acelera-damente. Se sintió embargada por la náusea como un torrente cálido y asqueroso.

Todo eso era superior a sus fuerzas y se le notaba en la cara. Mariana se inclinó.

—Señorita Catrina, ¿*are you all right*?

—Hablas inglés —dijo Nataly con incredulidad y, con eso, vomitó.

# How to see

# TWICE AS MUCH

## on your trip to Mexico

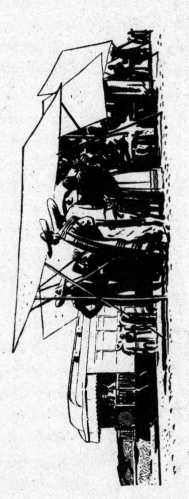

# *Tabla 4*

## LOS JUGADORES HACEN *sus* APUESTAS

# El catrín

**DON FERRUCO EN LA ALAMEDA, SU BASTÓN QUERÍA TIRAR**

# LA PURA NETA

***Naty no era la única sufriendo a solas. Allá en Lavalandia, True-Dee*** yacía en su sillón aterciopelado con un bote rosado de caramelos Almond Roca®, escuchando voces en su cabeza, tratando de resolver su problema más espinoso.

True-Dee decía que ella era una parlanchina, que no es lo mismo que una atolondrada: había tantas voces conflictivas en su cabeza, que a menudo le era difícil prestar atención a su güiri-güiri interno. Pero esa tarde, al estar sentada en un mar de envolturas doradas de papel de estaño, sintiendo como si ya hubiera subido diez libras de peso, allí en esa mezcolanza de los que dan su opinión, los que ofrecen consejo y los que traman un complot idiota, surgió una voz razonable, calmada y firme que le decía, "Cariño, no te precipites. Vete con calma y consigue una segunda opinión".

Esta voz exhortaba o más bien instaba a True-Dee a hacer algo que ella había contemplado durante largo rato: Sentarse a escribir una carta a Querida Claudia, la consultora sentimental más querida de Lavalandia, solicitando lo que hacía famosa a QC : únicamente la pura neta. (A continuación la carta más bien verbosa de True-Dee, con sus esperanzas y miedos más recónditos.)

Querida Claudia,

Nací hombre, pero soy mujer, mas no cualquier clase de mujer. No me sorprenderías en pants deportivos y tenis. No que tenga nada en contra de estar en buena forma física. Una chica debe cuidar la línea. Por suerte, no soy del tipo de chica que tiene que cuidarse de lo que come. La naturaleza me ha vencido en cuanto a eso. Soy una mujer hermosa. Espero que no te moleste que te lo diga. Además, soy una dama elegante, lo cual es tan poco común hoy en día. Fíjate en la delicadeza de mi letra. ¡¡¡Vaya, si mi letra manuscrita viene directo del manual de aprendizaje del tercer grado!!!

Las hormonas me han dado lo que la naturaleza me negó, pero no me han quitado lo que la naturaleza me dio, y con ello no me refiero al vello facial; ¡¡¡para eso está la cera!!!

Me he encontrado en la intimidad total con hombres sólo en contadas ocasiones.

Atraigo a los hombres por docenas. Compruébalo tú misma. Revisa tus archivos. El año pasado ¡¡¡fui la ganadora del concurso de imitadores de Thalía!!! Pero, Querida Claudia, conseguir un hombre y conservarlo requiere de dos habilidades distintas. Eso no quiere decir que no sepa cocinar! Y por cierto, ¿es verdad lo que dicen que la manera de conquistar a un hombre es a través de su estómago? Yo que sé. Nunca he estado cerca del corazón de un hombre, ni siquiera del mi propio padre, pero esa es otra historia.

Soy buena cocinera y como una de tus admiradoras más fieles, te invito cordialmente a mi casa para una comida hecha en casa como no has probado jamás. Soy una esteticista y una manicurista certificada por el estado. Cuando te sea conveniente, pasa por mi salón para que te haga un peinado gratis, y con eso quiero decir que cuando salgas de allí, ¡¡¡ quedarás a todo dar, chica !!!

Querida ¨¨Claudia, quiero saber cómo es realmente el amor. Pero cuando estoy con un hombre, es decir, REALMENTE con él, tan pronto como descubre el error de la naturaleza, siempre se marcha de inmediato. Cuando me han dado la oportunidad, he brindado a los hombres un placer intenso, pero nunca regresan por más. Estoy tan confundida. Me siento como un volcán está a punto de reventar. ¿C., ¿de veras crees lo que dicen que el volcán está a punto de reventar? Yo no. Puedo reconocer a primera vista un intento débil por llamar la atención, después de todo, ¿qué mejor para llamar la atención que un catástrofe natural? Nosotras las personas cultas ¡no nos tragamos semejante cuento! En realidad, la verdad es que no he tenido mucha educación formal.

Por supuesto, pasé el examen profesional administrado por el estado y participo en cursos de actualización para profesionales de belleza, pero ¿qué objeto tiene ir a la escuela secundaria cuando sabes que nadie te va a invitar al baile de graduación?

En este momento, estoy frente a una operación cara y dolorosa, para la cual ya estoy preparada sicológicamente. Pero, ¿¿¿ a qué precio??? Si ésta se lleva a cabo, ¡ya no seré capaz de llegar a la completa satisfacción sexual.

En resumidas cuentas, soy una mujer bajo construcción, quien no está muy segura de si está lista para la fase final de la construcción, o debería decir, ¿de la demolición? No estoy segura de querer vérmelas con la bola de demolición, si me entiendes. A lo mejor sí, a lo mejor no, pero como

sea, se que me dirás la
pura verdad porque tú
hablas, únicamente con
¡¡¡ La Pura Neta !!!
Escríbeme pronto.

Con Mucho Cariño,
De veras Super Confundida

# La luna

EL FAROL DE LOS ENAMORADOS

# LA FERIA

*Uno no se imaginaría que Naty hubiera ido a la feria esa noche inme-*diatamente después de haber vomitado, pero fue precisamente en ese estado vulnerable recién vomitado que Ernesto y Amador pudieron convencerla de que los acompañara.

Todas las partes habían acordado, algunas de mala gana, que las nueve de la noche era la hora perfecta para salir, y Amador demostró lo puntual que era al llegar justo a tiempo.

Cuando Nataly abrió la puerta, tuvo la grata sorpresa de ver a un hombre transformado. Su postura era apuesta, el ladeo de su sombrero apetecible, la ondulación de su guayabera incitante, el olor de su colonia seductor.

Alzándose levemente el sombrero, él dijo:

—Buenas noches, señorita Catrina —luego hizo una venia con el brazo a modo de invitación.

Su Volkswagen Escarabajo, de aquí en adelante conocido como "el vocho", estaba estacionado enfrente. Ernesto y sus primos, más tarde presentados como Marcos y Javier, esperaban en el asiento trasero. Nataly tomó asiento enfrente y respiró hondo. El vocho olía fuerte a colonia para caballero.

Se dirigieron ruidosamente calle arriba.

—Debería masticar mejor *your* comida, señorita Catrina —dijo él una vez que había pasado por todas las velocidades necesarias. Después de que Nataly había vomitado en su patio, él se había quedado de brazos cruzados estudiando su vómito (como si éste fuera a ayudarle a comprender lo que él consideraba como el carácter esquivo de ella). Regado de pedazos de cueritos curtidos de puerco y tiras de tostada, se veía más como si hubiera sido rebanado que masticado.

Nataly se movió inquieta en su asiento. El tema del vómito, sobre todo el suyo propio, le era incómodo. Cambió de tema.

—¿Qué todos en este pueblo *speak English*?

—No. Sólo nosotros —dijo Amador señalándose primero a sí mismo, luego a su hermano en el asiento trasero—. Nuestros *parents* nos mandaron a las mejores *e-schools*. Querían que estuviéramos preparados.

—¿Para qué? —dijo Nataly.

—Para la política —dijo Ernesto desde el asiento trasero.

—Yo no —dijo Amador—. Yo voy a llevar mi inglés al norte.

Habían viajado quizá unas cuatro cuadras, antes de detenerse en la desembocadura de otra calle a medio pavimentar.

—¿Al norte? —dijo Nataly.

—A los Yunaited E-States —dijo Amador. Éste se bajó del carro, dio la vuelta hasta llegar del lado de Naty, le abrió la puerta, luego la tomó de la mano y le dijo—: Vámonos, mamacita, tenemos mucho que bailar.

Nataly miró a Ernesto y a los dos primos hacerse más pequeños en la distancia al irse por su lado.

La calle estaba llena de carros estacionados en doble, triple y cuádruple fila. Al caminar hacia la feria, Nataly pensó en lo que había dicho Amador acerca de llevar su inglés al norte. Lo galán para ella siempre había sido una idea formulada en su cabeza, y en ese momento ella lo imaginaba a mitad de su aventura de mojado, luchando por el desierto, con las cosas esenciales amarradas a la espalda, un galón de agua en cada mano y los ojos habituados a la tierra desértica en busca de víboras, lagartijas, alacranes, agentes de la migra y otras criaturas peligrosas. Eso implicaba un viaje al norte para un muchacho de diecinueve años. Ella había escuchado esas historias antes. Sacas a un muchacho de la pista de baile, luego dejas que se desahogue diciéndote todas las ¡ay mamacitas! que quiera, para entonces poder pasar tiempo de calidad con él, y a la larga te contará todo: la bendición de su madre, el viaje en un autobús caliente y sudoroso a la frontera, las negociaciones con el (los) coyote(s), la(s) caminata(s) por el desierto, el cruce de la frontera en sí, seguido del hospedaje en un solo cuarto hasta que pagues la otra mitad de tu pasaje y te lleven en carro hasta tu último destino. A juicio de Nataly, un viaje así bastaba para convertir a un niño en un hombre.

La fiesta un poco más adelante era pequeña, pero había tanta gente que parecía grande. Ésta se esparcía sobre dos costados hasta un área residencial donde los residentes observaban las actividades desde sillas plegables en los jardines enfrente de sus casas. En un extremo había un maizal seco, en el otro, una barda de alambre y, dentro de ésta, muchas mesas y sillas, así como un montón de bocinas. Un conjunto norteño calentaba en un rincón, alistándose para el baile.

Había muchos puestos donde se podía jugar juegos y ganar premios, mucha comida a la venta como tacos, tamales, tortas, elotes con chile y limón, y pan dulce. En el centro de las cosas había un artefacto de madera y metal extraño que a Nataly le recordó mucho uno de los primeros aviones de los hermanos Wright. Hace poco ella y Consuelo habían visto un documental sobre ellos.

Amador la llevó a un puesto miserable con un letrero pintado con pintura en aerosol color rosa mexicano que anunciaba REFRESCOS. Él pidió dos Fresca®, le dio una a ella y se quedó con la otra, luego abrió su cartera para pagar. La bebida venía en un jarrito: una preciosa taza gorda de barro. Nataly estaba tan complacida con su contenido, como con el jarrito en sí. Le habían echado un chorrito de tequila. Ella frunció los labios después del primer trago.

— Hay que poner mucho ojo —dijo Amador. Se sumaron a la multitud reunida. Había un hombre en la base del artefacto mencionado anteriormente. Con un puñado de cerillos, encendió una especie de mecha. Amador puso un brazo protector alrededor del hombro de Nataly cuando los fuegos artificiales comenzaron a estallar en la dirección prevista. Luego, después de haber seguido ese curso, apuntaron por todos lados incluso, pero sin limitarse a, directo a la multitud. Nataly se apoyó contra Amador. Su pecho era tan macizo y tranquilizador.

Las festividades eran en honor a San Jacinto, el Santo Patrón del Pueblo, de cuya existencia Nataly estaba segura. De no ser así, entonces ese maizal seguramente se hubiera incendiado. Pero los fuegos artificiales acabaron pronto y, con ellos, semejante peligro.

—Eres muy hermosa —le dijo Amador a Nataly en el arrebol—. Eres la chica más bonita que he visto en la vida real. He visto a unas chicas bastante lindas en la tele, pero todas ellas son putas.

—¿Putas? —dijo Nataly.

—Se les nota por como se visten. Siempre andan cambiando de novio. Pero tú, mi amor, eres tanto una dama que podrías ser la esposa de un político.

La esposa de un político. Dejó que eso se asentara en su cabeza por un segundo, luego dijo:

—En tal caso, quizá yo deba andar con tu hermano.

Amador tiró su jarrito al piso. La tomó firmemente de la barbilla e hizo que ella lo mirara a los ojos. Su apretón era tan firme, que ella pudo sentir la sangre acumulándose allí.

—No digas eso —le dijo—. Soy muy celoso —le soltó la barbilla, luego se la acarició con ternura. Era una sensación extraña, pero agradable.

—Además —dijo cambiando de tono—. A mi hermano no le gustan las mujeres.

Ella se encogió de hombros, terminó su Fresca®, luego aventó el jarrito al suelo. Se hizo mil pedazos a sus pies. Era tan bonito que le entristeció verlo llegar a ese fin, pero eso había estado haciendo la gente del lugar toda la noche.

Estaban en medio de la multitud. Había mucha bulla por doquier. Amador se acercó lo suficiente como para que Nataly lo escuchara, pero habló en una voz tan baja que ella tuvo que acercarse aún más para poder oírlo siquiera. Estaban tan cercanos que ella pudo sentir su aliento en el cuello.

—Debo advertirte, cariño —dijo él—. Esta noche, en algún momento, voy a besarte. Puede que lo haga ahora o puede que lo haga más tarde —él encontró sus ojos y le sostuvo la mirada como si fuera a hacer efectiva la promesa en ese mismo instante, pero entonces se volteó.

Ella tragó saliva. Nunca antes había escuchado a alguien anunciar un beso.

Se formaron cerca de la barda de alambre para entrar al baile. Mientras esperaban, no conversaron entre ellos, pero su silencio no estuvo vacío. Él la tenía tomada de la mano y la frotaba con fuerza de las palmas a las yemas de los dedos. Ella sintió cómo esto le estaba provocando un ligero sudor.

Nataly observó a las muchachas que estaban al otro lado de la barda. Se veían tan expectantes, como si el suceso encerrara mucha más importancia de lo que ella había imaginado que podría contener. Nataly deseó que algún día ella no se encontrara bailando con uno de sus esposos. Por lo general sucedía así. Esas muchachas tendrían bebés demasiado pronto. A la larga, sus hombres probablemente se irían al norte para trabajar ocho o nueve meses al año en un pueblo como Lavalandia. Cualquier viernes o sábado por la noche los podría encontrar bailando toda la noche en un lugar como El Aguantador.

Una vez que pagaron su boleto de entrada de dos pesos, Amador llevó a Nataly a una mesa en el rincón.

—Ya no te sientes enferma, ¿verdad? —le dijo, acercando su silla a la de ella.

—Estoy bien. Sólo que me puse un poco nerviosa. Estando tan lejos de casa y todo —se encogió de hombros y tembló.

—No tienes por qué estar nerviosa, mi amor —dijo él. Le pellizcó la barbilla, luego instó los labios de ella hacia los suyos con gran lentitud.

Cuando no se pudieron acercar más, hubo una pausa calculada en la cual ambos sabían qué iba a suceder, la única duda era hasta qué punto.

La besó en la comisura de los labios. Pudo haber sido el beso más discreto del mundo, si Nataly no le hubiera echado los brazos al cuello, se lo hubiera acercado y lo hubiera besado con tal fuerza que éste se convirtió en un beso largo y dulce. Cuando todo acabó, Amador tenía una expresión seria y bastante lápiz labial color rosa pastel súper brillante en la cara. Se puso de pie, hizo su silla torpemente a un lado y dijo:

—¿Bailamos?

Ella se puso de pie y dio unas risitas. Estaba tan borracha con la Fresca® como con él y ese lugar: estar tan lejos de casa la había llevado al desenfreno.

Amador la tomó de nuevo en sus brazos y la apretó con fuerza mientras ella lo besaba de nuevo. Esperaron a que la canción llegara a un punto cómodo. No fue ningún problema encontrar el ritmo. La fluidez que se dio con sus pasos perfectamente sincronizados le resultaba a ella extrañamente familiar, como si hubiera bailado con él en sueños.

Ella recargó la cabeza en su hombro y, desde esa posición, decidió que lo que una chica, concretamente ella, deseaba era un chico con quien sentirse segura, que le ofreciera las cosas que ella no podía ofrecerse a sí misma, quien la protegiera de las eventualidades de la vida: llantas ponchadas, tiempo frío, cosas pesadas, aparatos mecánicos, películas de miedo y, sobre todo, otros chicos y sus malas intenciones. Ella decidió tan juiciosamente como le fue posible que en sus brazos, ella se sentía así: segura.

Había otras cosas que considerar. Pudo haber sido que la Fresca® le estuviera haciendo efecto, o el lugar, o el hechizo de amor de DP, o ¿era acaso un milagro? Qué interesante. Cuando una persona hace una magia de amor, se trata de un hechizo, cuando un santo lo hace, es un milagro. Ella deseó que lo que fuera que estuviera sintiendo por ese tal Amador hubiera terminado para cuando terminara su viaje.

No había suspirado por un chico desde que estaba en el noveno grado. Se llamaba Johnny Sánchez y tocaba la guitarra eléctrica en un mariachi rocanrolero llamado Los Rok 'n' Roleros. Tenía el pelo rizado como Frankie Avalon (y pensándolo bien, como Amador) y ojos azules. Andaba en motocicleta y ella y Consuelo (Consuelo era novia del baterista del grupo) escuchaban "The Leader of the Pack" una y otra vez en el tocadiscos estéreo de Nataly. A la larga, tanto el baterista como el guitarrista habían dejado a las chicas por unas gemelas pelirrojas, haciendo que Naty y Chelo afirmaran que la angustia posterior había sido algo más que sólo una de las lecciones duras de la vida, sino uno de los factores que habían contribuido a que Consuelo abandonara la escuela secundaria. Nataly no quería volver a pasar por eso.

El baile y los besos prolongados en la pista de baile continuaron. Antes de que cualquiera de los dos se diera cuenta, la feria había terminado.

La gente salió a la calle a paso lento, deliberado, emborrachado. Pasaría todo un año antes de que tal diversión llegara de nuevo al pueblo.

—¿Qué hacemos ahora? —dijo Nataly.

Amador le acarició la cabeza y le dijo:

—Vamos a casa. A menos que tengas otra cosa en mente.

Caminaron por la calle por el mismo camino en que habían llegado, dejando atrás el vocho para recogerlo al día siguiente. Habían salido cantidad de estrellas y la luna se encontraba en su fase creciente. Entre las dos casas había un campo con un burro acorralado comiendo mazorcas. Naty se detuvo para visitarlo.

—Todas las criaturas del Señor me aman —dijo ella cuando el burro abandonó su comida y fue derechito a ella.

—Ya veo por qué —dijo Amador.

—No te encariñes demasiado —le advirtió Nataly—. Me voy pasado mañana —había querido sacar el tema de su partida toda la noche, pero no había encontrado el momento oportuno.

—Ya lo sé —dijo Amador, mientras seguían su camino—. Pero quizá pueda venir a visitarte algún día.

—Quizá —dijo Naty.

Cuando llegaron a sus respectivas casas, se sentaron en un tramo de banqueta. Eran después de las 4:00 a.m.

—A veces siento como si mi vida transcurriera en el lavado de carros de una peseta y me tuviera que apurar a hacer todo, pues de otra forma se me acaban las pesetas antes de que haga todo lo que quiero hacer. ¿A veces te pasa eso? —dijo Naty. Se miró los tacones, maravillada de que los zapatos pudieran ser tan lindos. Estaban hechos al estilo de los zapatos de hebilla pero con ondas y unos agujeritos recortados como en los zapatos bostonianos para hombre, sólo que con una capa fucsia debajo.

—No, mija —dijo él, luego hizo una pausa para acariciarle el pelo. A ella le encantaba que un hombre le dijera eso, quizá porque su propio padre nunca lo había hecho.

—Aquí sobra el tiempo y falta todo lo demás —dijo Amador.

—De donde yo vengo también hay un montón de nada, pero siempre te puedes mantener ocupada buscando algo en la nada —dijo Naty. Pensaba en Consuelo, porque el estar tan lejos de casa había hecho que Naty se diera cuenta de cuán amplio era el mundo.

—Quiero estar cerca de tu nada —susurró él, luego la besó, pero esta vez fue otro tipo de beso. No fue tierno tanto como urgente, como si fuera el preludio a algo más sustancioso.

La marca de un auténtico mujeriego es que te dice lo que quieres oír en tu lenguaje. Él le había hablado en su idioma, en esa jerga revuelta y laberíntica que sólo ella y Chelo comprendían del todo.

En ese momento pudieron haber hablado de cosas que quizá nunca tendrían la oportunidad de hacerlo: comidas favoritas, libros, deportes, películas, canciones, necesidades, deseos, sueños, fracasos, logros o filosofías. A Nataly le hubiera gustado hablar de estas cosas, pero Amador tenía otras cosas en mente.

—¿Gustas pasar? —dijo él.

Ella se tapó la boca con la mano, pero él se pudo dar cuenta por sus ojos que ella estaba sonriendo.

—Puedes quitarte los zapatos y entrar —dijo él suave y lentamente, como si la firmeza de su voz bastara para convencerla.

Era lógico que él quisiera que ella se quitara los tacones. Todos los pisos de su casa eran de losa. Ella no pudo culparlo por intentarlo, pero ella quería algo más sustancioso que pasar de puntillas por el piso de su sala, por el pasillo y hasta su recámara. Ella ansiaba tener a alguien que comprendiera y apreciara todo lo que ella implicaba: sus peculiaridades, sabidurías y dudas. No había encontrado a ese hombre en su tierra natal, y no había razón para creer que lo encontraría en el extranjero. De hecho, en ningún momento de su vida había el universo indicado que esta persona existía, excepto, por supuesto, cuando éste le presentó a Consuelo.

—Debo irme a casa —concluyó Nataly.

Ella había esperado, hasta deseado alguna protesta de su parte, pero él simplemente la besó en la mejilla, luego dijo:

—Buenas noches, mi amor —y se alejó caminando lentamente. Lo que fuera que habían comenzado tendría que esperar hasta mañana.

Span the Gulf and Visit MEXICO

NEW ORLEANS

TAMPICO

MEXICO CITY

VERA CRUZ

ALVARO OBREGON

# El cotorro

COTORRO DACA LA PATA Y EMPIÉZAME A PLATICAR

# MAÑANA

*Nataly había despertado en ese cuarto encantador por cinco días* seguidos y, sin embargo, cada vez le sorprendía: el verde azul claro de las paredes, el sutil olor a gardenias, la brillantina de los santos y los ángeles, el suave vaivén de la cortina de un solo paño suspendida por la brisa, y la luz que se colaba detrás de ésta. Todas las mañanas en que se había despertado en este cuarto, le había sido desconcertante si no bien desalentador saber que se encontraba tan lejos de casa, así que imagine su sorpresa adicional cuando despertó para encontrarse a doña Elena y a sus siete hijas apostadas alrededor de su cuarto.

María del Carmen e Irma estaban en el piso trenzándose el cabello mutuamente. Doña Elena estaba sentada en una mecedora en un rincón, con Lydia y Leticia a sus pies. Las gemelas, Beti y Esmeralda, dormían echas bola en el suelo. Y al pie de la cama de Nataly estaba sentada Marta.

A sus treinta y siete años, Marta era la mayor del grupo. Ella siempre había sido la ayudante de su mamá. Quizá por eso nunca se había casado.

Nataly pestañeó de forma exagerada, luego enfocó la mirada. La escena era extraña, si no es que surrealista.

—¿Buenos días? —dijo la Catrina con vacilación.

—Buenos —coincidieron las mujeres.

Doña Marta se puso de pie. Le acomodó las colchas a Nataly de pies a cabeza, luego le puso una mano en la frente para checarle la temperatura. Tomó un asiento al lado de Nataly, luego le acarició el pelo. Esa era otra cosa que Nataly había notado sobre esta tierra y sus mujeres. Eran mucho más cariñosas y expresivas.

—¿Estás bien, mija? —preguntó doña Marta.

Nataly asintió.

—Sí, estoy bien.

Las mujeres se habían congregado en el cuarto de la Catrina temprano por la mañana. En una casa de tantas mujeres, nada pasa desapercibido. Las mujeres estaban muy conscientes de que Nataly había llegado a casa después de las 4:00 a.m., y les preocupaba que la Nataly tuviera mal de amores, lo cual sucedía con frecuencia cuando una chica se metía con Amador. Doña Marta fue casi la única en hablar.

El nombre de Amador quería decir *lover* en inglés.

Nataly había descifrado eso.

En el pueblo éste había hecho honor a su nombre. Nataly debía ver lo que le había pasado a su prima hermana Lupe Macías Alba. Ésta había sido nombrada Señorita San Pepito el año pasado, pero después de que Amador la dejó, subió veinticinco kilos de peso y se mochó el cabello que antes había sido largo y suntuoso.

¿Nataly no tenía mal de amores, o sí?

La Catrina lo pensó y esto fue lo que le vino a la mente: la noche anterior y su calor de verano, el olor a fogata en el pelo, el ritmo insistente de las bocinas al aire libre y cómo a la larga los latidos de su corazón habían adoptado su ritmo, la manera en que Amador la hacía bailar de la manera justa, la sensación sedosa y suave de su guayabera, el pliegue marcado de sus pantalones, la punta nítida de sus botas de piel de cocodrilo, el ángulo atrayente de su sombrero, la manera en que se imponía sobre ella, la suavidad primero de sus palabras, luego de sus labios mientras la besaba fuerte, luego los abría sólo lo suficiente para permitir que su lengua firme recibiera la de ella en la extensión abierta de un beso con lengua.

Por supuesto, Amador poseía lo necesario como para noquear una chica y dejarla perdidamente enamorada, pero la noche anterior había sido tan divertida como cualquiera de las muchas noches que ella había pasado en compañía de Consuelo, bailando toda la noche con docenas de muchachos.

Nataly tenía una mejor amiga, el carro de sus sueños y, gracias al trabajo duro de su padre, una casa humilde, pero pagada. No le preocupaba tanto establecerse con un hombre. Esta última parte era un poco difícil de explicar a la congregación reunida, así que Nataly racionó sus palabras y concluyó:

—No se preocupen. Todo va a salir bien. —Por supuesto que así sería. Regresaría a la normalidad de su vida: Consuelo, el trabajo, ir de compras, la lotería y el baile. Pensándolo bien, se acercaba el Baile Grande. Los Huracanes del Norte venían al pueblo. ¿A doña Elena y a las muchachas les gustaban Los Huracanes? Por supuesto que sí.

Las damas, doña Marta en particular, estaban aliviadas de ver que

Naty era del tipo de muchacha que no duda en volver a montarse en la silla.

Doña Marta recogió la bandeja de plata que esperaba en la mesita de noche junto a la cama. Encima había una jarra de leche y una sola rosa roja, cortesía de Amador, le informó doña Marta.

Nataly metió un dedo en la leche. Estaba tibia.

—Es leche fresca —ofreció doña Marta con una sonrisa.

Fresca. Eso quería decir sin pasteurizar.

—¡*Yúckate*! —dijo Nataly. Se llevó la rosa a la nariz y aspiró una bocanada. Si ese Amador quería ser su bomboncito, aunque fuera por el resto de ese día y hasta la noche, tendría que hacer algo mejor que darle leche recién ordeñada y una rosa casera. Las mujeres estuvieron completamente de acuerdo con Nataly, pero eso tendría que esperar. Amador había ido al pueblo: a San Luis Río Colorado. Se había levantado de madrugada y había metido sus dos mejores vacas en el asiento trasero del vocho. Las iba a vender en el mercado para financiar una velada con la Catrina. No regresaría hasta la tarde.

Nataly sonrió. Nunca antes había un muchacho vendido sus vacas por ella.


Para cuando cayó la noche, Nataly se dio cuenta de que Amador no regresaría. Se sentó en el sofá de la sala de doña Elena despidiéndose de quienes habían sido su familia durante los pasados seis días y que por siempre formarían parte de ella. Había aparecido en este pueblo polvoriento con media docena de suéteres de cachemira, cuatro vestidos con un corte-al-bies, dos faldas de tubo, dos blusas, ocho pares de tacones, una caja llena de joyería de fantasía y cuatro bolsas de mano. Le tenía apego a todas y cada una de sus prendas y accesorios, pero no tanto como se lo tenía a doña Elena y sus siete hijas. Les dejó todo menos la ropa que traía puesta y los recuerdos que este lugar le había dado.

En cuanto a Amador, Nataly nunca lo vio regresar, aunque a la mañana siguiente al despertar, ella caminó descalza a la sala y abrió las cortinas, y vio el vocho estacionado en su lugar de costumbre en la calle de enfrente. Pero por el momento, Amador no volvió; ni para despedirse, ni siquiera para traerle una galleta que pudiera acompañar la leche tibia y sin pasteurizar que le había dejado. Era lo mínimo que pudo haber hecho.

En la mañana justo antes de salir a la banqueta frente a la vieja casa de adobe, donde don Lalo la esperaba en su camioneta Chevy para llevarla al aeropuerto, Nataly garabateó una nota en un pedazo de papel perforado, luego la apretó contra las manos de doña Marta, pidiéndole que se la diera a

Amador. Breve y al grano, decía, "Lástima que no te encontré. Si alguna vez llevas tu inglés al norte, ven a verme. Dale cariños a tu madre y a tu hermana de mi parte, y buena suerte a tu hermano en la política".

Apuntó su dirección y los teléfonos de ella y de Consuelo, luego lo firmó *love*, un comentario de cierre en el cual todavía le quedaba por encontrar algún significado, menos por supuesto cuando éste se aplicaba a Consuelo.

# La bota

UNA BOTA, IGUAL QUE LA OTRA

# PLÁTICA ENTRE MUJERES II

*¿Sabes cómo cuando te bajas de un barco, todavía te sientes como si* te estuvieras meciendo de un lado a otro? Bueno, por alguna razón, así se sentía Naty cuando se bajó del avión. Como le urgía un buen corte de pelo, se apresuró al teléfono público más cercano, llamó a Consuelo y le dijo que la encontrara en el Salón de Belleza True-Dee ¡inmediatamente!

Y vaya que Naty se consoló al llegar y encontrar la bicicleta amarilla de cinco velocidades de Chelo estacionada frente al salón. Apenas alcanzó a abrir la puerta se vio envuelta en un abrazo triple entre Consuelo y Lulabel. Lulabel se había presentado más temprano esa mañana para anunciar su Doceava Cena Anual para Peones de Rancho y Jornaleros, la cual se celebraría la noche siguiente. Cuando Lulabel supo que Naty estaba en camino, decidió quedarse como parte del comité de bienvenida.

True-Dee esperó su turno, luego abrazó a Naty con cautela. Ella estaba haciendo el debut de sus Aceleradores de Crecimiento para el Cabello. Por lo menos así los llamaba ahora. Era un sistema en base a pesas de pesca, las cuales True-Dee estaba convencida estirarían el pelo así como mejorarían la circulación del cuero cabelludo, todo lo cual a su vez estimularía un más rápido crecimiento del cabello.

—¿Qué demonios le pasó a tu pelo? —dijo True-Dee evaluando rápidamente el cabello de Nataly, el cual ya le había rebasado las caderas y se dirigía a sus rodillas.

—Te podría hacer la misma pregunta —dijo Naty. El fleco de True-Dee estaba dividido en secciones iguales y enrollado con dos pesas de plomo en forma de huevo del #7 sujetas con pasadores gruesos. A ambos lados de su cabeza colgaba una sola pesa de dos onzas en forma de bala que ella había ido a buscar a la sección de pesca de altura del Super Kmart. Y de la parte trasera de su cabeza colgaban tantas municiones como un montón de cuentas.

—Es un sistema de crecimiento para el pelo que inventé yo misma, y estoy ahorrando mi dinero para patentarlo —dijo True-Dee, un poco orgullosa y un poco avergonzada.

Naty metió la mano en su bolsa de malla de mercado que había traído de México, sacó una foto enmarcada de don Pancho Macías Contreras que él había dejado en el cuarto de Nataly, luego se la entregó a Chelo.

—Disculpa que no te traje un regalo, pero no hubo tiempo. Te iba a traer un cinturón con tu nombre grabado, pero viendo que tu nombre es bien largo y tu cintura bien chica, no pensé que te cabría.

Consuelo examinó la foto, luego levantó la vista para ver a Naty y dijo:

—Me trajiste a mi papi, una chica no puede pedir algo mejor que eso.

Era un momento que pudo haberse detenido y persistido, pero no lo hizo, un espacio que pudo haberse llenado de gracias y de nadas, pero no fue así. Cambiaron de tema a una cuestión mucho más urgente.

—¿Me puedes arreglar el pelo? —le dijo Naty a True-Dee.

—Pues claro que sí. Pero no sé qué pueda hacer por ti, que tú no hayas hecho ya por ti misma. —True-Dee dio una vuelta alrededor de Naty, evaluando su cabello desde todos los ángulos.

—Nomás lo quiero como lo tenía antes —dijo Naty.

—Así que, ¿quieres ese *look* elegante e inteligente?

—Creo que sí —dijo Naty. Tomó asiento mientras True-Dee buscaba una bata. Consuelo y Lulabel ocuparon las sillas de peluquería cercanas.

Las mujeres comían ansias de escuchar los detalles del viaje de Naty, y dado que Consuelo ya había puesto al tanto a Lulabel y a True-Dee de las cuestiones básicas, Naty comenzó con sus impresiones de esa tierra y sus costumbres, diciendo:

—Allá la gente se divierte mucho más porque tienen muchas menos reglas y la gente casi nunca se pone demandas entre sí.

—Dejan que los toros corran desenfrenados por las calles a las 11:00 todas las mañanas durante la semana de fiesta y todo el que quiera puede montarlos —dijo Naty.

—Una vez vi un documental sobre esos toros corriendo por las calles —dijo Chelo. Estaba chupando una paleta agridulce Smarty®. Se la sacó de la boca y se quedó mirándola por un rato, maravillada ante su belleza: era de un verde y amarillo marmolado y estaba muy brillosa por el uso.

—Has visto demasiados documentales —comentó Nataly.

—¿Tomaste fotos? —dijo Lulabel. Ella también estaba chupando una Smarty®, una roja y anaranjada.

—No, ni una.

—¿No tomaste ninguna foto? —dijo Chelo sacándose la Smarty® de la boca de un jalón.

Nataly se arremolinó lo suficiente como para darle una mirada a Chelo.

—Ni una foto —confirmó Naty—. Con eso de que todo el mundo me iba a visitar como si me encontrara en una novela inglesa antigua, era medio difícil. Y como siempre estaba yendo de aquí a allá, todo el tiempo se me olvidaba la cámara.

—Me acuerdo de esos libros de la escuela secundaria, eran de ensueño —dijo True-Dee.

—Pero te dije que quería fotos —dijo Chelo y se puso seria.

Naty se arremolinó otro poco.

—No puedo trabajar si alguien no se está quieta —dijo True-Dee. Puso con toda calma sus tijeras en el mostrador frente al área de peinados. Había hecho una cuarta porción del pelo de Naty.

—Ya ves lo que hiciste —le dijo Naty a Chelo.

—Yo ni hice nada.

—Tú nunca haces nada. ¿Sabes qué, Chelo?

Consuelo guardó silencio como era su derecho constitucional.

—Ese viaje no tenía ninguna importancia para mí. Fue sólo un montón de trabajo duro y situaciones embarazosas. Pero lo hice. Saqué a tu papi del purgatorio y tú te quejas de las fotos.

Chelo no dijo nada y menos mal porque Naty no había terminado.

—Vendimos cosas que nos encantaban. Que nunca podremos reemplazar, para que yo pudiera hacer ese viaje. Quiero tener de nuevo esos cuernos de vaca. Ya sabes cómo me encariño con las cosas y de veras que me encantaban esos cuernos de vaca.

—¡Vendieron los cuernos de toro! —dijo True-Dee. Tanto True-Dee como Lulabel estaban familiarizadas con ese par de cuernos. Habían adornado con orgullo la sala de Naty durante años, y tanto True-Dee como Lulabel habían colgado sus abrigos de ellos en más de una ocasión.

Naty asintió.

—¿Cuánto te dieron por ellos? —dijo Lulabel. Ella era toda calma y serenidad.

—Treinta y ocho dólares —dijo Naty.

—Pedimos cuarenta, y un tipo trató de regatearnos a treinta y cinco, así que quedamos en treinta y ocho. Y además, sacamos una ganancia.

—Qué ganancia ni qué nada —dijo Naty haciendo cuentas—. Los tuvimos por diez años y los vendimos por once dólares más de lo que pagamos, de modo que, ¿qué, un dólar y diez centavos al año?

—Ni vale la pena —dijo True-Dee. Puso un brazo consolador alrededor de los hombros de Naty—. De pensar que podrías haberlos puesto en el Cadillac. Imagínate. Se hubieran visto lo más chéveres.

—Yo te hubiera dado cincuenta varos —contribuyó Lulabel.

—Por lo menos así hubieran quedado entre familia —dijo Naty.

—Chelo, ¿crees que podamos vivir así la vida entera, trabajando en una fábrica de quesos? —dijo Naty.

—Clarín que sí. No es como si fuéramos pobres —concluyó Consuelo.

—No. Pobre es cuando empiezas a pensar en todo lo que no tienes, luego te partes la madre tratando de conseguirlo. —Las cuatro mujeres asintieron en acuerdo.

—Y además —dijo Chelo—. Nunca encontré algo que me gustara tanto que no me pudiera esperar a sacarlo con el apartado.

—No eres pobre hasta que tratas de tener lo que todo el mundo tiene. Cuando tratas de ser como la gente normal.

—Por si no te has dado cuenta, Naty, no somos normales.

—Dale las gracias al buen Señor.

True-Dee y Lulabel respiraron con más calma; parecía que Naty y Chelo coincidían de nuevo.

—Al menos no andamos afanando carritos en el estacionamiento de la Kmart —dijo Chelo.

—Eso sería una friega —dijo Naty—. Pero no tanto como ser secretaria. Eso sí que me chocaría.

—A mí también, y además tanto escribir a máquina te puede dar el síndrome del túnel carpiano.

—He oído que eso es una chinga —dijo Lulabel—. Hace que te hormigueen los dedos, y no de buena manera.

—Cualquier cosa que tenga síndrome como parte del nombre debe ser bien mala —dijo True-Dee. Recogió sus tijeras y continuó con su trabajo.

—Quiero cambiar de panorama de vez en cuando —dijo Nataly—. Quiero ir a un lugar donde el sol ocupe un lugar distinto en el cielo, donde las cosas huelan de otra forma. Quiero irme de aquí —señaló al suelo.

—'Tonces vete —dijo Chelo. Se metió la Smarty® de nuevo en la boca con renovado interés.

—Pero quiero ir contigo. Nunca vamos a ningún lado. Nomás vemos cómo van y vienen las cosechas, y los hombres que van y vienen con ellas. No tenemos historias nuevas. Siempre el mismo cuento. Conocí a un muchacho, Chelo, y quizá algún día quiera ir a visitarlo.

—¡¿¡Conociste a un qué!?! —dijo Consuelo.

—A un muchacho —repitió True-Dee, su voz cargada de añoranza.

—A un muchacho —declaró Lulabel.

—Sí, a un muchacho —dijo Naty—. Quiero ir a visitarlo algún día y quiero que me acompañes.

—Pero prometimos que nunca íbamos a ir y dejar a la otra por un muchacho —protestó Chelo.

—No hicimos tal promesa —dijo Nataly.

—Pues hagámosla —replicó Chelo.

—No voy a hacer ninguna promesa hasta que digas que vas a pedir ayuda y por lo menos vas a librarte de ese miedo irrazonable tuyo.

—Qué tal si no quiero. Qué tal si soy feliz tal como soy. —se cruzó de brazos. Si había algo que le cayera gordo a Chelo, era que la ultimatumearan.

—Pero no siempre se trata de ti. ¿Por qué no piensas en mí?

—Siempre pienso en ti —dijo Chelo.

—Estoy pidiendo algo más que una dona en la mañana y que me des rienda suelta en tu clóset. Quiero ir a algún lado. Ya me cansé de estar aquí estancada.

—Pero no es tan fácil. Di que nos metemos en el carro y nos echamos a andar, y me comienzo a preocupar y a pensar que quizá mi casa se incendió o que tu casa se incendió o se nos poncha una llanta y unos tipos asquerosos de miedo nos llevan a rastras al bosque, hacen de las suyas con nosotras, luego nos mochan los brazos.

—Debes tener más fe en ti misma —le dijo True-Dee a Consuelo.

—Pero has de admitir —dijo Chelo—, que ese tipo de cosas ha pasado antes.

—Pero ese tipo de cosa nunca te pasaría a ti, con lo grandota que eres —Lulabel, quien medía apenas cinco pies tres pulgadas en tacones, comparado con los cinco pies y once pulgadas y tres cuartos descalza de Chelo, negó con la cabeza.

—Ustedes se comportan como si se tratara de dejar de fumar o algo así.

—Chelo, te apuesto a que tu papi nos viene a visitar a alguna de nosotras y, cuando lo haga, le podemos pedir que te ayude. Tan sencillo como eso —dijo Naty.

—Buena idea —dijo True-Dee. Le estaba dando los últimos tijeretazos al pelo de Naty—. Digo, mira lo que le hizo a tu pelo. Si puede hacer algo así, debe ser muy poderoso.

—Lo voy a pensar —dijo Chelo.

—Es todo lo que te pido —dijo Naty.

—Más vale que me vaya —dijo Lulabel—. Pero, ¿podrían todas ustedes pasar mañana por la tarde para darme una mano?

—Claro —dijeron Consuelo y True-Dee, quienes rápidamente le informaron a Nataly sobre la inminente Cena para Peones de Rancho y Jornaleros de Lulabel—. Me parece un buen plan —dijo Naty mientras Lulabel se apresuraba a salir para hacer unas compras de última hora.

Naty se esponjó los rizos, luego dijo:

—Quedé como nueva.

Chelo se quitó la mascada beige con la que se había hecho una cola de caballo, luego sacudió la cabeza como en un anuncio de champú, y dijo:

—Quítame también el mío.

—¿Cómo estuvo eso? —dijo True-Dee.

—Deshazte también del mío. Déjamelo hasta aquí. Mocho. Sin fleco. De un mismo largo —dijo Chelo sosteniendo la mano a la altura de la barbilla.

—¿Quieres que te haga un corte tipo paje? —dijo True-Dee incrédula. Chelo traía el pelo a tres cuartas partes de la espalda, encaminado hacia sus nalgas.

—Clarín que sí —dijo Chelo.

—Está bien, pues —True-Dee se puso a trabajar. Fue un proceso rápido. Puso el pelo de Chelo en una colita, la cortó, luego le retocó las puntas.

Cuando todo había acabado y Chelo se miró en el espejo, se dio cuenta de que esa melenita tipo paje era el *coiffure* que mejor le iba a su pelo lacio, grueso y abundante, color negro azabache, las puntas del cual apuntaban a sus frondosos labios, sus pómulos salientes, la nariz intensa y esos ojos verde gris.

Con sus nuevos cortes de pelo, Naty y Chelo se veían como cuando eran niñas. Claro que eran más altas y les habían brotado pechos, pero todavía estaban tan unidas y eran tan femeninas como lo habían sido en aquel entonces, incluso si esa tarde hubieran estado a punto de pelearse, lo cual no hacían desde el segundo grado.

# El nopal

**LO QUE TODOS VAN A VER, CUANDO TIENEN QUE COMER**

# CENA ANUAL PARA PEONES
# DE RANCHO Y JORNALEROS
# OFRECIDA POR LULABEL

*No importa lo que diga la gente, Connie Francis no tiene nada de cursi*
—dijo Nataly subiéndole al radio AM. Looney Bugsy McCray estaba
tocando canciones viejas que tenían que ver con la vida y obra de Connie
Francis.

—Con ella tengo pa' ponerme a zarandear los hombros cualquier día
—dijo Consuelo, demostrando que Naty estaba en lo cierto. Las chicas se
encontraban en casa de Lulabel, enmandiladas y en la cocina, rebanando y
cortando en cubos, jalapeños y jitomates, respectivamente.

True-Dee también estaba presente, pero estaba tan emocionada ante el
prospecto de pasar la noche con trescientos peones de rancho y/o jornaleros, que había pasado la mayor parte de la tarde emperifollándose en el
baño. True-Dee andaba de rubia para este acontecimiento, traía un peinado
con crepé de la colección de pelucas Dolly Parton y, lo que es más, andaba
de vaquera, al darse cuenta de que todos los peones de rancho y la inmensa
mayoría de los jornaleros prefieren el estilo vaquero.

—¿Cómo me veo? —dijo haciendo su entrada en un par de bluyines
ajustados de poliéster, botas vaqueras y una blusa rosa de olanes sin manga.

—Como un millón de pesos nuevos —dijo Lulabel pasándole a True-
Dee un cuchillo para mondar y una bolsa de aguacates.

El radio pasó de golpe a "Where the Boys Are" anticipando la llegada
de los invitados, justo cuando el timbre tocó las primeras diecisiete notas de
"La cucaracha". Lulabel le abrió la puerta a un puñado de jardineros ensom-
brerados.

—Amor de mis amores —dijo, abrazando a don José, el mayor del
grupo. Don José era responsable de la flora y la fauna que se desbordaba por
el jardín de enfrente, de atrás y de los costados de la casa de Lulabel. Había

comenzado el proyecto de jardinería hacía más de veinte años, cuando había besado a Lulabel por primera vez frente a las suculentas que ella había confundido con cactos.

Entraron los hombres. True-Dee llegó corriendo y se quitó el delantal por el camino.

—¡Ay! mamacita —dijo Juan cuando le echó una mirada a True-Dee.

—Eso cree —dijo Consuelo entre dientes. Ella y Nataly observaban el desarrollo de esta escena desde la cocina.

True-Dee miró a Juan a los ojos, pero hasta allí llegó su coquetería, ya que los cuatro hombres restantes hicieron a Juan a un lado.

—No es mamacita —dijo uno de los jardineros.

—Ah, ¿cómo que no? —dijo Juan—. Se parece a una botella de Coca-Cola® —trazó esa forma con las manos.

—Es mamápa —anunció uno de los hombres.

—¿Mamápa? —repitió Juan—. ¿Qué es eso?

—Parte mamacita, parte papacito —dijeron al unísono.

—¡Ay! no. Tantas curvas y yo sin *brekas* —dijo Juan.

No que True-Dee no pareciera mujer. Los otros cuatro hombres eran asiduos al show de travestis del martes por la noche. True-Dee, en sus papeles como Thalía y Paulina Rubio, era su imitador favorito. Juan nunca asistía a la función de los martes con los demás hombres debido a que estaba enviciado con las telenovelas, y no se podía despegar del televisor cinco noches a la semana.

Lulabel guió al primer grupo de invitados a través de la casa y los llevó a la puerta trasera, la cual se abría a una terraza sobre el jardín trasero. Por todo el perímetro, había una banca empotrada para que hubiera mucho lugar donde sentarse pero, por si acaso, había varias mesas con bancos adosados de colores vivos al centro de las cosas, cada una con todo y un ramillete de flores de su propio jardín. En el punto más al sur, la terraza sobresalía y era rematada por un elaborado quiosco. Eran casi las 8:00 p.m. y apenas empezaba a oscurecer. Lulabel prendió las antorchas Tiki. Se quedó de pie con los brazos cruzados, complacida y a la vez sorprendida por lo lindas que se veían. Era increíble las cosas que uno podía conseguir en la tienda de todo a un dólar.

En poco tiempo, la fiesta se había animado, y el jardín trasero rebosaba de invitados. Los hombres comieron, bebieron, rieron, hablaron de sus familias en su tierra natal y discutieron sobre sus equipos de fútbol favoritos: cosas que hombres como ellos generalmente hacen si se presenta la ocasión. Lulabel, Nataly, Consuelo y True-Dee deambulaban por allí, jugando el papel de anfitrionas ideales.

Todo esto fue momentáneamente interrumpido por el sonido de una trompeta cuando el Mariachi de Dos Nacimientos desfiló en fila india hasta el jardín trasero, tal como lo había hecho durante los últimos doce años. Durante la historia de este acontecimiento, Javier y los muchachos habían tenido un éxito marginal y habían, hasta la fecha, conseguido más de veinte almas para Jesús. Pero esa noche, salvar almas no era lo único que le preocupaba a Javier. Había invitado a Lucha y comía ansias porque Lulabel la conociera. Alcanzó a ver a su madre en la distancia, miró a Lucha, sonrió, luego dijo, con un entusiasmo desbordante:

—Ven a conocer a mi mamá.

Lucha frunció el ceño y arrugó la nariz. No otro hijo de mami, pensó, cuando Javier la tomó de la muñeca y la llevó a rastras hasta Lulabel.

Lulabel estaba tomando un descanso, sentada en una banca rodeada de un puñado de empleados de limpieza. Javier se enderezó el sombrero, luego dijo:

—Mamá, te presento a mi novia.

Al escuchar esto, Lulabel casi se atraganta con las carnitas. La declaración de Javier también le cayó de sorpresa a Lucha; no tenía idea de que ya habían entrado en un noviazgo formal.

—Mijo, ¿tienes novia? —dijo Lulabel.

—Sí, tengo novia —dijo Javier. Le puso un brazo momentáneamente a Lucha por los hombros, se le acercó, luego le dio un beso en la mejilla.

Lucha se veía tan inocente de pie junto a Javier, vestida en una blusa bordada y una falda larga y suelta estilo campesino, un conjunto que a Javier le había parecido apropiado para su debut como la vocalista nueva del Mariachi de Dos Nacimientos cuando lo sacó del clóset de Lulabel esa tarde más temprano. A pesar de la apariencia inocente de Lucha, Lulabel tuvo motivos para alarmarse. Se puso de pie, tomó ambas manos de Lucha en sus manos, y la estudió detenidamente antes de sonreír y luego decir:

—Vamos a dar un paseo.

Las mujeres entrelazaron los brazos. Pasaron por los rosales en el jardín a un costado alejándose de la multitud y hacia el frente de la casa mientras Javier se quedó de pie en la distancia, mirándolas y preguntándose qué sucedía.

—Traes puesta mi ropa —dijo Lulabel después de un período de silencio.

—Javier dijo que si me vestía así de decente eso me acercaría al Cielo —dijo Lucha.

—Te queda bien. Se vería ridículo en cualquiera menos en una mujer joven y divina como tú. Pero te hacen falta unos aretes.

Lucha se sintió las orejas.

—¿Usté' cree?

—Sí, mija —dijo Lulabel sosteniendo la puerta de enfrente, invitando a Lucha a pasar.

Las mujeres entraron al cuarto de Lulabel, el cual delataba años de acumulación. La cama estaba cubierta con una colcha de parches de terciopelo de los años setenta. Las fundas de las almohadas que decían "Buenas noches, mi amor" eran un vestigio de la época en que la cama de Lulabel había sido una cama matrimonial y, por consiguiente, precedían incluso la colcha. Las paredes estaban pintadas de un verde aguacate y estaban tapizadas de aún más calendarios mexicanos viejos, éstos de los años sesenta, que eran iguales a los más recientes, y unos dibujos originales enmarcados hechos en la cárcel (Lulabel tenía muchos "amigos por correspondencia") de los años setenta que representaban a princesas aztecas bien dotadas, pero con el pelo emplumado, tatuajes y otra evidencia de cholitaismo. Lulabel tenía un armario que albergaba sus trajes regionales de regiones desconocidas para ella, una gran colección de rebozos, una acumulación considerable de huaraches de varios colores, algunos con tacones de madera como los que Lucha traía puestos, otros bordados al estilo Sinaloa. (Muñecas de papel con los trajes regionales de Lulabel a continuación de La Gran Fábrica de Quesos, el Gran Cinco-Cuatro y El Baile Grande: Un relato en tiempo presente.)

Lucha se sentó en la cama mientras Lulabel se dirigió a su joyero. Sacó un par de aretes de oro, tomó uno de los lóbulos de Lucha, luego el otro, dotándolos de un par de coquetas brillantes extra grandes. A Lucha le pesaban los aretes. Se miró al espejo y sonrió.

—Tenemos que hablar en serio —dijo Lulabel tomando la mano de Lucha y acariciándola.

—Está bien, señora —dijo Lucha con vacilación.

—¿Sabías que yo conocí a tu padre?

—No —dijo Lucha negando con la cabeza.

—Quiero decir que lo CONOCÍ —reiteró Lulabel.

—Yo casi no —dijo Lucha. Él había ido y venido entre Lavalandia y Tecalitlán durante casi toda la niñez de Lucha, hasta que había encontrado un trabajo sedentario en La Fábrica de Salchichas. La familia emigró a los Estados Unidos de forma permanente cuando Lucha tenía nueve años, y su padre murió poco después. Según la mamá de Lucha, doña Violeta, la falta de padre era una de las razones por las cuales Lucha había resultado ser "tan mala muchacha".

—Cuando digo que conocí a tu padre, quiero decir que realmente lo conocí y lo amé, pero no me di cuenta hasta que se había ido.

—Quiere decir, ¿usted y mi padre eran así? —dijo Lucha cruzando dos dedos.

—Sí, mija. Cuando conocí a tu padre, él estaba casado con tu madre, pero ella estaba muy lejos en México. Un hombre lejos de su país y su familia llega a sentirse muy solo.

—Yo también estaba casada, pero los hombres y las mujeres pueden ponerse inquietos dentro del matrimonio. Mi esposo empezó a andar con otras, y una mujer sólo aguanta hasta cierto punto. Me resigné a desquitarme de mi marido. A hacerle lo que él me había hecho a mí.

—Yo nomás buscaba una aventura. No quería nada en serio. Pero me enamoré.

—La comprendo, señora —dijo Lucha—. Yo tampoco he podido ser muy fiel.

—Gracias, mija, pero necesito pedirte algo muy importante —dijo Lulabel.

—Adelante —dijo Lucha.

—Mija, tú y Javier, ¿han tenido relaciones?

Lucha rió. —Hemos tenido *relationships*? ¿Quiere decir, sexo?

Lulabel asintió.

—¡Ay! no. Es decir yo sí quería, pero él dijo que primero nos teníamos que casar y que el sexo fuera del matrimonio era pecado mortal.

La facilidad con la que Lucha hablaba de sexo asombraba y atemorizaba a Lulabel. Quizá Lulabel hubiera encontrado esa aptitud admirable si Javier no hubiera estado involucrado.

—Escucha, mija —dijo Lulabel tomando ambas manos de Lucha entre las suyas—. Alégrate de que tú y Javier no hayan tenido relaciones íntimas. Confía en mí, es mejor así. No hay una manera fácil de expresar esto. . . —Ella oprimió la mano de Lucha con fuerza—. Tu padre bien pudo haber sido también el padre de Javier —soltó las manos de Lucha, cerró los ojos y apretó los puños, esperando lo peor.

Lucha se puso de pie y comenzó a caminar de un lado a otro. Primero se dio cuenta de que quizá no era hija única. Bueno, por lo menos se trataba de un hermano. Aunque eran primas, Favy era la única hermana que ella podría querer o necesitar. Era una novedad, más que nada, la idea de que pudiera tener un hermano.

—Cuénteme más —la animó Lucha y se volvió a sentar en la cama.

Lulabel se sentó a su lado.

—A veces veo un parecido a tu padre en Javier, pero me siento confundida ya que casi ni me acuerdo de mi propio esposo. Cuando algo como la infidelidad se mete en tu cama, tratas lo más posible de olvidarlo y de olvidar todo aquello que estaba asociado con eso. Es muy extraño.

—Tal vez. Pero no tan extraño como salir con tu propio hermano y sin saberlo siquiera —dijo Lucha, luego se encorvó, como para agarrar fuerzas, antes de reír, no una risa cualquiera, sino una risotada loca de miedo, tipo el-diablo-anda-suelto, que asustó incluso a Lulabel.

Lulabel carraspeó.

—Es mejor que te lo haya dicho, mija, porque tú y Javier no pueden seguir así como andan. Tienen que cortar por lo bueno y lo antes posible mejor.

Lucha asintió.

—Y algo más —dijo Lulabel.

Lucha era toda oídos.

—No le digas nada de esto a Javier. Quiero encontrar el momento apropiado, para decírselo yo misma.

—Está bien, señora —coincidió ella.

—Siento mucho que te hayas llevado un *shock*. Pero la vida está llena de sorpresas. Quizá tú y yo lleguemos a conocernos. Quizá podamos ser amigas. ¿Te gusta jugar a la lotería? —dijo Lulabel.

—Nunca he ido —dijo Lucha.

—Podemos ir un día. Pero no hay que pensar en eso ahorita. Tenemos mucho por bailar —dijo Lulabel.

—¡Ándale chiquilla loca! —dijo Lucha, gritando su refrán favorito que traía pegado. Las mujeres entrelazaron los brazos y se dirigieron al jardín trasero.

Cuando Javier vio a Lucha dirigirse hacia él, recogió su guitarrón e inconscientemente dirigió a sus mariachis a cantar "Qué bonito amor", un número agnóstico y una canción de amor, sin duda. Lucha tuvo que detenerse a pensar. ¿Era esa la misma canción que Cheque le había cantado aquella noche aciaga, justo antes de consumar su amor en la parte trasera de la lonchera? En efecto. A Lucha se le puso la carne de gallina en los brazos de recordarlo todo de nuevo, sólo que esta vez puso a Javier en lugar de Cheque.

Javier cantaba suavemente, Lucha se derretía por él y, a la distancia, las cosas parecían lo que debían ser: el guapo Javier en su traje de charro, Lucha con apariencia a la vez inocente y seductora, pero Lulabel, quien contaba con mejor juicio, caminó hasta donde estaba Lucha, la tomó firmemente del antebrazo y le masculló "cuanto antes, mejor".

Lucha se limitó a asentir con la cabeza. Había llegado la segunda estrofa de la canción. Éste era el momento ideal para que Lucha hiciera su debut como la cantante principal del mariachi y lo hizo de forma resonante. Tanto los peones de rancho como los jornaleros quedaron impactados. El mariachi había tenido que disminuir apreciablemente la velocidad de la serenata, dando a Lucha tiempo extra para hacer alarde del amplio registro de su voz, para entonar todas las notas de la canción. Se veía tan linda bajo el resplandor de las antorchas Tiki, su amplia falda hinchándose con la brisa nocturna.

Después de que terminó la canción, la multitud se puso de pie para aplaudir a Lucha y comenzó a gritar: "Otra, otra, otra."

Lucha hizo una caravana cordial, pero en ese momento, la música era la última de sus preocupaciones. Le echó los brazos al cuello a Javier. Ahora que sabía que él pudiera ser su medio hermano a quien había perdido hacía mucho, ya no era el misionero torpe resuelto a salvar su alma, sino una emoción intensa por sentir. Lucha tuvo una idea: tentaría a Javier colgándole su alma sin salvar frente a sus narices hasta que él se abalanzara sobre ésta, entonces, cuando se diera a la caza, ella iría a la caza de él. Sonaba tan divertido que casi no podía esperar, y tampoco tendría que hacerlo: su cita en la pista de patinaje tomaría lugar en menos de una semana.

Javier, un misionero y un mariachi, pero en primer lugar un hombre, sufría de una lucha interna. Lucha le atraía aún más después de oírla cantar. Pero al mirar a los hombres ante él reunidos a su alrededor, se dio cuenta de cuántas almas quedaban por salvar y el misionero dentro de él despertó de pronto. Éste no perdió tiempo en usurpar al mariachi y a la parte varonil de su hombría al embarcarse en las primeras notas de "Más cerca, ¡Oh Dios! de ti". Los demás mariachis se le unieron de inmediato.

Javier le hizo a Lucha una seña con la cabeza y ella comenzó a cantar la canción, pero de alguna manera su voz había perdido su fuerza y ya no embelesaba al público. Los hombres estaban menos interesados en el mensaje salvador de almas que en sus cuates y en el trago. Pero a la manera de ver de Javier, la única cosa que pudo haber hecho más enérgico el debut de Lucha era un pandero.

Como a tres cuartas partes del camino, la serenata salvadora de almas fue interrumpida por una banda que llegó tocando la canción de amor clásica "Mi gusto es". Los mariachis estuvieron de acuerdo en que éste sería un momento oportuno para tomar un descanso y comer.

Mientras tanto, Lulabel estaba en brazos de Carlos, un albañil del estado de Michoacán. Él le cantaba con bastante destreza al oído. Ella estaba tan absorta que ni siquiera se dio cuenta de la presencia de Alberto, quien acababa de llegar.

Él quiso estar al lado de Lulabel al instante en que el hechizo surtió efecto. Se detuvo a oler el aire. El aroma a carnitas era tentador, pero no iba a dejar pasar una canción de amor como esa, sin bailar con su amada Lulabel.

—Con permiso —dijo, metiendo su cuerpo chaparro y rechoncho entre Carlos y Lulabel.

Carlos lo empujó a un lado y agarró más fuerte a Lulabel.

—Es mía —protestó Alberto dando de pisotadas.

Lulabel se puso las manos en las caderas y dijo:

—¡Mentiroso! No es cierto —y no estaba tan errada. El hechizo de Beto no entraría en efecto hasta la última campanada de la medianoche, si es que lo hacía.

Carlos no le dio a Beto la oportunidad de discutir. Lo noqueó con un solo chingazo, de manera tan rotunda y eficiente que Lulabel apenas pudo creerlo. Por lo menos tuvo la consideración de arrastrarlo a un rincón y apoyarlo contra uno de los postes de la barda, pensó Lulabel.

Era poco después de las 11:00 p.m.: demasiado tarde para el típico peón de rancho o jornalero que acostumbra acostarse temprano. La fiesta atravesaba por un periodo de calma. Sólo los trabajadores de la limpieza le seguían dando duro, pues como tenían el turno de la tarde todavía tenían mucha energía. Un puñado de ellos acaparaba a Nataly y Consuelo.

—Como que estás chula, mi amor —dijo Carlos al tener de nuevo a Lulabel en sus brazos. Estaban bailando lentamente a una canción movida. Ella dejó que él la besara en la mejilla, y que después se moviera despacio hacia sus labios. Estaban tan cerca que ella pudo sentir la firmeza de la parte más íntima de él rozar la suavidad de la suya. Carlos le pasó las manos por la espalda desnuda: ella traía puesto un vestido sin espalda de lentejuelas moradas y tirantes finos. Ella estaba a punto de decir, "Vamos pa' dentro", a punto de invitar a ese joven a entrar, ofrecerle una taza de café u otra botana, luego pasar al sofá, comenzar algo allí que sólo podría terminarse en un lugar más privado, llevarlo a su recámara y hacer lo que surgiera con naturalidad. Pero entonces a ella le empezó a dar comezón. Un poquito al principio, luego peor por todas partes. Se rascó la cabeza y se le desbarataron los chonguitos. Se rascó las piernas, dejando marcas blancas en su piel morena. Suspiró, se limpió el sudor que se había acumulado en su frente, miró a su alrededor como si estuviera confundida, antes de susurrar, luego gritar el nombre de Alberto.

Lulabel dejó a Carlos en un estado similar, acalorado, sudoroso, con una comezón que necesitaba que le rascaran, más que un poco confundido por su súbita partida y aún más confundido cuando vio a cambio de quién Lulabel lo había abandonado. Allí en la distancia estaba Lulabel, tendida en el suelo, acunando la cabeza calva de Alberto en su regazo.

—¡Despiértate, mi amor! ¡Despiértate! —Ella le dio unas cachetadas hasta que él volvió en sí, luego puso sus labios sobre los suyos. Era el primer beso que compartían y fue el beso más suave y más dulce que Lulabel hubiera experimentado jamás. Qué extraño que éste le recordara a sus hijos, sus primeras palabras, sus primeros pasos, acontecimientos sencillos e importantes entre muchos otros por venir, cuya belleza era a la vez efímera y permanente.

Lulabel y Alberto caminaron mano en mano hasta la puerta de enfrente, mirándose a los ojos todo el tiempo, después se abrieron paso hacia adentro donde Lulabel le ofreció una taza de café. Él se rehusó y se dirigieron al sofá donde comenzaron algo que sólo podría terminarse en un lugar más privado.

Y fue así como la Cena para Peones de Rancho y Jornaleros de Lulabel llegó a un abrupto fin. Con la salida prematura de su encantadora anfitriona, la fiesta simplemente se desbarató. Nataly y Consuelo, descalzas y con ampollas, se fueron cojeando al jardín de enfrente, se subieron al Cadillac y partieron. Juan y True-Dee se dirigieron a casa de Juan para ver episodios pregrabados de Amor y Pecado, con la intención de cultivar el uno al ser partícipe del otro.

Los demás mariachis, incluso Lucha, se subieron a la camioneta de Raymundo y también se fueron a casa, dejando a Javier completamente solo, así que se quitó las botas y su sombrero, luego se reclinó en la *chaise-lounge* de vinilo de la terraza. La temperatura esa noche oscilaba entre los setenta y los setenta y cinco grados. Los grillos chirriaban en la distancia.

Además del olor a tortillas quemadas que persistía en el aire, había poca evidencia de una fiesta. Siempre le asombraba a Javier ver lo poco que había que limpiar todos los años después de este suceso. Si acaso, el jardín quedaba siempre en mejores condiciones después de que esos hombres se iban. No sólo limpiaban lo que ensuciaban, sino que podaban los árboles, desyerbaban el jardín, arreglaban los postes de la barda, fertilizaban y sembraban el jardín de atrás.

Javier recordó algo que Lulabel le había dicho una vez. Ella declaró de manera simple y sucinta que cuando Jesús dijo dale de comer a los hambrientos, quiso decir mucho más que eso. En aquel entonces, Javier estuvo completamente de acuerdo con Lulabel ya que pensó que ella se refería a visitar a los enfermos y los encarcelados, a vestir a los desnudos. Pero al estar sentado allí, acalorado y sudoroso en su traje de charro que le picaba en la piel, se le ocurrió que Lulabel se refería a algo completamente distinto: Había tantas variedades distintas de hambre y, cada año, cuando Lulabel reunía a esos hombres, ella intentaba alimentarlos en más de una manera. Javier se sintió orgulloso de su madre. Y pensar que por tantos años él había estado en contra de ese acontecimiento, lo había considerado como sólo otra ocasión para que Lulabel retozara y echara relajo.

Tumbado allí bajo un puñado de estrellas con sus botas amontonadas en el suelo y su chaqueta del traje de charro echada sobre una silla de jardín cercana, Javier hubo de admitir: había tantas cosas en el mundo que no sabía si archivar bajo "bien" o "mal", su madre en primer lugar entre ellas y, ahora, he ahí a Lucha.

# La peluca rubia esponjada

LO QUE USA LA CASTAÑA Y A TODO EL MUNDO ENGAÑA

## NO LO PUEDO *BELIEVE*

*True-Dee y Juan estaban sentados en el sofá de la sala de Juan.* Habían salido temprano de la pachanga de Lulabel y estaban viendo episodios grabados de Amor y Pecado. Estaban completamente solos. Juan no le podía quitar los ojos de encima a True-Dee, sus grandes ojos azules, su pelo rubio esponjado, sus melones de chichis, sus nalgotas redondas. Desde su punto de vista él no podía verle las nalgas, pero podía recordarlas y, al hacerlo, cuando se aparecían ante sus ojos, sólo pudo pensar en una frase que describiera lo que él consideraba como su inmensa fortuna, "No lo puedo *believe*".

Los dos estaban cerca, muy muy cerca el uno del otro. Juan acariciaba la nuca de True-Dee y ella hacía lo mismo. Estaban cara a cara, ojo con ojo, acercándose el uno al otro como en cualquier episodio de cualquier telenovela, y Juan no pudo evitar pensar, "No lo puedo *believe*".

Él sabía lo que seguía. Sus labios apenas se rozaron. Cerraron los ojos. True-Dee deslizó su lengua en la boca ansiosa de Juan e hizo las cosas que había aprendido sobre el curso de los años, sobre el curso de los hombres, los muchos, muchos hombres, y Juan lo pensó de nuevo, una y otra vez, "No lo puedo *believe*".

—¿Tienes hambre, mi amor? —dijo True-Dee. Ella quería irse con más calma. No estaba segura que Juan estuviera listo para lo que le esperaba. Parecía un alma sensible, un tipo comprensivo, por lo menos a juzgar por la manera en que había llorado durante el episodio final de Amor y Pecado. La cara de Juan pasó de una amplia a una leve sonrisa. Pensándolo bien, tenía hambre.

—Sí, mamacita. Estoy un poquito *hungry*.

True-Dee se fue a la cocina y, una vez que ella no podía escucharlo,

Juan dijo entre dientes una vez más: "No lo puedo *believe*", ya que no sólo era una morra encantadora, también estaba domesticada.

Y, ¿por qué Juan no lo podía creer? Tipos como Juan no consiguen citas con chicas como True-Dee. Juan no era feo ni mucho menos. Era promedio: de estatura promedio o quizá hasta un poco alto para ser mexicano. Era de facciones normales, quizá hasta bien parecido. Contaba con todo su cabello y unos cuantos músculos bien desarrollados. Ganaba doce dólares por hora, en efectivo, algo necesario ya que no tenía papeles, ni número de Seguridad Social, ni siquiera uno falso, mucho menos una *driver's license*. Tenía una bicicleta, un VCR, un televisor, y una parte en la tanda de la semana entrante: había estado dando sus cien dólares a la semana durante las últimas semanas y estaba a punto de recibir lo que había invertido. Aun así, True-Dee era demasiado encantadora. Según Juan, ella podría escoger el papel principal de la telenovela que ella quisiera.

Después de un rato, True-Dee regresó con un plato de chorizo y huevos, y un vaso de leche. Juan tomó su primer bocado. Con la boca llena, no pudo evitar decir entre dientes: "No lo puedo *believe*", ya que el chorizo con huevos sabía a chorizo con huevos.

Juan le arrebató el plato de las manos a True-Dee y atacó. Seguro que tenía hambre, no de chorizo en sí, menos de huevos, sino de los modos cariñosos y tiernos de True-Dee.

Puso el plato vacío en el piso, se terminó la leche, se limpió el bigote de leche con el revés de la manga, luego agarró a True-Dee por el pelo como diciendo dame-un-beso-¡pero-rápido! Se quedó con un montón de peluca rubia esponjada y nada de nada de True-Dee. Miró la peluca esponjada, luego a True-Dee y de nuevo, antes de decir como diciendo no-me-digas-no-mames: "No lo puedo *believe*".

True-Dee se quitó los pasadores que sujetaban su peinado de salón, dejando caer todo ese cabello largo, negro y brillante. Meneó la cabeza de un lado a otro y se sacudió el cabello como diciendo porque-soy-hembra, y Juan no pudo evitar decir: "No lo puedo *believe*", ya que True-Dee se veía aún mejor de pelo negro.

—Pues créelo —dijo True-Dee.

Juan agarró a True-Dee por su verdadero pelo esta vez y comenzó donde supuso que se habían quedado, pero True-Dee no estaba jugando de ese modo. Si estuvieran jugando un juego de Candy Land®, entonces, según cálculos de Juan, habían llegado por lo menos hasta el Bosque de Pirulís, si no es que el Mar de Helado. Pero parecía como si por el camino, a él le hubiera salido una tarjeta con un Bastón de Caramelo, y ahora se encontrara de vuelta en la Selva de Menta, él tratando de desabotonarle la blusa y ella insistiendo:

—No, no, no.

Se quedaron con los labios fundidos y con la lengua trabada por un rato, hasta que Juan le dijo en español:

—Vamos a mi cuarto, mamacita.

—¿*You wanna go to your room*? —adivinó True-Dee.

—Sí, *honey*. A mi *room let's* vámonos.

—Okey, papi. Pero tienes que portarte bien.

—Ay, caray —dijo True-Dee cuando echó un vistazo al cuarto de Juan. El piso estaba tapizado de colchones individuales, siete según pudo ver True-Dee, y uno en el clóset que no pudo ver. No le escandalizó que tantos hombres vivieran juntos en un espacio tan reducido. Le estremecía saber que estaba a punto de acostarse en el mismo lugar donde tantos hombres se habían acostado a dormir y ve tú a saber qué más.

Quizá eso fue lo único que hacía falta para que True-Dee se relajara. Se acostaron en el colchón de Juan y se metieron debajo de la cobija, y True-Dee dejó que Juan le desabotonara la blusa rosa de olanes, que le desabrochara el brasier de encajes que le hacía juego, y que descubriera su orgullo y su alegría, sus pechos, sus *bubis*, sus chichis. Ella misma las había desarrollado, realmente desarrollado. No eran falsas. Había hecho con hormonas lo que algunas mujeres sólo pueden lograr con silicona y pagos. Todo aquello era aún más prueba de que ella era realmente una mujer atrapada en el atavío de un cuerpo de hombre.

Juan hundió su cara en sus pechos, todo el tiempo pensando, "No lo puedo *believe*". Los examinó, los agarró, los contempló, los admiró desde todos los ángulos posibles antes de susurrar: "No lo puedo *believe*".

Avanzaron al Bosque de Pirulís sin incidentes. Juan estaba más feliz que nunca con su True-Dee, su Princesa Lolly, si gustas. Lamió y chupó los pechos de True-Dee como si fueran sus paletas de dulce favoritas, las de sandía cubiertas de chilito y limón, y un poquito de sal y tamarindo.

Juan metió la lengua en el ombligo de True-Dee, mientras luchaba con la hebilla de su elaborado cinturón. Era un esfuerzo quitarle esos pantalones ajustados. True-Dee no estaba por ayudarlo. Ella estaba allí, tirada boca arriba en el humilde colchón individual de Juan, olvídate del colchón de resortes, nomás un vil colchón en el suelo, y para el caso de segunda mano. Ella estaba desnuda o casi: sólo sus calzoncitos se interponían a las delicias que Juan sólo pudo imaginar, el preludio a las delicias que él había visto incontables noches entre las horas de las 7:00 y las 11:00 p.m. Y ahora estaba por averiguar qué sucede después de que termina la telenovela. Estaba a punto de ver qué pasa durante los cortes comerciales calculados estratégicamente.

—No lo puedo *believe* —dijo al desabrocharse el cinturón, al desabotonar y bajar el cierre de sus pantalones, al bajarse los calzoncillos y dejar que brotara su parte más viril. True-Dee contuvo el aliento. Juan tenía las manos metidas bajo el elástico de los calzoncitos de ella, los estaba jalando y éstos bajaban: bajaban por las caderas, bajaban por la puntita. La puntita. Había algo por debajo que no debió haber estado allí. Y a medida que los calzoncitos seguían bajando, esto no desapareció. Se hizo más y más grande, más y más largo, parecía no tener fin. True-Dee estuvo a punto de explicar, a punto de exhalar y decir que la naturaleza, pues bueno la naturaleza a veces comete un error, pero ya era demasiado tarde, pues Juan gritó—: ¡Ay! buey —y entonces, tal como en las telenovelas, se dio la media vuelta y se desmayó.

True-Dee se encogió de hombros, agarró su peluca rubia esponjada y se fue derechito a su Chevy Malibu Super Sport 1972. No era la primera vez que le sucedía algo así, pero de todas formas no era fácil. Si lo indicado hubieran sido unas lágrimas, éstas habrían brotado espontáneamente, pero a True-Dee le quedaba un consuelo: Querida Claudia le había contestado.

*Revista La Guía*
P.O. Box 9069 ♦ LAVALANDIA
CALIFORNIA 95027-0909

**EDITOR/DIRECTOR**
Rogelio Mora

**FOTOGRAFÍA**
Eduardo Medina

**DIRECTORA DE ARTE**
Elizabeth Sánchez

**GERENTE DE VENTA**
Orlando Ortega, Jr.

Estimado lector,

Gracias por escribirle a Querida Claudia y su columna "La Pura Neta". Nos complace informarle que una versión recortada de su carta aparecerá en la columna del próximo martes. Adjunto encontrará una copia de su correspondencia original, nuestra versión recortada y modificada de dicha correspondencia, la respuesta de Querida Claudia, así como una nota personal de La Doctora.
Gracias por su interés en la columna de Querida Claudia.

Atentamente

Rogelio Mora
Redactor en jefe

*Querida Claudia*
☞DOCTORA DE BUENA ONDA☜
P.O. BOX 9069 ✦ LAVALANDIA
CALIFORNIA 95027-0909

Estimado lector,

Gracias por su reciente carta. Para contestar a su pregunta, yo sí creo que el volcán está a punto de hacer erupción. Soy una de las tantas descendientes del hombre que predijo el volcán cuando éste nació. Si desea saber más sobre nosotros y nuestra misión, puede llamarme cuando le sea conveniente al 546-2493.

Atentamente

Querida Claudia

## ¿¿CONFUNDIDA??

*Querida Claudia,*

*Nací hombre, pero soy mujer. Las hormonas me han dado lo que la naturaleza me negó, pero no me han quitado lo que la naturaleza me dio, y con ello no me refiero al vello facial. Me he encontrado en la intimidad total con hombres en contadas ocasiones. Atraigo a los hombres, pero conseguir un hombre y conservarlo requiere de dos habilidades distintas. Querida Claudia, quiero saber cómo es realmente el amor, pero cuando un hombre descubre el error de la naturaleza, siempre se marcha de inmediato. Estoy tan confundida que no sé qué hacer. ¡Me siento como un volcán a punto de explotar! Me enfrento a verme sometida a una operación cara y dolorosa, o a seguir viviendo como hasta ahora. En resumidas cuentas, soy una mujer bajo construcción, quien no está muy segura de si está lista para la fase final de la construcción, o debería decir, ¿de la demolición? Sé que tú tienes la respuesta, Querida Claudia, y que me dirás la pura verdad porque tú hablas únicamente con ¡¡¡La Pura Neta!!! Escríbeme pronto.*

*De veras Super Confundida*

## RESPUESTA

Querido volcán a punto de explotar,

Espero que no te moleste que te cambie de nombre: es un derecho que me reservo. No creo que estés, como tú dices, confundida. Déjame contarte un secreto, mi querida volcancita. Cada semana recibo docenas de cartas de mujeres que están al borde de un colapso nervioso, quienes están indignadas y bien asustadas porque sus esposos les ruegan, les suplican y a veces les insisten en que accedan a tener sexo anal. Recibo tantas, si no es que más, cartas de mujeres embarazadas que han sido abandonadas por sus novios, o a veces sus esposos, quienes insisten que no tuvieron nada que ver con el asunto. A veces hasta recibo correspondencia de los hijos ya mayores de estos sinvergüenzas. Aunque no le desearía ese tipo de hombre ni a mi peor enemiga, parece ser que, con la proliferación de hombres obsesionados con el sexo anal y el número igualmente abundante que parece no tener ningún reparo en abandonar a sus hijos, que tú estarías muy cotizada.

Dices que quieres conocer el amor. Yo digo, cariño, que encontrarás el amor cuando encuentres a un hombre que te acepte tal como eres. No estoy segura de que eso es lo que querías escuchar, pero no olvides que lo escuchaste aquí con Querida Claudia, únicamente la pura neta.

¡¡Suerte!!

# La bandera

VERDE, BLANCO Y COLORADO, LA BANDERA DEL SOLDADO

# CIERTA TRISTEZA

**Había cierta tristeza en la manera en que un hombre siempre se que-**daba dormido antes que Lulabel, dejándola sola y triste, sin otra cosa que hacer más que pensar en la diferencia entre éstas dos cosas, y preguntarse si en realidad había diferencia alguna. Inevitablemente llegaba siempre a la misma conclusión, que toda la tristeza era el resultado de una cosa: la soledad.

Pero esa noche y ese hombre eran distintos. No estaba ni triste ni sola y, aunque ya habían hecho el amor, Beto estaba bien despierto.

—Platícame algo —dijo Lulabel acostada en brazos de Beto.

—¿Qué quieres que te platique?

—Cuéntame de ti.

—Soy del rancho —comenzó Beto.

—El mundo está lleno de ranchos —dijo Lulabel. Se meneó y se retor-ció de tal manera que ella sabía que provocaría una caricia.

Beto asintió con la cabeza, se alisó el cabello y dijo:

—Es cierto. Pero regla número uno, un hombre nunca debe olvidar de dónde viene. Nunca.

—Sí. Ya lo sé, mi amor.

—Mi papá era vagabundo, pero no era tu típico vagabundo con una mujer en cada pueblo y niños abandonados por todos lados. Era un hombre que gustaba de viajar. Siempre andaba de un lado a otro. Era de Guanajuato, pero conoció a mi mamá en Aguascalientes. Él tenía diecisiete y nomás estaba de paso, de camino a Nayarit donde le esperaba un trabajo. Fue de pura suerte que pasó por allí, porque Aguascalientes realmente no está de camino.

—Tal vez ya estaba escrito —dijo Lulabel.

—Le echó un vistazo a mi madre y supo que la quería para su mujer. No se molestó en pedir permiso. La echó en su troca y se fue.

—¿Se la robó? —dijo Lulabel.

—Sí, se la robó. Y eso pensé hacer contigo todos estos años.

—Ojalá lo hubieras hecho —dijo ella.

—Ya lo sé, mi amorcito —dijo él. Esa palabra la hizo estremecerse. Le encantaba la manera en que Beto usaba todo tipo de cariños, así como sus diminutivos.

—Tu madre debe haber sido bien chula para que tu padre se la llevara así nomás —dijo ella.

—No era chula, nomás maciza. Era chaparrita y tenía músculos. Quizá mi padre pensó que ella podría sobrevivir su vida de andariego.

—Qué romántico —dijo Lulabel.

Beto la besó.

—No como esperar cuarenta años a que la mujer que tú amas te ame.

Lulabel suspiró.

—Cuéntame de tu rancho —dijo ella.

—Mi padre iba camino al sur cuando yo nací. Mi mamá ya había tenido ocho niños en ocho estados diferentes.

—Yo nací en Tabasco y viví de leche de coco durante mi primer año de vida. Por eso dice mi mamá que salí tan cachetón.

Lulabel hizo una pausa para pellizcarle los cachetes a Beto.

—Después nos dirigimos al norte, primero a Puebla a cosechar el maíz y el trigo, luego a Veracruz donde mi padre trabajó como pescador.

—Apuesto a que es re' lindo por allí.

—No tanto —dijo Beto—. Hay demasiada industria y el aire es bien feo, lo cual es triste porque cuando oyes a Agustín Lara cantar "Veracruz", te imaginas que debe ser el lugar más encantador de la tierra.

—En Veracruz a los turistas siempre se les atoraban sus cuadriciclos en la arena. Mi padre dijo que un hombre podía ganarse la vida remolcando a los que se habían metido en problemas. Decidió que iríamos de un lugar a otro por el país y ahorraríamos suficiente dinero para comprar una grúa. Como hay tanta arena en los desiertos de Chihuahua y Sonora, ése se convirtió en nuestro destino.

—En San Luis Potosí, mi padre trabajó en una fábrica de tequila mientras que el resto de nosotros cosechábamos papas.

—Luego él se enteró de un trabajo en un pozo petrolero en Tamaulipas. Mi madre lloraba todas las noches cuando él no estaba, hasta que mi hermano la llevó adonde estaban perforando y ella se lo llevó a rastras de allí.

—La gente habla mal de los viejos tiempos. Mi padre fue el único hombre que mi madre conoció y mi madre fue la única mujer que mi padre conoció. Mi padre pudo habérsela llevado pateando y gritando, pero siempre la cuidó y la amó hasta el día en que murió, y ese día mi madre pateó, gritó y lloró más que nunca.

—No fue hasta que llegamos al estado de Nuevo León que tuvimos suficiente dinero para comprar la primera grúa.

—Pero cuando llegamos a Chihuahua, no había nadie a quien sacar de la arena. Fue entonces que mi padre comenzó a hablar de venir al norte, no sólo a Sonora, sino al norte, a Estados Unidos. Lo había mencionado desde un principio, pero nadie creyó que lo decía en serio. Era un hombre de ideas avanzadas.

—En ese entonces, las cosas eran distintas. Un hombre podía conseguir un pasaporte si quería venir a trabajar, o si no quería lidiar con todo el papeleo y la espera, nomás se atravesaba la frontera colándose por un agujero en la barda por la noche. Mi padre dijo que un día todo eso cambiaría, y que debíamos aprovechar la oportunidad mientras todavía pudiéramos.

—Nos dirigimos a Sonora por si acaso hubiera gente a quienes sacar de la arena, pero sobre todo porque mi padre quería ver todos los estados de su patria y éste era el único que le faltaba.

—Mi madre lloró todo el camino cuando atravesamos el estado de Chihuahua, que es el más grande de toda la república. En ese entonces pensé que lloraba porque yo me había mareado al viajar en carro. Ella siempre lloraba cuando cualquiera de sus hijos estaba enfermo y no sabía cómo consolarlo.

—Es curioso cómo guardas recuerdos en tu cabeza por mucho tiempo o por siempre, aquellas cosas que no puedes olvidar y que luego un día, cuando ya tienes edad, por fin comprendes. No fue sino hasta mucho tiempo después que me di cuenta de que mi mamá lloraba porque se iba de su patria.

—Luego llegamos aquí y sucedió algo curioso. Mi padre cambió. Se le quitó lo vagabundo de plano. Quizá porque la vida es más fácil en este país, no sentía como si siempre tuviera que andar de aquí para allá. Eso, o ya había visto todo su país, de modo que sentía que ya podía echar raíces.

—Su negocio de grúas mejoró poco a poco y, mientras tanto, el resto de nosotros trabajamos en los campos. Ahí la íbamos pasando. Mi padre era el único remolcador que hablaba español del pueblo. En ese entonces, un remolcador era alguien de respeto. No se ganaba la vida sacando a la gente de estacionamientos o quitándolos de las salidas de urgencia. Un remolcador era alguien que iba al rescate de alguien más.

Beto bajó la vista para mirar a Lulabel. Había estado tan absorto contando su historia que no había notado que ella estaba llorando, y que lo había hecho desde el estado de Nuevo León. Había cierta tristeza y cierta verdad en todo lo que Beto le había contado y, detrás de eso, aún otra tristeza: la tristeza de finalmente saber y escuchar todas las cosas que pudo haber sabido y escuchado, pero que no había hecho, durante gran parte de los últimos cuarenta años.

En la mañana, cuando Lulabel se despertó para encontrar a Alberto en la cama junto a ella, no se sintió rara como creyó que le sucedería. Él no se veía guapo acostado allí, pero se veía mono, su cabeza medianamente calva relucía con el sol matutino. Ella lo empujó suavemente, apenas lo suficiente para que abriera los ojos, luego dijo algo de improviso, sin segundas intenciones, que le salió directo del corazón:

—Beto, *I want you to stay.*

—¿Quieres que me quede, aquí contigo? —repitió. Era uno de sus hábitos más entrañables, la manera en que cambiaba al español cuando estaba nervioso o sentía falta de confianza en sí mismo por alguna razón.

—Sí, viejo. Quiero que te quedes conmigo. Con nosotros —le acarició la cabeza y sonrió—. Lo puedes pensar si quieres. Pero pensé que sería agradable. Javier siempre ha querido tener una familia. Siempre ha querido tener un padre. Sé que es un poco tarde, pero nunca es demasiado tarde.

Le tomó a Beto unos treinta segundos pensar bien las cosas y decidir:

—Supongo que me puedo quedar, pero sólo si Javier está de acuerdo. Un hombre no puede andarse metiendo en el territorio de otro hombre y, por si no te has dado cuenta, tu hijo ya no es ningún chamaco.

—'Ta güeno, viejo —dijo Lulabel.

—Creo que no me deberías de llamar así hasta que hable con Javier —dijo Beto. Tenía razón. Cuando una mujer le dice viejo a su hombre, es que la cosa va en serio.

# La sirena

**CON LOS CANTOS DE LA SIRENA, NO TE VAYAS A MAREAR**

# A MEDIO CAMINO

**Lo que Javier sabía sobre las mujeres era tan breve y enigmático**
como cualquiera de los 150 salmos. Las mujeres eran criaturas extrañas, en
cambio constante, sobre todo justo antes y durante la menstruación pero,
de mayor importancia, una mujer, cualquier mujer podía ser la perdición de
cualquier hombre, sin importar cuán recto fuera o cuán fortificado por el
Espíritu Santo. Aun con dicho conocimiento, tan básico y sin embargo tan
vago, y por tal virtud maleable, Javier no podía comprender qué les pasaba a
las mujeres a su alrededor.

Ahí tienes a Lulabel, por ejemplo. Estaba enamorada. No era como si
Javier no la hubiera visto antes pasar por eso, por lo menos cien veces. Pero
para Lulabel el amor era, otra vez, breve, como los salmos y, él esperaba que
por su propio bien, conmovedor.

Habían pasado cuatro días desde la Cena para Peones de Rancho y Jornaleros de Lulabel, y Beto había pasado todos esos cuatro días y cinco
noches con Lulabel. Javier no podía recordar un hombre que hubiera
durado tanto tiempo bajo el mismo techo con Lulabel, aparte de su padre. Y
si ésta no fuera una señal de permanencia, Lulabel había sacado el Cadillac
del garaje para hacerle lugar a la grúa. Aunque Javier pudo haber estado en
contra de las relaciones sexuales antes del matrimonio e indeciso sobre éstas
después, no obstante, le alegraba ver a su madre ceder ante el pecado con un
solo hombre, en lugar de arrastrar con ella a montones de ellos.

Bajo la influencia de Beto, Lulabel comenzó a guisar con regularidad y a
vestirse como una dama. Pero la cosa más rarísima de todas fue la siguiente:
Lulabel había ido a misa y, más extraño aún, Lucha la había acompañado.

Siendo éste el estado de las cosas, ese miércoles, cuando Javier fue a
recoger a Lucha para llevarla a la Noche de Música Cristiana en el Palacio de
Patinaje de Lavalandia, a él no debió sorprenderle que ella trajera una falda

larga y suelta, con un chal tejido a gancho azul pastel cubriéndole los hombros, el pelo en dos trenzas sueltas.

—Buenas tardes —dijo Lucha.

—Buenas —dijo Javier.

Caminaron al Monte Carlo que los aguardaba, se subieron, se abrocharon los cinturones de seguridad y cerraron las puertas.

Por el camino, Javier habló.

—Hermana Lucha, ¿te pasa algo? Pareces muy cambiada.

A Lucha le gustaba que la llamara hermana. Quiso dar un "¡ay papacito!" en el acto, pero en vez de eso hizo una pausa para traducir su entusiasmo en algo que Javier pudiera comprender.

—Hermano Javier, me siento tan contenta de estar en compañía de un auténtico cristiano, de ir en camino a una actividad cristiana y de ir por el camino del Señor, después de haber pecado por tanto tiempo. Me da mucho gusto saber que mi amor por el Señor es aparente —dijo ella.

Javier estaba sentado en silencio. Lucha lo miró y pensó en su padre. Por más que trataba de recordar momentos de ternura —ella sentada en su regazo, él subiéndola a un pony en la Feria del Condado, él cargándola a su cuarto después de quedarse dormida en el sofá— sólo se podía imaginar al lado de Javier, su lengua en su oído, sus manos comenzando por su nuca, delineando su torso, luego, cada una yendo por su lado —una bajando por sus pantalones, la otra desabotonando y bajándole el cierre— hasta volver a unirse, como en una oración.

—¿En qué piensas, hermano Javier? —preguntó Lucha.

—Siempre y en todo momento pienso sólo en el Señor.

Dentro de ese misionero había un hombre. Lucha intentaba apelar al misionero para poder llegar a éste.

—Yo también he comenzado a pensar sólo en Él.

Miró a Lucha.

—Ruego que lo que dices sea verdad. —Estaba acostumbrado a ver a Lucha de tacones y bluyines ajustados, su pelo hecho crepé hasta alturas y anchuras desconocidas, pero hela aquí, de aspecto tan encantador, sus mejillas resplandecían con el resplandor del Espíritu Santo, tan inocente, como una corderita, y tan atrayente.

Por un instante sus pensamientos coincidieron. Imaginaron las luces oscurecerse en la pista de patinaje, la música cada vez más lenta, la luz estroboscópica al centro del techo girando, su reflexión proyectándose por cada rincón de la superficie de patinaje, el anunciador anunciando, "Ésta es sólo para parejas", Javier ofreciéndole su mano a Lucha o quizá poniéndose al revés y reposando ligeramente las manos en sus hombros, él patinando hacia atrás, mientras ella patina hacia adelante. Allí terminaban las figuraciones de Javier y puso el brazo a lo largo del asiento.

Lucha se quedó quieta y continuó con sus pensamientos privados. Se vio a sí misma en brazos de Javier, recogiéndola después de una caída, ayudándola hacia el área de la cafetería, levantándole la falda para limpiarle con sumo cuidado la rodilla despellejada con una servilleta húmeda y tibia, luego poniéndole la boca sobre su herida y lamiéndola, citando la vieja creencia de que la saliva quita el ardor y previene la infección, luego Lucha perdiendo los estribos, enredándole el cuello con las piernas y Javier zafándose, mirando a Lucha a los ojos, el calor de la mano de él en su mejilla, pidiéndole que lo perdone, pensando que su roce con el pecado había sido culpa de él, luego Lucha diciéndole, "Mi pequeño pastor, sé que nunca dejarías que me pierda en el camino".

Lucha bajó la ventana para que le entrara un poco de aire, pero era un poco tarde, o quizá justo a tiempo, ya que habían llegado.

Javier sacó las llaves. Se apresuró a abrirle la puerta a Lucha. Hicieron una pausa en la cajuela para que Javier sacara sus patines. Los había traído por sugerencia de Abril Mayo y no se arrepentía. Cualquier cosa era mejor que los de alquiler. Él estaba tomando clases semanales de baile artístico, nada menos que con la Señorita Magma en persona, a quien Javier y Lucha encontraron a la entrada del Palacio de Patinaje de Lavalandia.

—Buenas noches, hermana Abril Mayo —dijo Javier.

Abril Mayo se limitó a gruñir. Tomó $5.50 de entrada multiplicado por dos, rompió sus boletos y los dejó pasar.

Caminaron al mostrador de alquiler. Abril Mayo llegó antes que ellos. Lucha pidió unos del número 7.

—¡Qué chica! ¿no? —dijo Javier admirando a Abril Mayo.

Lucha montó en celos. Javier continuó mientras Lucha se abrochaba las agujetas.

—¿Sabes quién es, ¿verdad?

—La mera verdad, no —dijo Lucha.

—Ella es la reina del Condado de Lava. ¡La Señorita Magma en persona!

—Oh, sí —dijo Lucha.

—Sí. Y la mejor noticia de todo esto es que, ¡ya casi conseguí su alma!

—Sí, hermanito —dijo Lucha.

—Sí. He estado tomando clases todos los martes por la noche. Puedo hacer un Axel doble, pero de mayor importancia, he convencido a Abril Mayo de que asista al servicio el próximo domingo —dijo Javier. Se hincó en una rodilla y ayudó a Lucha con sus patines de ruedas—. Imagínate, este Día del Trabajo en el desfile, ¡la Señorita Magma llevando el estandarte de Jesús!

Lucha bajó la vista para ver a Javier. Le tocó la mejilla con toda su palma y mientras Javier la miraba a los ojos, él sentía como si estuviera mirando dentro de sus propios ojos, se sintió embargado de una calidez y un consuelo, y a la vez recordaba los momentos más placenteros de su niñez: adornar el árbol de Navidad, su cama recién hecha, el sonido de la música de mariachi que salía de su tocadiscos Fisher-Price®, el olor del rebozo de Lulabel mientras él reposaba la cabeza en su hombro hasta quedarse dormido.

—Mi pequeño Salvador —dijo Lucha.

Javier tragó saliva. No pudo haberle hecho un mejor cumplido. Y entonces, de repente, Abril Mayo se subió a la cabina del anunciador y dijo:

—Ésta es sólo para parejas.

Javier respiró hondo. Bajó la vista hacia Lucha, le ofreció su mano y le dijo:

—¿Patinamos?

Se abrieron paso a la pista, luego lentamente alrededor de la superficie de patinaje y no era en absoluto como cualquiera de los dos lo había imaginado. Javier le puso un brazo alrededor de la cintura a Lucha para evitar que se cayera y, con la mano libre, la sostuvo por un codo. A medida que daban vueltas por la pista de patinaje, lenta, pero a juicio de Javier, seguramente, Lucha se estaba armando de valor, ya que estaba a punto de sufrir una caída, y se le ocurrió que debería también socavar el equilibrio de Javier, para que ella pudiera tener el placer adicional de curar sus heridas y, dentro de unos segundos, ambos se encontraban desparramados por la superficie de patinaje. Abril Mayo llegó patinando a toda velocidad y se detuvo deprisa con los brazos abiertos, dándole a Javier una visión del Cristo crucificado. Ella sólo estaba haciendo su trabajo, evitando que se lastimaran aún más los patinadores caídos, mientras protegía a los que estaban en posición vertical de un choque innecesario.

Javier se puso de pie, luego ayudó a Lucha a hacer lo mismo. Se abrieron paso al área de la cafetería donde Abril Mayo les proporcionó un fajo de servilletas, las esquinas remojadas en agua tibia. Javier atendió las heridas de Lucha, ya que él había resultado ileso. Le limpió la sangre de ambas rodillas, ella lo miró desde arriba y masculló un *non sequitur*:

—Mi pequeño pastor, sé que nunca dejarías que me pierda en el camino. —Su imaginación estaba desbocada y ella soñaba las cosas como quería que fueran, no como eran. Pero con esas palabras había despertado al hombre en Javier y, de pronto, la cálida mano de él se encontraba en su mejilla y ella se le acercaba cada vez más, y los ojos de él, anteriormente bien abiertos por el susto, de pronto se cerraron, mientras los labios de Lucha tocaban los suyos. El cuerpo de él se calentó y se estremeció en todos los lugares posibles, ya que parecía que el alma astuta y sin salvar de Lucha había jugado su papel a la perfección y Javier, al ver y desear a esta pequeña corderita y su alma sin salvar, decidió ceder a la mujer dentro de Lucha para llegar así a su alma, y fue de esta manera que los dos hicieron sus diferencias a un lado y se encontraron a medio camino en un breve pero profundo beso.

Abrieron los ojos simultáneamente, uno diciendo entre dientes:

—Hermano Javier —el otro—: hermana Lucha.

—Dime que lo que hicimos no fue pecado —dijo Lucha.

Javier no supo qué decir.

—¿Debo interpretar tu silencio como diciendo que hemos pecado? —dijo Lucha.

—No, hermana Lucha. Lo que hicimos no fue pecado. Pero por si acaso, arrodillémonos en oración y pidámosle al Señor su perdón. Cuando se trata del alma, siempre es bueno practicar el mantenimiento preventivo.

Se arrodillaron y cerraron los ojos. Al verlos arrodillados en oración frente a la cafetería, el resto de los patinadores se les unieron.

—Y, ¿a qué le debemos esta ocasión de oración espontánea, hermano Javier? —dijo el pastor Harold cuando pasó patinando a toda velocidad por allí, luego dio un giro brusco en la esquina, pasó más allá del barandal y fue directamente a la alfombra donde se paró en seco.

Lucha tomó a Javier de la mano y proclamó:

—Estamos enamorados.

—¿Es así, hermano Javier?

Javier asintió.

—Entonces debemos hacer algo al respecto —dijo el pastor.

—Amén —dijeron los demás al unísono.

—Cáselos —sugirió un feligrés.

Lucha quedó desconcertada, pero su postura frente a este asunto se suavizó al pensar en las delicias que su cama matrimonial le podría brindar. Además, una vez que se cansara de Javier, lo podía mandar a volar: una anulación sería muy probable una vez que saliera a la luz que eran hermano y hermana.

Javier recibió la idea con cauto entusiasmo.

—Debemos hacer las cosas correctamente —dijo—. Y estas cosas llevan tiempo —se imaginó llevándole serenatas a Lucha, pidiéndole su mano de rodillas.

—Lo que tú digas, papacito —dijo Lucha metiendo la pata—. Digo, sí, claro, hermano Javier. —Lo tenía en su trampa, y era sólo cuestión de tiempo antes de que ella se saliera con la suya.

Los patinadores regresaron a la superficie de patinaje. Javier hizo un Axel doble, ya que sabía que a las mujeres les gusta cuando alguien se luce. La actuación posterior de Lucha en patines fue nada menos que milagrosa, ya que dio la vuelta a la pista con mucha confianza al compás de "El Señor está en la casa ahora", una versión de una u otra tonada *hip-hop*.

De ver a su corderita patinando al estilo rex por toda la pista de patinaje, Javier concluyó en voz alta:

—El poder del Señor y su instrumento el Espíritu Santo no tienen límites.

# El diablito

PÓRTATE BIEN CUATITO, SI NO TE LLEVA EL COLORADITO

# UN TIPO MEDIO RARO

—*Buenas noches, mijo* —*le dijo Lulabel a Javier, quien acababa de lle-*
*gar a casa.* Traía la cara roja y no sólo de patinar. Lulabel estaba acostada en
el sofá, su cabeza recostada en las piernas de Beto, estaban viendo el juego
de béisbol. Ella se incorporó.

—Te ves muy colorado, mijo. ¿Quieres hablar de eso? —dijo Lulabel.

—No gracias, mamá —dijo Javier.

Todavía no se acostumbraba a la nueva Lulabel. De hecho, encontraba
el comportamiento combinado de Lucha y Lulabel tan raro, que se preguntó si sería una señal del segundo Advenimiento de Cristo. Entró en su
cuarto, cerró la puerta y tomó su Biblia resuelto a encontrar algo que no
hubiera visto antes, pero sólo podía pensar en Lucha. Hizo la Biblia a un
lado y prendió el radio AM. Tocaban un vals lento; Javier se imaginó a sí
mismo debajo de la ventana de Lucha, llevándole serenata: su alma aproxi-
mándose más y más, mientras el Señor observaba todo desde lo alto.

A Javier le era difícil quedarse quieto y al final se dio por vencido. Agarró su guitarrón, luego fue a su clóset a buscar algo apropiado para su presentación como solista. Se puso un pantalón Wrangler® y un cinturón
elegante que Lulabel le había comprado varias Navidades atrás. Con las eti-
quetas pegadas, no sc los había puesto y todavía estaban en su caja. Se puso
la camisa blanca que siempre llevaba bajo su traje de charro, sus botas
vaqueras, el cinturón y los bluyines. Se miró al espejo. Le faltaba algo. Necesitaba un sombrero, pero su vestuario sólo contaba con su elegante sombrero de ala ancha y un surtido de gorras de béisbol. Se alisó el cabello y se
dirigió a la sala.

—Préstame tu tejana —le dijo a Beto.

—Un hombre no presta ni su sombrero ni su pistola —dijo Beto, sus ojos fijos en el televisor.

—Mamá, necesito un sombrero —dijo Javier.

—Tal vez Santa Claus te traiga uno —dijo Lulabel sin prestar a su hijo la atención debida: el equipo local tenía todas las bases llenas y no había ningún hombre afuera.

—No puedo esperar tanto —dijo Javier.

Lulabel levantó la vista.

—¡Ay-ay-ay! —dijo poniéndose de pie, tomando a Javier del codo, conduciéndolo al cuarto trasero y diciendo—: Ya era hora de que empezaras a vestirte como un muchacho joven.

Le echó otro vistazo a Javier, negó con la cabeza y dijo:

—Hijo, algo te pasa —se puso de puntitas y alargó la mano hasta la repisa de arriba donde Beto guardaba su Stetson®, luego sacó la elegante caja del sombrero y se la dio a Javier.

—Mil gracias, mamá —dijo él. Se puso el sombrero, se miró al espejo y se ajustó el ala. Luego hizo algo que no había hecho en mucho tiempo: le dio un beso en la mejilla a Lulabel.

Lulabel se quedó quieta, tocando el lugar tibio y húmedo en su mejilla.

—¿Adónde vas, mijo? —dijo ella.

—Voy a conseguirme una chica —dijo Javier.

—He querido hablar contigo sobre eso —dijo Lulabel. Pero era demasiado tarde. Javier ya se había ido.

—¿Qué le picó a ése? —dijo Beto mientras Lulabel tomaba su lugar en el sofá.

—Quién sabe —dijo Lulabel—. Siempre ha sido un tipo medio raro.

De camino a casa de Lucha, Javier le dio vueltas a una docena de canciones en su cabeza tratando de encontrar la canción ideal para llevarle serenata, pero cada vez que creía que la había encontrado, la descalificaba aduciendo que o mencionaba el acto de amor o una borrachera. Finalmente, al llegar y estacionarse frente a la casa de Lucha, se decidió por "¡Ay! Jalisco, no te rajes", basado únicamente en el hecho de que la familia de Lucha era de dicho estado. Tomó su guitarrón, se colocó bajo la ventana de Lucha y comenzó a media canción:

—¡AAAAAAAY Jalisco, no te rajes. . . —pero todo fue en vano.

Javier quedó impactado al ver a Violeta, la madre de Lucha, despejando las cortinas, abriendo la ventana, sacando la cabeza, sombreándose los ojos con una mano, para decir:

—Oh, sólo eres tú.

—Disculpe, señora —dijo él parándose derecho—. ¿Y Lucha?

—Oh, se fue a bailar —dijo doña Violeta.

—¿En serio? —dijo Javier.

—Me temo que sí. Creí que ya lo había dejado, pero ahora está peor que nunca.

—Este, ¿qué quiere decir con eso, señora? —dijo Javier quitándose su sombrero prestado.

—Bueno —dijo Violeta haciéndole una seña a Javier para que se acercara, luego le susurró al oído:

—Debías de ver lo que traía puesto.

—¿De veras? —dijo Javier.

Violeta asintió.

—Habla con ella, ándale.

—Seguro que sí.

—Tú eres la mejor influencia masculina que ella ha tenido desde mi finado esposo —dijo Violeta haciendo la señal de la cruz, luego prosiguió—, que en paz descanse.

—No se preocupe. La traeré de volón pimpón, señora —dijo Javier poniéndose de nuevo su sombrero prestado.


Javier llegó deprisa a El Aguantador. Al ver el guitarrón de Javier, el hombre a la puerta lo dejó entrar gratis pues sabía que la música en vivo impulsa las ventas en el bar.

Con una bebida en una mano y un cigarro en la otra, Lucha estaba rodeada de hombres. No reconoció a Javier de inmediato. Estaba acostumbrada a verlo en su traje de charro: elegante, extravagante y atractivo. O Javier en su camisa de botones y sus bluyines, no tan ajustados como para causar tentación, pero tampoco tan guangos como para estar a la moda. Pero allí, en la distancia, estaba Javier en sus Wrangler® y un Stetson®, encajando de maravilla en el lugar. Le echó un vistazo y pensó, "Se me hace conocido", luego concluyó, "A lo mejor bailé con él antes", antes de darse cuenta de quién era y el lío en que ella se había metido. Se reacomodó su chal, el cual había caído desvergonzadamente de sus hombros.

—¿Qué haces en un lugar así? —le dijo Javier a Lucha.

—Hermanito, sálvame —suplicó Lucha fingiendo lágrimas—. Se me apareció el diablo y me hizo caer en la tentación.

—Cuando el diablo se aparece, la tentación siempre lo sigue —dijo Javier negando con la cabeza.

El lloriqueo de Lucha se intensificó hasta emitir un gemido. La verdad de las cosas era que, después de su cita en la pista de patinaje, Lucha había llegado a casa y se había cambiado a sus trapos de bailar, luego había salido a El Aguantador en busca de alguien que terminara lo que Javier había comenzado.

—No llores, hermanita —dijo Javier tomando a Lucha en sus brazos.

—Llévame a casa —dijo Lucha, levantando la mirada hacia Javier. Él se acercó un poco, luego otro poco, hasta que tomó la iniciativa y la besó, suave y dulcemente. Se apartaron justo cuando el beso estaba a punto de intensificarse, después se tomaron de la mano y se dirigieron a la puerta.

Una vez dentro del Monte Carlo y ya en camino, Lucha se le arrimó a Javier, le mordisqueó la oreja, le puso las manos en el cuello, delineó su torso, luego cada mano se fue por su lado, una bajando por el pantalón, la otra desabotonando y bajándole el cierre, hasta que se volvieron a unir.

—Hermanita, ¿qué estás haciendo? —dijo Javier.

—Por algo el Señor hizo diferentes al hombre y a la mujer —declaró ella.

—Pero el Señor estableció reglas de cómo un hombre y una mujer deben negociar sus diferencias —hizo a Lucha a un lado y se subió el cierre.

—Esta alma viene con un cuerpo, hermanito y, si quieres el alma, entonces debes darle al cuerpo lo que éste quiere, necesita y merece. —Lucha se pasó a su lado del automóvil y se cruzó de brazos.

—Eso me suena a amenaza, hermana.

—Soy una mujer y, como mujer, tengo mis necesidades. Si no me das lo que quiero, lo busco en otra parte. Así de fácil. Pero si atiendes a mis necesidades, te daré mi alma, luego tú se la das al Señor y vaya que si eso no lo pone a Él bien contento.

—Sólo el diablo hace tratos.

—Y quizá yo haga uno con él —dijo Lucha quitándole el seguro a la puerta, ya que habían llegado a la banqueta. Luego ella dio una risotada macabra que a Javier le puso la carne de gallina.

—Supe que era demasiado tarde para salvar tu alma —dijo Javier.

—Puede que tengas razón, hermanito. Pero, ¿acaso no estás olvidando tu propia alma? ¿Quién dice que la tuya no corre peligro?

Los ojos de Javier se agrandaron.

—¿Qué tal si hago un trato con el diablo? El diablo le puede dar a una chica como yo cualquier cosa que ella desee y, ¿qué tal si le digo que a quien quiero es a ti, en cuerpo y alma?

—No lo harías.

—¿No quieres entrar conmigo, hermanito? Te prometo que seré muy delicada contigo.

Javier apagó el motor y decidió entrar y ganar un poco de tiempo. Subieron por el pasillo mano en mano, en dirección al cuarto de Lucha.

—Quítate el sombrero, hermanito. Todo va a salir bien suave, tú nomás espérate y ya lo verás —dijo Lucha cuando entraron en su recámara.

Javier puso su sombrero en la mesita de noche cercana. Nunca antes había estado en la recámara de Lucha, pero había visto el papel tapiz a rayas rosas y blancas desde la ventana cuando le había llevado serenata. El cuarto hizo que Javier se sintiera a gusto. No había nada intimidante en él, de hecho era como él se imaginaba que sería el cuarto de una niña de once años: había una cama individual cubierta con una colcha rosa afelpada y, encima de ésta, muchos animales de peluche y muñecas de trapo. Había un tocador blanco contra una pared y una cómoda contra la otra.

—Oremos —dijo Lucha tomando de la mano a Javier. Ella supuso que la oración era una estimulación erótica inicial que un misionero pudiera comprender.

Se arrodillaron al lado de la cama, cerraron los ojos y juntaron las manos sobre la pelusa rosada, pero Javier no oraba ni tampoco Lucha.

Javier estaba sufriendo con su tricotomía interna. El hombre en su interior dijo, "U-ta", el mariachi, "Pórtate como un hombre", y el misionero, "Que Dios me perdone", y con esas últimas palabras comenzó su oración que iba algo así:

Señor, perdóname por lo que estoy a punto de hacer. Amo a esta mujer y creo que su alma es salvable y digna de tomar su lugar en tu reino. Además, ten la seguridad de que tengo la intención de hacer de esta mujer mi esposa de acuerdo a tu más sagrado Verbo. Por último, por favor haz que nuestro primer encuentro amoroso sea un éxito para poder acercar a Lucha más a mí, tu seguro y fiel servidor. Y te prometo que tan seguro como que tú eres mi testigo, una vez que posea a esta mujer, su alma será tuya, Señor.

Amén

Javier hizo la señal de la cruz. Lucha hizo lo mismo, luego brincó en su cama. Salieron volando los tacones, los pantalones imitación piel de pitón y los calzoncitos de terciopelo rojo. Lucha se cruzó de brazos, agarró su blusa sin espalda por la bastilla y se la sacó por arriba. Allí estaba, desnuda, esperando a que Javier diera el siguiente paso.

Javier nunca había visto a una mujer desnuda hasta muy recientemente cuando Lulabel se quitó el huipil, mientras él permanecía inocentemente de pie en el baño lavándose los dientes.

Lucha dio unas palmaditas a su lado en la cama individual y le dijo:

—Acuéstate, hermanito.

Ella le sacó las botas, luego los calcetines, le desabrochó el cinturón, le desabotonó y le bajó el cierre a sus pantalones, se los sacó junto con sus calzoncillos, dos camisetas y su elegante camisa blanca de vestir. Sacó un condón del cajón de su mesita de noche, abrió la envoltura de papel aluminio e hizo un gesto hacia el pene erecto de Javier.

—¿Qué crees que estás haciendo, hermana Lucha? —dijo Javier. Él agarró la colcha rosa afelpada y se tapó.

—¿Tratando de prevenir un embarazo no deseado?

—Que nada se interponga con la voluntad del Señor. —Javier tomó el condón en sus manos y lo jaló hacia atrás, como un niño del segundo grado listo para disparar una liga, y luego lo soltó.

—Lo que tú digas —dijo Lucha. No se encontraba en el punto fértil de su ciclo de todas formas. Había aprendido sobre la planeación familiar natural cuando estuvo en la Correccional de Mujeres de Lavalandia. Y en cuanto a las enfermedades de transmisión sexual, no estaba preocupada. Javier era virgen y Lucha no podía desear sexo más seguro que eso.

Javier estaba acostado sobre la pelusa rosa de la colcha. Cerró los ojos y pensó en el alma de Lucha, la cual imaginó cambiando de una forma de materia a otra. Comenzó como un líquido rosa oscuro, casi rojo, luego se solidificó en la forma más hermosa que hubiera visto jamás: un híbrido entre una rosa y un corazón.

Lucha se puso en la posición dominante y, en ese momento, mientras Javier estaba acostado boca arriba con los ojos cerrados imaginando esa rosa dura en forma de corazón, sintió el calor de Lucha encima y alrededor suyo. La imagen del alma de ella detrás de sus ojos cerrados perdió su solidez, pero mantuvo tanto su encantadora forma como su color. Se transformó en un gas y flotó lenta pero seguramente hasta los cielos. Javier sintió como si él estuviera a punto de perder su solidez y flotar a algún lugar lejano.

¿Y Lucha? Le preocupaba que todo el acontecimiento terminara en cuestión de segundos. Aunque carecía de experiencia, de alguna manera Javier se defendió bastante bien. Eso le bastaba a Lucha, quien estaba convencida de que le estaba haciendo el amor a su medio hermano del que no había sabido nada hasta hace poco. Ese pensamiento en sí, con todas sus implicaciones repugnantes y perversas, bastaba para hacerla sentir como si estuviera cambiando de una forma de materia a otra, y de vuelta otra vez.

Al estar acostado allí, Javier estaba seguro de que Lucha había descubierto una parte suya cuya existencia él había ignorado hasta entonces, y que nadie menos que el Señor la había dirigido a ésta. Dentro de este nuevo lugar, había un sitio en particular en el cual ella se estaba concentrando. Lo acariciaba poco a poquito de modo que en momentos de respiro se volvía más delicado, sensible y vulnerable: igual que el alma de Lucha.

El alma de Lucha en su estado gaseoso siguió su ascenso hasta los cielos, deteniéndose de vez en cuando a descansar por el camino, permitiendo que Javier contemplara su belleza en toda plenitud, antes de reanudar su vuelo hacia los cielos. Finalmente estuvo tan cerca que no pudo ascender más. Era tan vulnerable como una canoa llena de pioneros descarriados acercándose a una cascada, durante la matiné del sábado por la tarde en la tele. Javier también sintió la misma impotencia, como si estuviera a punto de sucumbir a una fuerza mayor que sí mismo.

El alma de Lucha hizo su ascenso final hacia el Cielo. Una vez allí, voló en pedazos en un sólo estallido repentino al volverse una con Dios.

Javier respiró hondo por unos momentos antes de abrir los ojos para encontrar a Lucha sentada en el borde de la cama, estirando una mano hacia el cajón del tocador para buscar su camisón.

Javier carecía de energía para vestirse, para decir buenas noches, darle a Lucha un beso antes de dormirse, susurrar sus oraciones o aún borrar la sonrisa de su cara. Entró en un sopor, y tan profundo fue su sueño que ni siquiera se despertó a las 3:30 a.m. para su ruta recogiendo basura. En lugar de eso, se despertó cuando Violeta entró poco después de las 8:00 a.m., metió la cabeza por la puerta y dijo:

—Lucha, levántate y desayuna algo antes de que llegue tu agente de libertad vigilada.

Era el primer día que Javier faltaba al trabajo en sus nueve años de servicio fiel y dedicado en la Compañía de Manejo de Desechos de Lavalandia, y él tenía plena conciencia de que eso le costaría la placa de asistencia en el banquete de ceremonias de fin de año. Se puso de pie, se vistió, luego saltó por la ventana. En su prisa por irse, se olvidó completamente del Stetson® de Beto, el cual había colocado encima del tocador de Lucha. Por esa y otras razones, cuando Javier llegara a casa, tendría que dar muchas explicaciones.

## Tabla 5

## SE REPARTEN *las* CARTAS

# La calavera

**AL PASAR POR EL PANTEÓN, ME ENCONTRÉ UNA CALAVERA**

# AQUELLA PLÁTICA

*—¿Eres tú, mijo? —dijo Lulabel. Estaba lavando los platos—. ¿Apenas* llegas? Nos tenías preocupadísimos.

—¿'On 'tá mi sombrero? —dijo Alberto.

—Mamá, estoy listo para tener aquella plática —dijo Javier. Tenía la camisa desabotonada, el cabello alborotado.

—¿Te molesta decirnos primero dónde has estado? —dijo Lulabel dándose la vuelta, espátula en mano.

—¿Y decirnos dónde está mi sombrero?

—Mamá, estoy enamorado y de veras quiero que tengamos aquella plática.

—¡Ay-ay-ay! —Lulabel puso la espátula en la mesa y se desabrochó el delantal a cuadros verdes y blancos—. Y precisamente, ¿a qué plática te refieres?

—¿'On 'tá mi sombrero?

—¿Te puedes callar la boca? ¡Mi hijo está enamorado! ¿Y qué plática quieres que tengamos, mijo? —Lulabel puso un brazo alrededor de los hombros de Javier.

—Ya sabes, la que mencionaste el otro día. Sobre las chicas.

—¡¿¡Pasaste la noche con una chica!?!

—Eso fue lo que le pasó a mi sombrero —Beto hizo a un lado su plato de tacos.

—¿Hice algo malo? Es decir, mamá, tú siempre andas diciendo que debo comportarme más como un chico de mi edad.

—Mijo, tienes veintisiete años de edad. Ya eres un hombre. Así que, ¿cuándo vamos a conocer a esta chica? ¿Va a la iglesia contigo? —dijo Lulabel.

—Antes no iba, pero ahora sí, y ya la conoces. Se trata de Lucha —sostuvo las palmas hacia arriba en el aire, como orgulloso de sí mismo.

—¡¿¡Pasaste la noche con Lucha!?! ¡Le dije que se alejara de ti!

—¿Por qué harías algo así? Creí que te caía bien. Ella me dijo que ustedes dos han estado pasando mucho tiempo juntas mientras yo estoy en mi ruta. Cómo ustedes van a rezar el rosario y cómo le has estado enseñando unas puntadas especiales. Hasta me enseñó el chal que le hiciste. —Era cierto. L y L habían estado pasando tiempo juntas, pero no por ninguna de las razones que Javier se pudo haber imaginado.

—Hijo, más vale que te sientes —dijo Lulabel.

—Toma mi lugar —dijo Beto tratando de escabullirse.

—¿Qué no ves que te necesito aquí conmigo, Beto? Ésta es una discusión familiar, así que ¡arrenálgate aquí otra vez!

Javier se sentó a la mesa de cocina de Formica® verde junto a Lulabel, y ella comenzó con aquella plática.

—Mijo, las cosas no siempre son lo que aparentan —comenzó ella.

—¿Te refieres a que algunas veces hay un lobo en piel de cordero?

—Más o menos. Sé que no hablo mucho sobre mi esposo, pero el hombre con quien yo me había casado cambió y luego yo también cambié.

—¿Te refieres a mi padre?

—No, me refiero a mi esposo. Él era todo lo que yo pensé que un hombre debía ser, y en verdad lo amaba. Me susurraba cariñitos al oído por las noches y bailaba como no te puedes imaginar. Pero eso no es el amor. No es el baile o las palabras dulces, es lo que una persona es y lo que esa persona está dispuesta a hacer por ti, con o sin que se lo pidas.

—Mamá, ¿cuándo vamos a hablar de las chicas?

—'Pérate un momento, mijo. Déjame acabar. Sólo habíamos estado casados unos cuantos años cuando dejó de venir a casa después del trabajo, y que yo sepa también dejó de trabajar porque nunca vi nada del dinero que ganaba. Estaba tan acostumbrada a los cariñitos que me decía al oído por las noches, que no pude aguantar estar sola sin el cariño de un hombre. Así que me busqué otro.

—Mamá, faltaste al séptimo mandamiento —se cubrió la boca abierta con la mano.

—Ya lo sé, mijo.

—Pero, ¿qué tiene que ver todo esto conmigo y con las chicas?

—No hay una manera delicada de ponerlo, mijo. El padre de Lucha y yo estuvimos juntos muchos años, y todo comenzó cuando mi esposo se puso a tomar y a andar con otras viejas. Estaba borracho casi todas las noches de la semana y, durante esas noches, el padre de Lucha me hacía compañía.

—Te hizo más que compañía, mujer —dijo Beto, dándose una idea clara mucho antes que Javier.

—Sí, hizo mucho más que acompañarme —Lulabel se miró las manos. Se veían mucho más viejas que el resto de ella y supuso que no había mucho que pudiera hacer al respecto.

—Está bien, mamá. El que haya habido un poco de discordia entre nuestras familias, no quiere decir que no podamos amarnos y casarnos. Lo vi antes en una película. Lo he visto en montones de películas, sólo que no tenemos que ir y matarnos como lo hacen en las películas del domingo por la tarde, o en las telenovelas y, además, Lucha no tiene hermanos ni tíos, que yo sepa, así que no hay quien ande matando gente de todas formas, y ya que todos somos cristianos no soñaríamos en actuar de esa forma de todos modos.

—No entiendes, mijo, ¿qué no? —dijo Alberto tomando a Javier de los hombros. Lo sujetó con firmeza y lo miró a los ojos—. No entiendes para nada. El padre de Lucha y tu padre eran el mismo hombre. Ella es tu hermana. ¿Has visto una película así? Yo sí y no tiene un final feliz.

—No me consta que sea tu hermana, pero podría serlo —dijo Lulabel. Puso ambos codos en la mesa, agachó la cabeza y se pasó los dedos por el pelo.

Hubo una larga pausa antes de que Javier dijera:

—¿Eso quiere decir que ahora tengo un padre?

—Me temo que no. El padre de Lucha está muerto y lo ha estado por unos quince años. Lo siento, hijo —ella fue a abrazar a Javier, pero éste no se lo permitió.

Lulabel observó mientras Beto salía de la cocina en dirección a su recámara. Ella pudo escuchar el furioso sonido metálico que produjeron sus llaves al recogerlas del tocador y esto hizo latir su corazón tan rápidamente, que sintió como si se fuera a vomitar. Al pasar como un vendaval por la cocina de camino a la puerta, ella supo que sería mejor no intentar perseguirlo, y se sintió culpable de pensarlo siquiera.

—¿Cómo pudiste hacerlo, mamá? —dijo Javier. Lulabel no supo qué decir y tampoco tendría que tratar de hallar las palabras adecuadas. Javier siguió el ejemplo de Beto y se apresuró a buscar sus propias llaves, antes de desfilar por la puerta, dejando a Lulabel completamente sola para repensar las cosas.

Una vez en camino, Javier hizo algo completamente inesperado e inusitado: se dirigió a El Gran Cinco-Cuatro, entró por las puertas de vaivén, carraspeó, respiró hondo y pidió:

—Una botella del tequila más fino.

# EL GRAN CINCO-CUATRO

—*¿Una botella del tequila más fino?* —*repitió Consuelo por detrás de* la barra. Como las secretarias multiusos de Cal McDaniel, Nataly y Consuelo servían a Cal en múltiples capacidades y, esa mañana, ellas estaban de suplentes de una mesera que se había reportado enferma.

—¿Estás seguro de que eso quieres? —dijo Nataly con las manos en las caderas.

—Estoy seguro —dijo Javier.

Era media mañana y el bar acababa de abrir. El Gran Cinco-Cuatro se veía distinto a esa hora. Todo se veía tan falso sin el resplandor de las velas y la rocola, sin los clientes asiduos alineados a la barra, sin el destello de la luz estroboscópica.

Consuelo tomó una botella de Cazadores® y tres vasitos. Por la cara que traía Javier se le notaba que no sólo necesitaba una bebida fuerte, sino a alguien que lo acompañara. Nataly se ocupó de la sal y el limón.

—Por qué no nos sentamos allá. ¿Más acogedor, no crees? —dijo Consuelo tomando una butaca del rincón, recorriéndose para hacerle lugar a Javier. Él le lanzó una mirada a Chelo y le hizo una seña a Nataly de que se recorriera. Chelo no se lo tomó a mal. Sabía que Javier siempre había preferido a Naty, por lo menos en el sentido de que había sido en los calzoncitos de Naty donde él había metido mano a bordo del autobús escolar de camino a casa cuando iban en el tercer grado.

Javier todavía traía puesta la ropa de anoche. Naty y Chelo nunca lo habían visto con un aspecto tan secular. Traía la camisa sin meter y a medio abotonar, su pelo era un revoltijo enmarañado. Él llenó los tres vasitos y preparó la sal y el limón, antes de darse cuenta de que no sabía cuál iba primero.

—Así va —dijo Chelo lamiendo la sal, tomando el licor de un trago, luego chupando el limón. Javier siguió su ejemplo.

—¿Qué anda haciendo un muchacho como tú detrás de una botella de todos modos? —dijo Nataly.

—Si te llego a conocer mejor, a lo mejor te digo —dijo Javier.

—Tantos años entre nosotros, casi no creo que eso sea posible, pero como tú digas —dijo Nataly pellizcándole los cachetes a Javier hasta que él sonrió y bajó la cabeza, avergonzado.

—Ay, caray —dijo Consuelo. Podría haber jurado que Javier estaba coqueteando con su mejor amiga.

Consuelo se puso de pie y caminó hasta la rocola. Escogió seis selecciones por un dólar: G47, B13, A17, Q19 y la L42 dos veces (Ver las páginas 18–19 para la "Guía a la Rocola en el Gran Cinco-Cuatro"), luego regresó para encontrarse con que la botella estaba casi vacía. Se tomó el tequila que sobraba de un solo trago, luego fue a la barra por más. Javier y Nataly estaban sentados uno al lado del otro y, al parecer, Javier había empezado a contarle sus penas a Nataly.

—Nunca creí enamorarme —dijo Javier.

—¡Ay! cariñito —dijo Nataly, malinterpretándolo.

—Con todo respeto, no estoy enamorado de ti. Estoy enamorado de alguien más.

—Ya veo —dijo Naty.

—He de admitir que estaba loco por ti cuando estábamos en la escuela, y yo rezaba de día y de noche para que el Señor me ayudara a olvidarte —se dio un golpe en el pecho—. Y lo hizo. Por mucho tiempo había un vacío aquí —se volvió dar un golpe en el pecho—. Pero ahora éste está tan lleno que se desborda como el abundante amor del Señor.

—¿Quién es la suertuda? —dijo Consuelo al llegar a la mesa con una botella nueva.

—Es mi hermana —dijo Javier.

—Todas son tus hermanas —dijo Nataly. Y de repente todo cobraba perfecto sentido: Javier andaba con una chica de la iglesia.

—Ay, pues qué bueno. Fuiste y te encontraste a una hermana —dijo Chelo. Era algo bastante encantador, Javier acurrucado con una de las que iban a la iglesia con él.

La rocola cambió a la N44, y Consuelo agarró a Javier de la mano y le dijo:

—Vamos a bailar.

—Pero, hace mucho que no bailo —dijo él, incorporándose a tropezones.

—No le hace, donjuán —dijo Nataly poniéndose de pie para ir al baño.

Para cuando Nataly regresó, Javier y Consuelo estaban haciendo un paso doble con mucho garbo por la pista de baile. La rocola cambió a la F37 y era el turno de Nataly.

Nataly se había imaginado bailando con Javier por años, si no es que décadas. Lo conocía desde el kindergarten y había estado enamoriscada de él durante la escuela intermedia y hasta los dos primeros años de la escuela secundaria.

Javier la miró detenidamente, arrastrando primero la mirada, luego las palabras.

—El Señor me ayudó a olvidarte, pero te apuesto a que Él puede hacer que me vuelva a enamorar de ti —se relamió, se acercó a Nataly y la besó.

Ella también lo besó, o por lo menos lo intentó. Pero, a su parecer, él carecía completamente de método, como bailar con un hombre que no sabe cómo, y era frustrante. Metía la lengua cuando debía hacerla girar, la clavaba cuando debía acariciar con ella. Su técnica era tan molesta que impedía la participación. Nataly se apartó. Si había algo que le chocara, era un chico que no supiera besar. Lo dejó plantado en la pista de baile.

—¿Qué tal? —dijo Consuelo con expectación.

—Nada bien. Por lo menos no me pareció bien, aunque a decir verdad, no puedo afirmarlo con certeza. Es el tercer chico a quien he besado esta semana.

Consuelo sacó los dedos. Sólo podía dar razón de dos hombres.

—¿Quién es el otro? —dijo ella.

—Tu papá —dijo Nataly. Estaba medio envalentonada por el tequila, pero no tanto que pudiera mirar a Chelo a los ojos al decirlo.

—¡¿¡Mi qué!?!

—Se me apareció en un sueño y era tan guapo. Dijo que me daría cualquier cosa que yo quisiera y, en ese momento, lo quise a él. A veces me siento sola, Chelo. Soy el tipo de mujer que no puede estar sin los afectos de un hombre. Tampoco tiene que ser el mismo hombre. Con que no sea demasiado feo y que sepa cómo tocarme.

—A veces me siento igual, pero, ¿mi papá?

—Lo siento. Lo hice sin pensar.

—Así pasa siempre —dijo Consuelo negando con la cabeza y echando las manos al aire.

Javier caminó a la barra, sacó su cartera del bolsillo trasero de sus pantalones *jeans*, la abrió y sacó el fajo de billetes más grande que Consuelo y Nataly hubieran visto jamás. Puso un billete de cien dólares en la mesa.

—Invita la casa —dijo Consuelo regresándole su dinero.

—¿Siempre cargas tanto dinero? —dijo Nataly.

—No. Iba a comprarle un anillo a mi chica. Íbamos a casarnos —dijo Javier.

Salió por la puerta y caminó por la calle, y luego, todo el camino a casa pensó no sólo en Lucha, sino en toda la tarde. Javier había bailado por primera vez en casi veinte años y, por alguna razón, de repente le gustó.

China poblana: traje nacional

Indígena maya: Yucatán

Enredo azul añil

Traje de danza regional

# El anillo de compromiso

PONLO AL LADO DE TU CORAZÓN

# LOS DIECISÉIS ANILLOS
# DE ORO DE LULABEL

—*Mamá, ya llegué* —*dijo Javier, asomando la cabeza por el marco de* la puerta de la recámara de Lulabel. Venía llegando de El Gran Cinco-Cuatro.

—¿Has estado leyendo tu Biblia? —dijo Lulabel. Estaba acostada en la cama, pero todavía bien despierta.

—Estoy borracho —declaró él.

—¡Ay! mijo. Ven y siéntate —hizo a un lado las cobijas, giró las piernas a un lado y se incorporó. La lámpara en su mesita de noche estaba en el mínimo, lo que le brindaba un aspecto cálido a la habitación.

—¿Qué andas haciendo con el uniforme de trabajo de Beto? —dijo Javier al notar el montón azul oscuro al lado de Lulabel.

Ella estaba ligeramente avergonzada. Después de que Beto la había dejado, Lulabel se había acurrucado con su ropa de trabajo en su ausencia.

—Huele a él —dijo Lulabel. Aspiró una última bocanada del uniforme grasiento, antes de aventarlo al otro lado de la cama—. Si alguna vez te enamoras, lo comprenderás.

—Estoy enamorado y lo comprendo —dijo Javier. Metió la mano en el bolsillo de su pantalón y sacó una servilleta echa bolas manchada con la sangre de Lucha, un recuerdo de su cita en la pista de patinaje—. Tengo su sangre. —Chasqueó la lengua dos veces.

—Ya lo sé, y lo siento, pero vas a tener que olvidar a esa mujer para siempre.

—Nunca lo haré —dijo Javier. Se sentó a la orilla de la cama.

—Mijo, ¿sabes cuál es la diferencia entre querer y amar? —dijo Lulabel.

Su expresión contestó a su pregunta. Era como Lulabel lo sospechaba; no sabía cuál era la diferencia.

—Querer es tenerle cariño a alguien —comenzó ella—. Pero amar es sentirlo hasta el alma, no ser capaz de existir sin esa persona, querer morir en sus brazos y al mismo instante. ¿Eso sientes con Lucha?

—No sé, pero la quiero. De veras, de veras que la quiero.

—Pero eso no es el amor.

—Entonces, ¿qué es?

—Soy la última persona a quien debías preguntárselo.

—Pero tú amas a Beto, ¿qué no?

—Claro que sí, mijo. Pero lo que tú no sabes es esto: le dije a Beto que me pusiera un hechizo para que yo lo amara, y ahora no sé si realmente lo amo o si es pura brujería. Y si de veras lo amo, pensar que lo pude haber amado durante cuarenta años.

—¿Crees que me podrías enseñar a ponerle un hechizo a Lucha? —dijo Javier, sus ojos ensanchados de optimismo.

—No amas a Lucha. Lo que sientes es puro deseo. Y cuando me siento así, nomás me acuesto con un hombre. Luego voy a la taquería y pido dos tacos de tripas —Lulabel sostuvo el dedo índice en el aire como si le estuviera dando consejos buenos y sensatos—. Y cuando pidas tripas, asegúrate de que te las den bien doradas, de otra forma saben bien *yúckate*.

—Yo tomo jamaica. Si tengo lana, me voy de compras. Luego me voy a jugar a la lotería. Después, se me pasa esa sensación —dijo Lulabel.

—¿Quieres decir que debo acostarme con Lucha un poco más?

—Por supuesto que no. Pero deberías buscarte a otra chica y acostarte con ella —Lulabel sonrió.

Javier pensó en decirle a Lulabel que Lucha era la única mujer con quien se quería acostar, pero sabía que Lulabel no lo comprendería o, peor aún, que lo comprendería completamente. Además, consejos sensatos y sonrisas amplias aparte, Javier sabía que Lulabel estaba bastante preocupada, no sólo por él, sino también por Beto. ¿Quién sabe?, quizá Beto no volvería jamás.

—La brujería sólo causa problemas —dijo Lulabel—. Mira esto —sostuvo un pedazo de papel arrugado que había encontrado en el bolsillo del uniforme de Beto. No era el teléfono de otra mujer, sino una lista escrita en tinta negra con los encabezados "los pros" y "los contras", palabras que Beto había aprendido en la clase de civismo que había tomado en preparación para el examen de ciudadanía estadounidense. ("La lista de los pros y los contras acerca de la Lulabel" a continuación).

Después de leer la lista, Lulabel se dio cuenta de que para Beto, ella era únicamente un inventario de partes del cuerpo y platillos regionales laboriosos.

—Creí que él me había amado por cuatro décadas, pero ahora de veras no sé, y voy a tener que ponerle un hechizo para asegurarme de que él me ame como yo lo amo. ¿Cómo te gustaría hacer eso por el resto de tu vida?

—Eso pasa cuando te andas con brujerías —dijo Javier comprensivo.

—Todos esos años. Tantos hombres. Era como no poder dormir. Si no puedes dormir, te tomas una pastilla para dormir. Eso hice. Me tomaba una pastilla para dormir.

—¿Qué vas a hacer si él nunca regresa? —dijo Javier frunciendo el ceño—. Estás completamente sola, sin un anillo al dedo, sin planes, ni nada —habló en susurros.

Lulabel se dio cuenta de que él realmente estaba preocupado. Ella se quedó sentada por un momento y miró a Javier, luego sonrió al ponerse de pie.

—Si hubiera querido esa vida, si hubiera querido un marido, he tenido muchas oportunidades —habló lenta y deliberadamente.

Caminó a su tocador y abrió el cajón del fondo. Y allí, al fondo del cajón del fondo, había evidencia de qué mujer tan divina era Lulabel, ya que allí, al fondo de ese cajón casi nunca abierto, había diecisiete anillos de compromiso y sus anillos de boda correspondientes, ensartados en un retazo de estambre morado.

—Éste es el mejor, o por lo menos el más valioso. —Sostuvo uno de los anillos—. Es de dos quilates. Los guardé todos en caso de que decidieras ir a la universidad. Yo sabía que no tenía tanto dinero como para eso —Lulabel se quitó el anillo, se lo probó, luego sostuvo la mano frente a sí misma. Después de tantos años, aún era tan brillante como nunca.

—¿Lo hiciste por mí, mamá?

—Por supuesto. Tú has sido la única constante en mi vida —ella le frotó la coronilla y lo despeinó.

—Bueno, ¿me los das ahora?

—¿Eh? —dijo Lulabel.

—¿Me puedes dar mi educación universitaria ahora?

—Ah, sí —dijo Lulabel. Ella se agachó y recogió los anillos, sorprendida de lo pesado que se sentían—. Nomás asegúrate de que cuando vayas a empeñarlos, no vayas al Benny's del centro, ¿okey, mijo?

—Okey, mamá. ¿Acaso es porque tú y Benny anduvieron? —dijo Javier haciendo un gesto hacia los anillos.

—No, en realidad fue con su primo. Uno de los hermanos Calderón —Lulabel se encogió de hombros y vaciló, orgullosa y sin embargo avergonzada de sus hazañas—. Él me dio el único de platino —(Como lo sugiere el título de este capítulo, los otros dieciséis eran de oro).

Javier miró el anillo, luego a Lulabel. Se dio cuenta por la expresión de su cara que ese tal Calderón estuvo muy cerca de lograrlo.

—Al menos sabía que te gustaba más el platino que el oro —dijo Javier.

—Sí, mijo. Realmente lo pensé. De pensar que pudo haber sido tu padre.

—Quizá él o quizá Beto. Pero me alegro de que las cosas hayan salido como lo hicieron. Así te tuve para mí solito todos estos años —dijo Javier tomando a su madre en sus brazos.

Eso bastaba para hacer llorar a Lulabel, pero ella se resistió con todas sus fuerzas. En lugar de eso, se rió a su oído y le dijo:

—No mientas, mijo. Sabes que siempre has querido un padre. Pero gracias por decirme eso —le dio una palmada en la espalda al desabrazarse.

Javier recogió la pila de anillos.

—Gracias, mamá —dijo.

—Dales un buen uso. Cómprate un carro nuevo o regresa a la escuela, aunque sea de medio tiempo —sugirió ella. Sabía lo mucho que a él le gustaba su trabajo como basurero.

—Así lo haré —dijo saliendo al pasillo y dirigiéndose a su recámara. Al dar la vuelta a la esquina alcanzó a ver a Lulabel recargada contra el marco de la puerta. Ella estaba vestida en uno de sus huipiles (tenía un total de veintidós, en catorce colores distintos, cada uno bordado de manera única con flores y/o pájaros y mariposas), su cabello colgando en una sola trenza sobre su hombro, el pie derecho apoyado, descansando sobre su pantorrilla izquierda. Se veía más que hermosa parada allí, y aun después de años de lo que Javier clasificaría sin lugar a dudas como un comportamiento inmoral, había aún esa luz inconfundible que siempre brillaba a través de su barniz pecaminoso. ¿Cómo, tuvo que preguntarse a sí mismo, encontraría alguna vez a una mujer que se comparara siquiera con Lulabel, aunque fuera un poco?

Entró en su recámara, buscó a tientas la lámpara de su mesita de noche, le dio tres vueltas a la llave a la posición más brillante, luego puso el montón de anillos junto a su Biblia. Y a pesar de que iba en contra de su mejor juicio, Javier pasó media noche examinando los anillos y sosteniéndolos a la luz, tratando de decidir cuál le gustaría más a Lucha.

Pros:
Chichis
Nalgas
tortillas
pelo hasta las nalgas
enchiladas
tamales
tiene piernas largas
galletas
Caldo de Camarón
abracadabra

Contras:
muchos ex-novios
muy desobediente
anda todo el día en la calle
muchos tacones
desconfianza
mucha minifalda
demasiados ex-novios

# *Menudo*

**PARA EL CRUDO, ES EL MENUDO**

# EL DESAYUNO DE LOS CAMPEONES

**De todos los anillos de compromiso de Lulabel y sus anillos de boda** correspondientes, Javier pensó que a Lucha le gustarían más los más sencillos: el anillo de compromiso, un diamante corte marquesa de medio quilate en una engastadura simple, y el anillo de boda, una argolla sencilla de oro. Colectivamente, los anillos habían sido promocionados como el Juego de Anillos Princesa, una clasificación que Javier seguramente habría aprobado si tuviera conocimiento de dicha información.

Y ahora era de mañana. Javier se dirigió a la cocina, se preparó una taza de café, luego se sentó a la mesa. A pesar de que, o quizá debido al hecho de que ella pudiera ser su media hermana, Lucha había adquirido un gran peso en sus pensamientos y en otras partes.

—¿Otra vez vas a faltar al trabajo? —dijo Alberto al entrar al cuarto.

Javier escupió el café; se encontraba a medio trago y la llegada súbita de Beto lo había sobresaltado.

—Llamé para decir que estoy enfermo —dijo Javier una vez que se hubo recuperado—. Qué bueno verte de vuelta. Mamá y yo no estábamos seguros de que volverías a casa. —A casa. Sonaba raro en relación con Beto, y Javier estaba levemente avergonzado de haber escogido esas palabras.

—Necesitaba un poco de aire fresco anoche. Cuando un hombre se enoja, tiene que calmarse. De otra forma puede llegar a hacer algo de lo cual se arrepentirá.

—Me duele la cabeza —dijo Javier masajeándose los músculos del cuello.

—Es lo que pasa cuando tomas demasiado. —Beto puso una mano firme en el hombro derecho de Javier—. Creo que será mejor que vayamos por un menudo. Es lo mejor para la cruda. Yo invito —le dio una palmadita al hombro de Javier. Sus manos eran tan sólidas que a éste le dolió.

Beto tomó las llaves del gancho, se subió el pantalón vaquero, el cual, a pesar de su panza, siempre tendía a caérsele.

—¿Tú y mamá solucionaron las cosas anoche? —dijo Javier una vez que iban en camino.

—Yo y tu mamá quizá nunca solucionemos nada. ¿Quién entiende a esa mujer?

—Mi mamá te ama —dijo Javier.

—Pues no me consta. A veces pienso en regresar a mi vida anterior. Al tráiler con el refrigeradorcito, comiendo salchichas y frijoles todas las noches, viendo la tele, pero una vez que un hombre tiene a una mujer como tu mamá, ya no hay marcha atrás.

—Ya lo sé —dijo Javier. Metió la mano en el bolsillo de su chaqueta de la Compañía de Manejo de Desechos de Lavalandia y acarició el Juego de Anillos Princesa.

Alberto miró a Javier y le leyó la expresión.

—Tienes que renunciar a esa mujer, hijo.

—Ya lo hice, pero será mejor que pasemos por tu sombrero. ¿No crees?

—Buena idea —dijo Beto—. Estaba pensando en llevar a tu mamá al Baile Grande el próximo fin de semana. Lo voy a necesitar.

Javier le dio indicaciones a Beto de cómo llegar a casa de Lucha.


—Ahorita vuelvo —dijo Javier una vez que se pararon al lado de la banqueta.

Corrió a la ventana de Lucha y aporreó. Ella apareció en su camisón: un numerito transparente con ribetes de piel artificial y tirantes delgados. Javier la miró atentamente mientras Lucha se estiraba y bostezaba. La tentación personificada, encarnaba todo lo que él había tratado de evitar por gran parte de sus veintisiete años.

—Buenos días, hermanito —dijo ella. Era extraño oírla llamarlo de esa forma, ya que la palabra "hermanito" había tomado un significado totalmente distinto en las últimas veinticuatro horas.

—Mira lo que te traje, cariño —dijo él sacando el Juego de Anillos Princesa del bolsillo de su chaqueta—. Es un anillo bonito para ti. Quiere decir que somos novios. —Lo presionó contra la mano de ella.

—Qué lindo —dijo Lucha aceptando la mitad de compromiso del Juego de Anillos Princesa. Había tenido en sus manos artículos mucho más valiosos, a saber, un kilo de cocaína de alta calidad, de modo que no estaba tan admirada, pero ella sabía reconocer de inmediato y nunca rechazaba algo con lo que pudiera conseguir, con seguridad, por lo menos varios cientos de dólares.

—No tenemos que casarnos ni nada ¿o sí? —lo pensó dos veces y lo dijo.

Javier no había pensado en eso. El universo había puesto esos anillos en su bandeja tal como seguramente había puesto a Lucha, y eso es lo que uno hace con la joyería fina, ¿verdad? Se la das a las muchachas que te gustan.

—No, chiquita, no tenemos que casarnos, pero esta noche quiero que vengas conmigo y los muchachos. Vamos a arrear almas.

—Ay, pero no puedo —dijo Lucha—. Las condiciones de mi libertad provisional no me permiten salir después de las 10:00 p.m. —dijo ella, luego vaciló, la barbilla inclinada hacia el hombro izquierdo, los labios haciendo pucheros.

—Comprendo —dijo Javier—. Quizás en otra ocasión. Ahora dame un beso. . . —Él cerró los ojos, se puso de puntillas y paró la trompita.

Lucha se asomó por la ventana de la planta baja, acercándose lo suficiente para recibir un tufo de Javier.

—Apestas. ¿Has estado tomando? —dijo ella.

—Seguro que sí —dijo Javier.

Lucha dio un manotazo en el aire frente a ella, se hizo el pelo a un lado, luego se inclinó y le dio a Javier un beso inofensivo en la mejilla.

—Me tengo que ir —dijo él con demasiado entusiasmo—. No te olvides del lavado de carros para recaudar fondos de mañana.

—Segurísimo que nos vemos allí —dijo ella—. Siempre ando en busca de oportunidades para servir al Señor y, además, puedo rebajarle unas cuantas horas a mi servicio comunitario.

—Puedes matar dos pájaros de un solo tiro —dijo Javier—. Ahora, ¿te molestaría pasarme mi sombrero?

—Claro que no —dijo Lucha. Se había olvidado del Stetson® que todavía estaba sobre su tocador.

—Yo y Beto vamos a echarnos un menudo. Dice que es lo mejor para la cruda —dijo Javier.

—El desayuno de los campeones —dijo Lucha pasándole el Stetson®.

# El camarón

CAMARÓN QUE SE DUERME, SE LO LLEVA LA CORRIENTE

# QUERIDA CLAUDIA

*Esa misma mañana, True-Dee tenía una cita importante con Querida* Claudia, programada para las 10:30 a.m. en la Cafetería del Boliche de Lavalandia. True-Dee estaba que no cabía en sí de alegría de que la consejera sentimental más querida de Lavalandia le hubiera hecho el favor de pedirle una cita cara a cara con una servidora y, para la ocasión, True-Dee se había puesto un pantalón conservador color caqui hecho a la medida, un cinturón de cadena dorado y una blusa de seda de manga larga tipo ama de casa de los suburbios hacia el año 1974, completa con una mascada al cuello en un estampado llamativo y brillante. Llevaba el pelo recogido en un chongo suelto, encima del cual descansaban un par de lentes de sol de armazón dorado, con una mariposa de brillantes de fantasía revoloteando en la esquina inferior del lente izquierdo.

True-Dee estaba así de nerviosa al caminar hacia la Cafetería del Boliche. Alguien hizo una chuza. El sonido de los bolos al caer y las vivas de felicitación siguientes le hicieron pegar un brinco. Respiró hondo varias veces, se revisó el maquillaje en su polvera sin aminorar el paso, luego se aplicó una capa fresca de lápiz de labios y brillo. Eso la hizo sentir mejor. Respiró hondo de nuevo y abrió la puerta de la cafetería del boliche.

Había llegado a tiempo, o casi, quizá unos tres minutos tarde según su reloj. Se le fue el alma a los pies otra vez. El lugar estaba casi abandonado, salvo por un hombre sentado en el rincón más lejano. Él se asomó desde su butaca para dar una mirada, luego se puso de pie y se dirigió a ella.

—Usted debe ser el volcán —dijo él.

True-Dee se llevó una palma al pecho.

—Pues sí, esa soy yo.

—Por acá —él le hizo una seña.

Ella lo siguió. Había algo sobre su aire, sobre la situación misma, que hizo que True-Dee se sintiera desconfiada y a la vez atraída. Todos sus tratos con Querida Claudia habían estado envueltos en el mayor secreto, haciendo que ella se preguntara si estaba a punto de codearse con los miembros de una sociedad secreta y, ¿era este caballero de camisa a cuadros rojos y negros sólo un obstáculo más en su camino hacia esa sociedad secreta y la consejera sentimental más adorada de Lavalandia?

Se sentaron en la butaca. A continuación, hubo varios momentos de silencio mientras se evaluaban entre sí.

—¿Gustas un café o algo de comer? —dijo el hombre. Puso las manos sobre la mesa y las entrelazó.

—No, gracias —dijo True-Dee—. En realidad, quisiera ver a la doctora —agregó ella, bajando la voz.

El hombre se inclinó hacia ella. Era alto y fornido, de tez rubicunda. Traía el bigote estilo Dalí. Con esa camisa, a True-Dee le hacía pensar en un leñador. Tenía una voz muy grave.

—Yo soy la doctora —dijo él.

True-Dee trató de agarrar su vaso de agua con hielo.

—Me llamo Larry —dijo Querida Claudia—. Larry —hizo una pausa, la contempló y dijo—: Quizá sea mejor que lo dejemos así.

—True-Dee —dijo ella—. True-Dee Spreckels.

—¿Como la compañía azucarera?

—Sí. Como la compañía azucarera —en realidad había un ingenio azucarero a unas cuantas millas, y todo un pueblo nombrado en su honor.

—¿Eres un heredero? O una heredera, supongo. Perdóname.

—No. Soy peluquera.

—Ah, sí. Ya lo sabía. Lo recuerdo de tu carta —alargó el brazo y ahuecó una mano sobre las manos entrelazadas de True-Dee—. No le contarás a nadie acerca de mí. Puedo contar contigo. ¿No es así?

True-Dee miró la mano de él. Era enorme. Ella no dijo nada. Estaba esperando una buena razón por la cual había sido tan cruelmente engañada.

—Soy un doctor —dijo el doctor—. Un doctor en medicina hecho y derecho. Aun con toda mi preparación, nunca quise ser más que un consejero sentimental. Y ¿quién pide consejos, sino las mujeres? Y ¿de qué quieren que las aconsejen? Sobre el amor, sobre los hombres. Y por supuesto, una mujer sólo aceptaría la palabra de otra mujer. Una mujer no aceptaría consejos de un hombre. Él se encuentra, después de todo, en el otro bando.

—Sí. El otro bando —concordó True-Dee.

—Discúlpame si te he decepcionado. Pero había algo en tu carta que no se encuentra en todas las cartas. Una dedicación y una pasión difíciles de encontrar. Por eso te llamé hoy, porque has demostrado ser una persona que puede dedicarse incondicionalmente a una misión.

—Pero yo solicité tu ayuda —dijo True-Dee inclinándose sobre la mesa.

—Sí, eso crees. Pero aquí yo soy el titiritero —dijo Larry—. De tu carta deduje que eres una persona dedicada y apasionada con el espíritu de un volcán.

—Eso sí —dijo True-Dee.

—Necesitamos a personas como tú para nuestra causa.

¿Causa? ¿Dijo causa?

Dijo causa, y True-Dee se enderezó. Cerró los puños de la emoción.

—Una causa, ay, cuénteme más por favor.

—El padre Narciso, el fundador de este pueblo, ¿ha oído hablar de él?

—No. Me temo que no.

—Era un cura y un hombre muy poderoso en todos los sentidos. No tiene caso andarse con rodeos —dijo Larry.

—No, no tiene caso —dijo True-Dee. La tensión ya iba en aumento.

—Él era un clarividente —anunció Querida Claudia.

—Un clarividente —susurró True-Dee. Sonaba tan glamoroso. Quizá hasta francés.

—¿Era canadiense? —preguntó True-Dee.

—No, mexicano.

—Ah, sí. Con un nombre así, es de imaginarse. Perdona mi descuido y, ya que estamos en esto, si fueras tan amable de definir la palabra "clarividente".

—Veía el futuro.

—Ya veo —dijo True-Dee—. Y, ¿qué vio?

—¿Qué?

—En el futuro, ¿qué es lo que vio?

—A eso voy. Pero primero lo primero. El padre Narciso predijo la propagación de enfermedades, predijo guerras, predijo infidelidades y otros caos, pero tenía más talento para predecir los desastres naturales.

—Ay, cielos —dijo True-Dee.

—Lo más importante, y necesito que me sigas el hilo hasta el final —dijo Larry mirando a True-Dee a los ojos—, el padre Narciso predijo el volcán, pero no se detuvo allí. Dijo que un día éste volvería a la vida.

—¿El volcán?

—Sí. El el volcán. Y que aquellos que conocían su palabra, aquellos que lo escuchaban cuando hablaba, sólo ellos se salvarían. El volcán va a hacer erupción. Hará erupción bien pronto y nosotros estamos listos.

—Hazme el favor de explicar a quién te refieres con nosotros.

Larry miró a ambos lados, luego de frente, bajó la voz y dijo:

—Nosotros. Los Hijos e Hijas de San Narciso.

—Hijos e hijas, pero él era un cura.

—Sí, pero los archivos de la iglesia indican que tuvo varias amantes.

—Con razón —dijo True-Dee entre dientes.

—Pasamos a la clandestinidad todos los domingos. No salimos hasta el martes. A las 12:01 a.m. aparecemos con cautela. Eso no interfiere con tu horario del salón ¿o sí?

De hecho no interfería. El salón de True-Dee cerraba los domingos y los lunes.

—No —dijo True-Dee.

—Mira, el padre Narciso tenía una cosa en claro. Cualquier coacción debía ocurrir el día de guardar. Pero nos quedamos en la clandestinidad hasta el martes, por si acaso. Además, hay mucho trabajo que hacer allí.

Los ojos de True-Dee se abrieron.

—Me lo puedo imaginar —dijo ella.

—Eso pensé —dijo Querida Claudia—. Y en cuanto a tu problemita.

—Sí —dijo True-Dee—. Creí que nunca íbamos a tocar el tema. Te agradezco mucho los consejos que me has dado, pero buscaba una especie de esperanza, una luz al ir saliendo del túnel. Ya sé que tienes razón, en todas las cosas, en eso de que el amor es ciego, que sólo conoceré el amor cuando encuentre a un hombre que me quiera tal como soy, pero eso no me ayuda a lidiar con el presente.

De nuevo, él puso su mano sobre la de ella. De nuevo, bajó la voz. De nuevo, se acercó.

—En la clandestinidad hay mucha gente progresista. Gente de todo el mundo. Gente como la que nunca has visto o conocido en tu vida. Allí seguramente conocerás a la persona que te ame tal como eres. Estoy seguro de ello. ¿Te parece una buena esperanza? —dijo la doctora.

True-Dee suspiró. No dijo nada, sólo asintió.

—Así que, ¿nos vemos el próximo domingo?

—Seguro que sí.

Querida Claudia le dio a True-Dee la información necesaria: el dónde y el cuándo del asunto, su contraseña especial, la cual no debía compartir con nadie, la cual ella no compartiría con nadie, ni siquiera con su mejor amiga, la perrita *poodle* más elegante de los tres condados, Miss Miranda.

# La herradura de la suerte

LO QUE VA Y VIENE

# POR OBRA DEL SEÑOR

*Esa noche, todo se sentía distinto en el pantalón de Javier: el llavero* nuevo en forma de herradura que descansaba en su bolsillo delantero, que contenía las llaves de la casa, del cobertizo del jardín trasero, de la Iglesia de Dios y su Hijo Jesucristo, de la oficina de la compañía de basura, que conducía al patio, que contenía el camión de la basura, las llaves del camión de la basura mismo, del Monte Carlo, así como la llave de los patines de Javier; la cartera de piel de avestruz que descansaba en su bolsillo trasero, que contenía los noventa y dos billetes de cien dólares que hubieran sido destinados a agasajar y conquistar a esa chica caída del cielo; las botas elegantes que albergaban sus tobillos y le apretaban los dedos del pie, que iban con el traje que Javier no pudo resistir, pero sobre todo, esa parte de Javier que lo hacía más hombre, la cual, debido a todo el espacio dentro de ese traje, gozaba de movimiento lateral así como longitudinal. Todo era distinto esa noche, y no sólo dentro de su pantalón de vestir. El Stetson® descansaba con seguridad en su cabeza, ligero como el pantalón, no siempre presente como la gorrita de béisbol, o demasiado presente como su sombrero elegante de mariachi; pero de vuelta al pantalón, le brindaba a Javier algo que tanto su traje de charro como su traje de basurero carecía, espacio y libertad de movimiento, pero más que cualquiera de esas dos cosas, ese traje y sus atavíos le daban a Javier cierta chingonalidad.

Después de su menudo de la mañana, Javier y Beto habían hecho algunas compras en la Tienda de Ropa Vaquera de Lavalandia, y actualmente era viernes por la noche y Javier y Gilbert iban en el Monte Carlo, en dirección al pueblo pasando por la casa de Raymundo a recoger a los demás mariachis. Habían pasado un poco más de dos semanas desde que Gilbert se había acomodado en su lugar en la ruta de la basura de Javier, tiempo durante el cual Gilbert había demostrado ser no sólo un jugador de fútbol muy hábil, sino también un acordeonista consumado. Por consiguiente, Javier no perdió tiempo en incorporarlo a su grupo musical.

—¿Te sientes mejor, mano? —dijo Javier. Le echó una mirada a Gilbert, quien traía puesto uno de sus trajes de charro viejos, el cual le quedaba demasiado ajustado. Parecía que Gilbert se había curado del hechizo de amor de Lulabel. Comía con ganas y con regularidad, y estaba en óptima condición física. En el trabajo, Gilbert había demostrado que era un hombre que se entendía con el bote de manera natural. Con Javier detrás del volante del camión de la basura y Gilbert montado en el escalón de afuera, le podían recortar una hora entera a su ruta.

—Gracias por preguntar, brodi. Me siento re' bien. Nomás pienso en Lulabel cuando le hago el amor a mi mujer. Y como me gusta pensar en ella, tengo mucho más interés en mi esposa. Eso ha mejorado mucho nuestro matrimonio. Todo ha salido bien.

—Qué curioso. Todo eso fue resultado de la brujería. Eso es bien extraño —dijo Javier—. Pero me alegro por ti.

—Sólo tengo un *complaint* —dijo Gilbert vacilante—. Sólo una queja. —Se repitió a sí mismo en español, y en ese sentido era como montones de otras personas bilingües que reiteran sus sentimientos en un segundo idioma cuando se ponen nerviosos.

—No quiero parecer como un ingrato, pero... —comenzó Gilbert, luego se detuvo.

—Con confianza, hermano, me lo puedes decir —Javier puso la transmisión en estacionar y apagó el motor. Habían llegado al Complejo de Apartamentos Las Tres Palmas donde vivían Raymundo y los demás mariachis.

—No me siento a gusto con todo este rollo de salvar almas. Soy católico lo mejor que puedo. Todas las noches le rezo a la Santa Virgen de Guadalupe, al Gran Señor y, a veces, hasta al Santo Niño de Atocha. Pero no soy un soldado cristiano como tú. Soy un hombre sencillo con un acordeón, pero no me entusiasma mucho esto de ser un misionero musical.

—*I understand* —dijo Javier—. Te comprendo, hermano. *Don't worry.* No te preocupes. —Y ahora Javier también lo estaba haciendo, repitiéndose en español, y preguntándose si él mismo era o no era un misionero musical, o sólo un mariachi, o un hombre enamorado, o un hombre enamorado de su propia hermana, o quizá todo lo anterior.


Una vez reunidos los mariachis, se dirigieron al centro nocturno El Aguantador donde iban, supuestamente, a flexionar la punta de prevención de su ataque sobre tres flancos contra el pecado. Una vez allí, Javier entró con aire arrogante por la puerta del centro nocturno, agarró su guitarrón por el mástil, lo hizo girar y, sin que nadie pronunciara palabra, el portero les hizo la seña a él y a sus marichis de que pasaran.

Una vez adentro, Javier respiró hondo y dio una mirada seria a su alrededor, luego dijo:

—Vamos a comenzar con algo para perforar la coraza del diablo —luego comenzó con "Prieta linda". Los mariachis miraron con sospecha mientras Javier recorría con la vista el centro nocturno buscando a una mujer a quien le pudiera genuinamente dedicar una canción de amor de ese tipo. Estaba muy decepcionado. Las mujeres eran todas mucho mayores de lo que él pensaba. Más que viejas, parecían cansadas, como si sus vidas hubieran sido una parranda perpetua de la cual nunca se hubieran recuperado del todo. Esas mujeres probablemente estaban allí todas las noches, o en un establecimiento similar, tan acostumbradas a la rutina de ponerse la minifalda, los tacones altos de hule que habían comprado años atrás, la blusa escotada y el sostén acojinado de la Family Bargain, rociándose el escote con el brillo adquirido en la tienda de chucherías, maquillándose con cosméticos Wet 'n' Wild®, luego rizando y haciéndose crepé en el cabello maltratado, que ya estaban hartas. Ya nada les hacía ilusión: llamar al bar el miércoles por la tarde para ver quién va a tocar la noche del viernes y del sábado, el jueves ir de compras para comprar la blusa ideal, llevarla a casa, decidir entre botas y bluyines o minifalda y tacones, probárselo todo para checar la talla, pararse en la tapa del baño para lograr verse como en un espejo de cuerpo entero, pensar en que debiste haber malgastado $9.99 por ese espejo de puerta entera, luego la noche del viernes o el sábado, coordinarlo todo con el lápiz de labios, conectar las tenacillas para rizar el pelo, rociarse con fijador Aqua Net®, ponerse perfume, barato o caro con tal de que huela rico, luego salir corriendo por la puerta con dos o tres amigas. No, para estas mujeres ya no quedaba nada de eso. Todo se reducía a hurgar en el montón de la ropa sucia, oler las axilas de las blusas para ver cuál olía menos, limpiarle las manchas a la falda con el trapo de la cocina, meterse con trabajos en la ropa bajo la premisa de que te pueda ayudar a pescar una pareja de baile decente, motivada por lo que pueda suceder después del baile, mirarte al espejo, decirte que no hay de qué preocuparse, al fin y está oscuro allí dentro.

Y en efecto, estaba oscuro allí dentro. Los mariachis se apiñaron al final de la canción.

—Vámonos de aquí —dijo Kiko—. Me está entrando el miedo.

—Creo que los muchachos tienen razón —dijo Raymundo—. Sería mejor que lleváramos nuestro mensaje a otra parte.

Javier se paró en seco.

—Muchachos, recuerden que el diablo ve el mundo como una gran área no incorporada, y él anda por allí con su equipo de reconocimiento compuesto de sus demonios principales empeñados en incorporar todas las almas perdidas a su reino. Y cuando el diablo ve un alma que ha sido salvada, trae su bulldozer decidido a demoler la fortaleza que el Señor ha construido. No, hermanos. Debemos quedarnos donde se nos necesita.

Javier metió la mano en el bolsillo interior de su saco y extrajo un montón de panfletos bíblicos y los pasó a su alrededor.

—Es hora de separarnos y circular —dijo él.

Pero todo había sido tan sólo una artimaña salvadora de almas de Javier, para despistar a los demás mariachis. Agarró a Gilbert del codo y le dijo:

—Vámonos de este antro —y los hombres se dirigieron a El Zarape.


El Zarape era el lugar nuevo, "in", del pueblo. Había estado abierto apenas tres semanas y Radio KAZA estaba allí con su radio-móvil y su reflector, celebrando el estreno de un centro nocturno.

—¿Cómo me veo? —dijo Javier cuando iban a entrar—. Quizá Lucha esté aquí.

—Te ves distinto —dijo Gilbert.

—Distinto —Javier se arregló el Stetson®, frunció el ceño, luego dijo—. ¿Me veo mal?

—No, nomás distinto.

Gilbert sabía lo que Javier se traía entre manos. Había sido un hombre cambiado desde que Lucha le había dado su primer beso. En un principio, el misionero dentro de Javier se había desvanecido lentamente, luego, después de su primer encuentro amoroso, lo había hecho a una velocidad acelerada y exponencial de modo que a esta coyuntura, el misionero dentro de Javier había entrado en completa remisión. Recargado contra la pared del centro nocturno con su guitarrón a un lado, mirando a las chicas entrar, Javier era puro hombre y mariachi.

—¿Y 'ora que hacemos? —dijo Javier.

—Te dije, soy nuevo en esto de salvar almas —dijo Gilbert.

—No estamos aquí para salvar almas. ¡Agarra la onda! Estamos aquí para ligar y para que practique mis pasos de baile para impresionar a Lucha.

—Órale, brodi —dijo Gilbert asintiendo.

¿Y Javier? Reconocía a un amotinador a primera vista y pensó decirle a Gilbert que Lucha era su hermana, pero no solamente por la iglesia. Si tan sólo él y Lucha fueran primos, su unión pudo haber sido igual a un incesto campirano común y corriente. Pero como estaban las cosas, había demasiadas incógnitas; Javier se quedó callado.

—Consigamos una mesa y pidamos una cerveza —sugirió Gilbert.

—¡Órale! —dijo Javier.

Para cuando llegaron sus cervezas, la banda estaba en pleno y todas las mesas estaban llenas.

—Creo que es hora de que consigamos a unas chavas —declaró Javier—. Pero recuerda, cuando la banda tome un descanso, agarramos nuestros instrumentos y hacemos la ronda. Las chicas adoran a los músicos.

—Lo que tú digas, jefe —dijo Gilbert tomando un trago de cerveza.

Javier caminó hasta una mesa cercana, le extendió la mano a una pelirrojita guapa y le dijo:

—¿Bailamos?

Ella se puso de pie. La banda tocó una ranchera. Javier la tomó de la mano y la apresuró a la pista de baile, donde él demostró gran cantidad de pasos de baile. Cuando tenía apenas siete años de edad, Lulabel le había enseñado a bailar, alegando que es una habilidad que todos los hombres deben tener y, a lo largo de los años, ella lo había forzado a ser chambelán en numerosas quinceañeras, cumpleaños, bautizos y cosas por el estilo, y ahora Javier estaba recuperando el tiempo perdido mientras movía a esa mamacita pelirroja con cada apretón del acordeón, con cada temblor de la batería. Comenzó el intercambio en la pista de baile:

—¿Cómo te llamas?

—Teresa.

—Qué bonito nombre. —Los ojos de ella se encontraron con los suyos antes de que la vergüenza se apoderara de ella y recargara su cabeza en su hombro. Era muy linda, una güera en vestido de olanes.

—¿Vienes muy seguido? —él quiso saber.

—De vez en cuando —contestó ella.

—Y tú, ¿cómo te llamas?

—Javier.

—¿En qué trabajas? —preguntó ella.

—Soy carpintero. —Era la mentira que siempre había querido decir, para dárselas de carpintero como Jesús.

Ella vaciló, bajó la cabeza aún más y, debido a la diferencia de estaturas, la cabeza de ella descansó en el pecho de él, y él se sintió agradecido por todo ese espacio en su pantalón.

La canción terminó y la banda tomó su descanso.

—Gracias —dijo Javier antes de abandonarla en la pista de baile.

Fue a buscar a Gilbert, buscaron sus instrumentos y se depositaron frente a la mesa de Teresa para llevarle serenata. Irrumpieron con el clásico de Ramón Ayala "Piquito de oro". Teresa estaba sentada con los ojos bien abiertos, mirando, mientras las otras tres mujeres en su mesa quedaron sumidas en un asombro similar. La música era encantadora, con sólo el acordeón y el guitarrón, al estilo norteño. Teresa no sonrió abiertamente y, unos minutos más tarde, cuando Javier y Gilbert comenzaron la segunda mitad de la serenata, Javier supo por qué. Ella era una mujer encantadora, rayando en lo hermoso, pero también en lo equino, ya que sus dientes eran grandes, estaban chuecos y tenían casquetes de oro, tan grandes en realidad que a Javier le recordaban los de una mula.

El nerviosismo y la expectativa pudieron más que ella. Comenzó a comerse ligeramente las uñas mientras Javier y Gilbert hacían una transición suave a su versión norteña de "Despacito, muy despacito", la misma canción con la que Javier le había llevado serenata a Lucha una tarde de verano no muy lejana.

Después de que hubo terminado la serenata, los hombres regresaron a su mesa.

—¿Quién es ese bigotón que está allá?

—¿Y yo qué sé? —dijo Javier destapando su última cerveza.

—Sigue mirando hacia acá —dijo Gilbert.

El bigotón llegó muy pronto.

—¿Te andas metiendo con mi ruca? —señaló con un dedo acusador la cara de Javier. Después de escuchar la serenata de Javier, el bigotón se dio cuenta de que mientras él le había estado haciendo el amor a Lucha despacito, muy despacito, Javier había sido quien se había aparecido al lado de la ventana llevándole serenata a ella con la canción del mismo nombre.

—La única mujer con la que me he metido es la mía —dijo Javier. Terminó su cerveza, se relamió, luego puso la botella en la mesa.

Joaquín seguía señalando con el dedo.

—Tienes unos dedos bien grandes. ¿Has pensado en tocar el acordeón? —dijo Gilbert.

—¡Hijo de puta! —dijo Joaquín. Flexionó sus músculos carcelarios, luego agarró a Gilbert del cuello y lo alzó de su asiento.

—Baja a mi hermano —dijo Javier. Estaba a punto de intentar algo de diplomacia, pero Joaquín soltó a Gilbert al suelo antes de que tuviera oportunidad.

—Yo no soy tu hermano —dijo Gilbert al golpear contra el suelo.

—En la familia de Dios todos somos hermanos —dijo Javier. Estuvo a punto de elaborar por pura costumbre, pero recibió un puñetazo de Joaquín en el costado y muy pronto se encontró en el piso junto al hermano Gilbert.

Javier se tocó la nariz y le sorprendió verse dos dedos ensangrentados, pero no tan sorprendido como cuando escuchó una voz femenina muy familiar decir:

—¿Qué chinga'os andas haciendo?

Allí, rondando detrás de Joaquín, estaba Lucha. Traía la blusa de manta blanca de Lulabel, la que tenía unas flores rojas bordadas al frente, que se amarraba por el cuello, pero Lucha había optado por comenzar el moño considerablemente más abajo —en medio de la V que era su escote—, unos bluyines Wrangler®, botas de ternera, un cinturón que le hacía juego y una hebilla de plata en forma de corazón con una "L" en letra cursiva en medio. Llevaba el pelo en dos trenzas entretejidas con listones rojos que le arrastraban por la espalda, y por el frente, traía el fleco rizado y con crepé al estilo cholita de principios de los años ochenta.

—¿Lucha? —dijo Javier, la cabeza aún zumbándole por el reciente chingazo.

—¿Javier? —dijo Lucha. El Zarape era el último lugar en que ella esperaba ver a gente como él.

—Sí, mi corderita, soy yo. —Se puso de pie, se compuso el traje, luego agarró la mano izquierda de ella, aislando el dedo anular—. No traes puesto el anillo y estás violando tu libertad condicional —dijo él, su tono cambiando de decepción a acusación.

Joaquín sacó la mitad de compromiso del Juego de Anillos Princesa de su bolsillo, luego hizo el ademán de acercarse a Javier, pero Lucha se interpuso. Agarró a Joaquín de la oreja, se lo acercó y le recordó lo importante que era pasar desapercibido y no meterse en problemas, luego le susurró:

—Cállate la boca y luego te explico.

—Le di el anillo a mi hermano. Es que mira, nuestro tío es joyero y quería dárselo para que lo limpiara —dijo Lucha. Apretó el antebrazo de Joaquín y le sonrió.

—¿Él es tu hermano? —dijo Javier señalando a Joaquín.

—Sí, pero tú eres mi favorito. —Ella inclinó la cabeza a un lado de manera convincente.

—Vamos a bailar. —Javier buscó la mano de Lucha, pero ésta se la llevó a la boca y fingió un bostezo.

—Me estoy sintiendo cansada y si quiero llegar a la función benéfica para la iglesia mañana, será mejor que me vaya a casa y me acueste —dijo ella.

—Tienes razón. Te llevo a casa —ofreció Javier. Él la tomó de la muñeca, ansioso por repetir la diversión de la otra noche.

—No, no te preocupes —dijo ella, zafándose—. Mi hermano me puede dar un aventón.

—Bueno, está bien —acordó Javier medio de mala gana. Se conformaría con pasar el resto de la noche perfeccionando sus pasos de baile y conociendo mejor a la Teresita. Para ganarse a una mujer, Javier sabía que tenía que poder ofrecerle algo. Con su trabajo fijo, sus ahorros sustanciosos y un carro bueno, iba por buen camino. Pero sus habilidades para el baile/romance todavía necesitaban una afinada.

Javier despidió a Lucha y, una vez afuera, ella le susurró a Joaquín:

—Vamos a El Aguantador —y se largaron en la troca de Lucha.

Javier y Teresa continuaron en la pista de baile y, en un abrir y cerrar de ojos, la brecha dancística se había cerrado. Lo que Javier había tratado de suprimir por tantos años, ahora fluía libremente. Encorvado para compensar por la diferencia en estaturas, Javier muy pronto estaba bailando de cachetito con ella. A pesar de su imperfección dental, ella era hermosa, aunque carecía de cierto *je ne sais quoi* que Lucha tenía en abundancia. A él servía como práctica, pero algo no marchaba bien. Bailaban a un ritmo ligeramente distinto. De vez en cuando, Javier miraba hacia abajo a los pies de Teresa, tratando de adivinar su ritmo, y durante algunos pasos estaban en completa sincronía, sólo para perder el paso unos momentos después. Javier se imaginó que bailar con la pareja ideal sería como bailar contigo mismo, sólo que sin estar solo al momento de hacerlo.

Como siempre, el baile llegó a un abrupto fin. Javier no supo qué hacer sino dar las gracias, luego ir y buscar a Gilbert, quien estaba dormido con la cabeza sobre la mesa y la mano alrededor de su cerveza.

—Ándale, mano, ya vámonos —dijo Javier.

—¿Ya se acabó? —dijo Gilbert.

—Sí, *it's over. Now let's* vámonos.

—Híjole, te ves de la cagada —dijo Gilbert.

Javier dio un manotazo en el aire frente a él y dijo:

—Tú no sólo te ves de la cagada, también apestas como tal.

Javier ayudó a Gilbert a ponerse de pie, luego salir al estacionamiento y, finalmente, a subirse al Monte Carlo.

Una vez dentro, Javier se miró por el espejo retrovisor. En sí, no se veía tanto de la cagada, pero traía los dos ojos morados, lo que sólo pudo indicar una cosa: tenía la nariz rota.

—¿Te dio su teléfono? —dijo Gilbert.

—¿Debí pedírselo? —dijo Javier al alejarse de allí.

—Si la quieres volver a ver.

—No le hace. Como ella sobran. Además sólo estoy practicando para Lucha.

—Es duro querer sólo a una mujer. A un hombre le conviene más tener dos que tres —dijo Gilbert.

—Me supongo que sí. El Baile Grande es la semana que entra y voy a invitar a Lucha.

—Soy un hombre casado y me voy a quedar en casa con mi mujer y mis hijos —declaró Gilbert con un puño al aire—. Ya no quiero esto de desvelarme toda la noche. Ya no quiero salvar almas. Nomás voy a trabajar y ser un buen padre.

—Sabia decisión, mano —dijo Javier—. Pero vienen los Huracanes del Norte. Me encanta la música norteña. De hecho, creo que nos iría mejor con las chicas como conjunto norteño. ¿No crees?

—Me parece bien y además, ya estamos a dos cuartas partes del camino —dijo Gilbert cuando llegaron frente a su complejo de departamentos.

Javier negó con la cabeza, ya que Gilbert lo había dicho todo mal.

—A la mitad —dijo él—. Un hombre siempre debe reducir sus fracciones.

# Los botes

AL REVISAR LOS BOTES, ME ENCONTRÉ UN TESORO

# LOS BOTES

*Javier durmió toda la mañana y hasta bien entrada la tarde, y se* perdió del lavado de carros para beneficio de la iglesia. Hubiera dormido más si no hubiera sido interrumpido: primero alguien tocando a la puerta, luego el timbre, ambos le eran bastante fáciles de ignorar, pero luego hubo un golpecito en el cristal de su ventana, decididamente femenino, o eso pensó cuando se incorporó en la cama, se amansó el cabello y después, aún mejor, agarró su sombrero y se apresuró a ver quién estaba allí.

Javier abrió la ventana y allí estaba Pablo, el trompetista del Mariachi de Dos Nacimientos. Tenía las manos en los bolsillos traseros y su trapo blanco de lavar carros en el delantero.

Los hombres se encontraron en el porche de enfrente.

—Siento haber faltado al lavado de carros —dijo Javier dando un paso afuera—. Gilbert y yo nos metimos en un pequeño lío.

—Ya lo veo —dijo Pablo haciendo un gesto hacia los dos ojos moros de Javier.

—Si tienes un ratito, me gustaría hablar contigo —dijo Pablo.

—¿Qué es lo que te preocupa? —dijo Javier tomando un asiento en el columpio del porche. Todavía traía puestos los pantalones del traje de anoche y una camiseta interior blanca, sus pantalones sueltos inflándose en los bolsillos.

—¿Sabes cómo siempre dices que eres más misionero que mariachi?

—Sí —dijo Javier.

—Bueno, yo siempre pensé que para mí era al revés. Que yo era más mariachi que misionero.

—¿Estás perdiendo la fe en el Señor, hermano Pablo?

—No, nomás quiero escribir una canción, es todo. Y necesito que me ayudes.

Javier rió.

—Siento desilusionarte, pero desde que el mundo es mundo, ya todas las canciones fueron escritas. Si yo fuera tú, no perdería mi tiempo.

El semblante de Pablo se desmoronó, desilusionado.

—No entiendo, jefe.

—Piénsalo. ¿De qué tratan todas las canciones?

Pablo se encogió de hombros.

—Del amor. Quizá cantemos canciones al estilo *gospel*, pero aún así, son sobre el amor, el amor al Señor. Los libros también son así. Como cuando estabas en la escuela secundaria. . .

—Yo no fui a ninguna secundaria —interrumpió Pablo.

—Pues yo sí, y nos enseñaron de qué se tratan los libros. Son sobre el hombre en contra del hombre, el hombre en contra de la naturaleza, contra sí mismo, contra Dios, y otras cosas. Cosas que se llaman conflictos. Si un libro es muy bueno, trata de todas esas cosas, de todos esos llamados conflictos.

—¿Como la Biblia? —preguntó Pablo.

—Más bien estaba pensando en algo por el estilo de *El tesoro de la Sierra Madre*. Es un libro muy bueno. Creo que si no fuera basurero, pude haber sido un buscador de oro.

—¿Un buscador de oro? —repitió Pablo.

—Claro, pero ser basurero es algo parecido porque puedes encontrar un montón de cosas buenas en los botes.

—¿De veras? —dijo Pablo, ensanchando los ojos de sorpresa.

Javier lo miró, entrecerró los ojos y dijo:

—¿Quieres decir que tú no rebuscas en los tuyos? ¿Nomás los recoges y los vacías?

Pablo asintió.

Javier estaba desconcertado. Se puso de pie, luego guió a Pablo a un cobertizo grande localizado en la esquina más remota del terreno, donde abrió la puerta a más chucherías que Pablo hubiera visto en un mismo lugar en toda su vida.

Javier entró y luego dijo:

—Mira todas las cosas finas que un hombre puede encontrar en los botes.

—Esta aquí es la sección de fiestas. —Hizo un ademán hacia dos piñatas en un rincón: una era un pastel de tres pisos adornado con rosas de papel, la otra era un plátano.

Javier pasó por los artículos deportivos, los cuadros de pinturas y los trofeos, antes de finalmente hacer a un lado las bicicletas y los triciclos Big Wheel®, abriéndose paso hasta la sección de libros. Le tomó un rato encontrar lo que buscaba: una copia estropeada de *El tesoro de la Sierra Madre*.

—Léelo —dijo Javier dándole el libro de bolsillo a Pablo—. Tiene mucho de cierto, y seguro te servirá para escribir esa canción.

—Gracias, jefe —dijo Pablo mirando la portada desgastada.

—Si no eres un gran lector, también hay una película. Pero el libro siempre es mejor.

Los hombres salieron de allí.

—Oye, hermano Pablo, ¿crees que podrías hacer la transición de la trompeta al saxofón? —dijo Javier cerrando la puerta con seguro.

—Me supongo que sí, pero ¿para qué?

—Yo y el hermano Gilbert estamos pensando en formar un conjunto norteño y nos hace falta un saxofonista.

—En ese caso, creo que no —dijo Pablo—. Yo soy mariachi.

—Comprendo tu opinión y la respeto —dijo Javier.

—Será mejor que me vaya —dijo Pablo.

—Que te vaya bien —dijo Javier—. Y recuerda, siempre checa los botes.

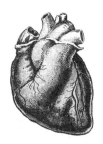

# La muerte

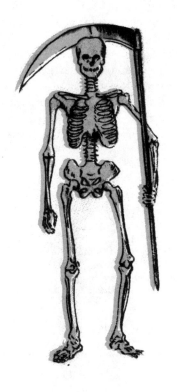

**PELÓN Y FLACA**

# EL REENCUENTRO

*La casa de Consuelo comenzaba con un buzón al final de un camino* de terracería cercado por una alambrada de púas que encerraba vacas, caballos, mulas, cabras, ovejas y burros, y que daba primero a un huerto de ciruelas, seguido de un campo de jitomates, luego uno de pimientos morrones. En esa época del año, todo estaba en temporada o casi, así que después de que aspirabas todos los distintos aromas, después de que la ciruela hacía una transición suave a los pimientos, luego al jitomate, y después de que ibas cuidadosamente en zigzag por el camino de terracería evitando todos los baches —suponiendo que te preocupara la alineación de tus llantas y la suspensión delantera de tu vehículo— llegarías a la casa de Consuelo.

La casa era amarilla, el color favorito de Consuelo, hecha de madera con molduras blancas. Primero estaban los escalones del porche, luego el porche mismo, la puerta de mosquitero que se abría a una puerta de madera con la cerradura de latón mencionada antes que nunca se cerraba con llave, y luego estaba la sala, adjunta a un comedor que se abría a una cocina, que daba a la vuelta a la esquina por el pasillo donde había dos baños, cuyos excusados jalaban cada veinte minutos, y tres recámaras, la última de las cuales tenía una puerta trasera que daba a un patio de concreto con bastantes plantas, algunas en macetas y estacionarias, otras en canastas y colgantes, y un viejo refrigerador rosa sin enchufar, del año 1953, que las muchachas conservaban debido a que era "tan lindo" y un día iban a cambiarle las tripas para actualizarlo de acuerdo a la eficiencia energética de hoy en día.

Pero permítanme dirigir su atención a la lavadora y la secadora porque era lunes, y Naty y Chelo se encontraban lavando la ropa de toda la semana. La lavadora era de color aguacate, la secadora almendra. No hacían juego porque, según quiso la suerte, la secadora color aguacate de Consuelo hizo cataplán casi al mismo tiempo en que la lavadora color almendra de Naty dio de sí, de modo que en lugar de hacer un coraje, decidieron sintetizar el juego.

—Vaya si esto no me recuerda el tiempo que siempre hace en los terremotos —dijo Nataly sacudiendo primero la cabeza, después las sábanas. El tiempo era extraño para cualquier época del año. Estaba nublado, caliente y húmedo a la vez.

—Es cierto —dijo Chelo—, pero si de verdad viniera uno en camino, entonces las cabras nos lo hubieran advertido.

—Qué alivio —dijo Naty. Los animales tienen sentidos que los humanos no tienen, y ésa es sólo una de las razones por las cuales Naty y Chelo los consideraban los mejores detectores de terremotos que hay.

—Los terremotos no me asustan. En realidad, ahora que sé que mi papi está a salvo, ya nada me asusta.

—Menos viajar —la corrigió Nataly.

Consuelo frunció el ceño, luego hizo pucheros como si se acabara de pintar los labios.

—Menos viajar —coincidió.

La lavadora estaba a punto de entrar al ciclo de enjuague. Con un tablero iluminado que brillaba y a veces te sorprendía cuando ibas a prenderlo, ésta no era una simple máquina. Tenía una manguera a la que las muchachas se referían como el "tubo de escape", el cual derramaba su agua sucia en una pileta cercana, y se sabía que la lavadora podía llegar a migrar tres pies en cualquier dirección dada, durante el ciclo de centrifugado.

Algo comenzó a retumbar, pero Naty y Chelo no podían echarle la culpa a la Maytag®, porque el sonido provenía de por debajo de la casa. Por un instante, creyeron que se trataba de un terremoto, porque así es como comienzan los peores, con ese rugido inconfundible y distante.

Pero no. Definitivamente había algo por debajo de la casa. Consuelo agarró un bate de béisbol, y Nataly alargó la mano para agarrar primero la escoba, luego el codo de Consuelo, mientras iban de puntitas por el perímetro de la casa, siguiendo la conmoción subterránea mientras ésta se dirigía al porche de enfrente.

Y luego surgió una voz:

—Mija —dijo don Pancho Macías Contreras—, ayúdame. Estoy *e-stuck*.

—¡Ay! papá —dijo Consuelo aventando el bate— una costumbre que tenía desde la primaria, la cual había hecho que la sacaran del juego en más de varias ocasiones. (Ver la Regla Número 14, Sección 3, de las *Reglas Oficiales del Juego de Softball*.)

—Don Pancho —proclamó Nataly, dejando que la escoba descansara contra un lado de la casa. DP estaba bien atorado, o más bien estaba apretujado entre la rejilla de ventilación y el porche.

—No te quedes nomás así parada, Chelo —dijo ella—. ¡Ayúdale!

—Hablas el *e-Spanish very good* —dijo DP.

—Siempre te andas atorando, papá. Debes aprender a tener más cuidado —dijo Chelo. Le pasó el palo de la escoba y le dijo—: Jálale. —Pero no importaba qué tan duro jalara él por su lado y Consuelo y Nataly del suyo, no avanzaban.

—Voy por la Vaselina® —declaró Nataly. De un momento a otro, se apareció con un tonel que podría durar toda una vida, algo que las muchachas habían traído a casa una tarde de la Tienda Grandota de Todo a Un Dólar.

Le pasaron la Vaselina® a DP.

—Ahora póntela sobre el hombro y el brazo, *all over*, y te sacaremos de allí —instruyó Consuelo.

—Pero ésta es mi camisa favorita —dijo DP.

—Luego compramos otra —prometieron Naty y Chelo al unísono.

DP siguió sus instrucciones y las muchachas pudieron sacarlo del lugar donde estaba atorado. Rasgado, sangrando un poco del hombro y con su sombrero apachurrado, don Pancho por fin salió. Les pasó un brazo alrededor a cada una de las muchachas y subieron tambaleándose por los escalones del porche brazo en brazo, luego entraron en la casa, y se veían como un vaquero y dos mozas de taberna irrumpiendo por las puertas de vaivén de la cantina.

Don Pancho se sentó en el sillón, luego puso su sombrero maltratado en una mesita. Se agarró los lóbulos de las orejas y dijo:

—Ustedes dos han estado hablando de mí. Me han estado zumbando los oídos toda la semana.

—Lo echamos de menos —dijo Naty.

—Y queremos pedirte un favor —agregó Chelo.

—Lo que necesites, mija —Don Pancho entrelazó las manos, luego las dobló hacia fuera lejos de sí hasta que le tronaron una buena porción de sus nudillos.

—Quiero que me cures de mi miedo irrazonable al transporte público y los paseos largos en carro —dijo Chelo.

Don Pancho respiró hondo.

—No te puedo ayudar con eso. *Remember*, soy el Santo Patrón de los Borrachos y las Prostitutas. Curar tu miedo sería algo bastante alejado de mi vocación. ¿No me puedes pedir otra cosa? ¿Qué tal un hombre? Te puedo mandar un hombre hecho y derecho. Nomás pregúntale a la Nataly.

—Eso no funcionó —dijo Naty refiriéndose a su breve amorío con el

Amador. Se miró las uñas y pensó en mordérselas, apenada y avergonzada de que el milagro de amor que DP le había hecho no hubiera resultado.

—Seguro que sí. Amador piensa en ti todo el tiempo, sobre todo cuando está *e-sleeping* —hizo un gesto con los dedos como haciendo comillas en el aire.

—Ya vendió todas sus vacas y va a venirte a ver *very soon* —dijo DP.

—Si le importara, entonces hubiera regresado mientras tuvo oportunidad —dijo Naty de brazos cruzados.

—Circunstancias más allá de su poder le impidieron regresar.

—La muerte es la única cosa que debe interponerse entre un hombre y una chica como Naty —dijo Consuelo—. Mírala nomás —Consuelo levantó a Nataly y ella, Naty, se dio la vuelta y titiló, vaciló y cautivó, de la manera como sólo una auténtica mujer divina puede hacerlo.

—Se le poncharon no una, sino dos llantas —dijo DP con un puño al aire.

—Un hombre que no puede lidiar con eso no tiene lugar en mi futuro —dijo Nataly.

—Ni en el mío —la secundó Consuelo.

Don Pancho se levantó el sombrero y se alisó el pelo.

—Te di el hombre más deseable del pueblo, el que tenía más animales y el único que habla inglés.

—No escogemos a nuestros hombres por sus animales, papi —dijo Chelo.

Él miró a Nataly.

—No entiendo. Vi la mirada en tus ojos y supe que necesitabas amor.

—Hay una gran diferencia entre necesitar amor y necesitar del calor de un hombre, y creo que tú más que nadie debería saber la diferencia —dijo Chelo.

Él negó con la cabeza. Después de tantos años, las mujeres todavía eran un misterio para él.

Nataly se puso de pie.

—Quiero enseñarle algo —le dijo a don Pancho. Él la siguió a la ventana de la sala donde ella apartó las cortinas a rayas color lavanda y señaló el volcán—. Puede que no se vea tan amenazador, pero no por nada le dicen El Condenado —dijo ella.

Don Pancho carraspeó.

—¿Sabía que incluso un pequeño volcán puede acabar con un radio de cien millas y causar cambios climatológicos a nivel mundial?

DP no estaba enterado.

Consuelo se quedó sentada en el sofá, observando la genialidad en marcha cuando se dio cuenta de lo que Nataly se traía entre manos.

—Por el lado bueno, en el periodo subsiguiente, una erupción deja atrás una tierra extremadamente fértil, repleta de todos los nutrientes necesarios que se separan inmediatamente en compuestos esenciales —continuó Nataly.

Ella bajó la voz hasta volverla un suspiro.

—Hace ciento cincuenta años nuestro volcán arrasó con buena parte del ganado del área. Por suerte no hubo víctimas humanas, pero ahora mire el verde resplandor de nuestras tierras de cultivo.

Don Pancho miró el campo de pimientos que se abría en forma de abanico hacia un campo de jitomates. El volcán se erguía en la distancia, como orgulloso de emplear a tanta gente en los campos y en la fábrica de enlatados.

Don Pancho se quedó sorprendido y boquiabierto. Nataly le sonrió a Consuelo, quien sabiamente se mantuvo al margen. Lo tenían justo donde querían.

—Nuestro volcán está inactivo, pero no extinto —continuó Naty—. Hace apenas algunos días experimentamos una serie de temblores con magnitudes entre los 1.1 y los 1.7, demasiado pequeños para que los sintamos, pero suficientemente grandes para preocupar a los geólogos. Aunque la actividad sísmica no siempre es señal de un acontecimiento eruptivo inminente, es un precursor bastante convincente —Naty dejó caer las cortinas.

—Hay cientos de volcanes en el mundo y sólo un pequeño número de ellos es activo, pero lo que distingue al nuestro es la profecía que lo acompaña. —Una pausa calculada tuvo lugar a continuación, durante la cual don Pancho tragó saliva.

—Hace mucho tiempo en este mismo pueblo, vivió un cura que no sólo predijo el volcán, sino que dijo que un día nuestro modesto volcancito pondría en marcha todos los volcanes del mundo.

—¿Quieres decir que es el detonador? —dijo DP. Naty lo había involucrado en esta narrativa y ahora él era su cautivo.

Ella ensanchó las cejas.

—Exactamente. Hay una secta local que vive en los cerros. Ellos creen que estos acontecimientos volcánicos traerán el fin del mundo, pero la ciencia moderna no concuerda. Los vulcanólogos pueden predecir erupciones, minimizando así el número de víctimas. Aquí en Lavalandia contamos con un plan de emergencia. Si algún día nuestro volcán se pusiera bravo, no sé qué haría yo con Chelo —Nataly puso un brazo alrededor de su mejor y en realidad única amiga en el mundo—. Con su miedo al transporte público y los paseos largos en carro, no podría alejarse lo suficiente como para escapar del peligro, y yo no podría dejarla aquí para que se chamuscara. Supongo que yo también me chamuscaría en vida.

DP se sentó en el sofá. Suspiró, luego hizo eso de quitarse el sombrero y alisarse el pelo otra vez. Él representaba cada vez más su edad.

—Lo voy a pensar. Voy a ver qué puedo hacer —concluyó.

Naty y Chelo lo abrazaron.

—Me tengo que ir. Mucha gente depende de mí y tengo mucho trabajo por hacer. Se portan bien, ¿ey? —Les dio a ambas un beso en la coronilla, luego caminó por la puerta de enfrente (sin abrirla).

Una vez que se había ido, Chelo le dijo a Naty:

—Oye, ¿cómo es que sabes tanto sobre los volcanes?

—A mí también me gustan los documentales —dijo Nataly.

# El Baile Grande

AHÍ NOS VEMOS EN EL BAILE GRANDE

## PROBLEMAS EN EL PARAÍSO, Y CÓMO ÉSTOS AYUDARON A QUE LULABEL SE CONVIRTIERA EN UNA MUJER DECENTE

—*Tú y yo, ya no somos novios* —*dijo el recién-llegado-a-casa Alberto a* la Lulabel. Había tenido un día duro y pesado remolcando, y se le notaba a leguas.

Era viernes, temprano por la tarde, el día antes del Baile Grande, y Lulabel estaba guardando apenas las compras del mercado. Se detuvo, se puso las manos en las caderas y dijo:

—¿Por qué dijiste eso?

Beto se sentía un poco inquieto, acostumbrado a ver a Lulabel en huipil y huaraches, el pelo en las mismas dos trenzas, una a cada lado de su cabeza, pero hela allí, era obvio que también acababa de llegar a casa, andaba con los labios pintados, en minifalda y tacones, y con el pelo suelto.

—Ahora eres mía, mujer —dijo Beto golpeando de nuevo con el puño—. Somos esposos. ¿Me entiendes?

Lulabel asintió, aunque no entendía del todo. Para Beto, siendo del rancho como era y pensando de la forma en que lo hacía, lo que él y Lulabel habían emprendido era nada menos que el matrimonio.

—¿Cómo se supone que esté trabajando yo todo el día sabiendo que andas en la calle mirándote así, dándole gusto a cualquier cabrón? —dijo fijándose en las piernas desnudas de Lulabel—. La falda va hasta acá —Él se señaló sus propios tobillos—. O te pones bien, mujer, o ¡yo te pongo! Te meto una chinga.

—¡Ay, ay, ay! —dijo Lulabel—. Nunca antes la había amenazado un hombre con violencia física. De pensar en Beto llegando a casa, sudoroso, cansado e impaciente después de un largo día de remolcar, agarrándola de las greñas, arrastrándola hasta la recámara o mejor aún, arrodillándola allí mismo sobre el piso frío de la cocina, luego quitándose el cinturón y dándole una buena, era novedoso si bien no tentador.

—¡Te acabo el cinto, mujer!

—¡Ay, ay, ay! —dijo Lulabel una vez más al imaginar a Beto acabándose todo un cinturón en sus nalgas desnudas.

Lulabel había sido toda rebozos y faldas largas por al menos dos semanas, pero con eso de que sus pretendientes la llamaban a todas horas de la noche, no era fácil mantener la tranquilidad doméstica. (Ella les había dicho que no la llamaran, que la dejaran en paz, pero no le hicieron caso.)

Pero Lulabel realmente estaba tratando de ser una buena mujer. Se levantaba todos los días para hacer dos comidas caseras —una para Beto y otra para Javier— ya que sabía que ser una madre buena era indicativo de ser una mujer decente. Y ¿los lonches? No eran solamente carne fría entre dos rebanadas de pan, sino más bien chiles rellenos, enchiladas de tres quesos metidas en posición vertical en un termo para que estuvieran calientitas a toda hora. Hacía toda clase de carnes en cualquier tipo de salsa y las enrollaba en una tortilla de maíz o de harina, y a veces hasta las metía en un tamal.

La grúa de Beto estaba en el garaje, su cepillo de dientes en el jarrito sobre el botiquín, su bata colgada del gancho de la puerta del baño, sus chanclas junto a la cama de ella y, al parecer, Beto había llegado para quedarse. Pero esa tarde, el paseo de Lulabel en minifalda había sido la gota que derramó el vaso. Todo sucedió tan rápido. Pero, un momento, Beto había esperado a Lulabel por cuarenta años y, de repente, ella era suya, lo cual le era un poco difícil de asimilar y, de vez en cuando, los celos se apoderaban de él.

Y ahora Beto caminaba calmadamente a la recámara, donde comenzó a empacar sus uniformes extra, así como su traje bueno para ir al baile y su Stetson®. Agarró las llaves de la grúa y se dirigió a la puerta.

Lulabel se tiró al suelo y estrechó sus brazos alrededor de las rodillas de Beto.

—No te vayas, mi amor. Seré buena. Te lo prometo.

—No sabes cómo ser buena.

De momento, Lulabel no supo qué decir.

—Iré a la iglesia y aprenderé a ser buena. Nos podemos levantar temprano los domingos e ir a misa.

—¡Pa' que te saques el pinche demonio!

Lulabel entrelazó las manos.

—Iré todos los días.

—Te haría bien sacarte el demonio, mujer, ¡porque lo tienes bien clavado!

—Mi amor. . . —suplicó Lulabel—. Pon aquí las llaves y vámonos a acostar.

—No —dijo Beto—. Ya me voy. El día en que aprendas a comportarte como una dama, una señora de respeto, me avisas.

—Por favor —dijo Lulabel—. Pégame, pégame, pero no me dejes.

—Pegarte. ¿Cómo podría alzarte la mano?

Ella se encogió de hombros. No sabía, simplemente había mascullado el refrán que había escuchado una docena de veces en las estaciones de radio mexicanas, como un intento desesperado de conservar a su Beto.

Beto la tomó en brazos.

—Ay, cariño, no podría dejarte nunca.

—Más te vale, porque la cosa va a largo plazo.

Beto sonrió. Compartía el sentimiento.

—Compruébamelo, viejo. Quiero que me demuestres que me amarás por siempre y que nunca me dejarás —dijo Lulabel.

—¿Qué quieres que haga? —dijo Alberto.

—Tú eres el hombre. Discurre algo.

—Te voy a contar una historia —dijo Alberto acariciando el largo cabello de Lulabel.

—Sí —dijo Lulabel. Se sentaron en el sofá.

Beto comenzó:

—Soy del rancho.

—Ya lo sé. Me lo has dicho un millón de veces.

—Como soy del rancho, sé cómo hacen el amor todos los animales. —Sonrió de una manera que a Lulabel le pareció sumamente atrayente y apetecible.

—¿Toditos?

—Sí, mi amor. Toditos.

—¿Y los burros? —dijo Lulabel.

—Oh, son los más feos de todos, ya que el burro lo trae pero bien grande, y la burra chilla cuando él se lo hace.

—Oh —dijo Lulabel decepcionada.

—Pasa lo mismo con las vacas, sólo que les toma días.

—Eso está peor aún. ¿Y los gallos?

—Lo hacen muy rápido. Todo se acaba en unos minutos, o a veces menos.

—¿Y los caballos?

—Igual que los burros.

Lulabel lo pensó detenidamente. Quería dar con un animal del que Alberto no supiera nada.

—¿Qué tal los guajolotes? —dijo ella con una sonrisa, como si por fin lo hubiera dejado con la palabra en la boca.

Beto sonrió.

—Los *turkeys* son los mejores de todos. El guajolote se monta en la guajolota, y una vez que están como debe de ser, él abre todas sus plumas y la envuelve, hasta que a ella sólo se le ve la cara.

—Es bonito —dijo Lulabel.

—Sí, es bonito —coincidió Beto.

—Mis favoritos son los guajolotes —dijo Lulabel—. Tú eres mi *turkey*-cito.

—Y tú eres mi guajolotita —dijo Alberto, tomándola en sus brazos, cubriéndola y cargándola a la cama.

Ya que iban de camino, Lulabel le dijo:

—Viejo, ¿crees que me puedas llevar al Baile Grande?

—Claro que sí, mi amor. Eso tenía pensado.

# PERSONALIDAD

*Lucha estaba sentada en su cama rosa y afelpada, limándose las uñas* plateadas hasta formar una punta seductora, cuando se vio interrumpida por un movimiento cerca de la ventana abierta de su recámara. Tantos habían peregrinado hasta la repisa de su ventana, pero aun así, una chica nunca puede estar demasiado prevenida. Metió la mano debajo de la cama, sacó la .45, luego caminó de puntitas a la ventana con la pistola a un lado, sólo para llevarse una sorpresa al ver un mariachi abierto en abanico en posición ideal para una serenata. Esta vez se trataba de un mariachi de verdad, ya que allí, en la esquina, había un arpa: el instrumento que separa a los muchachos de los mariachis.

Lucha estaba tan conmocionada ante el magnífico conjunto reunido en su nombre que dejó caer distraídamente la .45 en la jardinera de la ventana repleta de geranios. Miró hacia la izquierda, a la derecha, luego de frente, tratando de encontrar a Javier. Seguramente él estaba detrás de todo esto, aunque no estaba detrás del guitarrón: ese puesto estaba ocupado por un hombre maduro, chaparrito, gordito y de dedos rechonchos.

Sus sospechas fueron momentáneamente confirmadas, ya que Javier apareció por detrás de las hortensias y le dio al mariachi la señal para comenzar con un puño al aire. Esa tarde siete arcos apuñalaron el sol poniente cuando la sección de los violines rasgueó las notas iniciales de "Entrega total".

Lucha no era ninguna conocedora de mariachis, pero tenía conocimientos básicos y una apreciación adecuada de los clásicos. Era una canción que el tocayo de Javier había hecho famosa, y que transmitía aproximadamente el mismo sentimiento que el éxito de Marvin Gaye "Let's Get it On", sólo que lo expresaba de manera más elegante y anticuada.

La voz de Javier comenzó suave como el terciopelo, pero para la segunda estrofa había adquirido un aire urgente, y ahora cantaba entre dientes, la espalda arqueada de forma exagerada de manera que pudiera tomar aire para impulsar su momento vocal. Y luego, tan rápido como había comenzado, la canción terminó, y con ella la serenata. Lucha miró con tristeza mientras el mariachi compuesto de doce integrantes caminaba con piernas zambas hacia el ocaso. Javier se paró de puntitas, se agarró de las jardineras de hierro forjado para equilibrarse, y se alzó para darle un beso.

—Buenas noches, mi reina —dijo él, con los ojos entrecerrados.

—¿Qué fregados le pasó a tu cara? —No era exactamente la respuesta que él esperaba, sobre todo dado que Lucha había sido, al menos en parte, responsable de los moretones que todavía llevaba bajo los ojos.

—¿No te gusta? Beto dice que eso le da más personalidad a un hombre como yo —dijo con orgullo.

—Tú ya tienes demasiada personalidad.

—¿Tú crees, de veras? —Lo tomó como un cumplido—. Mira lo que conseguí —dijo metiendo la mano en el bolsillo de su saco—. Gran agarrón de tuba y acordeón —dijo, mostrándole dos boletos para el Baile Grande.

Lucha se quedó mirándolo larga y fijamente. Era bien guapo y nada menos que un músico, pero de todas formas era Javier, el santurrón que no rompe un plato. Era esta cualidad de dos tres, que la llevó a concluir:

—Yo no jalo.

—Claro que sí. —Se metió los boletos en el bolsillo trasero y sonrió. Pero eso le recordó algo—. Oye, ¿pos quién es ese vato con quien andas?

—Para entonces cundían los rumores. Se había visto a Lucha acompañada de Joaquín por todo el pueblo.

—Ya te lo dije, es mi hermano —dijo alzando las cejas y la voz.

—Deja que te diga algo, mujer. Yo no soy ningún pendejo.

—¿Ah, no? —No había mosquitero, lo que permitía que Lucha se inclinara hacia afuera donde estaba Javier—. Es lo que todos decimos. Que no somos pendejos. —Se dio un golpecito con el dedo índice en la cabeza—. Vamos por la vida pensando que traemos una "S" grandota en el pecho como el Supermán, cuando en realidad llevamos una "P" grandota en la frente.

—Cálmate —dijo Javier. Él levantó los brazos y ofreció alzarla de allí.

—Contigo no voy a ninguna parte —Ella se inclinó hacia atrás.

Javier bajó la vista y vio la .45, la cual yacía inocentemente sobre el arriate. Él metió dos dedos en los geranios que estaban al lado de la ventana y sacó una pistola, la cual colgaba de sus dedos índice y pulgar.

—Hermana Lucha, ¿qué hace esto aquí?

Lucha consideró dos mentiras igualmente inverosímiles:

1. Es de mi primo y la ha estado buscando por todas partes.
2. No tengo idea de cómo llegó aquí.

Ella escogió la número dos. Javier puso la .45 en su bolsillo, luego dijo:

—Ándale, mamacita, el Señor nos juntó por alguna razón.

Lucha se arrodilló, luego descansó primero las manos, luego el mentón sobre la repisa de la ventana.

—Un minuto es ándale, mamacita, y el siguiente es el Señor lo quiere así. ¿Cuál de las dos, hermano? Porque me parece que estás tratando de servir a dos amos.

—¿Cuál prefieres? —la cuestionó.

—Yo prefiero, la pasamos bien y todo se acabó. Cada quien por su lado y que te vaya bien.

—Pero, tú naciste para ser mía. Por eso el Señor cruzó nuestros caminos.

—Cruzó mucho más que nuestros caminos, hermanito.

Ante tal mirada de complicidad de ella, Javier tuvo que preguntarse: ¿Acaso Lulabel había compartido con ella el secreto que había compartido con él? Y si Lucha lo sabía, ¿sabía que él sabía? Y si sabía que él sabía, ¿también sabía que él sabía que ella sabía que él sabía? Caracoles, qué telaraña tan complicada había tejido. No. Javier reconoció su error. La telaraña había sido tejida años atrás y él no era su tejedor, sino su víctima.

—Hermanote —replicó él.

—Hermanito.

—Como gustes —dijo Javier tranquilo y sereno. Luego hizo algo extraño. Se sentó en pleno jardín, con todo y su traje elegante estilo vaquero a punto de hacer su debut en el baile y todo, de cara a las hortensias, con las piernas cruzadas al estilo indio: al menos así le llamaban cuando Javier estaba en el kinder y jugó su primer juego de Pato, Pato, Ganso. Nataly las traía, y ella había caminado tímidamente alrededor del círculo quizá unas tres o cuatro veces, hasta que finalmente ella lo nombró Ganso. Él la persiguió, luego la atrapó, y le dio tanta lástima cuando a ella la pusieron al centro del círculo para cocinarla.

A partir de ese momento, él nunca la miró de la misma forma. Más o menos una semana después, él soñó con ella. Cuando estaban en el segundo grado, él lloró cuando ella bailó el Jarabe Tapatío con otro niño. (En Lavalandia, todos los alumnos del segundo grado por más de cincuenta años habían tenido que aprender el Jarabe Tapatío.) En el tercer grado le metió la mano en sus calzoncitos porque, bueno, tenía curiosidad sobre los calzones de las niñas. En el cuarto grado, se volvió malo y se burló de ella hasta hacerla llorar, Consuelo le dio una paliza y luego él lloró. Que una niña te de una paliza. ¡Qué horror! ¡Qué vergüenza! ¡Qué. . . bonito? ¿Así les pasaba a Beto y a Lulabel? ¡Ay! ¡Qué *beautiful*! Haber amado a la misma mujer por tantos años.

Pero Javier ya no amaba a Nataly. Al menos no de esa forma. Su reciente beso de pescado le bastaba para comprobarlo. Pero, ¿acaso la amaba?

Tantas cosas habían cambiado, tantas seguían iguales. Ahora él ¿amaba? a Lucha. Miró por encima del hombro. Ella estaba sentada en la repisa de la ventana con las piernas colgando por el borde. Se veía tan exquisita, todas sus prendas de vestir eran de por lo menos una talla más chica, delatando fácilmente lo que había debajo.

La miró tan fijamente que dejó de pestañear el tiempo suficiente como para que le lloraran los ojos y se le nublara la vista. Luego su mente le hizo una jugarreta: se fue por una tangente peligrosa y muy pronto Javier se estaba imaginando una escena pésima que al parecer se desarrollaba ante sus propios ojos.

Se vio a sí mismo caminar hacia el Monte Carlo para agarrar su guitarrón, después llevarle serenata a Lucha, no una canción de amor sino un tragicorrido sobre un hombre y una mujer que se enamoran perdidamente uno del otro, pero se matan después de descubrir que, en realidad, son hermano y hermana. Tal canción existía y había sido tan popular en su día que finalmente hasta la habían hecho película.

Javier había visto esa película. Se llamaba *La hija de nadie,* protagonizada por Yolanda del Río, la cantante que hizo famosa la canción del mismo nombre.

Lo que pasa en la película es lo siguiente: Yolanda nace en el estado de Hidalgo, México, junto con su hermana gemela, Inés. Su padre las abandona, a ellas y a su madre, porque no quiere una hija y mucho menos dos, pero no está del todo en contra de la idea de la paternidad, así que se lleva consigo a su otro hijo, un varón.

Yolanda e Inés crecen en la pobreza en México, sin la ventaja de un padre, en una época y en un lugar donde tener un padre es algo que se da por sentado, de modo que los niños de la escuela se burlan de ellas porque el suyo no está allí.

Cuando las muchachas son adolescentes, emigran a los Estados Unidos con su madre. Las tres trabajan en una fábrica. Las cosas van mejorando para la familia cuando Yolanda entra a un concurso de canto y gana. Pero luego su madre se cae por las escaleras y muere repentinamente. Inés se queda ciega de la impresión.

A Yolanda no le queda otro remedio que concentrarse en su música. Comienza a llorar al cantar, una manera infalible de lanzar una carrera como cantante ranchera. Muy pronto puede costear una operación experimental para Inés. La operación es en última instancia un fracaso, pero un día mientras da su paseo diario por los jardines del hospital, Inés se encuentra con el jardinero. Se dan un tope y de este modo ella regresa al mundo de los videntes. Después de no haber visto nada por tanto tiempo, ella se enamora perdidamente del jardinero. Los dos están a punto de casarse, pero ¡descubren que son hermanos! Avergonzados de su pecado indecible y muy conscientes de que su amorío ilícito no puede seguir adelante, se matan, dejando a Yolandita sola en un mundo cruel, cruel, sin más remedio que cantar sobre éste.

Javier parpadeó varias veces para aclarar su visión, luego se puso la mano en el corazón, el cual latía demasiado aprisa para su propio bien. Un poco más abajo de su corazón, pudo sentir el contorno de la .45 que estaba en el bolsillo interior de su saco. Se puso lentamente de pie y se sacudió el pantalón de vestir. Metódicamente, se quitó el sombrero y se acomodó el cabello en su lugar, luego se puso de nuevo el sombrero y lo ladeó. Miró a Lucha, se acarició el bigote tres o cuatro veces con el pulgar e índice, luego dijo:

—Quería que viviéramos felices para siempre.

Lucha sacó el cigarro que había escondido discretamente detrás de la oreja, luego buscó su Zippo® dentro de sus botas vaqueras. Recorrió el largo de su muslo en dirección sur con el encendedor, luego sostuvo la llama cerca del Marlboro® Red que colgaba de la comisura de sus labios. Cerró los ojos al inhalar profundamente.

—¿Y yo pa' qué quiero eso de ser felices para siempre? Es sábado por la noche y me voy al Baile Grande. Yo sola —declaró.

# EL BAILE GRANDE:
# UN RELATO EN
# TIEMPO PRESENTE

**NATALY Y CONSUELO**

***—A veces, Chelo, por Diosito santo, quisiera que fuéramos osas, para***
que pudiéramos hibernar hasta el invierno —le dice Nataly a Consuelo. Se
está pintando las uñas, haciendo una pausa entre pinceladas. Las muchachas
están emperifollándose para el Baile Grande.

 —Eso sería una desástrofe —dice Consuelo—. Imagínate que voy a
buscar algo de comer. El pescado seguro se me escapa río arriba. Pero me
gusta eso de hibernar.

 En Lavalandia flota un mensaje ambivalente en el aire. El BG es un
acontecimiento alegre, no hay duda. Imagine esto: cinco mil peones de rancho y jornaleros del área tri-citadina que es el Condado de Lava, vestidos en
sus mejores galas, apiñados en la sala de exhibiciones del recinto de ferias
del Condado de Lava el cual, a principios de ese año, había sido la sede de
pays de manzana de corteza gruesa hechos en casa, jaleas y mermeladas,
hombrecitos y casas de jengibre, dulces y otras delicias de confitura, edredo-
nes, almohadas, suéteres, experimentos de ciencias y flores galardonadas en
exhibición por los residentes del condado. Pero la sala de exhibiciones que
lleva el nombre de un antiguo residente blanco, rico y respetado del Condado de Lava, algún Jones, Murphy, Kennedy u otro, de pronto se ha convertido en el lugar de un Gran Bailazo.

 Pero una vez que termina el baile, termina también el verano. Claro que
sigue haciendo calor hasta diciembre, pero el verano tiene más que ver con
sentirse libre como el viento que con el tiempo. El día siguiente al BG, todo
el mundo se apresura a la taquería y pide un menudo para curarse la cruda,
pero después de eso, los peones de rancho y los jornaleros agachan la cabeza

y es puro trabajar de aquí a diciembre, cuando todos abordan los vuelos de Mexicana® de vuelta al hogar.

Naty se inclina sobre el lavabo del baño hacia el espejo, entrecierra los ojos y se aplica un poco de Superfrost® en el párpado izquierdo.

—El invierno es aburridísimo para mis gustos —dice ella.

—Igual para los míos. Y me choca que no podamos andar en el convertible.

LUCHA Y FABIOLA

Después de que Lucha deja a Javier jugueteando con su pistola, se dirige a El Charrito Market donde compra dos boletos para el Baile Grande, luego va a casa de Fabiola. Entra por la puerta a la cocina, donde doña Lupe está lavando los platos de la cena.

—¿Cómo 'stás, tía? —Se detiene para darle un beso a su tía.

Por el pasillo las paredes están cubiertas de las fotos de la escuela de Favy: Favy con más pecas que de costumbre, sin un diente de enfrente, a rayas, en un vestido fufurufo, pasando por la edad difícil, su cabello color orina y zanahorias, luego Favy de repente al momento de volverse irremediablemente hermosa, con cabello oscuro y piel de miel.

Fabiola está en la cama viendo Sábado Gigante. Ana Gabriel canta "México lindo" y ¿a qué no adivinas? La Favy canta con ella.

—México lindo y querido. . . —su voz se desvanece cuando la puerta se abre por completo.

Lucha no ha escuchado a Favy cantar en más de quince años, y lo único que puede hacer es quedarse parada con los brazos cruzados, escuchando, mirando, y preguntándose cuántas veces Favy ha cantado sola sin que nadie lo sepa. ¿Es algo que sucedió de repente o algo que sucedió hace mucho, pero que nadie notó?

Fabiola mira detenidamente, como si el televisor le enseñara algo. Su canto es lindo y sin embargo metódico.

Lucha toma a Favy de los hombros de modo que ésta la mira de frente y le dice:

—¿Quieres regresar a casa, Favy? Eso es, ¿verdad?

Fabiola asiente.

—Quiero ir a Metzico.

No México, ni Mexico, sino Metzico, un lugar que no está en ningún mapa.

Favy abre el cajón de su mesita de noche y saca su .45.

—Lo quieres matar, ¿qué no?

—Sí. Lo quiero matar —dice Favy.

Lucha comienza a recordar cosas: la manera en que Favy siempre le subía al radio cuando pasaban un corrido alegre y divertido, cómo le gustaba su pistola, la manera en que, cuando iban a rentar películas en el Video Azteca los martes cuando las dan a dos por una, Favy siempre escogía las películas de balaceras modernas, a diferencia de las películas viejas en blanco y negro chistosas que a Lucha le encantan. De repente todo cobra sentido. La señora Linda tuvo razón desde un principio. Lo que Favy necesita es una buena venganza a la antigua.

—Primero acabamos con nuestro *bisnes*, luego nos vamos al sur. Lo que tú quieras, Favy.

—*I wanna* matarlo bien *dead* —repitió Favy. Ensancha las cejas y sonríe.

—Eso haremos —le asegura Lucha. Quizá algún día hasta alguien escriba un corrido acerca de ellas.

Lucha le enseña dos boletos para el BG.

—Mira lo que conseguí, prima. Vamos al baile.

—Cosa segura —dice Favy. Se pone de pie. Trae bluyines, una camiseta de cuello en V y sus pantuflas rosadas afelpadas. Va al clóset y saca un par de bluyines morados acampanados con incrustaciones y un par de botas vaqueras de gamuza de tacón alto. Su camiseta a rayas le combina muy bien. Se pone un cinturón delgado metálico dorado con una hebilla en forma de corazón. Su sentido de la moda está situado en la misma década en que almacenó el habla hace tantos años.

## BETO Y CHULABEL

—Tú eres mi Chulabel —le dice Beto a Lulabel. Así le dice cuando mi amor, cariño, mi vidita o vieja sencillamente no basta. Trae puesto su Stetson®, su camisa de seda buena del domingo, su pantalón vaquero y sus botas elegantes, que ya no son elegantes ni lo han sido desde hace casi quince años.

—Y tú eres mi gordito —dice ella. Todavía están embelesados por el hechizo de amor mutuo que se pusieron uno al otro dos días antes cuando, en la mañana, se había ido cada quien por su lado como si se estuvieran comprando regalos para la Navidad en la misma tienda. Lista en mano, se habían separado para hacer sus quehaceres individuales, sólo para volverse a encontrar en un lugar predeterminado con una sonrisa gemela en sus caras, antes de caer en la cama y disfrutar del botín.

Y ahora Beto se pone su colonia, la Brut® del juego de tocador de cinco piezas que le regala su mamá todos los años para la Navidad, y se están alistando no sólo para ir al baile, sino al Baile Grande. Pensar que no han bailado juntos desde el segundo de primaria.

**NATY Y CHELO**

El camino al baile transcurre sin incidentes, la fila de carros para entrar al parqueadero del recinto de la feria se extiende por dos millas. Un narcocorrido toca en el estéreo del Cadillac. Naty y Chelo se ven tan insólitas, dos mujeres divinas cantando al son de una polka sobre traficantes de drogas en un carro de lujo anticuado.

Una vez dentro del parqueadero, Chelo busca dos dólares en su bolsillo para pagarle al encargado. Caminan al salón del baile, sus botas vaqueras resuenan en el pavimento con un ruido sordo e impresionante cuando se dirigen a la entrada. Si una chica quiere una buena pareja de baile, entonces necesita a un muchacho bien ranchero, recién venido del rancho, ¡sí, señores! y para eso, ella tiene que vestirse para jugar bien su papel.

Naty entrelaza su brazo con el de Chelo, provocando que ésta le lance una mirada rara. Han sido amigas íntimas por veintitantos años, pero nunca antes han entrelazado así los brazos. Para Chelo es extraño y medio peculiar, como ir tomadas de la mano.

—Chelo, así se usa en México. Todas las mujeres. Algún día quizá regresemos juntas y tienes que saber cómo actuar.

Consuelo está de acuerdo. Pasan del brazo por todos los puestos de tacos y de recuerdos hasta entrar en el salón de baile donde la Banda El Mexicano está en el escenario y, aunque la quebradita ya pasó de moda hace varios años, todo el mundo la está bailando como si todavía fuera 1993.

**TODA LA BOLA**

Los Huracanes del Norte suben al escenario y es lo que todos han estado esperando. El hombre detrás de la guitarra está a punto de reventar las solapas de su elegante traje de piel al estilo vaquero por haber consumido demasiados tacos, tortas, chiles rellenos, tostadas, enchiladas, tamales, sopes, gorditas, hamburguesas, *hot dogs* con tocino, por haberse empinado sobre demasiadas cazuelas de menudo (¡ay qué rico!), pozole, cocido, y caldo de camarón, por haber remojado demasiadas piezas de pan dulce en demasiadas tazas de chocolate. Por eso está tan gordito, pero es un gordito bien alegre y buena onda.

El momento que todos han estado esperando, ya llegó. Hay rayos láser, redoble de tambores, video, humo, ruidos de lanzacohetes, y cosas que aun la onomatopeya no puede describir. Una voz educada en una escuela de locutores hace eco y efecto Doppler proclamando que en el año mil novecientos y tantos, ¡llegó la sensación norteña! Luego viene el popurrico (un potpurrí bien rico) de los grandes éxitos de Los Huracanes. Vuelan los gritos. Hay pedacitos grabados y pedazos de canciones sobre los narcotraficantes ("Clave privada"), sobre poner los cuernos ("El 911"), las queridas madres ("Por el amor a mi madre"), sobre ser ranchero y a mucho orgullo

("El ranchero chido"), sobre la parranda ("El troquero"), sobre perder un amor, ganar un amor, ganarlo luego perderlo, perderlo luego ganarlo ("Volver, volver"), sobre superar la pobreza cueste lo que cueste ("Doble fondo carga pesada"), sobre la muerte ("Cruz de madera"), caballos veloces ("La leona y el carcomido"), sobre el patriotismo/regionalismo ("Hijo de la sierra"), sobre la brujería ("Embrujado"), la venganza ("Venganza del viejito"), sobre soplones traicioneros ("Informe de la DEA"), sobre las grupis ("La musiquera"), sobre una niñez desafortunada ("Huérfano y perdido") y sobre la lealtad ("Los tres amigos").

Termina la presentación. La música en vivo comienza cuando los tres acordeones incrustados de brillantes de fantasía (hay tres) suben y bajan, el saxofón hace lo suyo, los tambores no paran, el bajo sexto late violentamente, y es tan *rock and roll* que es más *rock and roll* que el mero rocanrol.

La multitud comienza por el escenario y se extiende hasta dos terceras partes a lo largo del salón, dirigida a la pared de atrás. Una canción mantiene a todos sobrecogidos. Todo el mundo mira de frente con ligeras sonrisas en sus rostros. Dan saludos entre canciones: Un saludo pa' toda la gente de Guanajuato; los amigos de Durango, ¿dónde andan?; y ¡arriba Sinaloa!; no se me raje, Jalisco; a mis amigos de San Luis Potosí, la raza de Michoacán no se me queda, y arriba México, compa. En fin, ¡qué viva México!

Y de pronto ya no eres un jardinero, un "yanitór", un cocinero, una criada, un carpintero. Ya no trabajas en el *car watch*, o en la "canería", en los campos piscando las fresas, los tomates, los chiles o cualquier otro fruto de estación, en las huertas sacando o sacudiendo la fruta de los árboles y luego poniéndola en cubetas. Ya no fríes tortillas todo el pinche día en el espacio reducido de una lonchera. Ya no eres el que echa el estuco, el que pone los azulejos, el que pavimenta, el que opera la perforadora. Ya no eres el que hace lo que nadie más quiere hacer. Pero sobre todo: ya no eres un pobre muerto de hambre sin dónde caerte muerto. Eres quien tú quieres ser.

Y para qué molestarse en ser sumamente hermosa cuando eres tan bonita como Nataly y Consuelo. Con la belleza viene la dureza y la inaccesibilidad. Ser linda se trata de ser delicada, suave y encantadora, de ser una grata sorpresa cada vez. Llegas a esperar lo hermoso. A la larga te aburre, si no está demasiado ocupado quitándole años de vida a un hombre, o a una mujer para el caso.

No hay nada que diga "falsa alarma" en Nataly y Consuelo. Cuando los muchachos voltean para seguir sus siluetas, nunca se quedan desilusionados ante caras feas o pechos planos.

Favy y Lucha llegan y se apoyan contra la pared, la una tomando una jamaica a sorbos, la otra una horchata. Si uno tuviera que escoger, Favy es la bonita. Es alta y tan delgada que si le pusieras un pulgar y un índice por la muñeca, te sorprendería que éstos se encontraran. Posee el tipo de ligereza que tu abuela llamaría primorosa. Su cabello, que le roza las caderas, es lacio, fino y color rojizo. El suyo es un encanto de la época de los pómulos salientes.

La tez de Lucha es de color cobre, tiene la mirada profunda, los ojos oscuros y almendrados. Su cuerpo es su atributo más imponente. Sale a borbotones: una cabellera gruesa y abundante, un cuello elegante, pechos prominentes, un abdomen esbelto, caderas amplias, rematadas por un par de piernas delgadas. Ella es como un poema que rima un verso sí y otro no. Siempre ha sido tan frondosa y por tanto no recuerda una época en que los hombres no anduvieran detrás de ella.

Hay otras mujeres también. Las damas del univestido, que se ponen el mismísimo vestido de tafetán con los zapatos mandados a pintar del mismo tono que se pusieron para los quince años de Magda, la boda de Leti, la fiesta de jubilación del tío Pato. Las muchachas con las blusas tan cortitas que se les mira el ombligo, quienes salen al parqueadero cuando los muchachos las invitan y les enseñan más que el ombligo. Las muchachas que vienen acompañadas de muchachos y las que no. Las muchachas recién llegadas de México, mucho más tímidas que el resto de la bola, con el pelo todavía tan largo que les llega abajo de las nalgas. Los travestis, embutidos en sus trajes, relucientes de pies a cabeza, tratando de compensar por lo que la naturaleza les negó. (Y por cierto, ¿dónde está True-Dee? Nataly y Consuelo se preguntan al pasar al lado de los travestis que están congregados en la esquina por el baño de los hombres.)

Y luego están los muchachos… Aquellos nacidos en los Yunaited E-States, a quienes de pronto les gusta la música de sus papás. Los rockeros con sus actitudes fresa, orejas perforadas y pelo relamido hacia atrás. Los cholos rancheros con sus botas de vaquero y sus sombreros y sus pantalones guangos. Todo el mundo está aquí. Hasta los "no *espik* a nada de *e-Spanish*", ese grupito del *country and western* que sin embargo sabe apreciar los acordeones de la música norteña.

No hay tres meses que se pasen más rápido y que estén más cargados de trabajo que septiembre, octubre y noviembre. Es por eso que todo el mundo va al BG.

Los Huracanes llevan tres canciones de la primera tanda. Hay un momento durante cada baile, ya sea un baile de salón, una quinceañera, una boda o hasta un baile grande, en que los muchachos acaban de llegar y están muy tímidos. Pero dales una hora o algo así en Compalandia, ese lugar ficticio que realmente existe, donde hay bebida, comida y, más que nada, paisanos, y realmente se sueltan. Ésa es la mejor parte de la velada. Sus inhibiciones bajan lo suficiente como para sacar a bailar a una mujer divina.

Y dos tocan a la puerta de Naty y Chelo, con brazos extendidos, dicen:

—¿Bailamos?

No tiene caso ponerse difícil. Con tal de que sea lo suficientemente alto, que no apeste y que sus intenciones sean honorables, ándale, chiquita. No quieres esperar demasiado. Deja a un hombre en Compalandia y capaz que se enamora de su compa y de su cerveza en lugar de ti.

Nataly toma la mano que se alarga hacia ella, y Chelo hace lo mismo, y bailan, allí mismo, sin abrirse paso al área designada porque todo el mundo está bailando por todas partes.

En su historia de casi cuatrocientos años, el vals nunca ha sido tratado así. Los muchachos agarran a las muchachas, y si a las muchachas les gustan los muchachos, se repegan mucho, mucho, mucho, mucho. Las caderas se bambolean al sonido de los acordeones y los saxofones. Los muchachos cantan al oído de las muchachas. El ritmo cambia a una polka, vuelan los gritos.

Gustavo, la pareja de baile de Nataly, le dice:

—¿Cómo te llamas? —mientras dan de brincos bajo el tañido.

Ella le dice la verdad.

Él le aprieta la mano y la mira de pies a cabeza antes de decir:

—Ay, mamacita chula de mi vida, lánzame los ojos.

Naty sabe cómo hacerlo. La manera en que baja los ojos, los abre lentamente, luego los fija, antes de hacer ojitos, para después mirar deseosa a su sujeto.

—¡Estás re-quete-chula! —dice él entre dientes mientras la mira con ojos hambrientos. Él tiene bonitos ojos y a ella le gusta cómo lleva el vello facial. Adivina que es del estado de Jalisco.

A Naty se le ocurre que está en el lugar más feliz del mundo.

Chelo piensa lo mismo y se le nota, ya que sonríe encantada hasta que su pareja declara que ella tiene una sonrisa Colgate®. Lo proclama toda la noche, una sonrisa Colgate®. Y aunque Chelo apenas puede darle la vuelta a la esquina sin aburrirse, y/o en ocasiones hasta se queda sin aliento cuando trata de terminar alguna tarea demasiado rápido, se las arregla para bailar zapateados, quebraditas, cumbias, rancheras y norteñas por más de una hora sin tener siquiera que detenerse a limpiarse el sudor de la frente.

Él se llama Erubiel y Chelo se pregunta si debería llamarlo Rubi, ¿se ofendería? Tanto ella como Naty saben que podrían bailar con cualquier muchacho de este lugar. El darse cuenta de eso las vuelve aún más concientes de sí mismas. Pueden sentir el vaivén de sus caderas mientras bailan brazo en brazo, mientras giran dentro y fuera de las vueltas.

La Lulabel es hermosa, y no podría serlo más incluso si hubiera sido trazada y pintada por Jesús Helguera. Está aprendiendo cómo frenar esa tendencia, esa bendición, maldición o lo que sea, que se vuelve más intensa con la edad. Se pone muy poco maquillaje, se hace trenzas y usa el rebozo para su propósito intencionado. Lulabel sabe que si una mujer hermosa tiene cuidado, se puede volver más bonita con la edad, en lugar de feroz.

Pero a Beto parece preocuparle más su plato de súper nachos. Lulabel juguetea con el fleco de su rebozo al estar sentados lo más cerca posible del puesto de antojitos. De repente Beto se chupa los dedos y la sorprende. La toma de la mano y la lleva rápidamente a la pista. Al principio a ella le da miedo. Su corazón comienza a latir tan deprisa que, si tuviera que mantener ese ritmo, seguramente se agotaría. Beto se limpia las manos en el pantalón varias veces, luego se pasa el dorso de la mano por la boca, se endereza, luego la toma en sus brazos. La mueve con confianza. Todavía no existe la igualdad en la pista de baile. Una mujer aún debe dejarse guiar por un hombre, y a Lulabel le sorprende lo bien que Beto la conduce. Todo le resulta extrañamente familiar. Basta con decir que él no es la mejor pareja de baile que ella haya tenido. Extraña el destello que encontró alguna vez en brazos anteriores, la manera en que un joven hacía que una vuelta durara por siempre, cómo te hacía girar y girar antes de terminar contigo inclinándote de espaldas hacia el piso.

—Beto, ¿alguna vez has visto bailar a los viejitos? —dice ella.

—No creo, vieja. La verda' no.

—Pues yo los he observado mucho. Así me siento contigo. Como si hubiéramos bailado juntos por siempre.

Él baja la mirada para verla.

—He bailado contigo por siempre, mi niñita —Lo tomó como un cumplido. Lulabel pudo haber hecho un preámbulo con un—: Siento decirlo, viejo, pero. . . —Mas no lo hizo. Su respuesta es muy tierna, pero sosa. Lulabel está demasiado a gusto, quizá hasta inquieta en sus brazos. ¿Realmente nació para esto o necesita siempre buscar nuevos horizontes? En ese instante se imagina un horizonte donde la persona chaparra y gorda de Beto no sale a su encuentro, y eso la asusta. Ella le da un fuerte apretón.

Lucha y Favy todavía están recargadas contra la misma pared. Lucha tiene todas las herramientas necesarias de una dama, pero ha escogido otro camino. Ninguna pareja de baile está a su altura. Cataloga a los hombres con ojos entrecerrados. Uno es muy corriente, otro muy indio, ése demasiado ranchero y aquél es un vil naco.

Los Huracanes terminan la tanda al coro de otra-otra-otra-otra. Los complacen con dos canciones más hasta que el DiYei pone una tonada de Chalino Sánchez. Eso hace que comiencen los gritos.

Y de repente Favy quiere bailar. Chalino Sánchez hace más de diez años que murió. Nacido en el estado de Sinaloa, cuando apenas tenía once, su hermana de quince años fue raptada y violada. Chalino esperó hasta que él mismo tuvo quince años, luego fue a la caza de ese mal hombre hasta matarlo, dándole dos tiros en la pura cabeza. Pero la cosa es ésta: no nomás le echas tierra a un hombre, sino a toda su familia. Chalino tuvo que poner un poco de distancia entre él y su pueblo. Se fue pa' el otro lado donde trabajó haciendo lo que uno hace: piscando esto o lo otro. Aparte escribía canciones. Le sorprendía que las *peoples* le pagaran por escribir canciones sobre sus vidas. Vendían su música en la *Swap Meet*. Muy pronto ya era famoso. En Los Ángeles, se agotaban los boletos en todos los bailes donde tocaba. Nunca se subía al *e-stage* sin su pistola y eso fue algo bueno en no pocas ocasiones. Querían verlo de nuevo en Sinaloa, y aunque él sabía que no era un *good idea*, los complació. Para las 6:00 p.m. se habían agotado los boletos para su función. Tuvieron que cerrar las puertas, y eso que estaban en México, un lugar donde el código contra incendios o es ignorado o comprado o inexistente. Después del show, lo arrancaron de brazos de una mujer hermosa, le vendaron los ojos, luego le dieron dos tiros en la cabeza. A la mañana siguiente fue encontrado en una zanja por dos campesinos.

Chalino no era guapo y cantaba como una cabra con la gripa. Pero ni modo. Los chamacos empezaron a tocar su música en los estéreos de sus camionetas achaparradas, empezaron a usar los sombreros ladeados como él, como si el penacho de plumas cuidadosamente colocado al lado del Stetson® les pesara de alguna forma.

Fabiola conoce la historia de Chalino y le tiene cariño, pero no sabe cómo bailar. ¿En qué piensa? Quién sabe, casi no puede hablar. Uno-dos, uno-dos, uno-dos, da un brinquito si quieres, o erguida, rígida y elegante, dependiendo de tu humor, chiquita. En ésta y en otras cosas, te irá muy bien.

Y éste es el Baile Grande, damas y caballeros, donde todo y nada sucede. Cuando todo termina, hay cientos de bolas de chicle pegadas a los pisos de duela, y cientos de raspaduras de zapatos de tantas botas vaqueras y tacones altos. Un mar de Stetson® se dirige al estacionamiento. Al día siguiente la gente comenzará a hacer sus maletas en sentido figurado, aquellos que se quedan atrás tendrán que esperar hasta la próxima primavera cuando una vez más habrá una nueva cosecha de peones de rancho y jornaleros que inundará las pistas de baile todas las noches de sábado, y que hará todas las cosas que nadie más quiere hacer el resto de la semana y a veces hasta en domingo.

Indígena tarasca: Michoacán

# EL ASIENTO DEL CONDUCTOR

***Javier se quedó sentado en el Monte Carlo enfrente de la casa de*** Lucha un largo rato después de que ella había acelerado lejos de allí. Sostenía la .45 en la mano. Derecha-izquierda-derecha-izquierda-derecha-izquierda. Nunca antes había tenido una pistola en las manos, ni siquiera una pistola de agua, y le sorprendía que se sintiera tan pesada en su mano como su Biblia pero, a diferencia de ésta, la .45 cabía cómodamente en el bolsillo interior de su saco.

Viró el Monte Carlo, le dio la vuelta, y se dirigió calle arriba. Pudo haber tenido dos boletos para el Baile Grande, un traje bonito y nuevo, botas de piel exótica, un sombrero costoso, un fajo de efectivo y una pistola en el bolsillo, pero le faltaba el elemento esencial: la chica.

Se dirigió a El Zarape donde masculló un "chin" inerte al leer el letrero en la puerta del centro nocturno. "Lo sentimos. Estamos cerrados por el Baile Grande".

Dio vuelta en U y se dirigió a El Aguantador y un ambiente completamente distinto. El estacionamiento se desbordaba no sólo de carros, sino de gente. Se metió al primer lugar disponible, luego ahuecó una mano imaginaria al oído. ¿Era música en vivo lo que escuchaba? Bajó la ventana. Efectivamente, había un conjunto norteño en el estacionamiento.

Dentro del centro nocturno en sí, las cosas estaban en pleno. Javier tenía a la probabilidad de su parte. Había tanta gente allí y él sólo necesitaba a una pollita, una chiquitita a quien darle su boleto extra y con quien practicar sus nuevos pasos de baile. Todo el mundo estaba allí, al parecer: todo el mundo que no había conseguido una cita para el Baile Grande o que era demasiado codo para pagar el boleto, es decir.

Javier quiso una cerveza: algo que agarrar, algo que hacer con las manos. Pero no había ninguna mesera disponible a quien hacerle señas, agarrar del codo y decirle: "Me traes una cerveza cuando tengas tiempo, ¡mamacita!"

Se recargó contra la pared del centro nocturno, provocando un revuelo en una mesa cercana donde varias mujeres mayores señalaban y reían bobamente. Puso las manos en los bolsillos, luego las sacó, se apoyó en el pie derecho luego el izquierdo, y de vuelta otra vez. Nunca antes había ido al Baile Grande y sabía que si se lo perdía, tendría que esperar otro año para tener la oportunidad de hacer su debut.

Había una banda en el escenario, no precisamente su género musical predilecto, pero sin embargo empezó a recordar las delicadezas del baile de la noche anterior: el deleite de tener a una mujer extraña en sus brazos, de aspirar profundamente con las narices peligrosamente cerca de su cuello, pegarse más y más mientras progresaba la canción, luego dejar todo en suspenso para poner un poco de distancia entre los dos, hacer una pausa para bailar una cumbia o una quebradita, luego esperar, incluso orar que la banda cambie a un ritmo de ranchera para que él pueda tomar a esa cosita joven de nuevo entre sus brazos. Cosita joven. Eso era gracioso. Javier no había visto a ninguna cosita joven en toda la noche y ahora tres mujeres en la mesa antes mencionada miraban en su dirección, sus dedos índices enroscándose y desenroscándose, enroscándose y desenroscándose, enroscándose y desenroscándose, haciéndole señas a Javier de acudir a su lado.

Había un asiento vacío en su mesa, a juzgar desde la posición estratégica de Javier, el único a la vista y una mesera que se entretenía agachada a la altura de la cintura y que decía en voz baja la frase reveladora:

—¿Algo para tomar? —Caminó hacia allá, se sentó y pidió—: Una cerveza, y lo que quieran estas lindas damas, por favor —abrió su cartera y puso un billete de cien dólares nuevecito en la esquina de la mesa cubierta por un mantel blanco.

Alguien le pasó un trago de tequila. Se lo tomó de golpe mientras las mujeres hacían sus presentaciones de un jalón. En el sentido de las manecillas del reloj, comenzando por el medio día y continuando por todo el santo día: Marta, Janet, Cristina, Celia, Paula, Inés y Carmelita. Javier anunció su nombre. Las mujeres lo rodearon. Él deslizó su silla lejos de las dos aspirantes más cercanas, pero audacia estaba sentada justo al otro lado de la mesa. Se puso de pie, caminó alrededor por detrás de Javier, puso una mano en cada uno de sus hombros, se agachó y le dijo:

—¿Bailamos?

*Never* de los *never* de los *néveres* había una mujer sacado a bailar a Javier, ni siquiera cuando él mismo se expuso al peligro y salió con sus mariachis a llevar serenatas en centros nocturnos, antros de billar, penitenciarías y otros lugares pecaminosos. Se echó un segundo trago de tequila, luego siguió a su pareja a la pista de baile.

A juicio de Javier, ella aparentaba unos setenta. Inserta ese número en la fórmula de la pista de baile (Edad aparente (.7) + siete años por uso y desgaste extras = Edad real) para llegar a su edad verdadera de cincuenta y seis. Era chaparrita y rechoncha, lo que es decir no era ni gorda ni agradablemente rellenita. Su cabello, un tinte erróneo, un desastre de pintura para el cabello aplicada en casa de un tono anaranjado horrible: un resultado indicativo de una castaña que intenta ser rubia con la sola aplicación de una botella, que fracasa, y luego no hace nada al respecto. Para colmo de males, traía un permanente, es de suponer que otro trabajito casero. Lo que quedaba de su cabello se veía como si hubiera pasado por el achicharrador, y para hacerlo aún más crujiente, le hubiera aplicado varias capas razonables de fijador Aqua Net®, extra-super-firme. Su ropa, el atuendo común para la pista de baile de una mujer de su estatura, de su estado aunado de deterioro y desesperación: una minifalda, una blusa escotada de tela sintética brillosa, medias con costura atrás y un par de zapatillas apretadas. Por suerte, Javier no tendría que acercársele. Bailarían dentro de los confines seguros de una cumbia.

En ese momento se le ocurrió a Javier que si Lulabel no hubiera encontrado el amor verdadero, entonces quizá hubiera acabado tal como estas mujeres. ¿En eso estaba pensando ella cuando le dio una oportunidad a Beto? Javier se entristeció y se le fue el alma a los pies de pensar en su madre veinte años en el futuro, vestida así, en un lugar tal como éste.

Llegaron a la pista de baile. Javier miró a Celia de arriba abajo. ¿Por qué tal audacia? La respuesta: las mujeres como Celia eran una parte importante de la diáspora en la pista de baile. Un peón de rancho con hasta un poquitín de sentido común sabe que un hombre puede llegar más lejos más rápido con una mujer como Celia. Y con una mujer así, él corre menos riesgo de enamorarse: una actividad que consume tiempo y dinero, y algo que alguien que tiene a una mujer aguardándolo pacientemente en casa no debe hacer. Con tantos peones de rancho y jornaleros solitarios en el pueblo sin ninguna intención de quedarse, pero que buscan una diversión a corto plazo sin promesas ni exigencias, Celia estaba en gran demanda. En el reino animal, este fenómeno de la pista de baile se conocería como simbiosis.

Javier recorrió la pista de baile con la mirada, pero todavía no había pollitas a la vista y Celia se le estaba acercando más y más, hasta que muy pronto estaba juntito de él.

—Mantenga su distancia, ¡señora! —dijo sosteniendo su señal de ¡Alto! a la manera de la patrulla de seguridad del tercer grado: un brazo extendido con la palma vuelta hacia arriba.

Para alivio de Javier, Celia nada más quería dar una vuelta, uno de los movimientos básicos de la cumbia: quería acercarse lo suficiente a Javier para rozar hombros antes de darse la vuelta y cambiar de lugar. Llevado a cabo, Javier tuvo otra vista del centro nocturno y allí, en la mesa más, más remota estaba la cosita más joven y más bonita del lugar.

Ahora sí. Javier no tuvo que esperar a que terminara la cumbia. Murmuró un:

—Gracias, ey —luego se marchó de allí.

En su traje y sombrero elegantes y con cerveza en mano, Javier se sentía invencible. Se abrió paso a la mesa más, más remota convenientemente escondida en un rincón.

—¿Está ocupada? —dijo, haciendo un gesto hacia una silla desocupada en esa mesa. Ella se dio la vuelta y sonrió. Una buena cabellera de pelo brillante, recién teñido puede ser tan engañosa. Javier perdió la compostura. No era una jovencita, sino una mamacita de mediana edad.

Se llamaba Xóchitl. Umm. . . pensó Javier. So-chil, la palabra para flor en la antigua lengua Náhuatl de los aztecas. Otra señal divina. Javier se sentó, se arrimó y puso un brazo alrededor de su pequeña bomboncita.

Ella hablaba bien el inglés, lo cual era bueno porque Javier no hablaba muy bien el español. *Au contraire*. Hablaba un español casi perfecto, lo cual le indicaba al oyente que lo había aprendido de los libros. Sí, tenía el acento equivocado, y le era sumamente difícil pronunciar bien los diptongos, y hasta en ocasiones caía en la trampa típica del principiante de traducir literalmente.

El inglés de Xóchitl traqueteaba con todo tipo de pequeñas imperfecciones que la volvían entrañable. Como cuando metía al azar una "e" innecesaria antes de una "s". Pero no era tan a tontas y a locas como parecía: sólo agregaba la "e" cuando la "s" iba seguida de una consonante. Ésa era la regla en su idioma natal. Su lengua estaba tan acostumbrada a decir de un tirón especiales, estrellas, escándalos y otros etcétera, etcéteras, que no era de extrañarse que cuando la mesera se llegaba a su mesa y decía: "¿Algo para tomar?", Xóchitl sonriera y dijera: "Una e-Squirt® por favor".

Javier negó con la cabeza y le hizo señas a la mesera de que se fuera. Conocía sus límites; para un hombre que no tomaba, Javier había tomado más que suficiente.

—¿*What do you do*? —preguntó Xóchitl.

Javier no iba a ceder ante el inglés. Su lengua se sumergió en una traducción literal al declarar su ocupación:

—Soy un hombre de basura —Xóchitl soltó una risilla. Javier debió haber dicho simple y sucintamente y con todo el orgullo de hombros echados hacia atrás, cabeza en alto que su clase social merecía: soy basurero.

Hubo una actividad renovada enfrente cuando la banda fue reemplazada por cinco hombres y una mujer. Luego comenzó la música. Javier nunca había oído algo semejante. Al ver sus ojos bien abiertos y su expresión de sorpresa, Xóchitl se inclinó hacia él y le dijo:

—¿Te gusta la música del recuerdo? —Así que así se llamaba. Javier asintió.

Las parejas de baile inundaron la pista. Javier puso mucha atención.

—*Let's get a little closer to the action* —dijo, sucumbiendo al inglés. Tomó a Xóchitl de la mano. Los músicos se movían de acá para allá en el escenario con toda la sincronicidad del grupo de *Rhythm and Blues* de los años setenta llamados los Spinners. Javier los había visto en la tele numerosos sábados por la mañana durante su niñez en el programa de *Souuuuul Train*. Lulabel daba una palmadita en el sofá e insistía con las manos apretadas en falsa oración y con la cabeza ladeada de manera convincente: "Por favor, mijo. Siéntate conmigo y acompáñame a ver a Donnie". Javier hubiera preferido mil veces al otro Donnie, el muchacho más sano de los Osmond a este tal Cornelius, este último se encontraba tan al borde de algo desconocido y temible, que hacía que Javier se arremolinara en su asiento cada vez.

Xóchitl y Javier estaban de pie a la orilla de la pista de baile, Javier mirando la acción, Xóchitl frunciendo el ceño, de brazos cruzados, cambiando su peso de un tacón a otro. Javier bajó la voz, miró a Xóchitl a los ojos y le dijo:

—¿Bailamos?

Caminaron por el tapete, sobre el borde de aluminio y hacia la pista de baile. No tenía caso postergar lo inevitable, de preparar el terreno para lo que sólo llega después de varias canciones de ansiosa expectación y numerosos momentos de toma de decisiones cruciales. Tomó a Xóchitl en sus brazos y la abrazó muy, pero muy fuerte. Una inevitabilidad llevó a otra y muy pronto ella le puso una palma abierta en la nuca, luego recargó su cabeza en su hombro, haciendo que a él le fuera tan conveniente dejar colgar su cabeza, primero para descansar una barbilla inocente en el hombro de ella, luego para dejar que su nariz permaneciera en su clavícula izquierda, antes de que sus labios se abrieran camino por su cuello donde iniciaron algo que ni siquiera una cumbia podía interrumpir. Javier estaba practicando la regla de oro, le estaba haciendo a ella lo que deseaba que ella le hiciera a él. Sus oraciones fueron contestadas momentáneamente cuando comenzó la reciprocidad.

Con todo ese contacto cercano, Xóchitl muy pronto estaba metiendo la mano dentro del saco de Javier para hallar lo que le había estado punzando en las costillas toda la noche.

—Es una pistola —susurró Javier llevándose un dedo índice a los labios abiertos. Trató de abrazar de nuevo a Xóchitl, pero ella se negó.

—¡¿¡Una pistola!?! —dijo Xóchitl, no con la curiosidad entusiasta de una adolescente, sino con toda la alarma de una madre de familia de edad madura.

—No te preocupes, chiquita —dijo Javier.

—Pero, ¿qué andas haciendo con una pistola?

Javier hizo una pausa para pensar antes de decidirse a decir la verdad.

—Se la quité a mi hermana. La ha metido en problemas en más de una ocasión. Ahora bailemos. —Ya que la verdad era tan increíble que tenía que ser cierta, Xóchitl le creyó. Reanudaron su posición de baile.

—¿Me quieres decir qué más traes en tu bolsillo? —dijo Xóchitl alzándole las cejas a Javier.

—No, nada, sólo mis llaves, mi cartera y dos boletos para el Baile Grande.

—¿El Baile Grande? —dijo Xóchitl. Volvió a la vida, luego se puso triste.

—Sí. El Baile Grande. Pero tú no querrías ir porque ya es demasiado tarde.

—No —dijo Xóchitl—. Ya es tarde y tú no me llevarías de todos modos. —Ella recargó la cabeza en su hombro para que él no pudiera ver la tristeza en sus ojos. El lugar estaba repleto de parejas de baile de edad madura y aquellos incluso tan viejos como para tener derecho a un descuento en una cafetería. Si el BG no hubiera estado en el pueblo, pudieron haber sido más jóvenes, pero a los cincuenta y uno, Xóchitl supo que sólo podía fiarse de conseguir a un papacito joven y apasionado si él tenía sólo una cosa en mente. Pobre de la Xóchitl. Los días en que ella pudo haber escogido entre muchos jovencitos guapos con quienes ir al Baile Grande habían quedado muy atrás.

—¿Para quién era el boleto extra? —preguntó Xóchitl cuando se abrieron paso de vuelta a su mesa.

—Era para mi hermana —dijo Javier.

—Tu hermana ¿ey? Esa no me la sabía, y eso que he escuchado un montón de historias tristes y a veces locas de jóvenes como tú.

—Es una historia triste y loca, pero cierta. No sabía que era mi hermana cuando nos conocimos. Me enteré después.

—Conociste a una chica, quizá en un lugar como éste —hizo un gesto a su alrededor.

—La conocí cuando ella estaba en la cárcel y mis mariachis fueron a la cárcel a tocar para las presas.

—No tienes pinta de mariachi —dijo Xóchitl.

—Cuando me pongo mi traje de charro, sí.

—No es lo que quiero decir. Puede que estés vestido como algunos de los demás hombres aquí, pero no eres como ellos aunque traigas una pistola en el bolsillo.

—¿No crees? —dijo Javier, inseguro de si debía sentirse halagado u ofendido.

—No —dijo Xóchitl—. Y he estado haciendo esto por mucho tiempo. Vengo aquí desde hace mucho.

—Pero, ¿por qué querrías regresar a un lugar como éste? —dijo Javier. Xóchitl se le acercó.

—Porque es divertido. Porque me gusta cuando un hombre a quien casi no conozco me presta atención. —No había absolutamente nada de arrepentimiento en su tono.

—Debe ser divertido por un rato —dijo Javier—. Pero, ¿no te aburre?

—Una mujer como yo no cambia. Nunca me canso de esto.

—¿Nunca te casaste ni nada?

—Sí, estuve casada, y tengo tres hermosas hijas como fruto de esa unión.

Se pusieron de pie. Caminaron a la pista de baile. Bailaron. No hubo nada de besos, lamidas de cuello, apretones firmes, ni manos inquietas palpando ningún cuerpo, hubo sólo el baile.

Al final de la noche cuando prendieron las luces, Xóchitl parecía aún más vieja, aún más cansada. La banda dio las buenas noches mientras todo el mundo se apresuraba de vuelta a sus mesas para terminarse sus bebidas caras, antes de que el personal del centro nocturno les dijera lo que ya sabían: que era hora de irse a casa.

Javier tomó la mano de Xóchitl cuando se encaminaban a la salida.

—¿Te llevo a casa? —dijo él.

—Te lo agradecería —dijo ella—. Pero sólo si me dejas manejar.

—Claro que sí. —Le dio sus llaves a Xóchitl cuando se aproximaron al Monte Carlo.

—Bonito carro —dijo ella, quitándole el seguro a las puertas, del lado de Javier primero.

—Un clásico —dijo Javier.

Se subieron a bordo del MC. Xóchitl vivía a la vuelta de la esquina, tan cerca, de hecho, que había llegado a pie al centro nocturno esa noche más temprano.

—Te acompaño a la puerta —dijo Javier.

—Okey.

Se entretuvieron en la puerta de enfrente por un momento antes de que

Javier se inclinara y le diera un beso en la mejilla, seguido de otro y otro y otro, hasta que estos condujeron finalmente a un beso en los labios.

—¿Crees que me pudieras dar tu teléfono? —dijo él.

—Nunca le doy mi teléfono a nadie. —Ella entró en su apartamento.

—Quizá pueda venir a visitarte alguna vez —dijo Javier.

—Eso me agradaría —dijo Xóchitl.

Javier se inclinó y le dio otro beso en la mejilla.

—Gracias —dijo él—. Me la pasé a todo dar.

—Yo también.

Javier se dirigió a las escaleras, luego hizo una pausa para mirar por encima del hombro.

—Gracias —dijo de nuevo, aunque Xóchitl ya había cerrado la puerta. Ella había calmado algo en Javier, realmente calmado algo en él, y por eso él estaba agradecido.

*Promociones de Oro Presenta*

# UN BAILAZO DE CALIBRE

 ★ **Gran Agarrón de Tuba y Acordeón** ★

## LOS HURACANES DEL NORTE

*Los Cadetes de Linares*

### BANDA EL MEXICANO

### EN LOS TERRENOS DE LA FER

### DE AGOSTO DESDE LAS 7:00 P

**ONLY!**

**Sábado 24**

MÚSICA DE DJ EN LOS INTERMEDIOS

*Boletos en lugares de costumbre*

*Call* Para más información 546-2397

## Tabla 6

LOS JUGADORES SE SIENTAN
*en un* CÍRCULO FRENTE A FRENTE
MIENTRAS *el* UNIVERSO SUSURRA:
"VAS A TENER QUE PAGAR PARA VER
MIS CARTAS"

# El tocadiscos

**TÓCAME UN DISCO BONITO, AUNQUE SEA VIEJO**

# LA ÚLTIMA PIEZA

*Cuando Javier llegó a casa, le sorprendió encontrar a Lulabel aún* despierta y recostada en el sofá.

—¿Eres tú, mijo? —dijo ella.

—¿Qué haces todavía despierta, mamá?

—Oh, nada, hijo. Nomás no podía dormir. —El fonógrafo seguía tocando. Ella estaba escuchando a Agustín Lara.

Tomó a Javier de la barbilla, luego movió su cara de un lado a otro. Había tenido los ojos morados por más de una semana, pero ella todavía no se acostumbraba a verlo así.

—Estoy bien agradecida de que no te hayan tumbado los dientes, porque se los dejé todos al ratoncito.

—¿El ratoncito? —repitió Javier.

—Sí, mijo. ¿Nunca te conté de él?

Javier negó con la cabeza.

—Bueno, ponte cómodo y te cuento la historia.

Javier sacó la .45 del bolsillo interior de su saco, luego se quitó el sombrero y puso ambos en la mesa de centro.

—¡Ay! mijo. ¿Ahora cargas pistola?

—No te preocupes. No voy a hacer nada con ella.

—No es la pistola lo que me preocupa. Mucha gente carga con ellas. Beto tiene dos o tres. Por supuesto, en su tipo de trabajo es algo necesario. Pero, mijo, estás cambiando muy de repente.

—Nomás cuéntame del ratoncito —dijo Javier.

Se recostó, descansando la cabeza en las piernas de Lulabel, dejando que sus piernas colgaran por el brazo del sofá y sus botas se balancearan en el aire.

—Cuando a un niño se le cae un diente, su mamá lo pone en el agujerito de un ratón, donde el Sr. Ratoncito pueda encontrarlo con facilidad. Eso es para que el ratoncito se lo lleve. Si el Sr. Ratoncito o su señora o cualquiera de sus ratoncitos se come el diente de leche, entonces el diente nuevo del niño seguramente saldrá derecho y bonito.

Javier sonrió.

Ella lo agarró de las quijadas y le dio un apretón.

—El Sr. Ratoncito y su familia deben haberse comido todititos tus dientes de leche, porque ¡mira qué bonitos dientecitos tienes!

—Gracias por contarme una historia tan linda y por dejarle mis dientes al ratoncito —dijo Javier.

—Es lo menos que una madre puede hacer.

Javier miró hacia arriba a Lulabel.

—¿Te sientes bien, mamá?

—Sí, mijo. ¿Por qué, no me veo bien?

—Te ves bien, sólo que distinta.

—Querrás decir vieja, ¿qué no?

—No, nomás distinta —dijo Javier. Lulabel no se veía vieja, únicamente más madura, como si por fin se hubiera convertido en la mujer hermosa a la que aspiran todas las muchachas hermosas.

—Algo me está pasando —dijo ella—. Solía pensar que eran todos esos muchachos los que me mantenían joven. Eso o algo que ellos representaban. Para simplificar las cosas, digamos que era el amor.

—Okey —dijo Javier—. Le llamaremos amor.

—El amor no es una cosa que iba y venía. No era algo que ocurría en realidad, sino algo que estaba por ocurrir.

—Todavía amas a Beto, ¿no es cierto?

—Sí, mijo. Más que nunca. Y si no lo quisiera, entonces me aseguraría de hacerlo.

—Estás hablando de la brujería ¿no?

—Algo así. Arreglaría las cosas es todo, porque ya nos metí a todos en eso. No sólo se trata de yo y Beto, o yo y tú, es sobre todos nosotros. Sé que siempre quisiste tener una familia.

—El Señor te dio algo que no le da a muchos, y me alegra que por fin le estés dando un buen uso. El Señor se manifiesta de formas bien misteriosas, mamá, y Él te ha escogido para llevar a cabo sus fines más nobles, tan seguro como que me escogió a mí.

—¡Ya párale con esa mierda! —dijo Lulabel—. ¿A quién tratas de engañar? —Era obvio que Javier se había tomado un descanso del Señor, ya fuera que se tratara de una temporada o una licencia permanente estaba por verse. Lulabel sólo deseaba que Javier fuera honesto consigo mismo.

En lo que respecta a Javier, él no estaba tratando de engañar a nadie más que al diablo. Claro que él sería el primero en aceptar que él y su misión se habían topado con una curva en el camino, una curva muy cerrada para ser exactos, pero una vez que diera la vuelta y se dirigiera a la recta final, el Señor lo estaría esperando, y con los brazos abiertos.

—Quizá el Señor escogió a Beto para llevar a cabo su noble fin —dijo Lulabel—. ¿Has pensado en eso?

—Creo que no —dijo Javier—. Pero tú y yo, tenemos dones.

—¿De qué sirven los dones si no sabes cómo usarlos? A veces necesitamos que alguien llegue y nos enseñe todas las cosas que debimos haber aprendido hace mucho tiempo.

Javier no pudo evitar sentire celoso. Todos esos años él había tratado de alcanzar el alma de su madre en vano y el Betito lo había logrado en un dos por tres.

—Yo antes pensaba que el amor era arreglarse, salir a bailar toda la noche, sentirte en la cima del mundo. Pero no es eso para nada. El amor es harto trabajo y sufrimiento, y tampoco se termina nunca —dijo Lulabel.

—Creo que tienes razón —dijo Javier.

—El trabajo duro y el sufrimiento son enemigos de la juventud y la belleza física —continuó Lulabel—. ¿Has visto a las mujeres cuando salen de la fábrica de enlatados o llegan a casa de los campos? ¿Te parece que se ven jóvenes? ¿Alguna de ellas? No, no se ven jóvenes. Nunca. Solía verlas y decir, "Ahí tienes a una mujer que no se ha cuidado, que ha dejado que los años le ganen el mandado". Pero no es así para nada. Intenta verte linda si has estado trabajando al rayo del sol todo el día, o si has estado despierta llorando toda la noche.

—Los efectos del amor se hacen sentir, ¿verdad? —dijo Javier.

—Sí. Y el amor te cambia, ni para bien ni para mal sino porque es lo único que puede hacer, la única cosa que uno puede hacer. Mira lo que ha hecho contigo. Me supongo que todo esto es a causa del amor —dijo Lulabel señalando la pistola y el Stetson® lado a lado sobre la mesa de centro.

Javier no dijo nada.

—Los hombres ya no me miran de la misma manera, mijo. Y si me ven así, me asusto, de veras, de veras que me asusto. Y lo más loco es que, ni siquiera puedo mirar a otro hombre. Imagínate.

—Me lo he imaginado. Y he estado orando por esto durante mucho tiempo.

—Gracias. Cuando éramos niños, en el catecismo, las hermanas nos decían que eso era lo mejor que podías hacer por alguien. Rezar por ellos.

—Creo que tenían razón, mamá —Javier se incorporó. Agustín Lara tocaba el piano, sólo el piano y su voz esta vez, pues estaba a la mitad de las notas preliminares y las palabras preliminares del vals preferido de Javier, "Santa". Javier se puso de pie, tomó su sombrero y se lo puso derecho. Tragó saliva.

—Bailemos —dijo al momento que entraba el resto de la orquesta de Agustín.

Lulabel se puso de pie. Vestía su huipil rojo. Traía el pelo suelto y largo. Javier la tomó en sus brazos. Él había escuchado el vals cientos o quizá hasta miles de veces en su niñez. Se sabía la canción de memoria, pero sólo lograba susurrar bajito el estribillo al oído de Lulabel.

La canción era simple. Un violín y la percusión, un piano, un hombre, sus emociones sentidas y su voz. Agustín Lara aporreaba su piano, luego se desvanecía. Y en efecto, cuando Javier sostuvo a su madre en sus brazos, era tal como lo había imaginado, el perfecto acompasar de bailar solo, únicamente que sin estarlo mientras lo haces.

# El oro

TODO LO QUE BRILLA. . .

# LA RECTA FINAL: EL SUEÑO DE JAVIER

*Javier se fue a dormir y soñó con la recta final, pero no enseguida.*
Primero hubo curvas con poca visibilidad y curvas cerradas en una carretera
infinita de dos carriles por terreno montañoso.

Javier se dirigía al sur con una sola mano apoyada firmemente en el
volante y sin tener idea de adónde se dirigía. Estaba completamente solo, o
eso pensó, cuando escuchó un sonido proveniente de la cajuela. Se paró a
investigar, abrió la cajuela y allí, amarrada y amordazada, se encontraba
Lucha. La sacó, luego la colocó lentamente sobre su hombro.

—Mi pequeña corderita —susurró Javier al desamarrarla. Una vez
libre, ella lo cacheteó.

—¿Por qué me llamas con ese nombre estúpido? —dijo ella. Se puso
de pie y comenzó a caminar antes de que él pudiera contestar.

Javier abrió la boca y trató de gritar. Quiso gritar, "Mi amor, espera.
Este camino podría ser peligroso". Pero todo fue en vano. Trató de caminar,
pero su esfuerzo no lo llevaba a ningún lado. Escuchó un rugido que venía
de por detrás de la maleza. Su corazón latía aceleradamente. Pensó que era el
mismo diablo. Comenzó a orar y, en un abrir y cerrar de ojos, se encontró de
nuevo al volante del Monte Carlo, y el Monte Carlo, sin esfuerzo alguno por
parte de Javier, se abría paso por las curvas.

Revisó su espejo retrovisor para encontrarse con que Xóchitl estaba en
el asiento trasero limándose ociosamente las uñas.

—¿Adónde vamos? —preguntó él.

—Vamos hacia la recta final —proclamó ella.

—Ven acá adelante conmigo —dijo Javier—. Tengo miedo.

—No hay por qué tenerlo —dijo Xóchitl y en ese instante las cosas se pusieron todavía más escalofriantes cuando entraron en un túnel largo, escasamente iluminado.

El camino dentro del túnel se volvía cada vez más estrecho hasta formar un solo carril. Javier se puso al mando del volante. El techo se hizo más y más bajo, el carril más y más estrecho. El final del túnel estaba muy cerca, y luego estaba justo enfrente de ellos, o más bien, de él: Xóchitl había desaparecido.

Estaba oscuro al otro lado, oscuro como la noche, y lleno de paz. Javier ya no tenía miedo. Miró a su alrededor buscando a Lucha, esperando que ella hubiera dado una vuelta completa y que a la larga lo alcanzaría, aunque, considerando el valle que yacía más adelante, su teoría no tenía mucho sentido geométrico.

No había ninguna Lucha a la vista. Javier podía aceptar eso. Pero, ¿dónde estaba Jesús? ¿Dónde estaban sus brazos abiertos? Jesús no estaba por ningún lado, pero en la distancia había un mariachi y tocaba la pieza instrumental "El niño perdido".

Javier caminó por una pequeña colina para descubrir un río. Bajo la luz de la luna, algo brillaba en el fondo.

—¡¡¡Oro!!! —proclamó él, luego se tiró de cabeza, buscándolo. Ese río no era lo suficientemente hondo como para echarse un clavado, y aunque cayó haciendo un ruido sordo y doloroso, todavía pudo agarrar un puño de pepitas brillantes.

—Eso no es oro —advirtió una voz profunda desde una arboleda sombreada.

Javier pudo ver a un buscador de oro en un rincón.

—Mira cómo brilla —dijo Javier.

—Pirita —dijo el hombre—. El oro de los tontos, pero que no te engañen, hijo. Hay mucho oro verdadero en la profundidad de los cerros. Muy lejos y muy adentro.

El hombre levantó la mano derecha. Ésta tembló, se sacudió. El hombre señaló, pero su dedo tenía un ángulo que no se enderezaba, iba hacia el sur, luego se doblaba bruscamente hacia el este a la altura del nudillo. Javier no supo si él quiso decir sur o este o sureste. El hombre regresó a lavar oro, y sin importar qué tan fuerte Javier trataba de gritarle o qué tan rápido sus piernas se movían en dirección del buscador de oro, el hombre ni lo veía ni lo escuchaba, y Javier tampoco avanzaba nada. Finalmente se dio por vencido y despertó.

Había llegado a la recta final y esto es lo que contenía: un mariachi, un puñado de oro de los tontos, y consejos razonables sobre dónde encontrar el oro real.

# TAN PRONTO COMO SEA POSIBLE

*Javier sabía sobre los mapas que Lulabel había estado sombreando* lentamente por la mayor parte de los últimos veinte años, y él los consideraba más que unos materiales didácticos geográficos. Para Javier éstos representaban el anteproyecto misterioso de lo que un hombre podía ser.

En la mañana al despertar, se apresuró a la cocina donde Lulabel estaba preparando el desayuno del domingo.

—Mamá, necesito un mapa de México —dijo, sin aliento.

—¿Un mapa? ¿De dónde voy a sacar yo uno? —Lulabel se limpió las manos en su delantal.

Javier se le acercó y le susurró al oído.

—Sé que has estado coloreando unos mapas todos estos años. He visto ambos.

Lulabel bajó la voz de manera acorde.

—Están guardados. Escondidos mejor que el tesoro de la Sierra Madre.

—El tesoro de la Sierra Madre —repitió Javier. Ésa era otra señal—. Sácalos cuando tengas tiempo, porque quiero echarles una mirada.

—Y tú, ¿pa' que quieres un mapa? —puso la espátula en el mostrador.

—Estoy buscando un lugar al sur, quizá al sureste de aquí, un lugar con montañas en abundancia. Soñé con ese lugar anoche.

—¿Estás pensando en irte de casa o algo parecido? —Era una opción que Lulabel había esperado por años, pero ahora, de alguna manera, algo había cambiado y pensar que Javier algún día tomaría su propio camino la entristecía.

Javier no respondió. Vio su traje de charro colgando inocentemente de la jamba de la puerta.

—Mi traje de charro —dijo con reverencia.

—Sí, hijo. Tu traje de charro. Con todo el trabajo que le invertí, de veras que deberías cuidarlo mejor. Han estado llamando de la tintorería toda la semana —lo regañó.

—Sí —dijo Javier—. Pero, ¿crees que si te trajera una maleta llena de oro le podrías quitar las cruces y ponerle unas botonaduras de oro a mi traje de charro? —Hablaba en ráfagas, su habla cobrando velocidad y volumen según progresaba.

—Claro, pero no sé si alguno de los dos vamos a conseguir una maleta llena de oro —dijo ella.

—Hay oro en esos cerros. Oro de verdad. No pirita. Voy a ir y conseguirlo.

—Qué bueno, mijo. —Le sirvió a Javier un plato de huevos rancheros, luego se sentó a su lado a la mesa de la cocina—. Creo que es hora de que tú y yo tengamos otra pequeña plática.

—Si se trata de Lucha, no te preocupes. Anoche conocí a una dama bien linda. —Arrancó un pedazo de tortilla y lo usó para recoger su primer bocado.

—¿Conociste a una chica, mijo?

—A una dama, de tu edad o quizá hasta un poco mayor, pero por supuesto no tan bonita.

—¡¡Ay!! hijo.

—¿Qué pasa, mamá?

—Es que a veces un muchacho se vuelve hombre de la noche a la mañana —dijo Lulabel yendo directo al grano.

—¿Crees que eso me ha pasado a mí? —Hizo su plato a un lado.

—No. Tú fuiste un hombre cuando debiste haber sido un niño. Siempre fuiste el hombre de la casa.

—Alguien tenía que serlo —dijo Javier.

—Sí, mijo. Te volviste hombre demasiado pronto. Nunca tuviste tiempo de ser un niño. Pero a veces un hombre se puede volver niño de repente.

—U-ta —dijo Javier—. Creo que eso es lo que me está pasando.

—Yo también —dijo Lulabel—. Y está bien. Sólo que tienes veintisiete años y más te vale pensar en volverte un hombre otra vez, tan pronto como sea posible.

—Cuanto antes —Javier coincidió.

—Ah, y otra cosita —dijo Lulabel—, sobre esta señora que conociste. Te lo advierto. Hay muchas cosas que una mujer madura sabe que pueden enloquecer a un chico, así que aguas. ¿Okey, mijo?

—Te preocupas demasiado por mí, pero está bien, mamá.

—Ahora cómete tu desayuno, casi es hora de ir a la iglesia.

—No voy a ir —dijo Javier.

—De alguna manera, eso no me sorprende. Va a haber lotería a la una, por si gustas.

—Sí —dijo Javier—. Y gracias por la plática. Me voy a ocupar de ese asunto de ser hombre tan pronto como sea posible.

Después de sus huevos rancheros, un regaderazo y una afeitada, Javier agarró su sombrero y sus llaves, y se dirigió a la puerta. El Monte Carlo estaba estacionado del lado norte del terreno, y en el parabrisas había una nota doblada cuidadosamente a la mitad, para proteger la confidencialidad de su contenido. Javier se estiró y la agarró, cuidadoso de no ensuciar su ropa de domingo. Leyó la nota en voz alta, "Has estado bailando con las viejitas"; no estaba seguro de si se trataba de una pregunta o una declaración, ya que la nota carecía completamente de puntuación, pero estaba firmada únicamente con una "L" en letra cursiva. Javier la hizo bolita y la metió en el bolsillo de enfrente de su pantalón.

Estaba a punto de buscar sus llaves, aislar la adecuada, meterla en el ojo de la cerradura, abrir la puerta y subirse al asiento del conductor, cuando notó que todo el costado del Monte Carlo estaba rayado, no el producto de una llave chillona, sino de algo bastante más sustancioso. Murmuró un "chinga'o".

Javier estaba seguro de que alguien había profanado su precioso automóvil, y ese alguien era Lucha. (En realidad, mientras Javier dormía, el Monte Carlo recibió un rayón lateral de un tractor que iba en camino a hacer sus tareas matutinas.)

Javier se subió, azotó la puerta y se dirigió a casa de Lucha. Pero todo era distinto. Las manos apoyadas contra el volante no le sudaban. No le preocupaba si su guitarrón estaba afinado en caso de que tuviera que llevarle una serenata. Lucha lo había dejado plantado para el Baile Grande y, al hacerlo, ella era la verdadera razón por la cual él no había ido y eso, al parecer de Javier, era imperdonable.

Llegó a la casa de Lucha, caminó alrededor hasta su ventana y la despertó con un chiflido.

—Buenos días, hermanito —dijo ella.

—Buenas. —Él se había bañado, rasurado y perfumado, pero no andaba con juegos.

—Voltea el bote y súbete —dijo Lucha refiriéndose a la cubeta blanca de pintura vacía de cinco galones metida convenientemente detrás de los arbustos.

—No, gracias. —Sacó un pedazo de papel hecho bolas de su bolsillo—. ¿Esto fue obra tuya?

—Sí —dijo Lucha—. ¿Has estado bailando con las viejitas, ¿ey?

—¿Y tú cómo lo sabes?

—Tengo antenas —dijo Lucha. Se puso los dos dedos índices en el lugar apropiado encima de su cabeza. Lucha sabía dos que tres cosas sobre el mundo secreto de los insectos y los arácnidos. Había estado viendo el canal Discovery, una costumbre que había adquirido mientras estuvo encerrada.

—Anoche no querías saber nada de mí, ¿y hoy traes antenas? —dijo Javier.

—La ausencia hace que tenga más ansias de ti —dijo Lucha meciéndose hacia adelante y hacia atrás en sus tacones—. ¿Por qué no entras, hermanito? —Había pasado casi una semana desde que alguien se había subido en su cubeta.

Javier hizo una pausa. Ausencia, ¿ey? ¿Acaso ésa era la clave de la parábola que él estaba buscando? La razón por la cual Jesús no lo esperaba con brazos abiertos en la recta final. ¿Estaba la ausencia del Señor diseñada para hacer que el corazón de Javier, o más bien, su alma tuviera más ansias de él?

Lucha se asomó por la repisa de la ventana. Era una casa de una sola planta. Pero de todas formas. Sus pechos casi se desbordaban del *negligé* color chocolate.

—Entra —ella le hizo señas.

Javier sacó la cubeta de por detrás de los arbustos, luego se subió en ella. Pudo oler el perfume de anoche en el cuello de Lucha.

Se aproximó, se le acercó y le susurró la respuesta de una sola palabra al oído:

—No.

—Ay, hermanito —dijo ella, poniéndole cuatro dedos en la mejilla derecha, aplicando una presión constante, incitando sus labios hacia ella. Javier no se resistió. Le puso un brazo alrededor del cuello, la acercó, luego la besó suave y lentamente en los labios antes de desviarse a su cuello, subir por la línea de su mandíbula, luego alrededor hacia atrás del oído, luego en el oído mismo.

Lucha se reclinó y se hizo a un lado. Javier pudo ver la colcha rosa afelpada sobre la cama sin hacer, pudo imaginar su suavidad rozando rítmicamente sus muslos. Lucha retrocedió unos pasos hasta su cama y se recostó. La sedosidad de su *negligé* formó pliegues y ondas entre sus piernas.

Javier puso las palmas de las manos en la repisa de la ventana y descansó la barbilla en sus manos.

—Ándale, hermanito —dijo Lucha dando unas palmaditas a la cama a su lado—. Te extraño.

Javier también la extrañaba. Extrañaba la lucha constante por salvar su alma, cómo se veía con la ropa prestada de Lulabel y su pelo domado en dos trenzas. La manera en que siempre hacía el papel de señorita en apuros frente a él. Extrañaba el tratar de convencerla de que hiciera las cosas por su propio bien, de tratar de llevarla a rastras a la iglesia, a practicar con su mariachi, al Baile Grande. Extrañaba otras cosas además: cómo se veía ella en sus bluyines imitación pitón, sus tacones altos, su blusa sin espalda, el chal arrojado engañosamente sobre sus hombros, o simplemente en sus calzoncitos de terciopelo rojo, acostada en su cama apoyada únicamente en los codos y el deseo. Cómo él se sentía acostado bajo el ritmo de ella. Pero más que nada, Javier extrañaba la posibilidad de bailar con ella. Nunca habían ido del brazo a una ranchera: un momento mágico que Javier había imaginado quizá cientos de veces en el poco tiempo desde que había descubierto las dichas de la música norteña y las delicias de tener a una mujer en sus brazos moviéndose al ritmo. Lucha yacía en su cama individual ofreciéndole deleites que le eran difíciles de rechazar, y Javier únicamente podía pensar en tomarla en sus brazos y bailar con ella. Él la miró y supo que nunca compartirían ese sencillo placer y eso lo entristeció.

Lucha tijereteó las piernas, luego las dejó descansar en posición abierta formando lo que Javier calculó como un ángulo de 120 grados. Ella no era del tipo de mujer dada al cortejo. Una serenata de vez en cuando estaba bien, pero Lucha no era de aquellas que un hombre lleva a cenar y a bailar, del tipo de mujer que estima unas flores.

En ese momento Javier se dio cuenta de que lo que él sabía sobre las mujeres era tan breve y enigmático como cualquiera de los 150 salmos, y que quizá sus conocimientos limitados de la especie femenina eran tan pequeños como una probadita, como para caber dentro de los confines diminutos de un sólo proverbio.

Entonces él comenzó a decir entre dientes, con la barbilla descansando aún en sus manos, sus manos descansando aún sobre la repisa de la ventana.

—*Guárdate de la mujer extraña, aun de aquella que te lisonjea con sus palabras; aquella que abandona la crianza de su juventud y olvida su pacto con Dios. Ya que su casa se inclina hacia la muerte y sus modos, hacia los muertos. Nadie que vaya a ella regresa jamás* —Él había examinado, si no bien leído completamente la Biblia tantas veces buscando todo lo que le había faltado en la vida, a saber, el amor y el consejo de un padre, que se sabía gran parte de memoria.

Sus cavilaciones estaban impregnadas de una pizca de sabiduría agnóstica. Con los cantos de la sirena no te vayas a marear. El número seis de la Lotería que Lulabel solía jugar con Javier. Ella insistía en que jugaran. A veces llenaban una o dos líneas, o llenaban toda la tabla. Javier siempre se ponía nervioso cuando salía el número seis. Se le ponían rígidos los hombros. Se encogía. La carta mostraba a una mujer tentadora de cabello largo: una sirena en el mar abierto, su cabello negro como la noche igualito al de Lucha.

—¿Qué estás haciendo, hermanito? —dijo Lucha—. ¿Hablas en lenguas desconocidas? Ven acá y hazlo aquí —dijo ella mientras se mordisqueaba suavemente las yemas de los dedos.

Su maldad no tenía fin, su perversidad no tenía límites. Pero aun así, Javier no podía quitarle los ojos de encima.

Lucha se puso de pie y fue a la ventana. Son pocos los hombres que pueden resistir los encantos de una mujer encantadora y hermosa: con las manos en el cabello de él, sus labios recorriendo lo ancho y lo largo de su cuello, sus dedos desabrochando los primeros broches de su elegante camisa estilo vaquero, sus uñas arañando suavemente su torso, su lengua abriéndose camino lentamente hasta su oído.

Pero Javier no era un ñu bebiendo inocentemente a lengüetazos en las riberas del Nilo. No era un antílope en las llanuras abiertas del África esperando a que lo embistiera un guepardo hambriento. Él sabía que las mujeres son criaturas extrañas y necesitadas, en cambio constante, pero de mayor importancia, Javier sabía que cualquier mujer podía ser la perdición de cualquier hombre, sin importar cuán justo fuera o cuán fortificado por el Espíritu Santo estuviera.

Javier apartó a Lucha. El cabello de ella, antes lacio, se encontraba en la secuela ondulada de las trenzas de anoche, excepto al frente donde se había hecho un crepé alto y ancho, tan alto y tan ancho que Javier lo pensó capaz de bloquear el sol, previniendo así al Señor de arrojar su sombra sobre la tierra el día de su segundo Advenimiento.

¿Era eso lo que había pasado? ¿Era la sombra que Lucha había proyectado sobre Javier lo suficientemente grande y oscura como para prevenir que el amor del Señor brillara a través de ésta? ¿Había Lucha llevado a Javier por el ancho camino de la destrucción con la punta de su lengua?

Javier señaló a Lucha con un dedo y dijo:

—Aléjate de mi aventón, ¡¡¡mujer!!!

Saltó de la cubeta de pintura, no se molestó en ponerla en su lugar, y se marchó lentamente de allí.

Lucha sacó la cabeza por la ventana.

—Volverás —le gritó.

—No lo creo —dijo Javier con una expresión ya muy lejana.

Javier caminó a su Monte Carlo, le escribió una nota a Lucha, luego la puso en el parabrisas de la camioneta de ella.

Querida Lucha,

Perdóname por no acabar lo que empecé. Me voy ahora a las montañas a buscar oro; no por la riqueza, sino para resolver el enigma de lo que significa ser un hombre. Recuerda que la luz del señor brilla siempre. Es tan sublime como cualquier puesta de sol e igual de bella, tan sorprendente como las nubes que se despejan en el día más lluvioso, y el sol que alumbra a través de ellas. Ya sea que elijas dar un paso a la luz o permanecer en la sombra es cosa tuya.

Tuyo por siempre jamás,

Javier

# EL MERO MERO QUESERO II

*Si Nataly y Consuelo leyeran regularmente* **El Observador de Lavalandia,**
entonces ya se habrían enterado de lo que tomó una llamada telefónica el
lunes por la mañana para informarles. Cal McDaniel, hombre de negocios y
empresario local, había sido encontrado muerto durante el fin de semana en
su casa de las lomas.

Esa mañana, Consuelo había recibido una llamada telefónica de Henry
Kellenberger, Junior, un abogado local quien se especializaba en todo, pero
en nada en particular. Él quería ver a Consuelo y a Nataly en su oficina lo
antes posible, de preferencia esa misma mañana.

Y ahora Naty y Chelo agarraban sus bolsas, salían a las carreras por la
puerta y se amontonaban en el Cadillac. Una vez en camino, Consuelo dijo:

—¿Crees que alguien nos echó una maldición?

Nataly tosió.

—¿Qué demonios de maldición dices?

Consuelo colgó una mano por la ventana y la alzó al viento, luego dijo:

—Una maldición mata hombres. Mira lo que le pasó a nuestros papis.
No se quedaron mucho rato por aquí, y ahora Cal también está muerto.

—Tu papi se quedó menos rato que el mío —dijo Naty.

—Que si no —dijo Chelo.

—Yo no sé de esa maldición, pero me parece que el universo es un
lugar bien eficiente y, si no me equivoco, nos está mandando un todo en uno
por la manera como todo está pasando de una vez.

—Creo que tienes razón, Naty, pero ahora lo que me pregunto es si
todavía tendremos trabajo, faltando Cal. Y ojalá de veras no haya sufrido.
Quizá era chaparro y un poquitín repulsivo, pero siempre fue un caballero.

—Eso sí —coincidió Naty al momento que llegaron a un espacio para estacionarse justo enfrente del despacho de abogados del centro de Henry Kellenberger, Junior. Cal había sido muy atento con la manera en que siempre le traía algo a Chelo, ya fueran donas, flores o tacos. Y no sólo pensaba en ella, sino también en Nataly por extensión. Claro que sus ramilletes eran más pequeños, sus donas nunca estaban glaseadas y sus tacos eran regulares en lugar de los súpers de Consuelo, pero esa era su manera de mostrar a quién prefería, y Naty, viéndolo como tal, nunca se dio por ofendida.

Las muchachas subieron las escaleras al tercer piso. La puerta que conducía al despacho de abogados era pesada y requería de un esfuerzo concertado para abrirla. Naty y Chelo se encontraron en el lobby con el mismo Sr. Kellenberger, Junior.

—Srta. Vergüenza —dijo ofreciendo una mano a ambas chicas hasta que Consuelo dio un paso adelante, luego saludó a Naty—, Srta. Steven.

—Pasen a mi oficina. —Se sentó su escritorio de roble sólido, el cual era, para entonces, una antigüedad: había estado allí desde que su abuelo comenzó el despacho hacía más de sesenta años. Las muchachas también tomaron asiento. El Sr. Kellenberger jugueteaba con su corbata—. Por favor acepten mi más sincero pésame. Cada muerte es una gran tragedia, pero nosotros los vivos debemos seguir adelante.

—Disculpen la prisa, pero estoy a punto de salir en una vacación altamente anticipada y cuidadosamente planeada. —Se puso de pie y caminó a un librero cercano, bajó una urna de la repisa de encima, luego la puso frente a Consuelo, antes de tomar un sobre, el cual dio a Nataly.

—¿Qué es esto? —dijo Consuelo. Trató de destapar la urna, pero ésta no se aflojó.

—El difunto —dijo el Sr. Kellenberger bajando la voz—. Murió durante el fin de semana, pero lo mantuvimos en secreto hasta ahora.

—¿Cómo fue? —dijo Consuelo frunciendo el ceño.

—Mientras dormía. Un ataque al corazón.

—Pudo haber sido más pior —dijo Chelo con un suspiro.

—Querrá decir mucho peor —replicó el Sr. Kellenberger.

—El idioma es algo vivo —dijo Naty—. Siempre está cambiando. Creo que quiso decir más pior.

—Ya veo —dijo el abogado. Dio unos golpecitos al sobre que esperaba frente a Naty—. Adelante, ábralo, señorita.

Naty lo abrió y leyó la nota que contenía: "Despídanme en grande como sólo ustedes dos pueden hacerlo, pero asegúrense de que por lo menos una cucharadita de mí llegue al mar". Estaba firmada y fechada por Cal McDaniel. Nataly reconoció la firma de Cal de inmediato, ya que eran las mismas patas de araña que habían aparecido al calce de los cheques del sueldo suyo y de Consuelo por más de diez años.

—Mira, Chelo. Él sabía que estaba en camino —le dijo Nataly a Consuelo. La nota estaba fechada sólo dos semanas antes.

—¿A poco no es la cosa más rarísima? —dijo Chelo.

—Le sorprendería lo seguido que pasa eso —dijo el Sr. Kellenberger—. A menudo la gente sabe cuando su hora se acerca.

Abrió otro cajón y sacó dos sobres llenos de efectivo.

—Y aquí tienen algo para cubrir su tiempo y sus gastos. —Cada sobre contenía $1,199.00 en billetes chicos y grandes. Cal quería que Nataly y Consuelo tuvieran la cantidad más grande de dinero para gastar sin crearles una obligación de impuestos, explicó el Sr. Kellenberger.

Las chicas metieron el dinero en sus bolsas de macramé que hacían juego y Naty agarró la urna y la apretó con fuerza, como si sus ganancias inesperadas dependieran de ello.

—¿Necesita algo más de nosotras, Sr. Junior? —dijo Chelo.

—Me temo que apenas hemos comenzado. El Sr. McDaniel las nombró a ambas como albaceas de su testamento, y también son sus principales herederas. No tiene ningún pariente vivo. Ustedes dos son las orgullosas dueñas de la Gran Fábrica de Quesos, así como de sus otras propiedades.

Nataly miró a Consuelo. No dijeron nada. Consuelo se mordió el labio inferior y Naty hizo lo mismo. Arrugaron la frente. Y luego se le ocurrió a Nataly que todo esto era tal como en una película, y ¡qué cosa más rara! ya que sus vidas se parecían a cualquier cosa menos a las películas. Y luego Naty se detuvo a pensar cómo eran exactamente sus vidas, después de todo, y concluyó que eran como los sueños. Eso la puso feliz, así que sonrió, y Chelo siguió su ejemplo.

Luego Naty dijo:

—Ay, caramba, Chelo. Esto me recuerda tanto a *Willy Wonka y la Fábrica de Chocolates*, y cómo cuando están en el elevador y Willy le da todo a Charlie, sólo que en este caso, Willy está muerto.

El Sr. Kellenberger tragó saliva. Era obvio que Nataly acababa de entrar en su universo privado, y Consuelo muy pronto haría lo mismo.

—Yo no sé tú, Naty. Pero cada vez que veíamos esa película y me ponía en el lugar de Charlie, a mí nunca me emocionaba mucho la idea de ser dueña de una fabricota de chocolates. Pero tampoco soy de las que le gusta mucho el chocolate y nunca lo he sido. Yo soy más bien del tipo al que le gustan las frutas y las nueces.

—Y esos umpa-lumpas de veras me daban ñáñaras —agregó Naty.

—A mí también —coincidió Consuelo.

—¿Qué tal si no queremos la Gran Fábrica de Quesos? —le dijo Naty al Sr. Kellenberger.

—Una compañía de inversiones ha demostrado interés en las propiedades de Cal. Podríamos tramitar una venta —dijo el Sr. Kellenberger.

—Es una magnífica idea —dijo Naty—. ¿Podemos estar en contacto con usted?

—Por supuesto. Lo comprendo totalmente —dijo el abogado—. Nuestro despacho puede encargarse de todo y luego comunicarse con ustedes cuando tengamos más detalles. En todo caso, el trámite para obtener la autenticación de un testamento dura por lo menos treinta días. Y hasta entonces, encantado de conocerlas. . . —Se puso de pie y les dio a ambas un apretón de manos.

Y una vez que salieron por la puerta y tomaron las escaleras con tranquilidad para "quemar unas calorías extra", Nataly le dijo a Consuelo:

—Todo está sucediendo a la vez. Primero tu papi se queda atorado en el purgatorio, luego sale. Ahora Cal se ha ido y en lugar de sólo empleos, tenemos toda una fábrica de quesos.

—El universo es un viaje bien loco —coincidió Consuelo—. ¿Pero qué vamos a hacer con todo ese dinero de los quesos?

—Algo bueno —dijo Naty. Se detuvo a pensarlo cuando de repente se le ocurrió—: Quizá deberíamos patrocinar a True-Dee y sus Aceleradores de Crecimiento para el Cabello, o como decida ponerles —dijo Naty.

—Creo que tienes razón. Parece que has dado con algo.

Las muchachas bajaron corriendo las escaleras y salieron por la puerta. Ya no estaba nublado, caliente y húmedo, sino soleado, caliente y seco. Naty y Chelo se detuvieron en el Cadillac para depositar la urna que contenía las cenizas de Cal Leroy McDaniel en el asiento delantero, antes de dirigirse a Leroy's.

Ya no había nada que pudieran hacer por Cal, de modo que para el caso, las chicas se fueron de compras. Pero primero, ya que andaban por el área y no la habían visto en por lo menos dos semanas, pasaron por el Salón de Belleza True-Dee, pero quedaron escandalizadas, disgustadas y bastante preocupadas cuando leyeron el letrero en la puerta del frente: CERRADO POR REMODELACIÓN.

—Más bien parece una de-modelación —dijo Consuelo mientras se turnaban en apretar la nariz contra la ventana. Todo el interior había sido destruido. Las sillas de peluquería estaban volteadas de costado, los lavabos para el champú habían sido arrancados de raíz y estaban amontonados uno encima de otro, y las tenazas para el permanente estaban regadas por el piso como palillos chinos.

—Algo no anda bien —dijo Nataly. Miró su brazo derecho para confirmar que se le había puesto la carne de gallina de sólo pensar o ¿acaso era un presentimiento? que True-Dee estuviera en aprietos.

—Y qué curioso que tampoco estuviera en el Baile Grande —agregó Consuelo cuando prosiguieron su camino. Las muchachas eran del mismo parecer y compartían la opinión de que sería buena idea ir a ver cómo estaba True-Dee muy pronto, pero Leroy's estaba a sólo un paso.

Entraron a la tienda sin tener idea de que además de El Gran Cinco-Cuatro y la Gran Fábrica de Quesos, también habían heredado la Tienda de Ropa y Calzado Leroy's. Y todavía tenía que cruzarles por la cabeza que el mar se encontraba a cuarenta millas de allí y que la zona de viaje de Consuelo se extendía en abanico a unas treinta cerradas.

## Cal McDaniel, 53,
empresario y líder comunitario

Hombre de negocios franco y tenaz generó más de mil empleos para la comunidad

### POR RAYMOND CAMINADA

LAVALANDIA — Cal McDaniel, residente de Lavalandia desde 1963, hombre de negocios y líder de la comunidad, fue encontrado muerto en su casa de las lomas el sábado al final de la tarde por su jardinero. La causa oficial de su muerte está bajo investigación por el juez de primera instancia del condado, pero no se sospecha que se trate de una maniobra sucia.

El Sr. McDaniel, originario de Miami, Florida, llegó a Lavalandia en 1963 para ayudar a su primo Rufus Wayne McDaniel (también fallecido) con el funcionamiento de su fábrica de quesos. En menos de un año, Cal McDaniel convirtió la pequeña planta de quesos en el próspero negocio conocido como la Gran Fábrica de Quesos. La Gran Fábrica de Quesos fue una de las primeras compañías productoras de quesos en especializarse en el queso mozzarella rallado y empaquetado, el cual se convirtió en un favorito de las pizzerías. La Gran Fábrica de Quesos también empaquetaba y comercializaba la popular botana conocida como "queso de hebras". Lo que antes fuera una pequeña empresa, la GFQ ahora da empleo a más de 1,400 personas.

El Sr. McDaniel dejó su primera y más indeleble huella en la comunidad después de aquella tragedia para la industria lechera en 1965. Las bacterias que se encontraban en un queso procesado incorrectamente fueron causa de una listeria generalizada y cobró las vidas de 105 personas. El Sr. McDaniel creó un fondo de becas para los niños huérfanos de las víctimas de la listeria, ofreciendo así una educación superior a docenas de jóvenes. El Sr. McDaniel continuó su apoyo vitalicio a la educación superior a través de varias becas que ofreció a los miembros de Futuros Agricultores de América.

Él tenía un centro nocturno de mucho éxito conocido como El Gran Cinco-Cuatro. Debido a su baja estatura, se le oía decir con frecuencia, "Puede que sólo mida cinco pies cuatro pulgadas, pero soy un cinco-cuatro bien grande". Bajo de estatura, pero de un corazón enorme, nuestra unida comunidad echará mucho de menos a Cal McDaniel.

## ÚLTIMA VOLUNTAD Y TESTAMENTO DE CAL MCDANIEL

YO, CAL LEROY MCDANIEL, residente y con domicilio en el Condado de Lava, California, estando en mi sano y cabal juicio, por medio del presente documento publico y declaro que ésta es mi Última Voluntad y Testamento, por lo cual se revocan todos los testamentos y codicilos hechos anteriormente por mí. Doy mi cuerpo al mar y mi alma a Dios quien me la dio. Distribuyo mi propiedad y todas mis posesiones materiales como se indica a continuación:

I

Declaro que no estoy casado y que no tengo hijos vivos o muertos.

II

Ordeno que no se me haga funeral o misa de velación de ninguna clase y que sea incinerado y que mis cenizas sean esparcidas en el mar.

III

Ordeno que mis EJECUTORES paguen todas mis deudas y gastos de incineración tan pronto como sea factible después de mi muerte.

IV

A. Doy, lego y dono todo mi derecho, título e interés en y a cierta parte de mis bienes inmuebles ubicados en 333 Granite Rocke Drive en Lavalandia, California, y todas las construcciones y mejoras establecidas en ellos, a CONSUELO CONSTANCIA GONZÁLEZ CONTRERAS conocida también como CONSUELO SIN VERGÜENZA, y a quién se le denominará aquí en lo sucesivo como CONSUELO.

B. Doy, lego y dono todo mi derecho, título e interés en y a cierta parte de mis bienes inmuebles ubicados en 224 Main Street en Lavalandia, Californa, y todas las construcciones y mejoras establecidas en ellos, conocido como "El Gran Cinco-Cuatro" a CONSUELO.

C. Doy, lego y dono todo mi derecho, título e interés en y a cierta parte de mis bienes inmuebles ubicados en 679 Fallon Road en Lavalandia, California, y todas las construcciones y mejoras establecidas en ellos, conocido como "La Gran Fábrica de Quesos" a CONSUELO.

D. Doy lego y dono todo mi derecho, título e interés en y a cierta parte de mis bienes inmuebles ubicados en 337 Main Street en Lavalandia California, y todas las construcciones y mejoras establecidas en ellos, conocido como "Tienda de Ropa y Calzado Leroy's" a CONSUELO.

E. Doy, lego y dono todos mis muebles, accesorios, ropas, joyería, trofeos de cacería y pesca, mi automóvil, y otros artículos de uso doméstico, y toda propiedad personal tangible ubicadas en mi residenci en 333 Granite Rock Drive en Lavalandia, California a la hora de mi muerte a CONSUELO.

F. Doy, lego y dono las siguientes sumas de dinero a tales personas según me sobrevivan como se indica a continuación:

1. Trescientos Cincuenta Mil Dólares ($350,000) a mi asistente NATALY STEVEN.

2. Cincuenta Mil Dólares ($50,000) a mi moza de bar BETHANY STUART.

3. Cincuenta Mil Dólares ($50,000) a mi jardinero IVAN MORALES SMITH.

G. Doy, lego y dono a cada cual persona que me sobreviva y a quien mis EJECUTORES, en su tota discreción, determinen que se encuentren en mi nómina de pago a la hora de mi muerte, una cantidad de cien dólares ($100) por cada año completo de tal empleo antes de mi muerte, redondeado hasta los primero quinientos dólares ($500), pero en ningún caso menos de mil dólares ($1,000).

V

Doy, lego y dono todo lo que quede y sobre de mi Caudal Hereditario, después del pago de todas mis deudas justas, gastos, impuestos, costos de administración, y legados y donaciones individuales a CONSUELO.

VI

A. Por medio de este documento nombro y designo a CONSUELO CONSTANCIA GONZÁLE CONTRERAS, conocida también como CONSUELO SIN VERGÜENZA y a NATALY STEVEN para que actúen como EJECUTORES de este testamento. Si alguna de ellas llega o no puede o no quiere actuar entonces el sobreviviente deberá de actuar con mi abogado HENRY KELLENBERGER, JUNIOR. No será necesario tener una fianza o garantía alguna para cualquier persona que actúe como EJECUTOR de este testamento.

B. Por medio de este documento autorizo y doy expresas facultades a mis EJECUTORES para que vendan y dispongan de todo o parte de mi caudal hereditario, ya sean bienes muebles o inmuebles, y donde quiera que estén ubicados, cómo, cuándo y en cuyos términos mis EJECUTORES lo estimen conveniente, en una venta pública o privada, con o sin aviso, y sin obtener previa orden del tribunal para ello.

\\

EN FE DE LO CUAL, pongo mi firma y sello a mi Última Voluntad y Testamento en este día 18 de agosto de 2000.

*Cal Leroy Mcdaniel*

CAL LEROY MCDANIEL

En la fecha escrita anteriormente, el Testador, CAL LEROY MCDANIEL, nos declaró, a quienes firmamos, que lo que precede fue su Última Voluntad y Testamento, y nos pidió que actuáramos como testigos del mismo. Luego de eso, el Testador firmó este Testamento ante nosotros, todos(as) estando presentes al mismo tiempo, y ahora nosotros(as), a solicitud y en presencia del Testador, y en presencia de cada uno(a), firmamos nuestros nombres como testigos.

Cada uno(a) de nosotros observamos el acto de la firma de este Testamento por el Testador y por cada uno(a) de los testigos firmantes y conocemos que cada firma es la firma verdadera y correcta de la persona cuyo nombre se firmó. Cada uno(a) de nosotros es mayor de dieciocho (18) años de edad, y según nuestro entender, estamos en nuestro juicio y no estamos actuando bajo coacción, amenaza, fraude, representación falsa, o influencia indebida.

Declaramos bajo pena de falso testimonio que lo anterior es verdadero y correcto y que esta declaración se llevó a cabo en Lavalandia, en el Condado de Lava, California, el día 18 de agosto de 2000.

*Florence Sánchez*

FLORENCE SANCHEZ
Domicilio en 1292 Seventh St.
Lavalandia, California 95763

*Edith Papangellin*

EDITH PAPANGELLIN
Domicilio en 3257 San Pedro St.
Lavalandia, California 95763

En este día 22 de agosto de 2000, CAL LEROY MCDANIEL, nos declaró, a quienes firmamos, que el instrumento que precede fue su Primer Codicilo y su Última Voluntad y Testamento, y que nos pidió que actuáramo
como testigos del mismo y de su firma. Luego de eso, él firmó dicho Codicilo ante nosotros(as), estando los(as
dos presentes al mismo tiempo. Y ahora nosotros(as), a su petición, en su presencia y en presencia de cada
uno(a), firmamos aquí nuestros nombres como testigos, cada uno(a) declarando que el Testador, según nuestro
entender, está en su sano y cabal juicio.

*Florence Sánchez*

FLORENCE SANCHEZ
Domicilio en 1292 Seventh St.
Lavalandia, California 95763

\\
\\
\\

*Edith Pangellin*

EDITH PAPANGELLIN
Domicilio en 3257 San Pedro St.
Lavalandia, California 95763

EL DOCTOR

MÉXICO.

# El traje de charro

¡AY! QUÉ MARIACHI TAN ELEGANTE, CON SU TRAJE
DE CHARRO SE PARECE A PEDRO INFANTE

# AJUSTANDO CUENTAS, O QUÉ DIFERENCIA HACE UN SOLO DÍA, O CÓMO JAVIER PASÓ SU ÚLTIMO DÍA EN LAVALANDIA ANTES DE DIRIGIRSE A LA SIERRA MADRE NO SÓLO EN BUSCA DE ORO, SINO DE SÍ MISMO: UN RELATO EN TIEMPO PRESENTE

*De camino por la carretera 33, con la aguja oblicua y roja del velocí-*metro oscilando entre las 90 y 95 mph, Javier no lamenta el haber llegado a la bifurcación de los caminos de Lucha y de él, sino el embargo petrolero de 1973.

Es martes por la tarde; aproximadamente cuarenta y ocho horas han transcurrido desde que Javier vio a Lucha por última vez.

Después de dejar a Lucha atrás en la repisa de su ventana el domingo por la tarde, Javier la puso en su buzón de entrada electrónico junto con otras cosas que contemplar más tarde, luego se dirigió a la Taquería La Bamba y pidió tres tacos de tripitas y una agua de horchata grande. Era verdad lo que decía Lulabel. Había que pedirlas bien doradas, de otra manera los intestinos de vaca eran realmente desagradables. Pero bien doraditas y con bastante chilito y limón, eran deliciosas.

Esa misma noche, una vez bajo las cobijas y habiendo dicho sus oraciones, Javier había pensado en Lucha la mitad de la noche antes de decidirse a archivarla, de una vez por todas, con todas las otras cosas que preferiría olvidar: cómo se meó encima cuando estaba en el kindergarten, la vez que Consuelo le pegó en el cuarto grado y lo hizo llorar, cómo él, a la edad de veintidós, había llevado a casa 350 tabletas de chocolate para la venta de recaudación de fondos para la iglesia, sólo para dejar que 347 de ellas se derritieran por un descuido en el asiento delantero del Monte Carlo.

Y ahora se lamenta el embargo de petróleo de hace mucho, el cual le había robado a su automóvil un potencial de 104 pulgadas cúbicas extra bajo la capota y sus 50 caballos de fuerza correspondientes.

El primer Monte Carlo había llegado a las salas de venta en septiembre de 1969 como la respuesta de mercado tardía por parte de la Chevrolet al

Ford Thunderbird en particular, pero también al Buick Regal y al Pontiac Grand Prix. El de Javier es un modelo Landau 1976 con un motor V8 de 350 pulgadas cúbicas, modificado con carburadores Rochester de dos gargantas, múltiple de admisión Offenhauser de dos entradas, árbol de levas de mayor carrera, pistones de alta compresión y válvulas pulidas. El dueño anterior había aumentado la potencia del MC y Javier se lo agradecía. En su estado modificado, el automóvil alcanza un poco más de los 165 caballos de fuerza prometidos por la fábrica a unas 3,800 rpm.

Javier se apresura por la carretera pensando en las pulgadas cúbicas y los caballos de fuerza que podrían haber sido. Después del embargo petrolero, a Chevy no le quedó más remedio que convertir el Monte Carlo de un automóvil de gran potencia a un *touring cupé* para caballero. Javier es ciertamente un caballero, pero piensa ir a México y sospecha que los caballos de fuerza son algo que le puede venir muy bien en un país extranjero.

Por el momento, él está de camino a casa de Consuelo para decirles hasta luego a Naty y a Chelo. Saldrá a México mañana por la mañana porque hoy es martes. Javier levanta un dedo índice sobre el volante y se recuerda a sí mismo este pequeño consejo, "En martes, ni te cases ni te embarques".

Javier está de pie en el umbral de la casa de Consuelo, cambiando su peso de un pie a otro. Levanta un puño ya formado a la puerta, donde éste se detiene indeciso antes de tocar. La presencia de muchachas bonitas hace que Javier se ponga nervioso. Así ha sido siempre.

Consuelo viene a la puerta en un vestido de tirantes floreado, lo cual es totalmente adecuado. Es el último día de agosto y, como Nataly ha llegado a decir, es tiempo ideal "para broncearse en un instante". Naty está de pie detrás de Consuelo, vestida tal como Chelo: mismo vestido, otro color. Ambas chicas andan descalzas. Nataly tiene en sus manos una caja de palomitas acarameladas Screaming Yellow Zonkers®. Trae la boca llena, la mandíbula en movimiento.

Consuelo fulmina a Javier con la mirada. Definitivamente hay algo distinto en él. Para comenzar, ha faltado cuatro días seguidos al trabajo, y a veces algo tan sencillo como un descanso puede fortificar a un hombre de maneras inesperadas, permitiéndole hacer cosas que de otra forma jamás haría. Javier pasa por donde está Consuelo y agarra a Nataly. La abraza, pero sigue avanzando, haciendo que ella se tambalee hacia atrás, como si estuvieran haciendo alguna especie de baile torpe. Él le pasa una mano por la espalda, permitiendo que ésta recorra las ondulaciones de sus músculos bien tonificados hasta que llega a su nuca donde permanece y aprieta. Los labios de él hacen una pausa en su oído.

—Me voy mañana. He venido a despedirme —susurra, luego le besa la oreja y el cuello, se dirige hacia abajo a su pecho, luego de vuelta hacia arriba. Se siente tan rico que ella arquea la cabeza. Él succiona, luego muerde su barbilla, luego la besa al lado de la boca, luego en los labios, y no tiene nada que ver con aquel beso de pescado. Todo es suave, dulce y sincronizado.

Consuelo se aparta y no sabe bien qué hacer sino fruncir el ceño.

Después Javier suelta a Nataly, momento en el cual ella dice:

—¿Estás borracho?

—No. Nomás que siempre había querido hacer eso. Quiero que sepas o qué sentía por ti todos estos años.

Naty y Chelo se le quedan mirando. Consuelo tiene las manos en las caderas. ¡Cómo se atreve a entrar así y recoger a Nataly de esa manera!

Consuelo agarra a Nataly de un codo con una fuerza excesiva, como si estuviera en aprietos, y la arrastra hasta la mesa de la cocina donde saca una silla, luego la obliga a que tome asiento.

Una vez que Consuelo está segura de haber puesto un poco de distancia entre Nataly y Javier por razones de seguridad, le dice a Javier:

—A ver, ¿qué sientes exactamente por Nataly?

Javier se sienta en el sofá. Se pellizca el labio inferior, luego juguetea con su bigote.

—No sé —declara—. Pero me voy a México y salgo mañana. —Mira a su alrededor. El lugar es un desmadre. Hay cajas, bolsas y hojas de papel de china de distintos colores por todas partes.

—¿Qué fregados pasó aquí? —dice Javier.

—Fuimos de compras. ¡Y qué! —dice Chelo. Siempre ha habido roces entre ella y Javier. Él nunca le ha perdonado la vez que ella lo golpeó, ella nunca le ha perdonado el que él siempre haya considerado a Nataly como la santa y a ella como la pecadora.

—Mira. Siento que todos esos años yo haya sido tan duro contigo —le dice Javier a Consuelo—. Dios es mucho más complicado de lo que pensé. —Se encoge de hombros.

—Él es bien complicado —dice Nataly. Luego pasa a contarle otra vez la historia de cómo fue a México a sacar a don Pancho del Purg y cómo él llegó a convertirse en el Santo Patrón de los Borrachos y las Prostitutas, y ¿qué cosa más rara es esa? porque realmente no te imaginarías que el buen Señor andaría cuidando a ese tipo de gente, ¿o sí?

Consuelo recarga el trasero en el brazo del sofá dejando que sus piernas largas se extiendan hasta media cocina.

—Está bien —le dice ella a Javier después de que Nataly concluye sus divagaciones—. Te perdono por todo, hasta esa vez en que me empujaste al charco de lodo cuando estábamos en primer grado y todavía eras más alto que yo.

—Ahora por favor contesta a mi pregunta. Puedes comenzar por explicar qué sentías exactamente por Nataly todos estos años, y luego me puedes poner al tanto de qué sientes por ella ahora. —Consuelo se mete las puntas de varias de sus uñas largas, color rosa aperlado, en la boca, y se las mordisquea. Cuando se trata de Nataly, los celos siempre han sido un problema para Consuelo. Una cosa es ver a Naty divirtiéndose al bailar toda la noche con una ricurita callejera un sábado por la noche, pero tener a un joven parado en su propia sala declarándole sus sentimientos por mucho tiempo contenidos a su mejor amiga es otro asunto completamente.

—No sé qué siento —dice Javier—. Solía creer que todo era un pecado, y que debía pasar mi vida tratando de borrar no sólo mis propios pecados, sino los pecados de todo el mundo. Ya no pienso igual. Ahora creo que la verdadera razón por la cual Jesús sólo fue hombre por tan poco tiempo es porque es tan difícil. Por eso me voy a México. Para desentrañar las cosas. Y además, siempre he querido ser un buscador de oro.

—Y en cuanto a Nataly, creo que es la chica más bonita que he visto en mi vida, y también la más simpática. He pensado eso desde que íbamos en kindergarten y no creo haberme equivocado todos estos años. Y la quiero, tal como te quiero a ti —le dice a Consuelo—. Las quiero a las dos porque sé que ustedes me quieren, que quieren a mi mamá, y por el paso del tiempo. Es lo que tenemos en conjunto.

—Pero yo creí que estabas enamorado de una hermana —dicen Naty y Chelo al unísono.

—Eso terminó hace mucho —dice Javier.

Y ahora, Nataly y Consuelo, pero sobre todo Nataly, están a punto de llorar. Han visto madurar a Javier. Qué importa que ellos sean de la misma edad. Durante tantos años ellas nada más lo veían como a un niño farsante demasiado crecido para su edad, y ahora se ha convertido, osan decirlo, ¿en un hombre?

Lo que Javier ha dicho es tan cierto, que los abruma a los tres y lo único que pueden hacer es darse un abrazo entre tres.

—Amigos hasta el final —dice Javier.

—Amigos para siempre —dice Chelo.

—Amigos por siempre jamás —dice Naty.


Y entonces Javier sale por la puerta y va en camino. Siente, para citar a Nataly, como si estuviera lavando el carro en el lavado de carros de una peseta y se tuviera que apurar porque quiere acabar de restregarlo y enjuagarlo antes de que se le acabe el tiempo, porque ya no tiene más pesetas tintineándole en el bolsillo delantero, y en su cartera sólo trae billetes grandes.

El tramo de siete millas de la carretera 33 que conduce de la casa de Consuelo a la suya es puro asfalto recto e inmutable. Javier acelera el MC hasta 103 antes de bajarle y obedecer el límite de velocidad de 35 mph dentro del pueblo.

Se estaciona frente a la casa, sube corriendo los escalones del porche, antes de irrumpir por la puerta.

Lulabel tiene toda la ropa limpia esparcida por el sofá. Apenas lo mira cuando entra volando por la esquina.

—Mamá, estaba pensando. . . —comienza, luego hace una pausa para recobrar el aliento—. ¿Por qué no vienes conmigo?

—¿Vas a empezar con eso otra vez? —dice ella. Él le ha contado sobre sus planes por lo menos una docena de veces, pero ella todavía no le cree. Ella tiene dos calcetines en sus manos que está a punto de voltear uno dentro del otro, para hacerlos bola—. Te tengo malas noticias, hijo —dice ella—. Te corrieron de tu trabajo. —Medio frunce los labios y los estira, lo que parece una media sonrisa.

—¡¿¡Me corrieron!?! —Javier pierde la compostura.

—Lo siento, mijo —lo consuela ella, luego levanta una mano al aire y comienza a hablar a una velocidad acelerada, ya sabes, al ritmo que uno emplea cuando está dando consejos buenos y sensatos—. Si quieres saber mi opinión, es mejor así —dice ella—. Ya lo verás. Encontrarás otro trabajo mejor. ¡Por Dios! No puedes pasar toda la vida trabajando de basurero. No, mijo. El mundo tiene otras cosas destinadas para ti.

—Pero, mamá, ¿dónde van a encontrar a otro hombre-bote como yo?

—No sé, pero eso no es todo. También te echaron del mariachi. Pablo vino y me dio la noticia hace varios días. Nomás que no hallaba cómo decírtelo. Además, te dejó un par de cosas. —Lulabel va a la cocina, luego regresa con una copia curtida de *El tesoro de la Sierra Madre* y una hoja de papel manchada de café.

—Ese es mi mariachi. No me pueden echar. Ya lo verán. Nomás espérate. —Comienza a ir y a venir—. Cuando regrese de México comenzaré otro mariachi mejor.

Lulabel le da el libro y la hoja de papel a Javier. Parece que Pablo escribió la canción de la que estaba hablando y la tituló "El corrido de Javier el desgraciado".

Javier le da un vistazo. Está escrita en tinta roja en una hoja de papel tamaño oficio. Lee la letra por encima, luego la deja caer al suelo.

—De aficionados —concluye.

—Me voy mañana de madrugada —dice él.

—Eso no será un problema para ti, ya que estás acostumbrado a levantarte temprano para tu ruta —dice Lulabel. No lo mira a los ojos, sino que sigue doblando las toallas del baño—. Te hago tu lonche. ¿Qué tal chorizo con huevos?

—Ya sabes que es mi favorito.

Y ahora toda la ropa está doblada. Lulabel no tiene más remedio que mirar a Javier, y cuando lo hace, se da cuenta de que realmente se va. Su nene se le va. Pestañea varias veces en rápida sucesión como si no creyera sus ojos. Presa de la preocupación, comienza a hablar a mil por hora.

—Prométeme que me vas a llamar para que sepa que estás bien. No sabes lo mucho que se preocupa una madre. Eres mi único hijo. Nunca lo olvides. —Lo agarra de los brazos y lo sacude lo mejor que puede sacudir a un hombre de su tamaño—. Y prométeme que no olvidarás a tu madre.

—Por supuesto que no lo haré.

—Y una cosa más. . . —su voz se va apagando mientras se apresura al cuarto de atrás. Regresa cargando el traje de charro de Javier—. Le quité las cruces como me dijiste y las reemplacé por unas botonaduras de oro. Por supuesto, no son de oro de verdad, pero mientras tanto, están bien. —El traje está tan pesado que debe pesar treinta libras. Sostiene el gancho con una mano, luego deja que las piernas del pantalón cuelguen sobre su brazo mientras le pasa el traje a Javier.

—Mi traje de charro —dice Javier. Camina y lo pone en la mesa de la cocina.

—Sí, hijo. Tu traje de charro. No dejes de llevártelo por si necesitas encontrar trabajo.

—Se ve requete bien, mamá, de veras que sí. Pero está tan pesado y ya llevo el carro muy cargado. Mi guitarrón ya está empacado y sabes cuánto espacio ocupa.

—Con más razón debes llevar tu traje de charro —dice Lulabel haciendo un gesto hacia el traje, el cual brilla casi tanto como el traje de luces de un torero.

—No, mamá, de veras —dice él—. Con todo respeto, la ropa no hace al hombre, sino el hombre hace al hombre.

Lulabel se restriega los ojos.

—¿Qué te pasa? —dice Javier. Le pone un brazo alrededor de los hombros.

—Me duelen los ojos. Me lloran. Creo que tengo alergias. Y tengo unas ojeras bien grandes. Me veo tan vieja. —Pone la cara en las manos y suspira.

—Tal vez necesitas llorar. Esas ojeras, tal vez estén llenas de llanto.

Lulabel levanta la vista para ver a Javier y entrecierra los ojos. Ha oído hablar de sueño viejo. Es cuando estás tan cansado, que aun si duermes profundamente por dos semanas, todavía estás exhausto. ¿Acaso Javier propone la existencia de algo como el llanto viejo? ¿Una tristeza reprimida que debió haber sido llorada años atrás?

Javier frota la cintura de Lulabel.

—Está bien, mami. Ve y llora.

Mami. ¿La había llamado mami? Él nunca le había dicho así. Y entonces ella empezó a llorar porque su vida había sido dura, muy dura, y no había sido para nada como ella la había imaginado. Pensó que tendría a su esposo para *always* y siempre, que esas almohadas sobre las cuales dormían que decían, "Buenas noches, mi amor" y "Que sueñes con los angelitos" realmente significaban algo. Y ¡había perdido a uno de sus hijos! ¡Ay! ¡Qué dolor, como ningún otro dolor o tristeza en el mundo. Y casi había perdido también a Javier. Y de pensar que él nunca le había dicho mami. Así era cómo ella había imaginado su vida: un esposo, dos hijos que le dijeran mami, y un suéter abrigado con un sólo Kleenex® metido en el bolsillo.

—No llores, mamá —dice Javier.

Pero es la naturaleza de las cosas que cuando estás llorando y alguien te dice que no lo hagas, eso sólo hace que quieras llorar más.

—Pero me acabas de decir que lo hiciera —le dice Lulabel entre sollozos.

—Voy a regresar hecho un hombre y estarás orgullosa de mí —le dice.

—¡Estoy orgullosa de ti, carajo! Estoy más orgullosa de ti de lo que te puedes imaginar.

—Gracias. Ahora que sé que estás bien, que estás en buenas manos con Beto, me puedo ir por un rato. Puede que esté chaparro. Puede que sea un pelón. Puede que esté gordo.

—Y que no sepa bailar —interpone Lulabel.

—Ya hablé con él sobre eso, pero si gustas, puedo volver a hacerlo.

—Está bien. Nomás haz lo que tengas que hacer.

—Algo más —dice Javier—. Disculpa que haya sido tan duro contigo todos estos años.

—Alguien tenía que serlo —dice Lulabel secándose los ojos con la manga de su blusa.

—Es sólo porque te quiero tanto —dice Javier.

—Sí. Ya lo sé. Ahora vete a dormir antes de que me hagas llorar más —dice Lulabel y Javier le hace caso.

# El volcán y su reina

CADA VOLCÁN, SU REINA

# DONDE LA LAVA ATERRIZÓ II

—*Pensé que me querían a mí por mí, pero sólo me utilizaron por mi* salón —dice True-Dee a Nataly y Consuelo. True-Dee apenas acaba de comenzar a explicarles a las muchachas cómo fue que la embaucaron los Hijos y las Hijas de San Narciso.

El radio toca en el fondo. Looney Bugsy McCray está transmitiendo en vivo desde el enésimo Desfile Anual del Día del Trabajo del Condado de Lava.

—Noventa y siete grados y no hay más que nubes en el cielo —declara—. ¿Me atrevería a decirlo? ¿Podría tratarse de un tiempo propicio para terremotos? —Se toma un momento para dar un alarido, luego pone el éxito de Martha y las Vandellas "(El amor es como una) Ola de calor". Looney Bugsy McCray está tocando canciones viejas que tienen que ver con fenómenos climatológicos.

True-Dee saca un Kleenex® de una caja cercana.

—Apenas había conseguido la contraseña secreta cuando se presentan con un taladro y comienzan a hacer pedazos el lugar.

Naty y Chelo se quedan boquiabiertas.

—Qué herramienta más demoledora —dice Nataly.

—Cuando acabaron, lo único que quedó en pie fue mi clientela. —True-Dee se limpia la nariz, la cual, a juzgar por lo rozada y despellejada que está, es algo que ha estado haciendo con mucha frecuencia últimamente.

—Pero, ¿qué buscaban? —dice Chelo.

—Ellos creen en la geografía sagrada.

—Querrás decir la geometría sagrada —dice Consuelo, mientras Nataly asiente de acuerdo—. Ya habíamos oído hablar de eso, siendo que acabamos de ver un documental el otro día.

True-Dee lanza las manos al aire.

—Geografía. Geometría. Lo único que sé es que se trata de algo sagrado que nunca aprobé en la escuela secundaria.

—No te preocupes —dice Chelo—. Yo nunca aprobé nada.


. . . Viejo, ¿cuántas veces te he dicho que la mesa de la cocina no es lugar para tu cachucha? —Lulabel levanta la cachucha fluorescente de Beto del negocio de grúas y se la coloca a él al revés en la cabeza.

—¿Qué hay para el desayuno? —dice Beto.

—¡¿¡Desayuno!?! Es casi hora del almuerzo. Anda, alístate para que nos vayamos —le ruega.

—¿Quieres ir al desfile? —dice Alberto tomando una manzana verde del frutero cercano.

—No, viejo. Quiero salir de viaje. Quiero irme de aquí.

—'Tá bueno —dice Alberto con la boca llena—. Pero, ¿cuál es la prisa? Tengo hambre.

—Extraño a Javier. Nunca antes había estado fuera. No sé qué hacer. La casa no se siente igual sin él.

—Cálmate. No corras tanto —dice Alberto.

—Nuestras maletas ya están hechas. ¿Por qué no vas y te das un regaderazo?

—Quieres ir a buscar a Javier, ¿qué no? —dice él.

—A lo mejor. O podríamos ir a tu rancho.

—'Tá bueno, vieja. Lo qué tú digas. Nomás deja que me bañe. —Le da otra mordida a la manzana. Ha estado despierto desde las 6:00, primero por una llamada de emergencia, luego remolcando carros de las calles del centro en preparación para el desfile.

—¿Conque así es? —dijo Lulabel—. Ni siquiera vas a discutirme.

—¿Qué no sabes que eres la única razón por la que me he quedado aquí todos estos años? —dice Alberto con la boca todavía llena.

Se acaba su manzana y tira el corazón al bote de la basura de la cocina.

—Ay, viejo —dice Lulabel. Se le acerca, le echa los brazos al cuello y lo besa.

Beto va al baño y abre la llave del agua caliente de la regadera. En la recámara, abre el cajón de la ropa interior y saca su último par de canzoncillos, luego el cajón de los calcetines por el último par de calcetines, el cajón de las camisetas interiores por la última camiseta interior. Al parecer, Lulabel tiene pensado hacer un largo viaje. Sólo queda una camisa y un pantalón vaquero en el clóset. Sus botas y su Stetson® han desaparecido, pero sus tenis aguardan junto a la cama.

En el centro, Abril Mayo viste su unitardo, el que ha usado por diez años seguidos, el que tiene las llamas rojas, amarillas y anaranjadas trepándole por los lados. Ya trae sus patines caros con las agujetas rojas brillantes. La diadema de volcán descansa orgullosa en su cabeza.

Uno nunca lo sospecharía, pero a Abril Mayo le entran los nervios antes del concurso. Saluda confiada con la mano a la multitud mientras desfila por Main Street en el carro alegórico del volcán. Sabe que tiene sus detractores, la gente que dice "que se vaya lo viejo/que venga lo nuevo", a quienes les encantaría verla derrocada. Ella ha obtenido una copia del acta de la última reunión del jurado previa al concurso, en la cual y en donde consta que el juez número tres se puso de pie, alzó un dedo al aire en señal enfática y dijo, "Puede que Abril Mayo represente nuestro volcán, pero no nos representa a nosotros". Ese comentario le ha quitado el sueño a Abril Mayo todos los días de esta semana. Ella sonríe para los fotógrafos mientras baja con cuidado del carro alegórico del volcán.

Casi es hora del desfile en traje de baño. Este año siete aspirantes caminarán en bikini, mientras la titular del cargo patinará en su traje entero.

El Mariachi de Dos Nacimientos está de pie en la esquina de Main y Calderón tocando "El corrido de Javier el desgraciado" una y otra vez. Con la partida primero de Javier, seguido de Kiko, quien citó un liderazgo deficiente como razón para marcharse, el cuarteto se ha desintegrado y se ha vuelto un híbrido entre un mariachi y un conjunto norteño.

Lucha y Fabiola se entretienen en el carril dirección norte de Main compartiendo un plato de tacos. El kilo final descansa en la bolsa de Lucha. Las muchachas tienen una cita al mediodía con El Mago de Michoacán, quien esta semana es conocido como El Guerrillero de Guanajuato. Las muchachas miran el desfile en traje de baño, luego desvían su atención al Mariachi de Dos Nacimientos, el cual toma un descanso. Lucha toma el brazo de Fabiola y caminan hacia el mariachi.

—¿Dónde está Javier? —dice Lucha. Dirige la pregunta a ninguno en particular.

—Su paradero es desconocido. Sólo sabemos que se ha alejado de la luz amorosa del Señor —dice Raymundo. En la ausencia de Javier, él ha asumido el rol de líder.

—Así es la cosa a veces —concluye Lucha.

—Como les estaba diciendo, los Hijos y las Hijas de San Narciso son una secta. No son un club o una causa, sino una secta que se aprovecha de personas de buenas intenciones que tienen un deseo genuino de mejorar el mundo como yo. Ellos creen en quién sabe qué cosa sagrada. Por lo visto, mi salón pasa directamente por la línea de fuego del volcán, así que tenían que cavar un túnel para disminuir un poco la presión y así salvar el mundo —dice True-Dee.

—Pos qué viaje tan loco —dice Consuelo.

—Bien loco, eso sí, pero tienes que dejar de llorar —dice Nataly—. Nada perjudica más la apariencia de una chica como el sufrimiento.

—Y encima, te tenemos una noticia —dice Chelo.

True-Dee se anima. Voltea el cuello hacia la izquierda hasta que le truena. Luego a la derecha. Respira hondo.

—¿Buena o mala? —desea saber.

—Un poquito de las dos —dice Chelo.

—Se murió Cal McDaniel —susurra Nataly.

—¿Cómo diablos sucedió eso? —dice True-Dee con los ojos bien abiertos. Pone una mano sobre la de Consuelo y le da una mirada de sincera compasión—. Cariño, lo siento mucho —le dice a Chelo.

—No hay de qué. Ni sufrió nada y de ver cómo no tenía ninguna parentela a quien heredar, fue y nos dejó todo a mí y a Naty.

—Qué suerte tienen —dice True-Dee y sonríe—. Eso es lo que necesito conseguirme, un vejete sin herederos. ¡Ustedes dos son herederas! Eso suena tan glamoroso, hace que yo también quiera ser una heredera.

—De hecho —dice Nataly para entrar en materia de negocios—, vinimos porque te tenemos una propuesta.

True-Dee arruga la nariz.

—Queremos financiar tus Aceleradores de Crecimiento para el Cabello —dice Naty.

—Creemos que has dado con algo —agrega Consuelo.

—Eso me haría un inventor, ¿no es cierto? o mejor aún, una inventora. ¡Eso es aún más glamoroso!

Las tres mujeres se abrazan entre sí.

—Ustedes dos son las mejores amigas que una chica puede tener —declara True-Dee mientras aprieta a Naty y Chelo, quienes se miran entre sí y recuerdan la vez que estaban en el tercer grado y trataron de agregar a otra mejor amiga y aprendieron una de las lecciones más importantes de su vida: una chica puede y debe tener sólo una mejor amiga. Naty y Chelo se dirigen al Cadillac.


Lulabel y Alberto se encuentran en la cocina. Él agarra sus llaves y su gorra de béisbol.

—¿'On 'tá mi Stetson®? —dice.

—Lo empaqué.

—Piensas en todo.

Lulabel toma sus llaves.

—Vamos en el Cadillac —declara ella.

—No, vieja. No es una buena idea —dice sosteniendo sus propias llaves—. Vamos en la grúa, de esa forma podemos ganar un poco de dinero por el camino. —Lanza sus llaves al aire y las cacha.

—Buena idea, viejo —coincide Lulabel.


Javier está en Uruapán, en el estado mexicano de Michoacán. Es su segundo día en el pueblo y deambula por las calles buscando la cantina llamada El Oso Negro. Sin la rutina de su ruta, sin la regularidad de los servicios dominicales, Javier ha perdido la noción del tiempo. Sólo después de pensarlo por varios minutos, deduce que, en efecto, es el Día del Trabajo. Piensa en lo que está pasando en su pueblo natal: el desfile y cómo le gustaba de niño, sobre todo el puesto para elaborar un volcán y los raspados de canela, picosos y fríos a la vez. Le desea suerte a Abril Mayo. Sabe lo mucho que una décima corona significaría para ella. Se pregunta si Lulabel y Beto irán al desfile. Si ya estarán allí. Piensa en Nataly y en aquel beso, luego obliga su mente a pasar a otro tema.


Naty y Chelo llevan media hora de camino en su viaje por la costa, y Consuelo ya ha viajado más lejos de casa que en cualquier otra ocasión durante los últimos veinte años. Ella sostiene la urna con las cenizas de Cal sobre sus piernas. Parece sentirse completamente a sus anchas por el camino abierto. Como para comprobárselo a sí misma, saca la mano libre y deja que cuelgue por la ventana.

Ya sea que esparzan las cenizas de Cal en la playa o en el agua misma, todavía está por verse.

El Cadillac está silencioso, excepto por el murmullo continuo del motor de ocho cilindros y el sonido del radio AM, el cual está sintonizado a Radio KAZA. Como es día festivo, la estación tiene un horario dominical y toca únicamente cantantes de la época antigua.

Nataly cambia la carretera 33 por la airosa Carretera Costera. Esa carretera incluso a ella le da un poquitín de miedo. Tiene muchas curvas y está rodeada de pinos altos, de modo que el sol nunca penetra en su interior. Como para aumentar la sensación de peligro, hay letreros al borde de la carretera en cada recodo que advierten sobre venados, condiciones resbalosas y curvas cerradas.

Viajan unas cuantas millas, quizá unas cinco, y los árboles se disipan y el sol se vuelve visible de repente. El camino se ha enderezado y un valle se extiende frente a ellas.

—Párate —dice Consuelo. Saca las manos como para equilibrarse.

Nataly pone la señal, baja la velocidad, hace el Cadillac a la orilla, pone la transmisión en estacionar y apaga el motor. Se toma su tiempo en hacer todo esto, ya que teme lo peor: que Consuelo ha tenido suficiente, que han ido demasiado lejos y que ella quiere volver a casa.

El Vertedero de Lavalandia se ve a la distancia. Las muchachas salen y se recargan contra el Cadillac mirando hacia el basurero municipal. Nataly está nerviosa. Mueve nerviosamente los dedos, luego los entrecruza y dice:

—¿Te acuerdas, Chelo? —Levanta los dos dedos índice para formar un triángulo isósceles—. Ésta es la iglesia con su gran campanario, y aquí en la iglesia está todo el barrio. —Voltea las muñecas y muestra todos sus dedos meneándose.

—Claro que me acuerdo —dice Chelo—. Sor Mona la Bigotona nos lo enseñó en la clase de catecismo.

—Pórtate bien. No era su culpa que tuviera bigote y además, quizá depilarse con cera va en contra de algún mandato de la iglesia.

—Tal vez.

—Oye, Chelo —dice Nataly al mirar hacia el basurero—. ¿Crees que los basureros huelan igual en todas partes o crees que sólo huelen así aquí?

Consuelo no lo sabe.

—Si fuéramos a un lugar en Asia, digamos Tailandia o algo así, ¿crees que sus basureros olerían distintos a los de aquí?

Consuelo todavía no lo sabe.

—Quizá olerían distinto allá que aquí, con eso de que usan otros ingredientes en su cocina.

—Tal vez. —Consuelo le presta poca atención al balbuceo de Nataly, ya que ésta siempre parlotea cuando está nerviosa, y tiene razón de peso para estarlo. Consuelo ha rebasado su zona de viaje, y Nataly debe preguntarse y debe preocuparle que Chelo no pueda soportar la situación y que ahora quiera dar marcha atrás.

—Luego está la pregunta adicional de si los basureros olerían todos igual en ese país o incluso en esa región del mundo —continúa Nataly—. Quizá olerían diferente que aquí, pero en esa parte del mundo todos olerían igual.

Se hace un silencio. Sin el bullicio de la conversación de Nataly, ha habido un silencio desde el principio, pero de pronto, las muchachas notan esa quietud. Sobrevuela un Cessna® de un solo motor. Nataly levanta la vista.

—¿A poco no es genial? —dice ella.

—Sí. Es asombroso lo que el hombre ha llegado a hacer.

—Y, ¿a poco no te produce una sensación de paz ver el cielo y darte cuenta de lo ancho y grande que es el mundo? —agrega Nataly.

—Y loco —concluye Consuelo.

—Sí. Eso es algo que nunca he entendido del todo.

—Y, ¿qué es eso? —pregunta Consuelo.

—Bueno, llevan todo tipo de estadísticas para todo tipo de maldades. Llevan la cuenta de la frecuencia con que alguien es violado, asesinado o robado, pero a nadie se le ocurre llevar la cuenta de qué tan seguido alguien se vuelve loco.

—Sí, pero tienes que ponerte a considerar —dice Consuelo—, que toda esa maldad tiene que ser el resultado de alguna locura ¿no?

—Sí —concuerda Nataly—. Muchas cosas traslaparían, por lo menos estadísticamente hablando, pero no puedes sobreestimar la importancia de las matemáticas. Las matemáticas son la verdadera razón por la cual nunca puedes limpiar tu casa, sin importar lo duro y largo que restriegues. Las cosas se multiplican y se dividen en tantos pedazos que nunca puedes deshacerte de ellos.

—Nunca —dice Consuelo ociosamente.

—La mayoría de los grandes misterios del mundo pueden explicarse matemáticamente. Chelo, ¿para qué querías que me parara? ¿Quieres regresar a casa? —Nataly se ha calmado considerablemente. De alguna manera, en el curso de sus cavilaciones, ha logrado prepararse para aquello que le espera.

—Para nada —dice Consuelo.

—No —Nataly le hace eco.

—La neta, estaba figurándome que podríamos ir a algún lado. De viaje o algo, al ver que ya llegamos tan lejos y tú ya empacaste nuestras maletas.

Nataly hace una cara.

—¿Cómo lo sabes?

—No me puedes engañar, Naty. Yo y tú, pensamos igual.

—Es porque somos personas de ideas afines —coincide Nataly.

—Eso sí —dice Consuelo—. Ni siquiera tenemos que ir al mar. Podemos encontrar un lugar bonito por el camino y deshacernos de las cenizas por allí. Nomás puedo quitar la tapa y dejarlas ir.

Las muchachas se suben de vuelta al Cadillac. Cuando Nataly se mete a la carretera, Consuelo dice:

—¿Crees que algún día me puedas enseñar a manejar?

—Claro que sí. Sabes que haría cualquier cosa en este mundo grande, viejo, ancho y loco por ti, Chelo.

—Ya lo sé. Me lo has comprobado más de una vez.

—Nada más avísame cuando estés lista y no dejes que esta maquinota te intimide —dice Nataly dándole unos golpecitos al volante.


Lulabel vive en esa parte del pueblo donde todas las calles tienen nombre de joyas y metales preciosos: en la esquina de Platino y Esmeralda. Ella y Alberto están de pie en la entrada de carros y echan un largo vistazo a sus alrededores antes de subirse a la grúa. Alberto prende el motor. Pensándolo bien, Lulabel nunca antes se había subido a la grúa. Se sienta junto a Alberto, sus maletas apiladas en el asiento y en el piso a su lado.

El motor jadea y resolla, las velocidades entran y salen de lugar. La grúa está bien mula. Después de cada señal de alto, después de cada semáforo, es como volver a empezar. Todas esas velocidades. Toda esa lentitud. Sin embargo, hay un confort en su gran tamaño y en lo seguro que es todo.

Toman la carretera 33, la cual se convierte en la Carretera Costera, antes de volverse sí misma y luego conectar con la carretera 54 a la frontera mexicana.

—Ahora que vamos de camino, ¿te molestaría encontrar mi sombrero? —dice Alberto.

—¿Ahorita? —dice Lulabel.

—Sí, vieja. Voy a mi tierra. De veras que me voy a mi tierra. Puedo haber estado aquí —señala hacia abajo—, cuarenta años, pero la casa de un hombre es donde nació. Y si voy a ir a mi tierra, quiero verme bien. Puede que quede muy lejos, pero no le hace. Quiero estar listo, pa' que cuando crucemos, me vea bien.

—Okey, viejo —dice ella—. Pero si es así, entonces supongo que yo también voy a mi tierra, aunque yo no lo veo así. Ésta es mi casa —dice ella, señalando hacia abajo—. Aquí nacieron mis hijos, aquí creció Javier. Pero voy y te encuentro tu sombrero. Supongo que querrás que te encuentre también tus botas.

—Si no es mucha lata.

Lulabel se desabrocha el cinturón de seguridad y comienza a rebuscar por las maletas hasta encontrar el Stetson® y las botas.

—Así está mejor —dice Alberto poniéndose su sombrero.

—Te puedes poner las botas cuando paremos a comer —dice Lulabel.

—'Ta' bueno, vieja. —Acelera el motor, sube la velocidad de la grúa a 85 mph, luego pone el control automático de velocidad.

. . .

En la carretera 33, Nataly le dice a Consuelo:

—¿Cómo vamos a saber dónde tirar las cenizas?

—Estoy esperando a tener una sensación.

—¿Qué tipo de sensación?

—La sensación que debe ser —dice Consuelo.

—Pero, ¿no te preocupa que quizá Cal se vaya a enojar con nosotras o algo? Él dejó instrucciones específicas.

—Sí, pero no es como si fuera a volver ni nada.

—Nunca se sabe —dice Nataly.


Javier sigue vagando por las calles de Uruapán. No puede encontrar la cantina llamada El Oso Negro. Muy pronto se da por vencido y entra a otra llamada La Tenampa, donde se sienta y pide una botella chica de tequila y una cerveza.

El cantinero desliza la cerveza por el mostrador. Alarga la mano para agarrar el abridor. Abre la botella. Luego va a la parte trasera del bar por la botella de tequila, a una esquina por el limón, al otro lado por la sal, luego detrás de la barra otra vez por los vasos. Se toma su tiempo en cada paso. Javier no se impacienta. Ha oído hablar de algo llamado tiempo mexicano. Después de que hace todo esto, el cantinero dice:

—¿Algo más?

—Sí —dice Javier—. ¿Quién es? —Señala un altar improvisado detrás de la barra. Hay dos velas que arden, una negra, la otra blanca, y detrás de ellas la foto de un hombre en guayabera, sombrero, pantalón y huaraches, con una guitarra en las piernas.

El cantinero se para derecho y sonríe orgulloso:

—San Pancho. El Santo Patrón de los Borrachos y las Putas —Adquiere un aire de urgencia cuando toma un taburete, se le acerca a Javier, luego comienza a contarle su propia versión de cómo un humilde campesino como don Pancho se convirtió en el Santo Patrón de los Borrachos y las Prostitutas.


Nataly ha pasado de la carretera a la autopista interestatal.

—Es hora —dice Consuelo.

—¿De qué? —dice Nataly esperando lo peor.

—De esparcir las cenizas —dice Consuelo con una sonrisa.

—¡Consuelo Constancia González Contreras! Nos faltan sólo tres millas para llegar al mar. Te vas a tener que esperar. Es lo menos que podemos hacer considerando todo lo que Cal hizo por nosotras.

—Supongo que tienes razón —coincide Chelo—. No sabía que te acordaras todavía de mi nombre completo.

Llegan al mar y se quitan los zapatos y corren por la colina: una duna suave que no lastima las plantas de los pies en lo más mínimo. Y aun si estuviera rocoso, no sentirían nada de nada. ¡Consuelo nunca antes ha ido al mar! Lo logró. Se ha alejado unas diecinueve millas enteras de su zona de viaje.

Consuelo lleva bajo el brazo la urna con las cenizas como una dama lleva una bolsa de lentejuelas sin asas cuando sale a divertirse por la noche. Abre la tapa de la urna y comienza a esparcir las cenizas mientras baila y da brincos por allí.

—Polvo de ángel —declara—. Asciende y sé uno con el Cielo. Eres libre. —Libre. Qué palabra. Después de todos estos años, realmente tiene un significado para ella.


De vuelta en Lavalandia, son casi las doce del mediodía. Lucha y Fabiola han negociado ya siete kilos y, al parecer, están de lo más despreocupadas. A estas alturas del juego otros cincuenta mil no serán ni su éxito ni su ruina. Todavía traen puesta la ropa de anoche: Lucha en pantalones de pescador, plataformas y una blusa sin espalda. Fabiola trae bluyines, botas vaqueras negras de tacón alto, y una mantilla negra con unas flores vistosas bordadas sobre el pecho. La mantilla es lo suficientemente larga como para esconder la pistola plateada brillante que trae metida en la pretina de los bluyines. Fabiola tiene el pelo largo, lacio y fino color castaño rojizo con una raya en el medio, y dos margaritas metidas detrás de una oreja.

La brillantina de anoche permanece en los párpados de las dos chicas. Las manchas del lápiz de labios de anoche manchan sus labios. El rímel de anoche ha comenzado a descascararse y se asienta bajo sus ojos. Sin embargo, ambas se ven como dos princesas aztecas en espera de ser rescatadas del volcán. No importa que el último kilo se encuentre al lado de la pistola plateada brillante de Lucha en su bolsa. No importa que estén a punto de hacer el último de una serie de grandes negocios. Lucha le ha dicho a Fabiola una vez, si le ha dicho cientos de veces: "Favy, la vida te da muy pocas buenas oportunidades, así que cuando una llega, una chica tiene que aprovecharla al máximo".

Un mariachi aguarda silencioso en un rincón. Las muchachas tienen media hora antes de que sea hora de hacer su negocio. Abril Mayo ha comenzado a exhibir su talento, pero nadie, ni siquiera los jueces le prestan ninguna atención. La aguja ha caído en el fonógrafo, Billy Lee Riley ha hecho su declaración más famosa, que su chica está bien buena, la de alguien más no tiene nada siquiera. Abril Mayo ha patinado rápidamente, ha adquirido velocidad para hacer su primer Axel doble. Los cojinetes de sus patines de mil doscientos dólares rezumban. Pero todo esto cae en ojos ciegos y oídos sordos.

Lucha y Fabiola caminan hasta el mariachi. Lucha le pasa al hombre detrás del guitarrón un billete de cien dólares.

—La cigarra —afirma. El hombre detrás del guitarrón inspecciona el billete para confirmar su autenticidad. Satisfecho, suelta los violines. Abril Mayo lleva tres Axels dobles de su rutina de patinaje y baile. El hombre gordo detrás del guitarrón baja la barbilla de la manera en que todos los hombres gordos detrás de guitarrones lo hacen cuando se preparan para cantar. Lucha agita un dedo en el aire. Niega con la cabeza. Fabiola ya se ha sacado el chicle de la boca. Ha respirado muy, muy hondo, como si tratara de recuperar algo más que sólo el tiempo perdido.

Al principio, ella canta lenta y suavemente, durante todo ese tiempo adquiriendo velocidad y volumen, como la grúa de Beto después de que el semáforo se pone en verde, como el ritmo con el que se aproxima la borrachera de Javier, como la manera en que Nataly y Consuelo se alejan más y más por el camino, la manera en que True-Dee enrolla sus permanentes, la manera en que Lulabel comienza sus hechizos, como la manera en que don Pancho se arranca con sus milgros, Fabiola canta lenta y segura, pero además inevitablemente, de manera que para la segunda estrofa su voz es tan fuerte y segura de sí misma como la grúa de Beto, tan inevitable como la borrachera de Javier que se cierne deprisa, con tanta textura y remate como cualquiera de los peinados de True-Dee, tan enorme como la creciente fascinación de Nataly y Consuelo con la amplitud del mundo, tan confiable como los hechizos de Lulabel, y tan hermosa e inesperada como cualquiera de los milagros de don Pancho.

Todas las miradas se posan en Fabiola. El jurado la confunde con una concursante. Se ponen de pie y caminan hacia ella. La rodean. No importa que no traiga puesto ni un traje entero ni un bikini. Ignoran su falta de papeleo adecuado. Los jueces la ven en su linda mantilla bordada, el viento rozando a un lado su largo cabello castaño rojizo, sus dos coquetas de oro colgando de sus orejas, con un mariachi al fondo y una sola observación bien expresada que permanece en cada una de sus mentes: PUEDE QUE ABRIL MAYO REPRESENTE NUESTRO VOLCÁN, PERO NO NOS REPRESENTA A NOSOTROS.

Abril Mayo ha terminado su rutina de patinaje y baile. Llega patinando a toda velocidad. Su diadema de volcán brilla bajo el sol. Ha sido suya por nueve años seguidos. Nadie lo sabe, pero ella ha dormido con esa diadema puesta todas las noches cerca de diez años, y ella intuye ahora que corre peligro de perderla.

La canción de Fabiola ha terminado. La multitud guarda silencio. Incluso el Mariachi de Dos Nacimientos ha dejado de tocar. Lucha y Fabiola entrelazan los brazos. Están rodeadas y eso tiene que hacerlas sentir incómodas, cada una de ellas carga su propia pistola y Lucha, aún bajo libertad condicional y con un kilo de cocaína de alta calidad en su bolsa.

El juez número uno levanta las manos al aire y se dirige a la multitud. Se muerde el labio inferior en un momento de indecisión. Él apoyaba a Abril Mayo, pero en un instante cambia de boletos. En una maniobra de estrategia política clásica refina su postura y declara:

—Puede que Abril Mayo represente nuestro volcán, pero no nos representa a nosotros. Nosotros —dice sosteniendo sus brazos a lo ancho en aras de la inclusividad—, somos más que un volcán.

La multitud aplaude. La multitud da vivas. Abril Mayo está de pie a un lado. Abril Mayo con su melena roja, larga, espesa, ondulada y encendida, su piel traslúcida que deja ver las venas y las arterias, las pecas ahora tan abundantes que forman varios manchones definidos por su cara como continentes terráqueos, sus dientes tan chuecos que ya no puede cerrar bien la boca, ha comenzado a hiperventilarse. Los niños en la multitud comienzan a llorar. El juez número uno alarga el brazo para tomar la diadema incrustada de brillantes de fantasía. Trata de sacarla de la cabeza de la Señorita Magma, pero con todo ese cabello espeso y encendido, no puede hacerlo solo. Los jueces cuatro y cinco vienen a su rescate, pero aun con toda esa ayuda, la diadema no sale del pelo de Abril Mayo. Es como si hubiera echado raíces allí.

Abril Mayo ha tenido suficiente. Avienta la diadema del año pasado al suelo. Los jueces se apresuran a recogerla. La inspeccionan para ver si se ha dañado. Al ver que no es así, se dirigen a Fabiola. Uno de los jueces le quita las margaritas de detrás de su oreja, el otro desliza la diadema en su cabeza, pero su cabello fino como el de un bebé es demasiado delgado para llenar los espacios de la corona de Abril Mayo. Eso se puede arreglar, piensa el juez número tres mientras sostiene la corona en su lugar cuando las luces de los fotógrafos se disparan. Sólo uno de los muchos ajustes por hacer.

En la autopista interestatal, Consuelo se desliza al asiento del conductor por primerísima vez. En toda su vida, nunca se ha subido a un carro de juguete o una motocicleta en un parque de diversiones, ni siquiera enfrente de la Kmart. Nunca se ha metido siquiera en un carro por el lado del conductor, ni se ha quedado un rato en el asiento del conductor antes de deslizarse al otro lado.

—Saca la palanca y ponla en la D —dice Nataly.

Consuelo pone la transmisión en conducir y sin más instrucciones se mete al tráfico. En poco tiempo va en el carril de alta. Están viviendo a toda máquina.

Lulabel y Beto van varias millas atrás sobre la interestatal. Lulabel ronca en el hombro de Beto. La confiabilidad y la monotonía de ese motor grande al llevarlos por la autopista ha hecho que se quede dormida.

Fabiola y Lucha todavía están rodeadas. Fabiola toma la diadema de volcán de su cabeza, le echa una mirada y la avienta al suelo. Brillantes de fantasía. ¿Para qué quiere brillantes de fantasía cuando dispone de los medios para conseguirse unos de verdad? Y además, Favy tiene negocios pendientes que atender en Metzico. No tiene tiempo de usar la banda y la diadema, de dar pláticas que inspiren a los niños de la primaria, de sonreír y saludar con la mano a la multitud.

Y ahora los jueces se lanzan al rescate de la diadema, pero es demasiado tarde. Está arruinada. Lucha ya la remató con sus huaraches de plataforma.

Todas las miradas se vuelven a Abril Mayo. Esperan que ella los saque del apuro, pero ella se aleja patinando. Patina a toda velocidad a la esquina más lejana del asfaltado. Hace un Axel triple seguido de uno doble: un movimiento extremadamente difícil ya que no se da tiempo de cobrar velocidad, pero de alguna manera logra hacerlo. Su cuerpo funciona como una unidad completa. Su arte y su atletismo son excelentes. Entra en una vuelta de camello. Su pierna izquierda se cierne paralela al asfalto, su melena roja y encendida está completamente paralela a su pierna izquierda. Da vueltas más y más rápido, su cabello amenaza con exterminar de un latigazo cualquier cosa que se le interponga. Todas esas horas de práctica silenciosa y exigente han dado su fruto. Su forma es excepcional, su caída tan inesperada. Se desploma. Sus pies del número 13 se doblan debajo de ella, las llantas de sus patines de mil doscientos dólares todavía giran, los cojinetes todavía rezumban. Abril Mayo yace desplomada en el asfalto. Hace puños y muestra su desilusión. Sus patines de ruedas con sus agujetas rojas brillantes se ven tan fuera de lugar y son tan esenciales como la cola de una sirena. Arquea la cabeza hacia atrás. Su gran nuez de Adán resalta como un bocio. Su largo cabello encendido nunca ha sido más largo, nunca ha sido más espeso, nunca ha sido más encendido. Éste se arrastra detrás de ella como, bueno ¿qué puedo decir? Se ve como lava tendido allí sobre el asfalto. Abril Mayo llena sus pulmones grandes de aire. Grita, un grito que se ha ido formando por muchos años, tan amplio y prolongado que los asistentes al desfile se agachan y se tapan los oídos, un grito tan lleno de todo lo que están hechos los gritos, un grito tal como la Tierra, aun en sus muchos, muchos años de existencia, escuchó jamás, y la Tierra le paga con la misma moneda.

# ¡Qué tembleque!

## Fuerte sacudida en el área por un terremoto de 5.9; El condado amanece sin su reina

*Por Olivia Quiñones*
*Reportera de El Panorama de Lavalandia*

Este año más que nunca, el Desfile Anual del Día del Trabajo de Lavalandia ofreció un poco de todo lo que ha llegado a caracterizar al área. Algunos dirían que demasiado.

Como en años anteriores, hubo mucha comida caliente y picante, montones de carros alegóricos, una multitud de mariachis, una plétora de aspirantes al concurso y hordas de gente dispuesta a asistir al desfile, pero la diversión se vio interrumpida por un terremoto de una magnitud de 5.9, que algunos consideraron como una conmoción menor comparado con el hecho de que para cuando se entregó este artículo, el condado de Lavalandia se encontraba todavía sin una reina.

"Esto es inaudito", dijo uno de los jueces del concurso de belleza quien prefirió permanecer en el anonimato. "Nunca en la historia de casi cien años de este evento había sucedido algo así"

La confusión comenzó cuando los jueces trataron erróneamente de coronar a una no-concursante.

"Ni siquiera había cumplido con los requisitos necesarios. No había metido sus papeles", dijo Gwen Martin, una coordinadora del concurso.

Otro juez, Richard "Roscoe" Rodríguez, dueño de Roscoe's Cash 'n' Carry, defendió las acciones del jurado. "Durante tantos años hemos tenido a la misma reina y opinamos que era necesario un cambio. Necesitamos a una persona que sea emblemática de nuestra comunidad tan diversa".

Se sabe muy poco acerca de aquella que casi fuera la Señorita Magma, Fabiola Gutiérrez, 23, egresada de la Escuela Secundaria de Lavalandia con honores y a quienes sus antiguos compañeros de clase describieron como "sumamente tímida" y "callada".

"Nos dimos cuenta de que habíamos cometido un grave error cuando su acompañante aplastó la corona", dijo el juez principal, Oscar Cunningham, al referirse a la prima de la Srta. Gutiérrez, Luz María "Lucha" Mendoza quien tiene antecedentes penales.

Los acontecimientos dieron un giro hacia lo insólito cuando la Srta. Mendoza y la Srta. Gutiérrez fueron llevadas para ser interrogadas bajo sospechas de tráfico de drogas.

"Recibimos una pista anónima el mes pasado y las hemos tenido bajo vigilancia desde entonces", dijo el teniente superior, Timothy McCormick, quien se negó a elaborar.

Como si eso no fuera ya muy emocionante, la tierra comenzó a temblar a las 2:37 p.m. cuando la ex Señorita Magma, Abril Mayo McCormick, terminaba su actuación de patinaje en ruedas, la cual había dejado maravillados a los jueces durante nueve años seguidos.

"Todo el mundo sabe que la única razón por la que ganaba cada año es porque su pelo parece lava", dijo Sarah Jenkins, quien ha observado a Abril Mayo ganar el título de Señorita Magma estos nueve años.

Las lecturas preliminares de la escala de Richter han asignado al temblor una magnitud de 5.9. Hubo gran desconcierto, pero no se reportaron heridos.

El Salón de Belleza True-Dee sufrió el mayor daño, un salón del centro que ha servido al área por más de una década. "El lugar está completamente destruido", dijo el Jefe de Bomberos, Ray Cabrera. Los testigos reportaron haber escuchado una explosión antes de que el salón fuera reducido a cenizas.

El residente de Lavalandia, Arthur Salinas, comentó acerca de lo que es vivir en tierra de terremotos. "Uno pensaría que después de tantos años uno se acostumbraría a este tipo de cosa, pero no es así"

La limpieza ha comenzado en el centro, mientras los coordinadores del desfile discuten sobre la mejor manera de coronar a una nueva Señorita Magma.

Y como si las cosas no pudieran estar más extrañas, Edgard Watson, quien se identificó a sí mismo como representante de los normalmente esquivos Hijos e Hijas de San Narciso expresó lo siguiente sobre el temblor, "Este es sólo el comienzo. Con demasiada frecuencia la gente piensa en el perdón del Señor y olvidan su ira".

## Deportes: BÉISBOL

### Posición general

| Equipos | JG | JP | Pct. | Pts. |
|---|---|---|---|---|
| Mexicali | 37 | 29 | .561 | 12 |
| **Hermosillo** | 36 | 30 | .545 | 12 |
| Cd. Obregón | 37 | 31 | .530 | 12 |
| Culiacán | 35 | 31 | .477 | 11 |
| Mazatlán | 31 | 34 | .463 | 9.5 |
| Navojoa | 31 | 36 | .456 | 8 |
| Guasave | 31 | 37 | .456 | 7.5 |
| Los Mochis | 28 | 38 | .424 | 10 |

**Juegos de playoff (02/Ene/03)**
**Mazatlán en Mexicali**
**Los Mochis en Hermosillo**
**Culiacán en Cd.Obregón**

**006** OPORTUNIDADES DE EMPLEOS

**006** OPORTUNIDADES DE EMPLEOS

# UN RECUENTO DE LAS CARTAS

| | |
|---|---|
| El paraguas | Don Clemente |
| El músico | Don Clemente |
| La sirena | Don Clemente |
| La lonchera | Lavalandia |
| El diablito | Don Clemente |
| El salón de belleza | Lavalandia |
| El volcán y su reina | Lavalandia |
| La mano | Don Clemente |
| El queso grande | Lavalandia |
| El ajolote | Lavalandia |
| La muerte | Don Clemente |
| El camarón | Don Clemente |
| El Tupperware® | Lavalandia |
| El pino | Don Clemente |
| El cazo | Don Clemente |
| El árbol | Don Clemente |
| El avión | Lavalandia |
| La dama | Don Clemente |
| La grúa | Lavalandia |
| La pera | Don Clemente |
| La botella | Don Clemente |
| El reloj de mano | Lavalandia |
| El mango | Lavalandia |
| La tarjeta telefónica | Lavalandia |
| El catrín | Don Clemente |
| La luna | Don Clemente |
| El cotorro | Don Clemente |
| La bota | Don Clemente |
| El nopal | Don Clemente |
| La peluca rubia esponjada | Lavalandia |
| La bandera | Don Clemente |
| La calavera | Don Clemente |
| El anillo de compromiso | Lavalandia |
| Menudo | Lavalandia |
| La herradura de la suerte | Lavalandia |
| Los botes | Lavalandia |
| El Baile Grande | Lavalandia |
| El tocadiscos | Lavalandia |
| El oro | Lavalandia |
| El traje de charro | Lavalandia |

## NOTA DE LA AUTORA

Don Clemente Jacques, un francés, llegó a México el 11 de noviembre de 1880 con la intención de establecer un negocio dedicado a la producción y venta del corcho. Muy pronto se dio cuenta de que había poca demanda para su producto, así que cambió su operación a la venta de alimentos empaquetados. A finales de siglo, comenzó a asistir a las ferias mundiales, llevando consigo la baraja de cartas que obsequiaba a sus clientes potenciales. Esto no distaba mucho de su vocación, ya que parte de su negocio estaba destinado a vender artículos para fiestas.

Poco después de llegar a México, él notó la popularidad de un juego conocido como la Lotería Campechana que se parecía a *Le Lotto*, un juego muy similar al bingo que se jugaba en su Francia natal. Los historiadores opinan que el juego es un descendiente de "beano", un juego de los antiguos romanos. En Francia era jugado por miembros de la alta sociedad. Los alemanes le dieron al juego un giro didáctico, y lo usaban en sus salones de clase para enseñar de todo a los niños, desde matemáticas hasta historia. A la larga llegó a España, luego a México, donde se conocía y aún se conoce como la Lotería.

En 1887 don Clemente creó una baraja de tarjetas de la lotería basadas en la cultura mexicana y que incluía dichos. Algunas veces ser un fuereño le permite a alguno hacer observaciones agudas sobre su nuevo ambiente, y tal parece haber sido el caso de don Clemente. En las ferias mundiales, él muy pronto se dio cuenta de que la gente tenía más interés en su pequeña baraja de cartas que en sus alimentos empaquetados. Cambió sus operaciones comerciales de manera acorde y La Lotería Don Clemente ha sido un éxito a partir de entonces.

Muchas de las imágenes de la Lotería de este libro son parte de la baraja original de don Clemente. Pero así como don Clemente se inspiró y creó una baraja específica al lugar y al tiempo en que vivió, la autora también se inspiró para crear unas cuantas cartas como parte de la Lotería de Lavalandia.

Hay que advertir que la creación de estas cartas nuevas no hubiera sido posible sin el trabajo arduo, la visión y la dedicación de Peter Mendelsund, a quien la autora extiende sus más sinceras gracias.